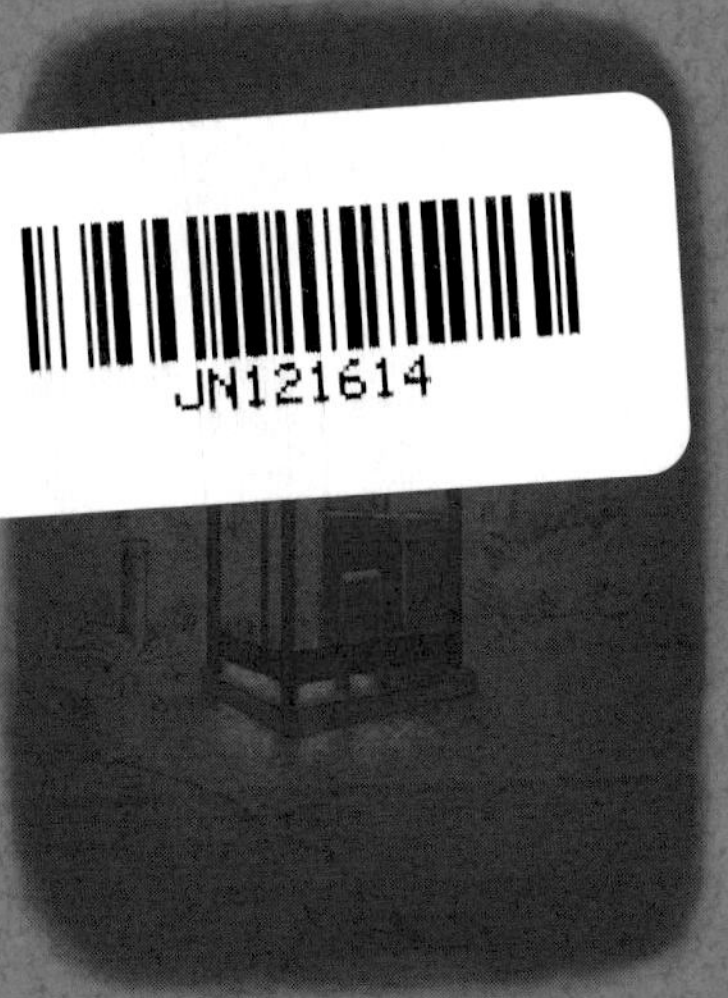

四

五

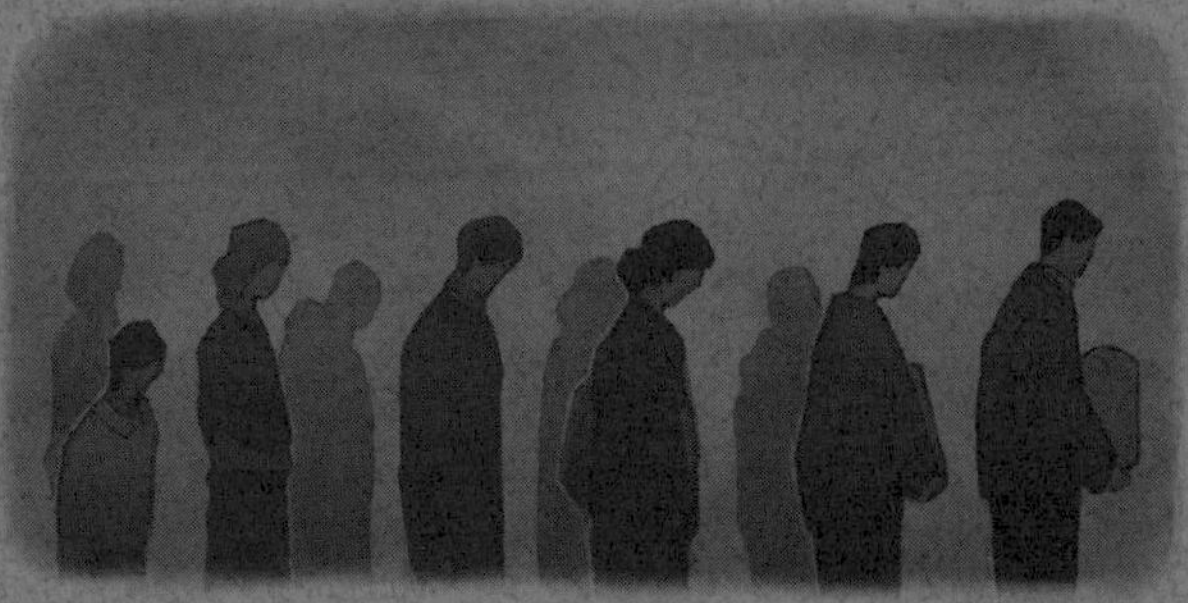

六

でぃすぺる

今村昌弘

文藝春秋

目次

装画　中島花野
装幀　大久保明子

でぃすぺる

dis・pel /dɪspɛl/ v (-ll-) vt

追い散らす,〈心配などを〉払い去る,
〈闇などを〉晴らす，一掃する

第一章

彼女が遺した七不思議

ずるいぞ。

八月なんて、暑すぎて遊ぶのにも集中できないじゃないか。

やっと肌を痛めつける日差しが和《やわ》らいできたと思ったら、夏休みが終わった。

あーあ。アメリカじゃ夏休みが二ヶ月以上あるらしいのに。不公平だ。

しかもうちの地域では、九月よりもひと足早い八月の最終週から二学期が始まる。休みが削られたみたいで、それも損な感じだった。

そんなふうに、毎年とにかく憂鬱《ゆううつ》な気分で迎える二学期の始まりだけど、今年のおれの気持ちは少しだけ違う。

とっておきの話題があるからだ。見慣れた学校と公園と住宅地での毎日から飛び出したような、夏ならではの特別な体験で、思い出すたびにわくわくした気分が蘇《よみがえ》る。

休みの間も言いふらしたくてたまらなかったけれど、おれはぐっと堪《こら》えて毎朝ラジオ体操に参加して、友達と集まった時もなに食わぬ顔で遊んでた。

そうして一人で楽しむのもいよいよ限界を迎えた八月二十八日、普段より十五分も早く家を出たおれは、さんさんとした日差しに炙《あぶ》られながら学校にやってきたのだった。

おれの通う小堂間《こどうま》小学校は三笹《みささ》山を背にして、少し坂を上ったところに建っている。うちの父ちゃんも通っていたというこの学校は八十年以上の歴史がある。そんなのおれたちにとってはなんの得にもならないけれど、校舎はこの町出身の有名な建築家が設計したものらしくて、先生たちはことあるごとに誇らしげに語るのだ。

校舎に入ったものの、正面から差し込む日差しにおれは顔をしかめた。例の建築家は明るく開放的な学び舎《まなや》を目指したそうで、階段の南側は大きなガラス張りになっている。これが夏場は最悪で、とにかく暑い。早く教室に行こうと、おれは階段を駆け上がる。

少し時間が早いこともあってか校内は静かでよそよそしい。だけど六年生の階に着くと、教室のがやがや声が廊下に漏れてきて、自分のクラスを聞き分けられた。

おれはちょっとした懐かしさとワクワク感を胸に、三つあるうち真ん中の教室に入る。

「おはよー」

挨拶をするとすぐにいくつかの声が返ってきた。すでに七、八人のクラスメイトが来ていて、仲良しグループの島ができている。

教室の中はエアコンが効いていて気持ちいい。夏休み中にワックスがけをしたんだろう、綺麗な焦げ茶色の床の上に、やや広い間隔で机が並ぶ。

一クラスあたり二十四人、六年生は三クラスあって七十二人だ。あとちょっと少なければ二クラスになっていたんだ、と先生がほっとした様子で話したことがある。

『木島悠介《きじまゆうすけ》』とおれの名前シールが貼られた机も七月のままの位置にあった。

「久しぶりー」

「ユースケ、すげえ焼けてるな」

よく一緒に下校する仲良しの高辻《たかつじ》と樋上《ひのうえ》が近づいてくる。周りからは休み中になにをしていただとか、どこに行ったという会話が耳に届いてきて、おれは早くもうずうずしてきた。

本当はもっと大勢がいる中で披露したかったけれど、我慢できない。

おれは二人への相づちもそこそこに、ランドセルの中に手を突っこんで写真を取り出すと、「なあ、見てくれよ」と切り出した。うちの小学校はスマホの持ち込みが禁止だから、写真店に行ってプリントアウトしてきたのだ。そこはクラスメイトの城戸《きど》の親がやっている店だから、ネタバレしないよう口止めもしておいた。

写真は全体的に暗くて、真ん中に立つおれ以外になにが写っているのか一見すると分からないかもしれない。

案の定、写真を見た二人は怪訝《けげん》な顔をした。

「なにこれ」

「それは二見峠《ふたみとうげ》の幽霊寺。夏休みの間に肝試しに行ったんだ」

途端に二人の目が輝いた。

「幽霊寺って、ユーチューバーの『ゴーブラ』が行ってたところ？　まじで？」

「こっちは僧門《そうもん》トンネル。それとＵＦＯ団地にも行ってきた」

「すごいじゃん。なあ、なんか出た？」

立て続けに聞かれ、おれは気分をよくした。

「幽霊は見えなかったけど、僧門トンネルでは後ろから足音みたいなのが聞こえたんだ。一緒に行ったヒロ兄ちゃんも同時に聞いたから間違いないよ。幽霊寺は動画も撮ったんだけど、窓に白い光みたいなのが映ってさ――」

話し始めると、写真に撮った現場の光景がまざまざと蘇ってくる。

じっとりとまとわりつく夜の空気。

人里離れた場所の、深い深い闇。

方向感覚を失いそうなほど四方から押し寄せる、虫の鳴き声。

足元から這《は》い上がって来る恐怖と、なけなしの勇気がむき出しにされる感覚。

――見たいのか、見たくないのか。

一つ頷《うなず》けば、日常の薄皮をべろりと剝《は》いでなにかが顔を覗かせそうな。

決められた台本もなく、話す練習もしていない夏の夜の経験談を、おれは一度も詰まることなく夢中で話し続けた。さらに耳を傾ける二人の反応をうかがって、即興で語り口にアクセントをつけていく。

今日は調子がいい。

気づけば机を囲む男女の数は七人に増えていた。

後から教室に入ってきたクラスメイトもランドセルを机に置くと、興味津々といった様子で輪に加わってくる。クラスで一番頭のいい翔也《しょうや》も、サッカーがうまくて人気者の蓮《れん》もいる。

エンジンが回るみたいに、頭の中がかっかと熱くなる。

そう。これが待ち遠しかったんだ。顔も勉強もスポーツもぱっとしないおれが、みんなを楽しませている。世界が動いている。わくわくする空気がおれとみんなをもっとすごい場所に連れて行ってくれそうな、そんな興奮。

けれど楽しい時間はいつまでも続くわけじゃない。

「ちょっとみんな、そろそろ運動場に出ないと始業式に間に合わないよ」

教室の前方から聞こえてきた潑剌《はつらつ》とした女子の声が、おれの魔法を吹き飛ばした。

集まっていたみんなが声の方を振り返ると、『八時四〇分、運動場に整列！』と書かれた黒板の前に仁王立ちしている女子がいた。

波多野沙月《はたのさつき》だ。

「やばっ、もうそんな時間？」

「さすが波多野委員長」

指示にも嫌そうな顔ひとつせず、みんな波多野の言葉に従って教室を出て行く。

おれは恨めしい気持ちで波多野を見る。六年生ともなるとそれぞれの生徒のクラス内での立ち位置も決まっている。おれは六年生で初めて波多野と同じクラスになったけど、彼女が学校行事でよくクラスの代表をやる優等生だってことは知っていたし、このクラスでも彼女はやっぱり一学期の委員長を任されていた。

実は去年、別の事情で彼女は有名になったのだけれど、おれとは違う、特別な人間であることに変わりはない。

「ユースケ、あとでまた写真見せてよ」

最初に話を聞かせていた高辻と樋上がそう言ってくれたけど、あまり喜べなかった。

こういうことにみんなが興味を持ってくれるのは一度目だけなんだ。おれの心霊写真はもう過去の話題になってしまい、さっきみたいな興奮が得られることはないと分かっている。ひと夏の間待ち続けたおれの出番はこれで終わりってわけ。

虚しさを写真と一緒にランドセルに押し込めて教室を出ると、たちまちむっとした熱気がまとわりつき、おれはため息をついた。

——もういいんだよ、夏は終わってくれて。

大して記憶に残らない始業式が終わり、炎天下の運動場から教室に駆け戻ったみんなの口から歓声が上がる。

おれも机に上半身を伏せてひんやりとした感触に癒されながら、黒板の上の時計を見る。今日はあと少しで家に帰れる。授業はなく、席替えとクラス内での係決めをするだけだ。

「みんな、静かにしてください。まずは各係の立候補を順番に聞いていきたいと思います」

一学期の委員長だった波多野沙月が前に出て会を仕切り始めた。

係にはクラスを代表する委員長、副委員長をはじめ、花や水槽の管理をする生物係、移動教室のある授業の際、準備するものを前日に先生に聞きに行く図工係や音楽係などがあって、基本的には男女一人ずつ、全員がなにかしらの係につくことになる。希望者が複数いた場合はジャンケンで決まり、希望者がいない係は推薦を受け付ける。それでも決まらなければくじ引き。

過去五年間の経験上、これが案外むずかしいのだ。

希望者として手を挙げるのは小っ恥ずかしいけれど、決まらないままだと後で面倒くさい係に回される可能性もあるから、わりと真剣に立ち回らなきゃいけない。教室のあちこちから友達同士で相談する声が聞こえてくる。

おれはというと、ある係に狙いを定めていた。これも夏休みの間から考えて、決めていたことだ。

予想どおり希望者の手が挙がる係は少なく、黒板上に名前が埋まらないまま係が呼ばれていく。

「次、掲示係ですが」

「おれ、やります！」

手を挙げるとクラスメイトの間から、おお、と感心したような声が少しだけ上がった。

波多野も物珍しげにおれを見つめて、黒板に〝木島悠介〟と書く。

掲示係とは男女一名ずつの係で、学校行事の連絡プリントを教室の後ろに貼りつけたり、掲示物の飾り付けをしたりするのだが、もう一つ大きな仕事がある。

最低でも一ヶ月に一度、模造紙に書いた壁新聞を廊下に貼り出さないといけないのだ。他のクラスの生徒にも見られるだけに注目されやすく、休み時間や放課後に作業を進めないといけないことから、特に男子には不人気の係だ。

「他に立候補はいませんか」

波多野が見回すも他に手は挙がらず、めでたくおれは掲示係の男子に決まった。

よし、と内心でガッツポーズをとる。

掲示係になれば自由に壁新聞を作ることができる。もちろんもう一人の女子と協力はしないといけないけれど、単純に考えて紙面の半分は好きにできる計算だ。

おれはそれを都市伝説や心霊現象を中心にした、オカルト記事のコーナーにするつもりだった。

さっき話をした時の反応から分かるように、男も女も、勉強やスポーツの出来も関係なく、みんなオカルトネタに興味はある。幽霊や宇宙人、呪いや陰謀論。それらの否定派だったとしても、否定するために話に参加したいのだ。

その話題を壁新聞で扱えば、今朝のように一時で忘れ去られるお喋《しゃべ》りとは違って、みんなを長い間楽しませることができる。おれの得意分野をよりいい形で活用できるのだ。

ところが、思わぬことが起きた。

「じゃあ、私も掲示係に立候補します。いいですか？」

前で決を採《と》っていた波多野の発言に教室が静まりかえる。おれも耳を疑った。

ほとんどのクラスメイトが、彼女は二学期も委員長をやると思っていたはずだ。まだ委員長は空席だったし、そこだけはくじ引きで押し付けるわけにもいかず、最後には先生から波多野に頼み込む形になって、みんなが拍手をして決まり。そう考えていたのに。

みんなが言葉を失っている間に波多野がチョークを走らせた。〝木島悠介〞の下に〝波多野沙月〞の文字が書かれるのを、おれは不思議な気持ちで眺める。

誰もがなにか言いたい様子だったけれど、そのまま波多野とおれは掲示係に決まってしまった。

「……委員長、どうすんだろ」

「やばい。俺まだ決まってない！」

にわかに浮き足立つ教室の空気の中、前に立つ波多野と目が合った。性格の強さが表れたような、凛《りん》とした表情。おれは気恥ずかしくなってすぐに目を逸《そ》らしてしまったけれど、その寸前、なぜだか彼女がおれを睨《にら》みつけた気がした。

学校が終わり正門から吐き出された生徒たちは、三笹山の裾野《すその》に広がる町に向かって坂を下り、分岐に差しかかるごとに散り散りになっていく。

家が同じ方向にある高辻と樋上に例の心霊写真を見せながら帰っていると、教室での係決めの時の話になった。やっぱり波多野が掲示係になったことが気になっていたらしい。

あれは波多野から先生やクラスメイトたちに対する反抗の証《あかし》ではないか、と言いだしたのは樋上だった。

「みんな、なにか面倒くさいことがあるとつい波多野任せになっちゃうじゃないか。僕は四年生でもあいつと同じクラスだったけど、あの時からそんな雰囲気だった」

それを聞いた高辻もばつの悪そうな顔をする。

「だって波多野、断らないからさ。優等生でいることを鼻にかけているわけじゃないけど、あいつがそれでいいなら任せておけばいいやって気持ちになっちゃうよ」

その感情は、情けないけどおれにも覚えがあった。

低学年の頃は、授業で手を挙げることをなんとも思わなかった。名前を呼ばれて大きな声で返事することも当たり前だったのに、学年が上がるにつれて〝いい子〟として見られることが恥ずかしく思えてきた。

もしかすると、波多野だって本当は優等生役に嫌気が差していたんじゃないか。少しずつコップに水滴が溜まって溢《あふ》れそうになるように、我慢の限界に近づいていた。

そして今日、係決めに取り組むみんなの態度を見て、波多野はとうとう嫌になったのだ。それで二学期の委員長を回避するために掲示係になったんだとしたら、先生を含めおれたちの反応はさぞかし彼女の狙い通りだっただろう。

そこで、樋上が別の心配を始めた。

「ユースケはさ、この心霊写真みたいなオカルトの記事を壁新聞に載せるために掲示係になったんだろ。でも、波多野がそれを許してくれると思う？」

「……思わない」

問題はそこだった。

根っからの優等生の彼女のことだ。「多くの生徒の目に触れる壁新聞なんだから、ちゃんと勉強に役立つ内容でないとダメ」なんて言うかもしれない。

「せっかくユースケもやりたいことが見つかったのにな」

そういう樋上は五年生の頃からテレビを見て早押しクイズにはまり、本や動画で知識を詰め込みまくっている。夏休みには大阪であった小学生の大会にも出て、あと一歩で予選突破というところまでいったと満足気な顔で語っていた。もう一人の高辻はおっとりとした性格で、二年前の結成当初からネットで応援していたアイドルグループが、最近やっとテレビ番組にも出演するようになったと言って喜んでいる。おれにはよく分からないけど、お年玉をためて年に一度そのライブを見にいく熱量は、正直羨ましい。

ずっと一緒に遊んでいた友達がおれを置いてレベルアップしているようで、おれは焦るばかりだ。

「そういえば朝、ユースケがみんなの前で心霊スポットの話をしてた時、波多野がお前のことをすげえ怖い目で見てたぞ」高辻が不吉なことを言う。

「ほ、本当に？」

じゃあ係決めの時に睨まれたのも、気のせいではなかったのか。

まずいなあ。波多野のことだ、明日にでも壁新聞の内容を話し合おうとするだろう。オカルトを取り上げるのはただの遊びじゃなくて、未知の存在の可能性について真剣に考えているからだと説得する方法を考えなくちゃ。


「木島君、ちょっといい？　壁新聞のことで話したいんだけど」

翌日の放課後、予想した通り波多野はランドセルを背負おうとしていたおれを呼び止めた。というかランドセルのベルトを摑《つか》まれて逃がしてもらえなかった。

「……もちろん」

平静を装うおれの視界の端で、高辻と樋上が神妙な顔で合掌して教室を去っていった。それに続いて教室を出ようとした一人の女子を、波多野は呼び止める。

「待って、畑《はた》さんも掲示係だよ」

足を止め、こちらを振り向いた畑は漫画みたいに小首を傾《かし》げた。

そう。実はもう一人、一緒に壁新聞を作るメンバーが増えていた。

三人目の掲示係、畑美奈《みな》は法事で学校を休んでいて、係決めに参加できなかったのだ。呆《あき》れたことに、始業式の時点では担任も含めてそのことを失念していた。畑がこの四月に来たばかりの転校生だから忘れたのか、あるいは波多野の委員長離脱騒ぎのインパクトがそれだけ大きかったんだろう。そんなわけで、急遽《きゅうきょ》畑を掲示係に加えるよう、昼休みに先生からお達しがあった。

「ついてきて。外で話すから」

波多野はおれたちにランドセルを持つように言い、なぜか教室を出る。他のクラスメイトに聞かれたくない話でもあるのだろうか？

三階から二階に下り、渡り廊下に向かう。どうやら一、二年生の教室がある小校舎に行くみたいだ。波多野の右後方をおれが歩き、畑は大人しくおれの左後方をついてくる。

会話はない。お互いに特に仲がいいわけでもなく、むしろ縁のないグループに属する三人なのだ。

先導する波多野の横顔を見やる。いかにも気の強そうなくっきりした目鼻立ち、きゅっと結ばれた唇。身長もめきめき伸びておれより高い彼女は女子側のリーダー的な存在でもあり、ちょっとしたもめ事で男子対女子の構図になると必ず先頭に立って出てくるツワモノだ。

一番奥の教室前でようやく波多野は立ち止まった。いくらなんでも、壁新聞の打ち合わせくらいで人目を気にしすぎではないだろうか。

「木島君は昨日、心霊写真をみんなに見せていたけど、そういうのに詳しいの？」

唐突な質問におれは面食らう。

「別に霊感があるわけじゃないけど、オカルトが好きで心霊スポット巡りの動画をよく見るんだ。あと近所でそういう場所がないか調べたり」

「心霊写真？」

初耳の畑が反応する。

「あ、うん。おれが撮ったやつ」

「見たい」

ランドセルから取り出して渡してやるけど、畑は何枚か流し見るなり眉を寄せた。

「お化けはどこ？」

「この白い光」

「……光」さらに写真に目を近づける。

「二枚目は壁にある染みが人の顔に見える」

畑はおれを茶化すでもなく、心底不思議そうに写真を凝視し、どうコメントしたものか困っているようだ。なんだかおれの方が申し訳ない気持ちになってしまう。

この畑という女子も、よく分からない存在だ。田舎であるこの町に引っ越してくる人なんて滅多にいないから、四月に転校生がいると聞いた時にはびっくりしたものだ。あれから五ヶ月が過ぎてもこいつは、癖のないショートカット、草食動物みたいな穏やかな目つきでいつもぼうっとどこかを見つめていて、決まったグループに属している感じじゃない。小柄な体も相まって、授業で先生に当てられた時にようやく居るのを思い出すような変なやつだ。それでいて仲間外れにされたりいじられたりすることなくクラスに溶け込んでいるのが、畑の特徴といえば特徴かもしれない。

「心霊スポット以外は興味ないの？　怪談とか」

再び波多野が口を開いた。

「怪談系の動画もよく見るよ。最近は怪談ブームで、怪談師っていう仕事まであるんだ。心霊スポットには怪談がつきものだし」

「じゃあ」迷いを押し切ろうとするように、波多野は息を吸う。「七不思議は知ってる？」

そりゃあ、言葉は知ってるけども。波多野が言いたいのはそうじゃなさそうだ。

「それは……なんの七不思議？」

「この奥郷町の」

そう言って突き出された波多野の手には、二つ折りにしたノートの切れ端があった。中を見ると彼女のものらしき几帳面な筆跡で、『奥郷町の七不思議』というタイトルに続いて建物や怪談の名前らしきものが書き並べられている。

Sトンネルの同乗者、永遠の命研究所、三笹峠の首あり地蔵、自殺ダムの子ども、山姥《やまんば》村、井戸の家。

目を通して、よかったと胸をなで下ろした。どれもネットで検索すればすぐに出てくる、この辺りでは有名な怪談だったからだ。オカルト好きとして恥をかかずに済む。

「ただ……」見間違いかと思って、もう一度慎重に目で数えた。「これ、六つしかなくない？」

波多野は頷いた。

「そうだよ」

「なんで」

「七つ目を知ると死んじゃうんだって。馬鹿らしいよね。でも木島君なら七つ目を知っているんじゃないかと思って」

「木島は絶対知らない」

急に畑が口を挟んできたものだから、おれも波多野もびっくりして彼女を見る。

というか、呼び捨てなのか。

「どうしてわかるんだよ」

「だって生きてるもん。七つ目を知ったら死ぬって、波多野さんは言った」

理屈はそうだけど、そんなのよくある建前じゃないか。

やっぱりこいつ、変なやつ。

おれは気を取り直して波多野に言う。

「ここに書いてあるのは全部有名な話だけど、他にも『十三日の幽霊タクシー』とか『雨の日のサキさん』とか『魔女の家』という話がよく知られているんだ。でも七不思議にくくられているのなんて初めて見たし、もう一つを選べと言われてもなにを基準にすればいいか分からないよ」

たとえば学校のような一つの場所で伝わる七不思議というのならわかるけど、奥郷町限定っていうのはなんだか中途半端だ。

波多野はおれの答えにちょっと悩んだふうにして紙きれを見つめ、やがて言った。

「だったら、七つ目の不思議がなにか調べてみない？　どうせ木島君はそういう記事を壁新聞に書きたいんでしょ」

意外な提案だった。てっきり反対されると思っていたのに。

「いいの？」

「もちろん紙面全部を怪談記事にするのは駄目だけど、半分は木島君に任せてあげる。残りの半分を私と畑さんで担当するから。もちろん、七不思議の調査には私たちも協力する」

「畑さんもそれでいいの？」

表情を変えないまま、畑はどっちとでも取れるような小首を傾げる仕草をした。

とにかく当初の目的であるオカルト記事の連載が認められて、一安心だ。

「分かった。ただ七不思議を調べるといっても、なにから始めたらいいんだろう」

「ひとまず怪談の現場を見るのがいいと思う。心霊現象が起きなくても、その場の雰囲気だとか、近所に住んでる人から話を聞くだとか、記事のネタはあるはずだから。毎回一つの怪談について調べて、二学期の終わりまでにまとめるとしたら、とてもじゃないけど一ヶ月に一度のペースじゃ間に合わない。すぐ取材に取りかからなきゃ」

あらかじめ考えていたのか、波多野はテキパキと提案する。

そのペースがどのくらい大変なのか分からないけど、みんなの注目を集めるためなら望むところだ。おれはやる気に満ちていた。

そんなわけで、六年生の二学期までほとんど絡むことのなかった三人で、奥郷町の七不思議の謎に挑むことになった。

九月の二週目の土曜日。

いつもの休日のクセでのんびり寝ていたおれは、九時にかけた目覚ましで飛び起き、慌てて牛乳をぶっかけたコーンフレークを掻き込んだ。父ちゃんのお古の、デジカメ代わりのスマホと財布と資料をナップザックに入れ、待ち合わせ場所の公園へと急ぐ。

九月になっても夏の暑さはしつこく居座り続けていて、半袖シャツから覗く首元や腕にはすぐに汗が浮かんでくる。

三人での七不思議調査。最初の目的地に選んだのは僧門トンネルだ。

波多野のメモの最初の怪談に出てくるSトンネルが僧門トンネルだというのは、地元の人間なら誰でも知っている。そこはおれが夏休み中に肝試しに行き、心霊写真を撮った場所でもある。掲示係としての初めての調査だから、知っている場所の方がいいと決まったのだ。

公園の入り口でリードなしの首輪をつけた柴犬が駆け寄ってくる。

「おはようさん、ユースケ」

後からやってきた飼い主の柴田のじいちゃんが挨拶をする。柴田のじいちゃんはうちの酒屋の常連客で、よくこうして飼い犬のポンタと一緒に河川敷や公園を散歩している。話が弾むとすぐに昔の思い出話をするのがめんどくさいけど、ポンタの方は他の小学生にも可愛がられていて、地域の人気者だった。

「どうした、今日は一人か」

「待ち合わせをしてるんだよ」

柴田のじいちゃんはニヤッと笑う。

「そういえばさっき女の子を見たぞ。デートか」

「そんなんじゃないって！」

笑い声を背に受けながら公園内に入っていくと、防火採水口の前に二人の姿が見えた。

波多野はTシャツの上に一枚水色の上着を羽織り、ズボンも裾が膝《ひざ》くらいまであるのに対し、畑は今すぐにでもマラソン大会に出られるような、シンプルな半袖半パン姿だ。

普段とそう違わない服装のはずなのに、休日に待ち合わせをしているというだけでわくわくしてしまうって、おれは浮かれているんだろうか？

「おはよう」

「……おはよ」

三者三様の挨拶を交わし、さっそく沈黙が始まりそうな気配を察したおれは「行こうか」と切り出した。

僧門トンネルは町の北西、平賀山《ひらが》の中腹にある。前に行った時は近所のヒロ兄ちゃんのバイクに乗せてもらったけど、三人だとそうはいかないし、親に車で心霊スポットのトンネルに連れて行ってくれと頼んでも無理だろう。自転車で行けなくもないけど、県道を一時間以上も上らなくちゃいけない。ロードバイクの練習で走る人もいるくらい大変な道だし、小学生にはきつすぎる。

平賀山にはハイキングコースがあって、途中に接続できるようなバス停がいくつかあるので、近くまでバスを利用してそこからは歩くことにした。

本音を言えば、心霊スポットに行くのなら、夜の行動がよかった。でも夜に小学生だけの行動を親が許してくれるわけがないし、女子である二人はもっと厳しいだろう。

今となってはそれでよかったとさえ思える。正直、大人抜きでは今までで一番の遠出だし、男子はおれだけということが責任重大に感じてきたのだ。

「バスの時間は大丈夫？」

念には念を入れて時間を計画したのは分かっていたけど、緊張を和らげるために波多野に聞いた。

「ゆっくり歩いてもちゃんと余裕はあるよ」

「モバイルバッテリーはあるか」

「持ってるよ」

「充電されてる？」

「ちょっと木島君、なんなのさっきから」

鬱陶《うっとう》しそうに波多野が睨む。

三人の中で、電話回線が使えるスマホを持っているのは彼女だけだ。おれのは家でネットを使うだけの父ちゃんからのお下がりだし、畑は家にパソコンがあるだけ。友達とＳＮＳのやりとりをするのに不便じゃないかと聞いたけど、畑は気にしていないみたいだ。とにかく、なにか調べたり連絡したりする時は波多野に頼るしかない。

目的の平賀山に向かうバスは、ロータリーの端の乗り場にぽつんと停まっていた。乗りこむとエアコンが古いのか、ちょっと効き過ぎなくらい冷えている。先に乗った畑が一人席に座ったのでおれたちもそれにならい、三人が縦に並ぶ形になった。掲示係というだけの、おれたちの関係が表れているみたいだ。

発車時刻になるとバスはよっこらせ、とでもいいたげな動きでロータリーを出る。

土曜なのに外に人の姿は少ない。車だけは途切れなく走っているから、みんな隣町にある大型ショッピングモールにでも向かっているのだろうか。

父ちゃんはよく、「ここは田舎だからな」とぼやいている。都会は駅の周りにたくさんビルが建っていて、そこだけで食事でも服でも電気製品でも、全部が揃うもんなんだって。

それに引き換えおれたちが住んでいる場所は最寄りの駅までバスで十五分はかかるし、駅ビルなんてものもない。市街に出るにはさらに私鉄で三十分、ＪＲに乗り換えて四十分。だから交通手段は車が普通で、こうしてバスに乗るのだって久しぶりだ。

前方の運賃表示機の数字が変わるのを眺めていると、

「これ、一応印刷してきたから」

と後ろの座席の波多野から数枚のコピー用紙が差し出された。

前に学校で波多野が見せてくれた六つの怪談の内容をまとめてくれたらしい。四月に引っ越してきたばかりの畑は怪談の内容すら知らないだろうし、さすが気が利《き》いている。

紙面に目を落とすと、一つ目は今から行く僧門トンネルの話だった。


〈Sトンネルの同乗者〉


まいさん（仮名）が専門学校の学生だった時の話。夏休み、サークル仲間で肝試しにいくことになった。山中のSトンネルでは昔両親と赤ん坊の三人を乗せた車が事故に遭い、母親が抱いていた赤ん坊だけが車外に飛び出して死亡してしまい、今でもトンネルを通ると赤ん坊の泣き声が聞こえたり、上から赤ん坊のようなものがボンネットに落ちてくるという噂があった。

まいさんたちは四人でSトンネルを訪れたが、到着と同時に運転手の体調が悪くなってしまった。本当は怖くなったんじゃないかとからかう仲間もいたが、本人の顔色は悪い。まいさんは心配したが、運転手は車の番をしておくから三人で行ってくるよう言った。確かに道路は一車線しかなく、路肩に寄せているといっても無人のままにしておくと万が一他の車が来た時にトラブルになるかもしれない。三人は言葉に従い、運転手を車に残してトンネルに入った。

真夜中であり気味が悪かったが、トンネル内部はきちんと電灯に照らされており、まいさんら三人は多少ふざけ合いながら終端まで進んだ。

出口で写真を撮り、引き返そうとした時、まいさんの耳に猫の鳴き声のようなものが聞こえた。

他の二人にも聞こえたのか、動揺している。声は三人が戻ろうとしている、トンネル内部から聞こえる。まいさんにはそれが動物ではなく、赤ん坊の泣き声に思えて仕方なかった。

すると、入り口側に停めてある車からけたたましいクラクションが鳴り響いた。まいさんたちが目を凝らすと、中で暴れているかのように車体が揺れているのが見える。なにが起きたのかと心配したまいさんたちは急いで引き返した。

車に着いた時には声も止み、車内も静まりかえっていた。三人が中を覗くと、運転手が驚愕《きょうがく》に目を見開くような表情のまま息絶えていた。

三人は警察に通報したが、運転手の死因は心不全と結論づけられた。ただ、車に設置されたドライブレコーダーには不可解な映像が残っていた。車内で仲間を待つ運転手のシートの後ろから黒い小さな影が覗き、その気配に気づいた運転手が振り返ろうとしたところで録画は終わっていた。

影の正体がなんだったのか、今でも分からないままだ。

コピー用紙一枚にびっしり書かれた怪談を読み終えて顔を上げると、バスはすでに町を離れて山を上り始めていた。

この怪談はなにかの本から引っ張ってきたのか、長いし、内容もおれが知ってるのとちょっと違う。おれが知ってるのは運転手の死に方がもっと悲惨で、衝突事故に遭ったかのようにフロントガラスを突き破って全身ボロボロの状態で転がっている、というものだ。

そもそも心霊スポットっていうのはいくつもの体験談が伝わっているのが普通で、僧門トンネルも赤ん坊の霊だけじゃなく車を追い越す老婆であったり、赤い服を着た女性の霊などの目撃談がある。だから赤ん坊の霊の話だけを代表作のように詳しく取り上げているのは、かえって珍しい。

他の七不思議――正確には六つしかない怪談の内容もざっと流し見したけれど、やっぱりおれが知っているものと微妙に違ったり、妙に詳しかったりする。ネットで手軽に探せるものとは思えなかった。

波多野はこれをどこで見つけたのだろう。いくら責任感が強いからって、壁新聞の、心霊ネタの取材のためにここまで詳しく調べるだろうか。

もしかして心霊を否定しているのは優等生としてのポーズであって、本当は波多野も大好きだとか？　だったらおれに記事を任せてくれることも納得だけど。

目的のバス停名がアナウンスされ、波多野が降車ボタンを押した。おれたちが降りると、運転手がもの珍しげな視線を残してバスを発車させていった。

「次のバスは二時間後」

バス停の時刻表を見て、予定が間違っていないことを波多野が確かめる。

車道にはみ出さないよう気をつけながら道を上っていくと、五分も経たないうちに目的の僧門トンネルが見えてきた。名前の由来は昔近くに大きなお寺があって、修行僧たちがこの辺りの山道を苦労して通ったことらしい。

「確かに、やな感じ」

畑がこぼしたのも無理はない。

古びた僧門トンネルは昼間にもかかわらず、まるでそこから先が異世界に通じているかのような、重々しい存在感を放っていた。上の山肌からは大量の蔓《つる》や木の根が入り口に覆《おお》い被《かぶ》さってきていて、トンネル名が書かれた看板もほとんど隠れてしまっている。目を凝らして表示を読むと、トンネルの全長は二百五十メートル。奥から生暖かい山の風が吐き出されると、おおおん、という低い唸《うな》りのような反響が届く。

おれが来たのは二度目にもかかわらず、ゾクゾクとした興奮をおぼえた。

「夜に来た時はもっと怖かったよ。怪談を確かめるならそっちの方がよかったのに」

「夜なんてバスも出てないし、どうやって来るのよ。親も許してくれないでしょ」

そうだけどさ。小学生って本当に不便だ。限られた町の中の、限られた時間の、大人が許してくれる範囲でしか身動きできないなんて。

「それでなにを調べるの」

畑の質問に、波多野は腕組みをした。

「とりあえず、怪談と同じように私たちもトンネルを抜けて行ってみようよ。それから、どうして赤ん坊の霊の噂が立ったのか、原因を考えてみる」

口ぶりからして、波多野は心霊現象を信じていないらしい。なにか科学的な原因があって、肝試しにやってきた人々が幽霊と錯覚した、というストーリーを仕立てたいわけだ。

腹立たしさと同時に、やる気が湧いてきた。

そっちが心霊現象に説明をつけたいのなら、おれはその説明を否定しようじゃないか。

トンネル内には壁に沿って、段差のついた歩道が延びている。その上を一列になって歩きながら、波多野が教えてくれた。

「ちなみに、ここで死亡事故が起きたのは本当みたい。七年前のこと」

「けっこう最近なんだ？」

「そうだね。怪談にドライブレコーダーが出てくるから、おかしくはないんじゃないかな」

確かにうちの父ちゃんも、二年くらい前にドライブレコーダーを付けた気がする。

「怪談にあった通り、その事故では赤ちゃんが死んだのか？」

「うん、新聞記事で調べたから間違いない。でも、車外に放り出されたかどうかまでは分かんなかった」

滅多に車の通らないトンネルに、おれと波多野の声だけが響く。

「それは別にいいんじゃない？　とにかく赤ちゃんが亡くなったから、その幽霊が出るようになったんだろ」

「なんで出る必要があるのよ」

つっけんどんな波多野の問いに、おれはむっとして歩みを止めた。

「死んだことに気づいてないか、思い残しがあるから出てくるんだろ」

すると波多野も苛立《いらだ》ったのか、勢いよく振り返り滑舌《かつぜつ》のいい早口でまくし立ててくる。

「出てきたり泣いたりするだけならまだしも、怪談じゃまるで赤ちゃんの霊が運転手を道連れにして殺したみたいじゃない、そんなことする理由がないでしょ。それとも肝試しに来る連中に腹を立てたって言うの？　ずいぶん頭のいい赤ちゃんね。死んだら知能が上がるとでも？」

「幽霊の考えなんて知らない。おかしいと言ったって、他にどう説明するんだよ。赤ちゃんの姿を見たり、泣き声を聞いたり、上からボンネットに落ちてきたり、これだけの体験談があるってのは偶然や勘違いじゃ片付かないぞ」

「逆よ。たくさんの話が集まったんじゃなくて、一つの噂からたくさんの話が生まれたの」

「それってどういう意味？」

畑が興味深そうに尋ねると、波多野は自慢げに肩にかかる髪を払った。

「赤ちゃんの霊が出るっていう話が頭にあると、ちょっとでも目に付いたもの、聞こえた音をその記憶に寄せて解釈しちゃうわけ。動物の影を赤ちゃんと思い、風の音を泣き声と思うようにね。そういう思いこみが何人、何十人分も集まって、より複雑で現実離れした怪談が生まれるのよ。〝私はこんなものを見た〟、〝じゃあ私が聞いたのはその霊の声なんだ〟っていう風にね」

一台の車が、決闘の合図のように横を走り抜けた。

ここで引き下がると、今後の新聞づくりの主導権を波多野に握られかねない。

おれは流れを変えるため、普段からためこんでいた心霊否定派への反論をぶつけた。

「人の信じるものを勘違いって言うならさ、波多野さんの考えも同じなんじゃない？　動物や風の音だと思ったものが、幽霊の可能性もあるってことになるんだからさ」

相手の論法をそっくりそのまま返す、論法バリアだ。理屈で攻めてくる相手にはこれが一番有効なのだ。しかし、

「このトンネルの怪談が作り物だっていう根拠はあるよ」

と予想外の反応が返ってくる。

「怪談では事故で赤ちゃんが車外に飛び出したことになってる。でもおかしいのよ。普通、赤ちゃんはチャイルドシートに座っているから事故に遭っても車外に飛び出さない。親が抱いている方が安全だと信じられていた頃ならともかく、日本では二〇〇〇年に法律でチャイルドシートの使用が

義務づけられてる。新聞によると、赤ちゃんが亡くなった事故が起きたのは今からたった七年前だから、そんなことは起きえない」

　チャイルドシートだって。なんて野暮なことを言うやつだ。

　そりゃおれだって怪談の一から十までを本当だって信じてるわけじゃないさ。でも本当なのに見落とされているものだってきっとある。だからこそ、おれみたいなオカルト好きな人間が実際に足を運んで証拠を見つけようとするんじゃないか。

「そんなこと言い始めたら、ここに来た意味がなくなるだろ。なあ――」

　畑に同意を求めようとしたら、その姿がどこにも見えない。

　まさか心霊現象？　と思ったけどそんなわけはなく。畑はおれたちの口論をよそにさっさと先を歩き、大きくカーブする側壁の陰に消えていくところだった。

　相変わらず、気配が薄いやつだ。

「ちょっと、畑さん！」

　二人で走って追いつくと、

「話は終わった？」

　と感情の読めない瞳が向けられる。おれたちの討論に興味がなかったようだ。

「畑さんはどっちだと思う？」

「どっちって」

「ここで起きた心霊現象は本当か、嘘か」

「分からないけど、本当にここでなにかが起きるのなら、見てみたい」

おお、畑は理解がありそうだ。おれは嬉しくなって同意する。

「そうだよな！　おれも夏休みに来た時、ここで赤ちゃんの泣き声を聞いたぞ」

「それも勘違いだってば。夜は暗いし静かだから、昼間は気にしていない些細な音にも敏感に反応しちゃうものだし」

言い合いをするうち、トンネルの終端に出た。

波多野は出口の上の方を軽く見回すと、ある部分を指差した。

「ほら。管理がされてないのか、山の木の枝葉が伸びてすぐ上まで覆ってきてる。これじゃ折れた枝とか小動物が車の上に落ちてきてもおかしくない」

「肝試しに来た人の身に頻繁にそういうことが起きて、みんな勘違いしたって？　その方がありえないだろ」

「どんなにありえなく思えても、理屈で言えばそうなるもの。そっちこそ不思議な出来事が起きたらすぐ未知の存在を理由にするのはおかしいと思わない？」

おれはうんざりした。

波多野はこっちが出す証言や証拠を全部勘違いで片付けて、どんな小さな確率であっても科学的な現象の方を信じる。

〝幽霊なんてありえないから〟という理由だけで。

そんなの、オカルト動画を見るだけで常識がなくなると目くじらを立てる母ちゃんと同じじゃないか。目に見えないのは幽霊と同じなのに、なんで常識ばっかり特別扱いされるんだ。

……なんだか疲れてしまった。そもそもこんなやつに心霊現象を信じてもらおうと必死になったのが馬鹿だったんだ。信じていないなら勝手にすればいい。こっちは好きにやっとくからさ。

そんな考えの末、おれはついぼやいてしまった。

「理屈とか常識とかさ。結局、波多野さんは七不思議なんてどうでもいいんじゃん」

「どうでもよくなんかない！」

波多野が怒鳴った。いや、怒るというよりどこか悲痛な感じの声だ。おれも畑もびっくりして波多野の顔を見つめる。

「怪談なんて信じてない。でも私は、なにがなんでも七つ目の不思議を知らないといけないの」

怪談を信じないくせに、七つ目の不思議は知りたいだって？

まさか七つ目を知れば死ぬ、というのが嘘だと身を以て証明したいわけでもないだろう。

でも波多野の表情は真剣そのもので、茶化すべきじゃないってことは分かる。

「……よく分かんないけどさ、心霊を信じないくせに頼られても、おれが力になれることなんて思いつかないよ。七不思議にこだわるのは理由があるわけ？」

畑も六つの怪談が載ったコピー用紙を取り出して話に加わる。

「私も気になってた。これってネットかなにかで引っ張ってきた話？　だったら怪談の現場に来るより、三人でネットの情報源を調べた方がいいんじゃない」

波多野は感情を落ち着けるように息を整え、首を横に振った。

「なにに載ってた話なのかは分からない。でもこの六つの話が手がかりであることは絶対なの」

なんだか変な言い方をする。具体的にどんな手がかりなのかは、波多野自身にも分かっていないみたいだ。

ただ、波多野は七つ目の怪談を本当に知りたがっている。オカルト嫌いなこいつが、一生懸命に心霊スポットについて調べるくらいに。それが彼女の理屈と常識では解けない謎だから、おれみたいな仲が良くもないオカルト好き男子にわずかな期待をかけているんだとしたら。

さっきまでのイライラもいつの間にか消えて、おれは息をついた。

「事情は知らないけど、できるだけの協力はする。そのかわり、心霊とか怪談を端《はな》っから否定するのだけはやめてくれよな。正しいかどうかじゃなくて……単純にいい気はしないからさ」

そうしたら、波多野はかくんと頭を垂れて「ごめん」と言った。

素直に謝られたことに面食らったけど、そうか。ひょっとしたら、本気で七つ目の怪談を探していると知れたら、馬鹿にされると思ってたのかもしれない。みんなに優等生の役割を期待される波多野だからこそ。

おれたちは五年も同じ学校に通っていたけど、そんなことも察し合えないくらい、これまで縁がなかった。

顔を上げた波多野は少し目を赤くしていて、おれはどうしたものかどぎまぎしてしまった。その時、空気を読まない畑が「そろそろお腹空いた」と言い出したので、まだ正午にもなっていないけれど昼ご飯を食べることにした。

道路沿いに少し開けた日陰を見つけ、並んで腰を下ろす。お弁当は全員分まとめて自分が持って行くと言っていた波多野が、リュックからアルミホイルで巻いたおにぎりとおかずの詰まったタッパーを取り出す。蓋《ふた》を開けると、タコ型に切れ目の入ったウインナー炒めや、ハムできゅうりとチーズを巻いたやつに爪楊枝《つまようじ》が刺してあって、四隅にはミニトマトが入っている。いかにも手慣れた感じのおかずだ。

一方、一つずつ手渡されたおにぎりはかなり強く握られたのか、表面の米粒がぎゅっと潰《つぶ》れていて、早起きしてぎこちなくご飯を握る波多野の姿がふっと頭に浮かんだ。

波多野さんが作ってくれたの？

聞けばお礼を言うのも簡単なはずなのに、気づかないふりで「いただきます」と呟《つぶや》くことしかできない、自分の小心っぷりが嫌になる。オカルトのことならいくらでも喋れるのになぁ……。

結局、どうして波多野が七不思議を追っかけているのかは教えてもらえないままだけど、もしかしたらそれを申し訳なく思っていて、埋め合わせのつもりでお弁当を用意してくれたのかもしれない。もちろん隠し事はない方が嬉しいけれど、波多野にだって踏ん切りがつかないこともある、ってことだろうか。

かぶりついたおにぎりは塩が効いてて少ししょっぱかったけど、おれはやっぱり気づかないふりをして、ギリギリ彼女に聞こえるように「おいしい」とだけ呟いた。


風に吹かれて頭上を覆う枝葉がざわめく。目の前に広がる山の濃い緑色はなんだか優しくて、ご飯を食べ終えたおれたちはトンネルを調べる気力をなくしてしまい、少しだけハイキングコースに入って写真に収めたい風景を探したり、町の方を見下ろして自分の家はあそこ、と教え合ったりした。波多野の家は町を東西に貫く一番大きな道路の交差点のそば。一方畑が指差したのは町の東側、狭い路地が密集した古い商店街がある辺りだった。

上から眺めると、山の裾野から続く住宅地のところどころに古い工場の煙突が突き出ていたり、更地になったまま人の姿のない空き地が見える。昔はここよりもっと山の奥に鉱山があって、町もすごく栄えていたらしい。うちはじいちゃんの代から酒屋だけど、鉱山があった頃はお得意先も三倍以上いて、儲かっていたんだって。

「鉱山が閉まって稼ぎの手段がなくなっちまって、かといって住人が入れ替わるわけでもない。この町は古い建物と人間が歳をとっていくだけの場所だよ」

父ちゃんはそう言っていた。

畑はじっと宙を見つめて相変わらずなにを考えているのか分からないけど、波多野はけっこう話をしてくれた。祖父、父ともに弁護士をしていて、特別に厳しいわけではないけど、自分もいい私立中学を目指すことが当たり前のように決まっていること、両親は近いうちに町を出て都会で暮らすのを望んでいること。

おれの家では感じることのない、なにか強い力に引っ張られて生きている感じがして、波多野も色々と大変なんだと思った。

次のバスを逃がすとまた二時間待たなければいけないから、余裕を持って十五分前にバス停に並ぶ。

「ちょっと考えたんだけど」

長い時間黙ったままだった畑が口を開いた。

「波多野さんは、この六つの怪談が手がかりだって言ってたよね」

手には怪談が書かれた紙がある。

「それって、話の内容じゃなくて六つの怪談の並びが大事だっていうことなんじゃないかな」

「どういうこと？」

波多野が訊ねると、畑は怪談が書かれた数枚のコピー用紙を重ねて、それぞれの冒頭部分が見えるように少しずらしてこちらに向けた。

〈Sトンネルの同乗者〉

まいさん（仮名）が専門学校の学生だった

〈永遠の命研究所〉

十年ほど前、たかしさん（仮名）

〈三笹峠の首あり地蔵〉

世の中には、信じられないような

〈自殺ダムの子ども〉

農家をやっているFさんは

〈山姥村〉

今はもう亡くなった祖母が

〈井戸の家〉

駅前の道をまっすぐ進むと

畑が言う。

「それぞれの話の頭の文字を平仮名にして、一文字だけ拾ってみて」

ま、十、世、農、今、駅を平仮名に。ま、じ、よ、の、い、え。

魔女の家。

波多野と同時に、あっと声を上げる。

地元の子どもなら誰でも知っている、古くて不気味な洋館。

町の怪談としても語られる、その呼び名は〝魔女の家〟。

果たしてこれは偶然だろうか？

「こじつけと言ってしまえばそれまでだけど」波多野は慎重に言葉を選びながら、「でも、六つの怪談から感じていたおかしさもこれなら説明できそう」

「どうしてこの六つが選ばれたのか、か」

「うん。特に共通している点がないから、どうやって七つ目の怪談を突き止めればいいのかが分からなかった。でも頭の文字の並びが大事なんだとしたら、話の内容はどうでもよかったんだ」

その時、ちょうどバスがやってきた。行きと違って、車内には二人ほど乗客がいる。

おれたちは最後部の座席に肩を並べて座る。

「魔女の家って、行ったことある？」

波多野の問いに、おれは言葉を濁《にご》す。

「二年くらい前に、ちらっと見ただけなら。古い洋館だけど、特に変なことはなかったよ」

ただ、住宅地の中でそこだけ不気味な空気が漂っているのと、家の中から誰かに見られているかのような気配を感じて、一分も経たないうちに場を離れたことは言わないでおいた。

ヒロ兄ちゃんによると、彼が小学生の頃から魔女の家は古びていて、住人はとっくに亡くなっているんだとか、とうとう解体されるらしいとかまことしやかに噂されていたらしい。

時計を見ると、まだ午後二時にもなっていない。

「たぶん途中のバス停で降りたら、歩いて行けると思うけど……どうする？」

聞いた時にはすでに、波多野はスマホを駆使して最短のルートを検索し始めていた。


〝魔女の家〟は、まるで時間が止まっているかのようだった。

おれたちの小学校の学区の端っこにあたるこの辺りは、町の歴史でも早くに住宅地として拓《ひら》かれた地域だと父ちゃんに聞いたことがある。立ち並ぶ住宅を見るといかにも重たげな瓦屋根を載せ、古い石垣や庭木で囲まれて、外壁もカビや汚れで黒ずんでしまっている。玄関や庭でやたらと目につく陶器の鉢植えの中身も、育てているのか勝手に生えたのかよく分からない状態のまま放置されているものが多い。

こういうの、父ちゃんなら『昭和っぽい』と言うだろう。

「ここら辺に住んでる友達もいないよな」

「たぶん、お父さんやお母さんの世代が育った地域だから、今は子どもがあまりいないんじゃないかな」

波多野は初めて来たらしく、魔女の家を興味深そうに眺めている。

まるで古い映画から出てきたような木造二階建ての洋館は、壁の白いペンキが剝げて金属の窓枠は錆《さ》び、地震でも起きたらすぐに崩れてしまいそうだ。大きな庭はまだ九月だというのに緑が少なく、生気がない。やせ細った老人の腕に似た枯れ木が二階の窓に向かって突き出し、その枝にとまった真っ黒な烏はじっとこちらを見下ろしている。

二年前に来た時に感じた気味悪さを、体がすぐに思い出した。

「なんか、トンネルよりこっちの方が怖いね」

怪談を鼻で笑い飛ばした波多野の声が固くなっている。

「ここには誰が住んでるの？　魔女ってことはお婆さん？」

「空き家なんじゃないか。表札も見当たらないしさ」

館には車を停めるガレージすらなく、住むとしたら不便なことは間違いない。

なにかの紋様《もんよう》みたいな形をした、黒い重たげな門は上部に槍《やり》のような突起がついていて、訪問者を拒絶しているみたいだ。

おれたちはひとまず敷地を一周してみる。この辺りは五軒くらいの住宅が前後二列に並んで一つのブロックを作っている。魔女の家はブロックの端っこに位置していて、屋敷自体はそう大きくないのに、庭がやたらと広いので前後二軒分の敷地を使っているのだ。

屋敷を横に見ながら裏手に回ると、敷地を囲む低い塀の途中に金属製の小さな門があり、そこから建物の通用口らしき扉が見えた。裏口らしい。表の門とは違って仰々しさは感じられず、扉までの距離も近い。

屋敷の窓はどれも明かりが見えず、やはり廃墟のようだった。

と、畑がとんでもないことを言い出した。

「入っちゃだめかな」

「どうやって。窓ガラスでも割るのか」

「ダメダメ、絶対だめ。見つかったら通報されちゃう……」

波多野の言葉は途中で勢いを失う。

周囲に人気《ひとけ》がないことはこいつもとっくに感じていたのだろう。

畑が裏門の取っ手に手をかける。なんの抵抗もなく、門が開いた。

さらに一歩、敷地に踏み入った。

「扉の鍵がかかってるか、確かめるだけだから」

独り言みたいに呟きながら畑が扉に手を伸ばす。

おれも波多野も、息を詰めてその様子を見守る。

そして——

ギイィ。

開いた。

こちらを振り向いた畑の顔には「どうしよう」という文字が浮かんでいるように見えた。

直後におれたちがとった行動の理由を、うまく説明することができない。

おれと波多野は同時に畑に駆け寄り、押し込むようにして扉の中に飛びこんだのだ。

その瞬間、耳の奥がキーンと鳴り、なんの音も聞こえなくなる。

いや、それどころか電気の膜に包まれたみたいに、全身にピリピリとした痺《しび》れが走って、おれは思わず背筋を伸ばした。

「なに、今の」

「静電気？　わかんない……」

ほかの二人も同じ感覚だったんだろう。わけがわからないといった表情で顔を見合わせている。

屋敷の中は、しんと静まりかえっていた。

幽霊屋敷みたいな暗がりを想像していたけど、窓から外の光が差しこんでいて、中の様子はちゃんと見えた。小さな土間から靴のまま段差を上がる。

そこは狭いキッチンで、壁面に古い映画で見るような木製の食器棚があり、カウンターの向こうには小さなテーブルセットが見えた。部屋もドアも普通の日本の住宅よりは大きく作られている気がするけれど豪邸と呼ぶには程遠く、外国の雰囲気をぎゅっと縮めて閉じ込めた感じがする。

ぴちょん。

シンクに水滴が落ちる音に、三人ともびっくりして身を寄せた。

「嘘。まだ水道が通ってるの？」

「っていうか、食器もあるし……」

テーブルの上には新聞も載っている。なにより廃墟特有の埃《ほこり》臭さが全然なかった。

誰かが住んでいるか、少なくとも管理は続けられているんだろう。だったらすぐに出ていかなければいけないのだけど、おれたちはすぐそこにあるリビングの光景に釘づけになり、思わず「うわあ」と声を漏らしていた。

本、本、本本本本本――。

壁紙も見えないくらいに、部屋の隅から隅までびっちりと本棚が埋め尽くしている。

迫力に圧倒されているおれの肩を、波多野がつついた。

「見て、廊下も……」

リビングから通じる廊下の壁も本棚だらけだ。そのありさまはちょっと病的にすら感じてしまう。しかも図書室と違って本の並びはまとまりがなく、辞書のような分厚いものから文庫サイズのものまで、とりあえず詰めこみましたって感じだ。

「そうだ、写真を……」

誰も見たことのない、魔女の家の内観なのだ。壁新聞に載せることはできないけど、すごく貴重な資料になる。

おれは尻ポケットに突っこんでいたスマホを取り出し、リビングと奥の部屋までが映るようにレンズを向ける。が――

画面の中になにかがいる。

奥の部屋に続く入り口で、車椅子に乗った老婆がこちらをじっと見つめて……。

おれの口から聞いたことのない叫びが出た。

それに釣られて女子二人も絶叫し、おれの視線の先を見てさらに絶叫した。

三人でもつれ合うようにしてひっくり返ったところで、キィ、と車輪が回る音が聞こえた。

「無断で入って床を汚しておいて、人を見て悲鳴を上げるなんて。あんたら悪魔かい？」

魔女の家は、廃墟ではなかった。

住んでいるのは車椅子の婆ちゃんが一人。

もっとも、婆ちゃんは全身黒ずくめの服で大きな鷲鼻のうえ、真っ白な髪を後ろで三つ編みにしているから、姿だけは魔女と呼んでも通用しそうだ。

「まったく、なにかと思ったら少年探偵団とはね。少しでも部屋を荒らそうものなら、こいつで轢《ひ》き殺していたところだよ」

おれたちがここに来た経緯を話すと、婆ちゃんはそう毒づいた。

物騒な物言いはあながち冗談ではなく、婆ちゃんはパラリンピックの車椅子バスケの選手かと思うような見事な車椅子さばきで、家具を避けながら狭い室内を猛然と走り回り、お茶を出してくれた。ちなみにテーブルセットの椅子が足りなかったから、おれたちは全員立ったまま不揃いのカップを受け取る。

「あんたたち、名前は」

「波多野沙月です」

「木島悠介」

「畑美奈」

それを聞いた婆ちゃんの眉が少し上がった気がしたけど、すぐ元に戻る。

学校に通報されるかもと半分覚悟したけれど、子どもの間でここが魔女の家と呼ばれていることを聞いた婆ちゃんは、嬉しそうに手を叩いて笑った。

「いったい何十年そう呼ばれているんだか。子どもってのはいつの時代になっても好きなんだねえ、怪談ってのが」

波多野がおずおずと切り出した。

「あのう、お婆さんは」

「魔女とお呼び」

婆ちゃん、意外とノリノリだ。

「魔女さんは、ずっと一人暮らしなんですか。車椅子で？」

魔女の語ったところによると、家族もおらず自動車も持たないが、週に二度知り合いのお手伝いさんが通ってくるらしい。だから外で姿が目撃されることが滅多になく、この家もまるで幽霊屋敷のような扱いをされていたんだろう。

「あんたたち、今どきの子どもにしちゃ自分の足で情報を摑もうって気概があるのは認めてやろう。不法侵入はいただけないが、まあ子どものうちはそのくらいのガッツが必要ってなもんだ。だが魔女を見て腰を抜かしたのは減点だねえ」

自分たちの情けない姿を思い出し、思わず赤面したおれたちは互いに顔を見合わせて「このことは他言無用で」と頷き合う。

「七不思議の話も、各話の頭の文字を取るというアイデアは面白い。だがそれは〝一つの解釈〟でしかない。他の条件と照らし合わせて、そのアイデアが妥当かどうか検討することを覚えな」

妥当かどうか？

どういう意味なのか首を捻《ひね》っていると、魔女は話すスピードを少し落とした。

「あたしが見たところ、この紙に書かれている六つの怪談はどれも、噂話として広めていくには長すぎるね。とても覚えていられない」

「それはおれも思いました。僧門トンネルに赤ちゃんの幽霊が出るのはけっこう知られているけど、ここまで詳しく書かれているのは初めて見たから」

「そうだ、ユースケ」おれを呼び捨てにした魔女の目が少し優しく細まる。「不自然なものごとには、必ずなにか理由があるもんだ。ここでさっきのアイデアに立ち返ってみよう。各話の頭の文字を取るだけのためなら、話を長くする必要があるか？」

「言われてみれば、そうですね」

波多野も納得した表情を浮かべる。

「書き出しの文字なんて、どうとでも変えられる。頭の文字に着目してほしいならむしろ、本文じゃなくて心霊スポット名か怪談のタイトルがそうなるよう揃えたらいい」

魔女の言いたいことはおれにも理解できた。一つのヒントから考え方を導き出しても、他のヒントに合わなかったら意味がない。

七不思議の調査は振り出しに戻ってしまった。

畑が〝まじよのいえ〟という並びに気づいた時は興奮したのにな、と気落ちする。

その畑が口を開いた。

「ねえ、波多野さん」

「なに？」

「この怪談を教えてくれた人って、死んだの？」

波多野がうろたえる。

「どうして……」

「オカルト好きの木島も知らなかった六つの怪談。それを波多野さんに教えてくれた人がいるんだったら、七つ目の不思議がなんなのかも、その人に聞けばいいはず」

そうか。僧門トンネルで言い合いになった時、波多野の言葉に疑問を感じた。どうやってこの六つの怪談が選ばれたかは分からないのに、どうしてここに手がかりがあると信じているのか。そのことを教えてくれた人が、もういないんだとすれば。

顔色を窺《うかが》いながら、おれも続いた。

「どうしても話すのは嫌なのか？　おれの一番の目的は壁新聞だけどさ、協力できることはするし、なにを聞いても馬鹿にはしない。それは今日の活動で分かっただろ」

二人分の視線を受けながらも波多野は少し黙っていたが、やがて諦めたように肩を落とした。

「そうだよね、ごめんなさい。壁新聞づくりを理由にして、オカルトに詳しそうな木島君の知識を借りるだけのつもりだったの。でもトンネルにも付き合わせたし、この家に忍びこんだのがバレて大ごとになってたかもしれない。私、身勝手だった」

そう言って、おれたちに向けてきっちりと頭を下げた。真面目すぎて、おれたちの方が面食らってしまう。それから波多野は切り出した。

「去年の秋、私の従姉《いとこ》が死んだ。木島君は知ってるよね」

「それは……」

ためらいながら頷く。

隣の畑の顔には疑問の色が浮かんでいる。こいつは四月に転校してきたばかりだから知らなくても無理はない。

去年、優等生の波多野が不幸な目立ち方をした時期があった。

町の運動公園のグラウンドで、二十代の女性の遺体が見つかった事件。

女性の名は波多野真理子《まりこ》。朝にニュースが流れてまもなく、それが波多野の親族であることが知れ渡った。さらに様々な状況から他殺の疑いが濃いとあって、町はその話題で持ちきりになった。もちろん、波多野はなにも悪くない。でも小さな町の中で突然起きた凶悪事件だったから、身内の犯行じゃないか、なんてひどい声も聞こえてきた。

小学校では先生から、波多野の前で事件のことを話題にするなと言われたけど、かえってみんなはぎくしゃくしていたと思う。当時波多野と同じクラスだった友達に聞くと、しばらくは誰も接し方が分からなくて孤立状態だったらしい。

それでも、事件はそのうち解決するだろうと思われていたのだけど……。

「まだ、犯人は捕まっていないんだよな」

おれの言葉に波多野が頷く。

「パパもママも詳しい事情を教えてくれないし、私はなんにもできなくて、悔しかった。だけど夏休み、初盆でマリ姉の家に行ったら、警察が捜査のために持って行ってたマリ姉の私物がいくつか戻ってきていたの。その中にノートパソコンがあった」

仕事用とは別の、ネットを見ることくらいにしか使っていなかったパソコンだったらしく、簡単なパスワードで開くそれは、すべて警察が調べて手がかりが見つからなかったため返却された。それでも藁《わら》にもすがる思いで波多野は中を見たという。保存データ自体がほとんどなかったが、デスクトップに一つ、妙に気になるテキストファイルがあった。

「それがこの『奥郷町の七不思議』のテキストだったの。中には六つの怪談と、『七つ目の不思議を知ったら死ぬ』って書いてあった」

「でも、事件に関係があるとは……」

おれの疑問を波多野は強い口調で遮《さえぎ》る。

「私はマリ姉をよく知ってる。優しいけど真面目で理屈屋で、私はそんなマリ姉に憧れてたんだから。怪談を集めるような趣味はなかった。なのにそのテキストファイルだけ、わざわざ目立つ場所に保存されてたのには、絶対に意味があるんだ」

殺された従姉が残した七不思議。しかも、『知ったら死ぬ』という、まるで自分の死を予見したかのような言葉。

いつの間にか、波多野の声は震えていた。

「親にも、刑事さんにも言ったよ。でもみんな子どもだからって相手にしてくれない。そりゃ私だって、マリ姉の死が怪談なんかで解決できると思いたくないよ！　でも他にできることがないもの。なにも大人が教えてくれないんだもの……」

ようやく、これまでの波多野の葛藤《かっとう》が分かった気がする。

こんな常識の塊《かたまり》みたいなやつが、怪談以外にすがれるものがなかった。砂粒ほどの可能性を信じて七不思議を調べるしかなかったんだ。だからおれを巻きこんだ。

ただしあくまでオカルトの知見を利用するためであって、決してそれを認めたいわけじゃない。これが波多野の態度の矛盾だったわけだ。おれはなんだか胸に刺さっていた棘《とげ》が取れた気持ちだった。

「ユースケ、ティッシュを取っておやり」

魔女に言われ慌ててテーブルの箱に手を伸ばし、目を合わせず波多野に渡す。魔女は背もたれに体を預け、穏やかな声を出した。

「いいじゃないか。大人に任せておけないってんなら、納得いくまでよく調べて、よく考えな。あんたらの話を聞くのはいい暇つぶしになる。ただ人が一人死んでいるんだ。何か危ない目にあいそうになったらすぐに私に知らせるんだよ。この家も好きに使っていい。本しかないが、子どもが秘密基地にするには十分だろ」

「これ、全部外国の本?」

物珍しげに聞いたのは畑だ。

「翻訳したのもあるよ。ミステリーが多いけどね」

「ミステリーって怖い本?」

おれも内心で同じ疑問を抱く。オカルトの雑誌にもけっこうミステリーってタイトルがついてるし。

「平たく言えば推理小説かね。刑事や探偵が出てこないものもあるし、ホラーや犯罪小説もあるけど。その様子じゃあまり小説を読まないようだが、ミナにも読めそうなものなら――」

魔女は車椅子で本棚のひとつに近寄ると、迷わず一冊の文庫本を手に取った。こんなにバラバラに並んでいるのに、どの本がどこにあるかすべて覚えているのだろうか。それに車椅子で届かない高さにはどうやって本をしまったんだろう。お手伝いさんに頼むのかな。

本を受け取った畑はぺこりとお辞儀をした。

「大事にするね」

「いや、ちゃんと返しに来なよ」

すかさず魔女が言い添えて、おれたちは笑った。

帰り道、波多野がおれに言った。

「やっぱりオカルト系の記事は木島君に任せてしまっていい？」

「なんだよ、突然？」

「七不思議のことは、自分で調べ続ける。でも壁新聞の記事にするのはやめる。あ、もちろん木島君が七不思議をネタにしたいのならやってくれていい」

「だったら一緒にすればいいだろ」

せっかくお互いの主張が分かって、折り合いがつけられると思っていたのに。

波多野は静かに首を振った。

「今日行ってみてわかった。私はお姉ちゃんを殺した犯人を見つけることで頭がいっぱいになって、木島君みたいにオカルトを楽しめない。勘違いしないでね、馬鹿にしてるんじゃないの。でも木島君が好きなことについて記事を書こうと頑張ってるのに、私はどうしても否定の意見しか言えない。それはやっぱりよくないと思う」

壁新聞は生徒が自由にテーマを決めて、みんなに紹介したり、記事を通して自分を表現したりすることが大事なんだろう。だから波多野がオカルト否定派であっても、おれが記事を書くことを否定はできないというわけだ。波多野のこういう真面目で律儀なところは、さっきの話に出てきたマリ姉に影響を受けたのかもしれない。

この提案を受け入れるのなら、三人で七不思議を調べるのは今日限りということになる。

気づけば、おれはこう口にしていた。

「せめて、今日調べた僧門トンネルのことは一緒に書かない？　三人で調べたのにおれだけの記事にしたら、読者に嘘をついてるみたいだし。次からは一人でやるからさ」

波多野を説得するために、正論と提案を織り交ぜる。

「……分かった」

波多野は渋々ではあるけれど納得してくれた。

ほっとすると同時に、これで終わるなんて惜しいという気持ちが湧き上がってくる。今日のおれたちの活動は期待してたのとは違ったけど、たくさんの発見があった気がするのに。

波多野だって同じ気持ちじゃないのか？

そんな気持ちを正直に口にできるほど成長していないおれは、歯切れが悪いまま二人と別れるしかなかった。


厳しい日中の暑さに加え、慣れない女子二人との行動、噂の魔女の家への侵入。疲れ切ったおれは家に帰るなりベッドに倒れ込み、母ちゃんから夕飯の声がかかるまで眠ってしまっていた。

夜八時、仕事終わりの時間を待ってから電話をかける。予想どおり、相手はすぐに出た。

「もしもし」

「悠介だけど、今いい？」

「おお、どうした。また肝試しに行きたい場所が見つかったか？」

相手はヒロ兄ちゃんである。

「今回は違くて。いや、少しは関係あるんだけど。……あのさ、波多野真理子さんが殺された事件のこと知りたいんだけど。ヒロ兄ちゃん、あの人の同級生だって言ってたよね」

「なんだよいきなり。小中の時だけな。別に仲が良かったわけじゃないし」

七不思議のことは伏せて、真理子の従妹と同じ係になったこと、まだ犯人が捕まっていないことを気にしている様子であることを話すと、ヒロ兄ちゃんは納得したようだった。

「俺は捜一じゃないし、特に新しい進展もないから、ざっとした概要くらいしか話せないぞ」

実はヒロ兄ちゃん、歳が離れた幼なじみであり、奥郷署の警察官なのだ。

ヒロ兄ちゃんの説明によると、こうだ。

事件が発覚したのは昨年の十一月末の土曜日。朝五時半ごろ、運動公園のグラウンドに女性が倒れているのを、知人男性が発見した。女性はすでに冷たくなっており、通報を受けて駆けつけた警察官によって死亡が確認された。所持品から、死亡したのが波多野真理子であることがすぐに判明した。

「死因は腹部を刺されたことによる失血死。死亡推定時刻は確か……二十二時から零時の間だったか。臨場した同僚に聞いたけど、小さな町だからすぐに話が広まって、グラウンド外には野次馬がすごかったらしいぞ」

おれもよく覚えている。なぜなら夕方からはまさにそのグラウンドで奥神祭《おくがみ》りが開かれる予定だったから、事件は多くの人に影響を与えた。

奥神祭りというのは奥郷町の歴史に出てくる古い土地神様を祭る、この町の数少ないイベントだ。地元出身の熱心な議員さんが町おこしのために名物にしようと頑張ってるとも聞くけど、秋の終わりという珍しい時期にあることを除けば、ちょっとした神輿《みこし》が町を練り歩いて、ド寒い中で上半身裸になった男衆を中心に参加者が櫓《やぐら》を囲んで踊る様子が地元ニュースに流れるだけの、ただのお祭りだ。

「グラウンドには祭りに備えて櫓の素組みや出店があったが、遺体はそれらと十メートル以上離れた地面に横たわっていた。夜間はグラウンドの照明が消えているし、出店が邪魔で誰かが近くを通っても遺体に気づかなかっただろう」

致命傷となった刺し傷以外、遺体には特に異状はなかったらしい。暴行を受けた跡もなく、所持品も揃っていた。

警察は被害者が死亡したと思われる時間帯について周辺の住人に聞き込みをしたけど、不審な人物どころか、被害者の姿を見たという証言すら得られなかった。

「自殺の可能性はないの？」

「当然警察もそう考えたさ。だが自殺だとすると、一つ大きな問題があった。刺し傷は大きな刃物によるものだと断定されたが、現場にはそれらしい凶器が残っていなかった。ここで重要なのが、死亡当日の夜に奥郷町では初雪が降っていたことだ。グラウンド一帯には綺麗に二センチほどの雪が積もっていて、第一発見者の足跡しかなかった、と警察官は証言した。つまり被害者を刺した犯人が雪が積もる前に凶器を持ち去った、と考えるのが一番自然だということさ」

おれはヒロ兄ちゃんに礼を言って電話を切った。

部屋に戻ろうとすると、リビングから母ちゃんの「夜にどれだけ長電話してんの！」というお叱りが飛んでくる。

思い通りに遠出もできず、夜の電話も許されない。

まったく、子どもは不自由だ。

月曜日、おれは魔女の家に入った経験をクラスメイトに自慢したくてたまらなかったけど、なんとか我慢して学校での時間を過ごした。

話せばきっとみんなは食いついてくる。でも、あそこはみんなが近寄りがたい場所のまま、おれたち三人の秘密の場所であってほしい気がした。

放課後、波多野と畑を前と同じ低学年用の小校舎に連れ出し、僧門トンネルの記事について相談した。

「トンネルの調査ではこれといって収穫はなかったし、どうしようか。このままじゃ大した記事にならないよな」

「そうね。特にクラスのみんなは木島君が夏休みに撮った写真も見ているし、目新しさがないかも」

一度は僧門トンネルの記事から身を引こうとした波多野も、生真面目な顔で意見を出してくれる。

「怪談のモデルになった自動車事故のことをもっと詳しく調べてみる？」

それを聞いていた畑が不意に背負っていたランドセルを下ろし、中から文庫本を取り出す。土曜日に魔女から借りた本だ。

「これ、読み終わった」

「もう？」

今日が月曜だから、ほぼ一日しかかかってない。畑から渡された本をパラパラめくると、どのページも小さい字でびっしりと埋まっている。

波多野なら読み慣れているかもしれないけど、おれには無理だ。

「畑さん、本が好きだったのか？」

畑は緩《ゆる》く首を振って否定。

「この厚さの本は初めて。読んでみたら読めた」

「それで、本がどうかしたの」

「ミステリーは初めてだったけど、面白かった。なにげなく読んでいた部分が、後ですごい展開に繋《つな》がっていたり」

「伏線ね」波多野が補足する。

「それで、読み終わった後はしばらくふわふわした気分だったんだけど、ふとSトンネルの怪談を読み返してみたら、おかしな箇所に気づいた」

そう言って怪談の書かれたコピー用紙を広げたので、おれたちも顔を寄せて覗きこむ。彼女が指差したのは、肝試しに入ったメンバーがトンネルを抜けたところで赤ん坊の泣き声らしきものを聞く場面だ。

「ここで、車のクラクションが鳴り響いて目を凝らすと、車体が揺れているのが見えたって書いてる」

「それがどうかしたのか」

「私たちが行った僧門トンネルは、出口から入り口は見通せない」

思わず波多野と顔を見合わせる。

そうだ。トンネル内でおれと波多野が言い合いをしていた時。先に進んでいった畑の姿は、カーブの向こう側に隠れるところだった。

怪談では、車はトンネルの入り口の路肩に停めていたはずだ。そこは僧門トンネルの出口からじゃ見えない。

「確かにおかしいけれど……、作り話だからじゃないの？」

波多野が遠慮がちに口にするが、畑はきっぱりと反対した。

「不自然なことには理由があるって、魔女のお婆ちゃんも言ってた」

「この間違いにどんな理由があるって言うんだ？」

「Sトンネルは、僧門トンネルのことじゃないのかも」

驚きのあまり、おれは返す言葉を失った。

赤ちゃんの霊が出てくる町内の心霊スポットといえば僧門トンネル。それがオカルト界隈《かいわい》での常識だった。だからおれも奥郷町のSトンネルといえば僧門トンネルだと思ってしまった。

もし畑の言う通り、この怪談が別のトンネルを指しているのだとしたら。

「パソコン室で調べてみよう！」

波多野が言った。

うちの学校では放課後、午後五時の下校時間までパソコン室が開放されている。ただしできることといえばタイピングの練習やオフィスソフトの使用、インターネットくらいで、使いに来る生徒は滅多にいない。だけど波多野は学校にスマホを持ってきておらず、一刻も早く調べるためにおれたちはパソコン室に走った。

パソコンを立ち上げると、波多野は奥郷町で起きたトンネルでの交通事故について情報を集め始めた。僧門トンネル以外の場所で、怪談になるような悲惨な事故があったのではないかと考えたのだ。ところがトンネルでの死亡事故の情報はなかなか見つからない。ようやく十年前に起きたバイク事故の記事を見つけたが、そのトンネル名は向山《むこやま》第一トンネル。イニシャルがSじゃない。

「わざわざ怪談のタイトルにしてるってことは、イニシャルはSで間違いないと思うんだけどな」

「じゃあ、他にSで始まる名前のトンネルがないかどうかを調べてみようか」

言い終わるより先に波多野の両手がピアニストのように跳ねて、次々と情報を表示させる。調べた結果、僧門トンネル以外に頭文字がSになるのはただ一つ、桜塚《さくらづか》トンネルだということが判明した。次に波多野は地図アプリを起動させ、『桜塚トンネル』と入力する。

「見て、この形」

地図上に表示された桜塚トンネルは長い直線で、端から端までを見通せそうだ。まさに怪談に出てきたトンネルの条件にぴったりだ。

つい興奮気味の声が出る。

「怪談が示していたのは桜塚トンネルと考えていいだろう。ということは、ここでも人が死んだのか？」

「そんな記事は見つからないけど」

桜塚トンネルの画像を見ると、僧門トンネルとはまるで違い、手入れが行き届いた感じの綺麗なトンネルだ。近くに墓地や火葬場なんかがあるわけでもなくて、理由もなく怪談の舞台になるとはとても思えない。

他に怪談の元となるような事故があったのではないかと、桜塚トンネルに続く検索ワードを『事件』『事故』に変えてみたが、なかなかそれらしい記事は見つからない。

その時、一つのアイデアがひらめいた。

「そうだ、他の車だ。もしトンネルでなにか起きていたら、目撃したドライバーや同乗者がＳＮＳに書き込むんじゃないか」

「なるほど、それいいかも」

波多野が目を輝かせ、ＳＮＳの投稿に検索をかける。すると渋滞や通行止めなど道路状況に関する投稿がいくつか見つかった。

その中で目を留めたのは三つ目に表示された、写真付きの投稿だ。写真では、トンネルの壁に車体の横っ腹を擦りつける格好で乗用車が停まっていて、後ろに赤色灯をつけたパトカーと交通整理をする警察官が写っている。後方からの景色だったが、乗用車に大きな破損は見当たらない。書き込みの内容は、

『子どもを迎えに行く途中。桜塚トンネルで事故？』

というシンプルなもので、詳しい情報はない。

「故障かなにかかな」

首を捻っていると、畑が身を乗り出して指を突きつけた。

「見て、この日付」

書きこみの日時は去年の十一月、最終の木曜日。それを見た波多野が息を呑む。

「お姉ちゃんが殺された前日だ」

イニシャルがSのトンネルで、事件前日に事故？

ぶるっと背中に寒気が走る。

本当に繋がるのか、七不思議と殺人事件が。

問題は、この事故の詳細が分からないことだった。

「どうしよう。せっかく手がかりになりそうな情報なのに」

波多野が悔しそうにキーボードを叩く。

「大丈夫」

おれはモニター上の写真を見つめ、思わぬ偶然に興奮しながら告げる。

「ここに写っている警察官、知り合いだと思う」

ヒロ兄ちゃんは交通課の所属なのだ。

期待に満ちた二人の目がこちらに向けられ、無性にこそばゆくなる。頼むからなにか知っててくれよ、とヒロ兄ちゃんに向けて念じた。


ヒロ兄ちゃんは仕事が忙しかったらしく連絡を取れたのは次の日で、おれたちは非番の日に家を訪ねることにした。彼は今も実家から仕事に通っているのだ。

「これ、つまらないものですが皆さんでどうぞ」

手ぶらのおれと畑と違い、波多野だけはしっかりと菓子折らしい包みを持参していた。

「クラスメイトの波多野と畑だよ」

ヒロ兄ちゃんは波多野と聞いて少し目を開いたけれど、すぐにニカッと笑い「どうぞ上がって」

と案内してくれる。

和室の居間でおれたちが座布団に座り、人数分のコップに麦茶を注ぐとヒロ兄ちゃんがさっそく切り出した。

「それで、桜塚トンネルの事故だっけ。あんなのよく知ってるなあ」

「SNSで見つけたんです」

波多野が例の投稿をスマホで見せると、「今時はなんでも出回るなあ」と呆れた様子だ。

「でもこれ、ユースケが好きなオカルトの要素はねえぞ。あの日、トンネル内で停まってる車があるって通報を受けて、俺達が駆けつけると運転席の人が死んでたんだ。現場検証をしたけど車に目立った痕はなくて、他の車との事故でもなさそうだった。たぶん運転中に体調に異変が起きて、どうにか車を停めた後で亡くなったんだろう。珍しいけど、そういうこともあるわな」

交通事故ではないから、記事としてネットにも上がっていなかったのか。

「その人、持病があったんですか」

「いや」ヒロ兄ちゃんは土産のまんじゅうの包装を開けながら答える。「四十代の人だったし、それらしい病歴はなかった。結局、心不全と診断されたよ」

それを聞いて、胸の中がざわめいた。

心不全。確か、Sトンネルの怪談に出てくる運転手の死因だったはず。

「心不全って、心臓の病気じゃないの」

「病気の名前じゃなくて、簡単に言えば心臓がうまく働いてない状態のことだな。原因となる病気は色々あるし、ごく稀だけど健康な生活を送っていた人が急に亡くなった際に原因が見つからず心不全と言われることもある」

つまり、桜塚トンネルで死んでいた人は原因不明だったってこと？

「確かあの人、仁恵大学《じんけい》の教授だったんだよなぁ。まだ若いし、優秀な人だったんだろうに、気の毒に」

とヒロ兄ちゃんが零《こぼ》した。

「仁恵大学？」

隣で「えっ」と声が上がった。波多野だ。

どうした、と訊ねるつもりで視線を向けると、彼女は心ここにあらずといった様子で呟いた。

「――マリ姉が卒業した大学だ」


ヒロ兄ちゃんの家を出た後もすぐに解散とはならず、おれたちは行く当てもないまま歩き出した。

見回してもそこにあるのはなんの変哲もない日常の光景だ。

どこにでもある家並み。いつもどおりの空。

もう何度も経験した、夏の名残の暑さが肌にまとわりつく。

平凡でつまらないと、うんざりしていたはずの日常の中に、素知らぬ顔でこんな謎が潜《ひそ》んでいたなんて。

「やっぱり畑さんの推理は合ってたんだ」

前を行く波多野の声が風に乗って届く。

「Sトンネルの怪談は、心霊スポットの僧門トンネルじゃなくて桜塚トンネルを指していた。桜塚トンネルではマリ姉が殺される前日に、心不全で亡くなった人がいる。怪談の中で死ぬ人が血まみれのボロボロじゃなくて心不全に変えられていたのも、それを示すためだったんじゃない？」

「しかもその人はマリ姉の母校である仁恵大学の教授。ひょっとしたらマリ姉と面識があるかもしれないよな」

　これらの繋がりがただの偶然とは思えない。少なくとも、調べずに済ませるなんてできやしない。

「でも分からないことがある」畑が言った。「本当にマリ姉がその事故を示すためにSトンネルの怪談を残したんだとしたら、教授の死からマリ姉が殺されるまでのわずか一日程度の間にこの怪談は作られたことになる。そこまでした理由はなに？」

　波多野が肩越しにこちらを見る。

「大事なのは『七つ目の不思議を知ったら死ぬ』というメッセージだと思うの。これは六つの怪談の謎を解いた時、なにか重大な秘密が分かると言いたいんだと思わない？　教授が死んだのは偶然だったのかもしれない。でもマリ姉はその原因について、大っぴらに人に言えない秘密を知っていた。だから急いで六つの怪談をでっちあげ、秘密の手がかりを隠した」

　おれたちの手元には、波多野真理子が残した怪談がまだ五つも残っている。これらすべてにSトンネルのものと同じ、なんらかの仕掛けが施されているとしたら。

「とにかく、最初の壁新聞にはSトンネルの怪談の調査内容を書くことに決まりね。色んな人が読めば、これまで知られていなかった事件に関する情報も出てくるかもしれない」

　これはすごい記事になるという予感がした。実際の殺人事件と七不思議をこんな形で繋げるなんて、警察やほかの大人だってしなかったことだ。

だけど一方で、おれはこう考えてもいた。

マリ姉は『七つ目の不思議を知ったら死ぬ』と残した。

実は、その通りのことが起きたんじゃないか？

教授とマリ姉は七不思議をすべて知った。そのせいで死の運命を引き寄せた――。

少なくとも、おれはそっちの路線から推理を組み立てたい。

「やっぱり、Sトンネルの記事だけじゃなくて、その先も協力して進めないか」

おれの提案に、波多野は怪訝な顔をする。

「前も言ったけど、私はマリ姉の事件の真相を探してるだけだから。オカルトを記事にするのは気が進まないし、木島君の意見を否定したくは」

「それでいいんだ」

波多野の言葉を遮り、一気に喋る。

「どっちかの意見に合わせる必要はない。七不思議の怪談についておれはオカルト賛成派として、波多野さんはオカルト否定派の視点から記事を書く。最近、ネットの情報でもフェイクニュースって問題になってるだろ。一つの物事について色々な方向から考える記事なら、先生も認めてくれるはず。それにおれと波多野さんの討論という形にすれば、みんなきっと食いついてくれる」

少し考えるように俯《うつむ》いた後、波多野はおれの横に立つ畑を見た。

「畑さんは？」

「畑さんにはどっちの味方でもなく、客観的に議論を分析してもらう。どちらの方が説得力があるか、または説明に穴がないかどうか。公正な議論をするなら議長役が必要だからな。いい？」

畑がこくりと頷くのを見て波多野が言う。

「たぶん私、手加減できないよ」

うっ、手強そうだ。

けど精一杯の虚勢を張る。

「上等だ。答えの見つかっていないものを探しているのはお互い様なんだ」

そう。オカルトを信じ、心霊現象を証明したいおれと同じく、波多野は警察すら手詰まりの事件の真相を求めている。大変なのはお互い様だ。

「ライバルであり、協力関係ってことね」

波多野の顔に、不敵な笑みが戻る。一つ目の怪談の謎は解けた。残る五つも待っていろと言うように。

「分かった。木島君は木島君の記事を書いて。その代わり私の方がダントツで説得力のある記事にするから。……あと」

不意に声を落とし、おれたちから目を逸らす。

「前から思ってたけど、名字で呼ぶのやめよ。波多野と畑でややこしいし。私のことはサツキでいい」

思わぬ発案に驚きながら、

「だったら、木島と記事でややこしいからおれのことはユースケで」

二人で振り返ると、最後尾の畑は少し恥ずかしそうに、

「じゃあ、ミナで」

と言った。

「やろう。ユースケ、ミナ。私たちで七不思議を解き明かす」

第二章 遭遇

9
September
SUN
MON
TUE
WED
THU
FRI
SAT
27 28 29 30 31 1 2
3 4 5 6 7 8 9
10 11 12 13 14 15 16
17 18 19 20 21 22 23
24 25 26 27 28 29 30
敬老の日
秋分の日
十五夜
運動公園で取材
壁新聞第1号発行！
永遠の命研究所に行く日

廊下に誰かいる。ここからは見えないけど、気配がある。
おれは慌てて部屋の入り口に懐中電灯を向けた。
絶対にサツキたちじゃない、と直感が告げている。
「誰？」
返事はない。おれは急いで右手でスマホを構える。
指の震えが止まらない。今起きていることが、あの怪談どおりなんだとしたら。
ひょっとしておれ、死んじゃう？
その時だった。
入り口の端から、真っ黒な塊がぬうっと顔を出した。
どちらかと言うと華奢《きゃしゃ》な体と、歪《いびつ》に大きな頭。
とっさに、一つの呼び名が思い浮かぶ。
——影坊主《かげぼうず》。
やっぱりあの怪談は、影坊主のことを書いていたんだ。
もしかして、マリ姉が死んだのも……。

おれは悲鳴さえ上げられない恐怖の中、祈るような気持ちでスマホのシャッターを切った。

次の怪談の舞台になっている『永遠の命研究所』は、奥郷町と隣の市の境界線ぎりぎりの、地図だと緑一色で塗られているような人里離れた森の中にある三階建ての廃墟で、おれはまだ行ったことがなかった。

ちなみにこの怪談を次の調査対象に選んだのは、単純にマリ姉が残したファイルで二番目に載っていたからだ。

調べやすそうな怪談から手をつけてもいいのでは、とおれは言ったのだけど、怪談中に事件の手がかりがあるのなら、その掲載順にもマリ姉の考えがあるかもしれない、というのがサツキの意見だった。

その『永遠の命研究所』の廃墟だけれど、当然ながらバス停があるような場所じゃなくて、車でないと行けない。だからこそインパクトがある映像を好む動画配信者には人気のスポットだ。それらの動画に映る廃墟の姿は、かつて人が過ごした形跡が今まさに崩れているような、胸を締め付ける不気味さに満ちていて、ひんやりとした魅力があった。

とにかく、おれたち三人はなんとかしてそこに行かなきゃならない。

「そんなわけでさあ、車出してくれないかなあ」

おれは仕事帰りのヒロ兄ちゃんが店に立ち寄ったのを捕まえ、連れてってくれるよう頼み込んだ

……のだが。

「ダメ。あそこはダメ」

けんもほろろに断られてしまった。おれは会計台から叫ぶ。

「発泡酒一本おまけするから！」

「親父さんに怒られるぞ。しかもビールじゃなくて発泡酒か、せこいな」

ヒロ兄ちゃんは冷蔵ショーケースを前に、缶酎ハイを吟味しながらぼやく。

夏休みは色んなところに連れて行ってくれたのに、どうして今回はダメなのか聞くと、目的の永遠の命研究所が廃墟とはいえ、私有地だからだという。

「そのナントカ研究所の廃墟の今の所有者が誰なのか知らないけど、勝手に入ったら不法侵入だ。警察官自ら子どもを連れて法律違反はまずいだろ」

「パトロールってことにできない？」

ヒロ兄ちゃんは呆れ顔で、「バカ野郎」と毒づく。

「どれだけ俺に冒険させたいんだよ。非番の時に嘘つくわけにいかんし、仕事中にお前たちを連れて行くのも無理。諦めろ。壁新聞のためにクビを賭ける勇気はねぇよ」

クビはさすがに言い過ぎだろうと思ったけど、奥で電話対応していた父ちゃんが戻ってきてやりとりを聞き咎《とが》められる。

「ユースケ、ヒロ君を困らせるな。夏休みに散々構ってもらっといて」

「いいんすよ、おじさん」

これにはおれも言い返さずにはいられない。

「ヒロ兄ちゃんに頼むのは、父ちゃんたちが全然連れて行ってくれないからじゃないか」

「年中無休だからこそ、ウチみてえな酒屋が生き残れるんだ。大体心霊スポットやら廃墟やらのなにが面白いんだ。こっちから出向かなくても、十年後は町中廃墟だらけになってら」

「おじさん、十年後は早すぎません？」とヒロ兄ちゃん。

「そんなことねぇよ。目立たねぇだけで、この辺もどんどん空き家が増えてる。若者は住み着かず、住宅の工事だって老後を見据えたリフォームばっかり、たまに綺麗な建物ができたと思えば、老人ホームかケアハウスじゃねぇか。人は死ぬまで酒を飲むからウチは町と心中できるが、他はなかなかそうはいかん。ヒロ君はいい職を選んだよ」

「頭がないからそうなっただけっすよ」

店内にヒロ兄ちゃんの乾いた笑いが響く。

「まあ、行政も色々と工夫してるみたいっすよ。十一月末には小日向志津夫《こひなたしづお》が設計した文化ホールで、有名人を呼んで芸術祭を企画してるって」

「高辻がチケットを取ろうとしたけど、人気過ぎて駄目だったたって。好きなアイドルが出るらしいよ」

他にも登録者数が二百万人もいる人気ユーチューバーが初めて演劇に出演するとかで、町の至る所で芸術祭のポスターを見かける。ネットでの配信もやるらしく、この町で滅多にない大きなイベントだとおれは感心したけど、父ちゃんは違った。

「困ったら小日向志津夫なんだ、この町は。もうこの世にいない建築家を引っ張り出すこと自体、町に魅力がないって認めてるもんだってのに」

自嘲気味な口上を聞きながら、おれはうんざりする。

〝奥郷町の限界、あと十年説〟は父ちゃんの唯一の社会ネタなんだと、本人のいないところでよく母ちゃんがぼやいている。この狭い町で生まれ育ってきたから、それ以外の社会を知らないんだって。その母ちゃんは昔、数年だけ町を出て会社勤めをしていたと聞いたことがある。同級生だった父ちゃんとの結婚を機に戻ってきたんだとか。

この店を開いたのはじいちゃんだ。元は酒屋と並んで小さな旅館を経営していて、隣家や裏の月極《つきぎめ》駐車場までがうちの土地だったらしい。鉱山の時代は相当賑わっていたそうだけど、閉山とともに泊まり客はどんどん減り、父ちゃんに代替わりする際に旅館は畳んで酒屋の経営に絞ったんだと聞いた。

それらを人生を通して見てきた父ちゃんだから、奥郷町とは廃《すた》れていくのが当たり前で、これから栄えていくなんてことは朝日が西から昇るくらい想像できないんだろう。

ともかく、今回ばかりはヒロ兄ちゃんに連れて行ってもらうのは難しそうだ。おれは渋々言葉を引っ込め、缶酎ハイを二本持ってきたヒロ兄ちゃんにお釣りを渡した。

「現役の警察官だもん、そりゃそうだよね」

放課後の壁新聞作りの最中、波多野――じゃない、サツキとミナにその話をすると、意外と冷静な反応が返ってきた。

他のクラスメイトが帰った後の教室で、三人きりで作業をしている。しかもこの二学期までろくに会話もしたことのなかった女子と。そのことを意識するだけで、行き先も知らない道を歩いているような、ふわふわ落ち着かない気分になってしまう。それを二人に気取られないよう、おれは少し強気な声を出す。

「そうだよねって、このままじゃ永遠の命研究所に行く手段がないんだぞ」

「分かってる。とりあえず今はこの第一号を今週中に完成させることに集中しよう。それに記事を続けていくには、怪談に出てくる心霊スポットだけじゃなく、実際に起きた事件の方も調査をするべきだと思うの」

「実際のっていうと、桜塚トンネルで亡くなった大学の教授のことか。誰か分かったの？」

おれの問いに、サツキが難しい顔で髪を掻き上げ、首を横に振る。

「今、マリ姉の大学時代の知り合いから話を聞けないか、メールを出して返事を待っているところ。あとは、マリ姉の殺人事件の容疑者について、改めて調べておきたいんだよね」

正直に言えば、マリ姉が殺された事件については、この一年間で警察が散々調べているだろうし、小学生のおれたちが動いたところで仕方がない、と思う。でもSトンネルの怪談から浮かび上がってきた大学教授の死と殺人事件に、関係があると疑っているのはおれたちだけのはずだ。それも踏まえて事件関係者を調べ直すのは大事なことかもしれない。

「ユースケ、いつまで休んでるの」

ミナの声で紙面に目を戻すと、おれの担当分の作業だけが大きく遅れていることに気づき、慌てて手を動かす。

三人で相談し、奥郷町の七不思議の出所がマリ姉のパソコンであることは伏せ、〝ある人物から調査を依頼された七不思議〟を壁新聞の目玉記事として書くと決まっている。

今作っている第一号ではまずオカルト賛同派のおれがSトンネルの怪談と、僧門トンネルで実際に起きた事故の説明をした後、夏休みに撮った写真と実体験の紹介をする。

それに対してサツキが僧門トンネルでおれに突きつけたような、オカルト否定派としての反論と怪談の成り立ちについての意見を書いて記事のバランスを取る。そして最後にミナが見せた、Sトンネルは桜塚トンネルではないかという推理と、大学教授の死という新発見を披露する、という感じ。

手分けして作業していることもあり、ほとんどがマジックペンの字で埋まっている二人の担当範囲と比べ、おれはまだ半分近く白紙のまま。書き終えた記事も字が汚く、行が蛇行していたり文字の大きさが違っていたりと、なんとも不格好だ。

サツキが横に並んで呆れ声を出す。

「だから下書きはした方がいいよって言ったのに」

「……字が下手でも記事の内容は変わらない」

おれの苦し紛《まぎ》れの反論に、

「内容の前に、読んでもらえない気がする」

ミナが鋭い突っ込みを入れた。

くそう、お前だって字が下手だからサツキに下書きを頼んだくせに。

「はいはい、ユースケはさっさと終わらせちゃって。今後の方針をまとめると、永遠の命研究所に行く方法は引き続き探す。桜塚トンネルで亡くなった大学教授に関しては、マリ姉の知人を辿《たど》ってみる。私たちはとりあえず、マリ姉が殺された現場の周りで情報を集めてみよう」

ちょうどよかった。

おれも運動公園で調べたいことがあったのだ。

そんなわけで、次の土曜日。

おれたちが自転車で二十分かけてやってきたのは運動公園のグラウンド。

一年前、波多野真理子――マリ姉が殺害された現場だ。

今日は地域の野球チームの練習日のようで、白地のユニフォーム姿の中学生とおぼしき選手たちが「おえーい」とか「しゃあー」とか声を上げながら練習をしている。送球の距離が足りずにボールが地面にバウンドしてるわ、取り損ねてグラブからこぼれ落ちるわ、小学生のおれから見てもそんなに上手くないとわかる。

それでも泥だらけになることを嫌がらず練習に打ち込む姿は、おれの胸に隙間風のように冷たいものを浴びせかけた。別に野球がやりたいわけじゃないんだけど、あの人たちには当たり前にある背番号やポジションが、おれにはない。

これまでは仲のいい友達と遊んで過ごしていれば満足だったのに、六年生になり中学生という道が見えてきたことで、ふと不安になった。

なんだかこのまま、誰でもない存在としてレールで運ばれて、大人になってしまいそうで。

みんなから認められる、おれだけの強みがほしい。そのために壁新聞は絶対に成功させなければならなかった。

「たぶん、あの辺だったと思う」

フェンスに近寄ったサツキが二塁の少し奥あたり、中継プレー役が集まっている箇所を指す。マリ姉の遺体が発見された現場だ。

事件後、しばらくは献花台も設置されて連日人が訪れて手を合わせる様子がニュースで流れていたけれど、今はそれも見当たらない。

サツキの後ろ姿を眺めていると、来る途中にスーパーで買った小さな供花を握る手に、ほんの少し力がこめられたのが分かった。その背中はいつになく淋しそうに見える。

そうか、気味悪がられるのはもちろん嫌だけど、綺麗に忘れられてしまうのも、サツキからすれば複雑な気分なのかもしれない。

なにか声をかけてやらなきゃと思うものの、格好付けているみたいで小っ恥ずかしい。

などと迷っていると、

「サツキ、大丈夫?」

なんとミナが先に声をかけた。これにはサツキも振り向き、目を丸くしている。

「悩むより、体を動かした方がいい」

「——大丈夫、ありがと」

サツキに笑顔が戻った。

一方のミナの表情には一切の照れが見当たらず、澄まし顔のまま。

おれはひどく敗北感を覚える。格好付けってなんだ、おれの馬鹿。ミナにだってできたことなのに。

フェンスの外周のある部分に、未開封の缶ジュースが二本立てられていた。たぶん事件後には献花するスペースがあったんだろう。今は物寂しくなってしまった空間に、サツキは持ってきた供花を置いて手を合わせる。おれたちもそれに倣《なら》った。

「ミナはここに来たの、初めてだよね」

サツキはフェンスに沿ってグラウンドの周囲を歩きながら、遺体発見時の様子を説明し始めた。すでにヒロ兄から教えてもらった内容だったけど、おれも黙って耳を傾ける。

「マリ姉が発見されたのは早朝、午前五時半頃。死亡推定時刻は前夜の二十二時から零時の間。さらに言うと、二十三時から三十分間のうちに殺された可能性が高いんだって」

「どうして？」とミナ。

「その夜は初雪が降ったんだけど、この地域の気象情報によるとまさに二十二時から零時にかけて降ったそうなの。そして、マリ姉の遺体のあった地面とその周囲では、積雪量に差があった。つまりマリ姉は雪が降り止む前に殺されたことになる」

これはニュースに流れてないことだから秘密ね、とサツキが付け足した。

死亡推定時刻に関しては、かなり正確に判明しているようだ。

「夜に殺されたのに、朝になるまで誰も遺体に気づかなかったんだな」

「グラウンドには翌日の奥神祭りのための屋台が並んでいて、周囲からの見通しが悪かったの。夜は照明もついてないから、無理もないと思う」

「マリ姉がここに来た理由は？」

「分からない。誰かに呼び出されたと考えるのが自然だけど……」

どう説明したものかというように、言いよどむ。

「遺体の第一発見者は、マリ姉の知り合いらしいの。警察が言うには、二十三時頃マリ姉からその人に電話がかかってきたんだって。マリ姉は、このグラウンドにいるとだけ言って通話を切ったらしい」

「その人、怪しくない？　どうして電話を受けてすぐじゃなくて、朝の五時半にグラウンドに来たの」

普通に考えればその知り合いがマリ姉を殺して、時間が経ってから遺体を発見した振りをしたと疑いたくなる。ミナも同じ考えらしく、出来の悪い手品を見たかのように眉を寄せている。

サツキが慌てたように手を振った。

「待って。その人には完全なアリバイがあったみたいなの。死亡推定時刻の間は別の場所にいて、おかげで容疑からも外れたんだって」

「アリバイトリックだね」

すっかりミステリーに染まったミナが探偵みたいなことを言う。

「その人が何者かは知ってる？」

「警察の人に訊いたけど、教えてもらえなかった」

「サツキの両親も知らないのか？」

サツキの顔が少し曇《くも》る。

「もしかしたら知ってるかもしれないけど、前に事件の話をしたら、大人のことに口を挟むなって怒られた。マリ姉と親戚だってことも、あんまり公にはしたくないみたい」

「どうして。お父さんは弁護士なんだろ」

ドラマでは、弁護士は常に被害者の味方ってイメージがある。しかも姪にあたる人が殺されたっていうのに、冷たくないか。

「マリ姉の行動にも説明がつかないのが、引っかかっているんじゃないかな。うち、結構世間体を気にするし」

例えば、マリ姉が深夜に男性を呼び出してなにをしようとしていたか、ってことか。

それにしたって、子どもっていうだけでちゃんとした情報すら教えてもらえないなんて、大人はおれたちをなんだと思っているんだろう。

「だから今日は、事件後に警察がどんな捜査をしたか、追跡しようと思うの」

「追跡ってどうやって？」

首を傾げたミナに、びしっとサツキが指を突きつけた。

「そこよ、ミナ探偵。事件現場であるこのグラウンド周辺では、犯人の目撃証言を得るために、警察は聞き込みに特に力を入れたと思うの。つまり当時、警察に質問をされた人、あるいは捜査に関する情報を耳にした人もいるはず。口止めされていても、時間が経った今なら喋ってくれる人がいるかもしれない」

「了解です、サツキ刑事」

意外とノリがよく敬礼するミナ。探偵と刑事が一緒に行動するのか。

と、ミナはこちらを見て、

「君も気合いを入れろ、ユースケ裁判官」

「裁判官が捜査に駆り出されるわけないだろ！」

どんな人手不足だ。サツキが笑いながら、

「ミナ探偵、彼は記者でいいんじゃないか」

「なるほど。おい君、勝手なことは書くなよ」

好きにしてくれ。


おれたちは一年前の事件の時に警察に聞き込みをされたであろう人、つまり日課として運動公園を利用していそうな人に声をかけることにした。

土曜日ということもあって、運動公園内のコースをジョギングしている人や、犬を連れて散歩している人は多い。

最初にサツキが目を留めたのも散歩の休憩中なのか、ベンチに並んで腰かけている夫婦らしき二人組だった。年齢はうちのじいちゃんたちより少し若い、六十代くらいだろうか。

「こんにちは。今お時間大丈夫でしょうか」

しっかり者のサツキが、頭を下げながら丁寧な言葉遣いで話しかける。

「こんにちは。なにか御用かな」

「いつもこの公園を利用されてるんですか」

夫婦は顔を見合わせて穏やかに笑った。

「そうそう。定年で仕事を辞めてからは、天気がいい日は午前中に妻と散歩するのが習慣なんだ。家にいても暇だからね」

「じゃあ少しお聞きしたいことがあるんですが、一年前にこのグラウンドで女性の遺体が見つかった時、警察に聞き込みをされませんでしたか？」

夫婦の顔にちょっとした不審の色が浮かぶのを、おれは見逃さなかった。サツキの質問は端的で無駄がないんだけど、赤の他人の目には、子どもが殺人事件について知りたがっているのは奇妙に映るはずだ。

「社会の授業で、事件が地域の治安に与える影響を調べているんです」

思わずおれは横から口を出していた。

「事件があった後、うちの学校ではしばらく集団下校することになったんです。じゃあ事件の現場である運動公園の利用者の人たちも、なにか不便が起きたんじゃないかと思って」

我ながら、よくもこんなでまかせがすらすら出てくるものだ。

あんまり自慢できることじゃないけど、とにかく目の前の夫婦は納得したらしく、不審の色は消えて「ああ、あの時は」と記憶を探る顔つきになった。

「僕たちは朝のニュースも見ずに散歩に来たからね、グラウンドの側を通りがかって初めて物々しい雰囲気に気づいたんだよ。現場はブルーシートに囲われていてよく見えなかったんだけど、野次馬から死体が見つかったと聞いてぞっとしたねえ」

おじさんの方が言葉を切ると、隣で頷いていたおばさんが後を継いでサツキの質問の答えを口にする。

「何人かのお巡りさんが集まった人たちに聞き込みをしていてね、私たちも質問をされたのよ。怪しい人物を見たことはないか、みたいなことをね。でも事件が起きたのは深夜だったみたいだし、役に立てることもなくて」

「僕らが受けた影響と言っても、暗いうちはここに近づかないくらいのことだしなあ。その後も何度か散歩中にお巡りさんに聞き込みを受けたけれど……あまり進展はなかったみたいだね」

「そうねえ。結局犯人は捕まったのかしら？」

二人の中で事件はすでに過去のことになっているのか、声に暗い響きはない。

おれは最後に確認した。

「じゃあお二人とも、この辺で怪しい人物や他に気になるものを見たことはない？」

「ええ。役に立てなくてごめんね」

おれたちは礼を言ってその場を離れた。

「ありがと、助かった」

サツキに感謝されて、自分のでまかせを少しだけ誇りに思う。

「でも、最後の質問はなんだったの？」

ミナには勘づかれてしまったようだ。

「なにが？」

「怪しい人物はともかく、他に気になるものってなに」

「そういう聞き方をした方が、怖い体験談を引き出せるんだよ。普通の人は幽霊を信じていないから、怪談を聞かせてくれって頼むと無意識のうちにブレーキがかかるらしいんだ。おれはオカルト担当だから、そういう情報にもアンテナを張っとかないと」

そう言い訳したけど、実は二人にはまだ話せていないことがある。

奥郷町には、昔から伝わる妖怪のような存在がいる。今で言えば都市伝説の怪人みたいなものだ。その名も『影坊主』。簡単に言うと全身真っ黒な姿で、そいつが現れた場所では誰かが死ぬ、という死神みたいな存在だ。

実はマリ姉の事件があった当時、現場近くでその『影坊主』が出没したという情報がいくつかあり、おれもネットで調べたことがあるのだ。事実か嘘かは分からないけど、マリ姉の事件の前後に情報が集まっていたのは確かだった。

壁新聞のオカルト担当になったおれがそのことを調べるのは当然として、二人に話すべきかどうか、何日も迷っている。

まるでマリ姉が影坊主のせいで死んだと言わんばかりだし、さすがのおれでもサツキが気を悪くすることくらい分かる。好きなことを貫くことと、相手を思いやることは両立させなきゃいけないって、学んだのだ。

だけど、いつまでも黙ったままでいるわけにはいかない。マリ姉の残した二つ目の怪談、『永遠の命研究所』の話にも、この影坊主が絡んでくるのだから。

それからも散歩で行き会った人や、少年野球を応援している親に話しかけては当時のことを聞いてみたけど、どの話も似たり寄ったりで、役に立ちそうな情報は出てこなかった。

ミナはしばらく前からおれとサツキの後をただついてきている状態になっていて、照りつける太陽の熱にうだるように、元々の猫背をさらに丸めている。

運動公園をぐるっと一周して初めの位置に戻ってきたので、

「一度休憩しようか」

とおれは提案する。散歩コースの脇に自動販売機があったはずだ。

「ねえ、あれ」

ミナがなにかを指差した。ちょうどサツキが供花を置いたあたりだ。その光景が先ほどから少し変わっていることにおれたちも気づいた。

　サツキの供花の隣に、見覚えのない花がある。きちんとラッピングされた、少し大きめの供花。

「まだ会ってない人がいるんだ」

　サツキの言葉におれも頷く。これまで話を聞いた人は、事件の記憶が風化している人ばかりで、花を供えるほどの思い入れはなかった。慌てて周りを見回したおれは、散歩コースから駐車場へと逸れていく道の先に一つの人影を発見する。

「あの人！」

　若い男性と思しきその後ろ姿は黒っぽいジャケットを羽織っていて、見るからに運動公園では場違いだ。

　駐車場に下りていく階段に向かった男性を追い、おれたちは百メートル以上の距離を走ったけれど、駐車場に着いた時にはその姿はもうどこにもなかった。

　全力疾走の疲れとがっかりしたのとで、おれたちは一斉にうなだれる。

　その代わり、駐車場を出てすぐ道路を渡ったところに喫茶店らしき建物があるのを見つけたサツキが、励ますように言った。

「あそこで休もうよ。事件現場の近くだからきっと警察も来たと思うし、なにか知っている人がいるかもしれない」

　一も二もなく賛成し、おれたちは重くなった足を向ける。

　そこは赤いおしゃれな三角屋根の、『ドナウ』という看板が掛かった店で、店前には飲み物や軽食の日焼けしたサンプルが並ぶショーケースがあった。小さな窓から見えた様子では、席は空いている。

小学生だけで飲食店に入るなんて初めてなものだから、誰が先に行くかを目で押し付け合ったが、女子二人の圧力に負けたおれがドアを開いて入る。

店内にはほのかにコーヒーの香りが漂っていた。

「いらっしゃいま、」

言いかけておれたちに気づいた店員のおばちゃんは迷い猫でも見たかのようにきょとんとしたが、こちらの緊張した様子を察してか、

「どうぞ、どこでも好きなとこに座っていいよ」

とにこやかに声をかけてくれた。

サツキが視線で促した先は、カウンターの正面にあるテーブル席。たぶん店員さんから話を聞きやすいからだろう。おれたちは授業に遅れたみたいにそそくさと席に着く。

近くのカウンター席にはチェックシャツを着たおじいさんが一人座っていて、新聞を読んでいる。ゆったりとした空気が流れる、落ち着いたお店だ。

テーブルに目を戻したおれは、メニュー表を前にミナが固まっているのに気づいた。

「どうした?」

横から覗き見て、すぐに理解した。サンドウィッチとカレーが各六百円。ピラフが七百円。一番安いコーヒーやオレンジジュースでも四百円。

自動販売機の缶ジュースに比べると、小学生の財布には痛すぎる値段だ。かといって一つだけ注文して回し飲みするのは場違いだということくらい、おれにも分かる。

お金、足りるかな……。

固まったままのミナとおれに、サツキが声を潜めて、

「うちのお母さんが、お昼用にお小遣いくれたから」

と救いの言葉をくれた。

注文したオレンジジュースをおばちゃんが持ってきてくれたところで、運動公園の時と同様にサツキが事件の時のことについて訊ねる。

おばちゃんはお喋り好きな性格なのか、「あれは可哀想だったねえ」と顔をしかめながらも話に付き合ってくれる。けれどこれまでの人と同様、警察とのやりとりで記憶にひっかかるようなことはなさそうだ。

「うちの旦那が祭りを楽しみにしててねえ、事件で中止になったもんだから、子どもみたいに機嫌悪かったことくらいしか覚えてないわ。神輿も出るはずやったしねえ」

「容疑者は結局、捕まっとらんはずだろ」

口を挟んできたのは、カウンター席で新聞を読んでいた常連っぽいおじいさんだ。

「容疑者って誰のことよ？」

「第一発見者の、医者の兄ちゃんさ」

医者？

思わぬ発言におれたちは顔を見合わせた。

「刀根《とね》さん、なんでそんなこと知ってんの」

刀根と呼ばれたおじいさんは少し呆れたように店員のおばちゃんを笑う。

「あんたにも聞かせたのに、忘れてしまったんかいな。警察ははじめ、第一発見者が怪しい言うて調べ回っとったんだが、その男は夜の間、居酒屋にいたんだよ。うちの孫がたまたまその居酒屋でバイトしててな、警察にかなりしつこく調べられたんだと。その聴取の中で、容疑者の男が医者だと聞いたらしいよ」

「思い出してきたわ。そんな話もしてたなあ」

おじいさんは調子が出てきたのか、おれらの顔を順に見つめながら声のトーンを少し落とす。

「しかも、医者と言ってもただの医者じゃない。板東《ばんどう》病院のせがれなんだと」

板東病院はおれでも知っている、この地域では一番大きな病院だ。おれも幼稚園の頃に公園の遊具から落ちて肘《ひじ》の骨にヒビが入った時、通院したことがある。

せがれってことは、院長の息子か。

ミナがテーブルの真ん中に顔を寄せて言う。

「第一発見者って、事件の夜にマリ姉から電話をもらった人のこと?」

医者だというのは初耳なのか、サツキは緊張した表情で頷く。

マリ姉とその医者はどんな関係だったんだ?

もし恋人のような親しい間柄だったのなら、当然お葬式にも参列しただろうし、サツキを含めて波多野家の中で彼のことが知られていないとおかしい。

「あの、お孫さんはそのお医者さんのアリバイを確実に証明できる立場だったってことですか」

サツキの質問に、刀根さんは可笑《おか》しそうに肩を揺らす。

「アリバイなんて面白い言葉を使うなあ。お嬢ちゃんの言う通り、うちの孫はその医者の接客もしたから、アリバイの証人ってわけだな。もちろん四六時中席を見張ってた訳じゃなくて、店の監視カメラが主な証拠だったそうだ。警察に医者の写真を見せられて、本当に間違いないかとしつこく確認されたらしいよ」

「板東院長の息子さんってことは、内科にいた先生じゃない？　確か田中《たなか》さんが前にお世話になってたけど、急に他県の病院に移られたって聞いたわ」

おばちゃんも他の常連さんらしき名前を挙げて、医者の情報を教えてくれる。

「そうそう、事件のすぐ後にいなくなっちまったらしい。事件との関係を疑われて醜聞《しゅうぶん》が広まるのを怖れたのかもね。あるいは本当に探られたくないことがあったのかもしれんけど」

おれたちは居酒屋でバイトしていたというお孫さんについて訊ねたけれど、残念ながら今はもう他県で就職しているらしく、直接話を聞くのは難しそうだった。ただ、その居酒屋は今も営業しているはずとのこと。ちゃんと店名も教えてもらう。

オレンジジュースを飲み干したおれたちは二人にお礼を言って店を出た。支払いはサツキのお母さんからのお小遣い。

「ごちそうさまでした、サツキ刑事」

「うむ、捜査に励んでくれたまえ」

サツキは大らかに頷く。

「さっきの医者の話、サツキは知らなかったんだよな」

「うん。板東病院といえばこの辺では一、二を争うくらいの名家だから、親が教えてくれなかったのかもしれないけれど」

サツキの父親は弁護士だし、そういう配慮はありそうだ。無責任な噂を広めたら、自分の仕事に悪影響があるかもしれないし。

サツキがスマホでさっと調べた限りでは、板東病院のホームページに載っている板東という医師は年老いた院長だけで、若手医師は見つけられなかった。店で聞いたとおり、県外の病院に移ってしまったのだとしたら、おれたちだけで探すのは難しい。この町の中でさえ移動するのにひと苦労なんだから、県外となるとほとんど外国と言っていい。

「ミナはなにか気づいたことがある？」

「ミステリー的には、こんな風に目撃証言や手がかりがろくにない事件だと、警察は被害者が誰に恨まれていたかという動機の線から捜査を進める」

「マリ姉が誰かの恨みを買うなんて、考えられない」

「今はサツキじゃなくて警察の考えについて話してる」

ミナにきっぱりと言い切られ、サツキが「うっ」と言葉に詰まる。前から思っていたけど、ミナは相当図太い神経をしてるよな。

「その医者とマリ姉がどういう関係かは分からない。でも死の直前に電話を受けてるんだから無関係とは考えにくいし、他に動機のある人が見つからないからこそ、医者が容疑者だとも考えられる。なんにしろ、私はそのアリバイについて詳しく知りたい」

おお、なんだか本当に探偵っぽい。

サツキが刀根さんに教えてもらった居酒屋をスマホで調べると、その店は昼間も十一時から十四時までランチ営業をしていることが分かった。

時間はちょうど十一時を過ぎたところ。今から行けば、誰か事件当時のことを知っている人がいるかもしれない。

ただ……。

スマホの画面を睨んでいるサツキの機嫌を窺うように、おれは聞いた。

「サツキ刑事」

「なに」

「ここから居酒屋までどのくらい時間がかかるんでしょうか。その、自転車で」

「……二十分だ。ここと私たちの住んでる場所と居酒屋の位置を結べば、正三角形に近い形ができる」

つまり、家に帰るにはまた同じくらいの距離を走らないといけないということだ。

暗い顔をしているおれたち二人をよそに、ただ一人平気そうな顔をしているミナが言う。

「もたもたするな。刑事も記者も、足で情報を稼ぐ仕事だろう」

マリ姉が殺された夜、例の医者がいたという居酒屋は、この町唯一の駅である奥郷駅のすぐそば、大通りから一本中に入った路地にあった。大通りには、まるで町の重鎮のような存在感で、古いコンクリート造りの町役場も構えている。うちの親が子どもの頃からあるらしく、いまだ建て替えが進まないのは、町の偉人である建築家、小日向志津夫が手がけたものだからだと聞いた。

目的の居酒屋の前にいくと、『まんげつ』と書かれた暖簾《のれん》のかかる入り口前に品書き台が置かれていて、店内は禁煙なのだろうか、その横には銀色の灰皿スタンドがある。品書きを見ると、サツキの言った通りランチの営業もやっている。

とはいえ、ここから三人とも足が前に進まない。

「子どもだけで入って、話を聞かせてもらえるかな」

おれの弱気が伝わったのか、ミナもあからさまに尻込みしている。

「……なにか注文しないと怒られるかも」

おれたちはさっきの喫茶店でオレンジジュースを頼むことすら迷っていたんだ。マクドナルドならいざ知らず、居酒屋でご飯を食べるなんてハードルが高すぎる。

そんな中、サツキは腹をくくったらしく、

「ここまで来たからには、訊ねてみないことには帰れないでしょ。怒られたならその時で別の方法を考えるの！」

勢いよく木製の引き戸を開いて一歩踏みこみ——一旦こちらに戻ってきて、両の手におれとミナをしっかりと摑まえてから店内にずんずんと入った。

すぐ目の前に会計台があり、板張りの廊下の両脇に簡単に仕切られた四人がけのテーブル席が並んでいる。奥には広い座敷席もあるのが見えた。

店内は混んでいるというほどではないけれど、それなりに賑やかな話し声が聞こえてきている。

入店ベルに気づいて店員の男性が「いらっしゃいませぇ」と声を上げながら現れた。ヒロ兄ちゃんより少し年下だろう、髪を少し明るく染めたアルバイトらしき男性店員は子ども三人を前に戸惑ったらしく、

「三名様……ですか？」

と取って付けたような敬語で言う。

「いえ、突然で申し訳ないんですけど……」

喫茶店でのやりとりで慣れたサツキが早口で、食事に来たわけではないこと、一年前に起きた殺人事件に関する話を聞きたいこと、当時の事情を知っている人がいたら話を通してほしいことを説明すると、店員さんは目に見えて面倒そうな顔つきになった。

「そういうことはちょっと分からないですねぇ」

と、他の店員に聞きもせずに答える。

さっきの喫茶店のおばちゃんとはまるで違う態度だ。

子どもだから舐《な》められてるんだ、と感じた瞬間、不思議なことに緊張が嘘みたいにほどけ、気づいた時には口を出していた。

「ここはチェーン店ですか?」

「いや、違いますね」

「だったら一年で従業員が全員入れ替わってることはないですよね。店長さんとか、その時のことを知ってるはずです」

「あのね」声に少し苛つきが混じり、敬語が消える。「遊びに付き合っている暇はないんだ。今は食事に来ているお客さんの相手で忙しいんだから」

「じゃあ暇になった時にまた来ます。いつならいいですか」

食い下がるおれを、サツキとミナが意外そうな目で見ている。

しょうがないだろ。子どもだから、馬鹿にされたり軽んじられたりするのは慣れている。でも、文句くらい言わせてもらうぞ。筋の通らなさをちゃんと自覚してこそ、大人ってもんじゃないか。

さすがに我慢できなくなったのか、店員の目つきが剣呑《けんのん》なものになる。

「あのな、いい加減に――」

「客なら構いませんよね」

おれたちの背後から声が聞こえた。開きっぱなしだった入り口に、いつの間にか男の人が立っている。

「なら、僕とその子たち三人を席に案内してください。その代わり、今のお話について他の方に確認を」

いきなり話に入ってきた男の人は知らない顔だ。けれど、黒いジャケットを見ておれは内心で声を上げた。

さっき、運動公園で見失った人だ!

サツキも気づいたらしく、ミナにこそこそと耳打ちしている。

いったいどうなるんだろうと成り行きを見守っていると、トラブルの気配を察したのか、店の奥からベテランって感じの女性店員がやってきた。

「なにかございましたか」

説明に口ごもる男性店員にしびれを切らし、サツキが再度説明すると、ベテラン店員は拍子抜けするほどあっさりと、

「ああ、あの時のことですか」

と思い当たったらしい。男性店員を「もういいから行け」と言わんばかりに手を振ってあしらう

と、

「警察に聞き取りをされたアルバイトというのは、きっと北森《きたもり》君のことね。あの日は私も一緒に店に入っていましたから、だいたいのことはお話しできますけど」

と言ってくれる。

「ぜひお願いします。君たちもそれでいいかい？」

黒ジャケットの男性はおれたちの顔を見回す。もちろん、おれたちは乗っからせてもらうことにした。

四人がけの席、男性はおれの隣に座る。

メニューにハンバーグやオムライスのような洋風のものはなく、男性はお刺身定食を注文し、おれたちは示し合わせたように生姜《しょうが》焼き定食をお願いする。

料理を待つ間にさっき対応してくれた、橘《たちばな》さんという女性が事件の時の様子を聞かせてくれることになった。どうやら彼女はおれたちが四人連れだと勘違いしているみたいだけど、今さら言い出しづらいし、グラウンドに花を供えたのもこの男性だろうから、悪い人ではないはずだ。

この店は橘さん夫妻が経営しているらしく、旦那さんが店長兼料理長とのこと。詳しい話が聞きたいおれたちとしては願ったり叶ったりだ。橘さんは当時の警察の聞き込みのことをよく覚えていると言った。

「はっきり容疑者とは言われなかったけど、警察はあるお客さんのことをえらくしつこく聞いてきたんです。こっちも間違ったことを答えたら一大事だと思って、店員同士で何度も確認しましたから、記憶に残っているんですよ」

「そのお客さんっていうのは、板東というお医者さんですよね」

サツキの言葉に橘さんは頷いた。

「お名前や職業は後で聞いて分かったことですけど。警察に訊かれたのは彼が事件の夜に何時に来て、何時に店を出たか。アリバイみたいなことですね」

橘さんが言うには、その日板東は午後八時頃に二人で席を予約していて、時間どおりにやってきた。

「お連れの方は、同年代のご友人だと思います。男の方でしたね。座っていたのはそこの、厨房に近い席です」

他の席に料理を運ぶ際に横を通るので、店員さんたちは板東の動きをよく把握していたという。

「二十三時頃、マリ……被害者の方から板東さんに電話がかかってきたそうですけど、その時の様子は分かりますか？」

「ええ。ご友人を席に残して、一人で入り口を出ていかれたのを、アルバイトだった北森君が見たそうです。でもその時は、ほんの一、二分で戻って来られたんです」

〝その時は〟？

橘さんの言い方に、おれたちは引っかかりを覚えた。

「他の時にも席を立ったんですか？」

「戻ってきてから数分後のことです。今度は少し長くて、十五分ほど席を離れていました」

おれは頭の中で計算する。運動公園からこの店まで、おれたちは自転車で二十分かかった。車ならその半分以下の時間で移動できる。

ただ、往復で十五分となると際どいところだ。車を降りて、グラウンドにいるマリ姉を殺す手間を考えると、ますます厳しい。

おれの考えを察したのか、橘さんが慌てて付け加える。

「席を離れていたといっても、お店のすぐ近くにいらっしゃったんですよ。席を立ってから五分ほど経った時、他のお客さんの見送りで外に出た北森君が、少し離れた街灯の下に立っている板東さんを見かけたそうですから」

「えっ、そうなんですか」

サツキの声には落胆がにじんでいる。五分経ってまだ店の側にいたのなら、板東がマリ姉を殺して戻ってくるのは絶対に無理だ。だから警察も板東を逮捕しなかったんだろう。

それでもサツキは粘り強く尋ねる。

「板東さんが外でなにをしていたのか分かりますか?」

「入り口の監視カメラに映らない位置にいたので、分からないんです。見かけた北森君が言うには、雪が降る中で街灯の柱に隠れるようにして、こちらに背を向けてなにか呟いているのが聞こえたとか。警察の人からはしつこく、『他に誰かいたんじゃないか』と念を押して訊かれたそうです」

変な話だな、と思っていると、初めておれの隣に座る男性が喋った。

「このお店は夜、何時頃までやっているんですか」

「午前二時ですね。板東さんも結局、閉店間近までいらっしゃいました」

マリ姉の死亡推定時刻は二十二時から零時。

「じゃあアリバイは成立しているわけだ」

ただ、北森さんや他の店員さんが口を揃えるには、席を立って以降、板東はそれまでの楽しげな雰囲気がすっかり消え、なにかに怯《おび》えているかのように落ち着きがなかったらしい。ちょうどそこまで聞き終えた時、四人分の料理が運ばれてきた。

「お役に立つ話ができたのならいいけれど」

サツキは橘さんに礼を言い、今後また聞きたいことができた時のためにと、店の連絡先と自分のスマホ番号を交換した。橘さんが厨房に戻っていくと、おれたちは目の前の新たな問題に向き合わなきゃならなくなった。

おれの隣に座る男性のことだ。

「とりあえず、食べながら話そう」

困ったような微笑みを浮かべながら男性が手を合わせたので、おれたちもそれにならった。

「驚かせてしまって悪かったね。君たちが波多野真理子さんの事件について話しているのが分かったから、我を忘れて割りこんでしまった。僕の名前は作間寛人《さくまひろと》。波多野さんとは五年ほど前から顔見知りでね」

作間さんはどちらかというと痩《や》せ形で、おでこの真ん中できっちりと分けた髪型といい垂れ目といい、穏やかな草食動物みたいな雰囲気の人だ。

最初の印象じゃヒロ兄より少し年下かなと思ったけど、大人の年齢はよく分からない。

「五年前というと、マリ姉は大学に通っていたと思うんですが、友達だったんですか」

その質問でサツキが親類だと気づいたんだろう。作間さんは箸を動かす手を止め、彼女をまっすぐ見た。

「うちの大学で奥郷町の鉱山史に関する講演会があった時に知り合ってね。僕は産業遺産が大好きで」そこで作間さんは、おれたちに分かりやすい言葉に言い換える。「つまり、近代の工場や施設の廃墟が好きで、当時卒業論文のテーマで奥郷町のことも取り上げていたんだ。この間、久しぶりに会った友達から波多野さんが殺されたと聞いて、とても信じられなかった」

「それで事件を調べているんですか」

サツキが訊ねると、作間さんは申し訳なさそうな顔で否定した。

「知っているのは事件の概要だけで、今日は現場に花を供えるだけのつもりだった。この店に来たのは本当にたまたま。店先で君たちが事件のことを話しているのが聞こえて、驚いたよ」

最初に登場した時はきぜんとした感じだったけど、こうして喋っている作間さんはおれたちに対しても全然偉ぶるところがなく、親しみやすい。

「役に立てるかと思って首を突っこんだけど、さっきのやりとりじゃ期待した情報は得られなかったみたいだね」

作間さんの言葉に、そうだったと調査の状況を思い出す。

板東のアリバイを洗い直すというおれたちの目的は、空振りに終わった。

けどおれには一つ、気になることがあった。

「さっきの話で、北森さんは板東が外でなにか呟いていたって証言してた。で、警察も他に誰かいたんじゃないかと疑っていた。なんか気味が悪くないか？」

雪の降る中、誰もいない空間に語りかける板東。

〝何者か〟の存在を確信しているかのような警察。

その光景を想像したら、運動公園で影坊主が目撃されたという噂話が頭に浮かんでしまう。けれどオカルト的な受け取り方をしているのはおれだけらしく、

「それは、北森さんにはたまたま見えなかっただけで、板東はスマホで電話していたんじゃない？」

とサツキが言った。

「マリ姉にかけ直したということか？」

「ううん。マリ姉のスマホに記録された事件当日の通話履歴は、板東にかけた一回だけ。スマホは警察で解析が終わった後に叔父《おじ》さんたちのところに戻されて、私も何回も中を見せてもらったから間違いない」

じゃあ、板東は誰に電話をかけていたのか。

「ひょっとしたら、他の仲間にマリ姉の居場所を伝えて、マリ姉を殺害させたのかもしれない。わざわざ監視カメラに映らない位置に移動していたのもそのためよ」

現実的な意見だ。サツキの言う通りなら、犯人がマリ姉の居場所を知っていたわけも、板東が落ち着きがなかった理由も説明がつく。

けれど、作間さんは納得いかなそうに腕を組んで言う。

「通話の記録が残るのは、その板東って人のスマホも同じだろう？　なら警察がすでに調べているはず。ああいうのはスマホの履歴を消したところで、電話会社からすぐ分かる」

「ああ、そうですね……」

サツキが残念そうに声を落とすが、おれの中で疑問の欠片《かけら》がかちりとはまる音がした。

「そうか、警察もサツキと同じことを思ったんじゃないか」

「どういうこと?」

「板東は外で電話をしていたと、普通はまず考える。だけど板東のスマホを調べても、そんな通話記録は残っていない。だから警察は、実際には外に話し相手がいたのを、北森さんが見落としたんじゃないかと疑っていたんだ」

これなら警察の聞き取りにも納得がいく。

作間さんは感心したように唸った。

「三人とも、思ったよりずっと本格的に事件について考えているんだね」

「警察はもう一年も犯人を捕まえられずにいます。頼りにできません」

勇ましいサツキの言葉に、おれもつい乗っかってしまう。

「それに、おれたちしか知らない情報もあるし」

「情報?」

作間さんの目が興味深そうにこちらを向いたから、しまったと思った。

適当に言い訳しようかと思ったけど、先にサツキが口を開く。

「知りたいですか?」

「それは……内容によるけど。でも危ないことをしているんじゃないかと心配だよ。このお店に入った時もトラブルになりかけていたし」

するとサツキがいかにも深刻そうな顔で目を伏せる。

「確かに、ちょっと危ないかも。でも大人は私たちの話を信じてくれないから……」

サツキめ、猫を被ってるな。そんな弱気な性格じゃないだろ。

なにをするつもりなのか考えを読めないけど、さすがの優等生オーラというのか、作間さんはまったく疑うことなく話に付き合ってくれる。

「大人にも事情はあるけれど、見限らないでほしいな。僕にできることなら、力を貸すから」

「本当ですか、信じていいですか」

「もちろん」

サツキはここぞとばかりに身を乗り出す。

「じゃあ教える代わりに、車を出して欲しいんです」

「く、車？」

作間さんの声が裏返る。

「はい、私たちを車に乗せて、ある廃墟に連れて行ってほしいんです」

そうきたか！

サツキの考えを察し、おれは舌を巻いた。

ヒロ兄ちゃんに断られたせいで行けなくなっていた『永遠の命研究所』の廃墟。訪ねるには誰かに車を運転してもらわないといけない。作間さんは運動公園に車で来ていたはずだし、親やヒロ兄ちゃんよりもおれたちの行動を理解してくれそうだ。

「ちょっと待ってくれ。どうして廃墟に行くんだ？　殺人事件の犯人を捜す話をしていたんじゃないのか」

いきなりのお願いに作間さんが困惑しているのを見て、サツキはおれとミナに目配せする。七不思議のことを話していいかという確認だ。おれたちは頷き返した。

「私たちが事件を調べているのは、マリ姉が死ぬ前にパソコンに残した怪談がきっかけなんです」

奥郷町の奇妙な七不思議のこと、おれたちが同じ係になったこと、そして一緒に見つけた桜塚トンネルの事故のことを隠さず打ち明ける。

サツキもおれと同じく、小学生だけで調査を進めることの不便さに気づいていたんだと思う。これで作間さんが手を貸してくれるのなら百人力だ。

話を聞き終えた作間さんは本気にすべきかどうか迷うみたいに、小さなうめき声とともに深い息を吐き出した。

「怪談の中に事件の手がかりを隠すなんて、そんなことが……」

「信じてくれないんですか？」

「いや、疑わしいことを調べるのは立派なことだと思うよ。だけど、君たちを車に乗せるとなると……」

「さっき、できることなら力を貸すって言ったのに」

サツキの正論攻めに、作間さんは小学生相手と思えないほどうろたえる。

「もちろん手伝いたいよ。だけど、親御さんに内緒でお子さんを連れ回すというのはなあ」

サツキの目が少しどんよりする。

気持ちはわかる。事情を理解してくれる親なら、最初から頼っている。サツキの場合は事件に関わることすらいい顔をされないのだから、なおさらだ。

作間さんはおれたちに協力したいと思っていて、決断しかねている。

だったらここは全部の意見を押し通すのではなく、お互いが譲れる条件を探った方がよさそうだ。

「分かりました。親にはちゃんと許可をもらいます」

「ユースケ?」

「その代わり、廃墟に行く時間はできる限り遅くしたいです。おれはオカルト方面の記事を書かなきゃならないから。予定は一週間後の土曜日でどうですか?」


なんとか作間さんに条件を受け入れてもらった後の帰り道。おれたちは人の少ない歩道を自転車で走りながら、今日の成果について話し合った。

事件当日の板東の具体的なアリバイがわかったのはいいけれど、店の外にいた間の行動や、二時に店を出てから五時半にマリ姉の遺体を見つけるまでの間に何をしていたかなど、はっきりとしないことも残っている。

「せめて、マリ姉と板東の関係が分かればよかったんだけどな」

「『永遠の命研究所』に、その秘密が隠されているかもしれない」

とミナ。

問題は、その廃墟に連れて行ってもらうために、どうやって夜に出かける口実を作るかということ。

「二人はおれの家に集まって勉強すると親に言えばいいよ。で、おれは逆にサツキの家に行くって親に言う」

「夜に勉強って言って納得するかな? それにうちはユースケの酒屋さんを知ってるから、お礼を言うために電話をかけると思う」

その可能性はある。店の子は不便だ。

「だったら私の家にすればいい」

ミナが言った。

「うちの電話番号は知られてないし、お父さんは今週、夜勤だからその時間は家にいない。壁新聞の取材でお父さんに話を聞くとでも説明すればいいんじゃない？」

「それだ！」

おれとサツキの声が重なった。おれたちは名案を思いついたことに気を良くして笑いながらペダルを踏みこんだ。


廃墟の調査に行くのを心待ちにしながら、おれたちには一つ乗り越えなければならない重要なイベントがあった。

火曜日、二時間目が終わった休み時間。授業の終わりの挨拶をするなり、スポーツ万能の蓮がゴムボールを抱えて教室を飛び出し、他の男子も次々とその後に続く。おれもいつもならそこに加わるのだけど、今日は教室に残った。

女子の方がすっかり多くなった教室の光景はなんだか慣れない。残っている友達と話をするでもなく、教室の後ろをうろつきながら、それとなく廊下の様子を窺う。

他のクラスから訪ねてくる者や、トイレから戻ってくる者がちらほらいるだけで、休み時間の廊下は人通りが少ない。それでも誰かが教室の前を通りがかるたび、おれは緊張しながらその姿を目で追った。

「さっきから、怪しすぎるよ」

不意にかけられた声に振り向くと、あきれ顔のサツキが立っていた。

「何度も廊下に出たり入ったり、ウロウロと。気にしすぎなんじゃない？　今朝貼ったばかりなんだし」

「そんなこと言ったって、読んでもらうために作ったんだから気になるだろ」

そう、おれたち掲示係が初めて作った壁新聞の第一号が、とうとう教室の廊下に面した壁に貼りだされたのだ。今朝貼ったばかりで焦りすぎだと分かっているけれど、サツキとミナと力を合わせて作った新聞に興味を持ってもらっているのか、もっと正直に言えば、Sトンネルの怪談についての記事が面白いのか、みんなの反応が気になって仕方ない。

だけど観察する限り、ほとんどは素通りしてしまって、ちゃんと記事を読んでくれたのはまだ五人にも満たない。

あ、また一人壁新聞の前で立ち止まった。だけど全体をざっと眺めるだけで教室に入ってしまう。

「もっとちゃんと読めってば……」

「そもそも壁新聞を楽しみに待ってる子なんてそう多くないでしょ。人通りが多いのは昼休みか放課後だし、待っときなよ」

サツキはいつも通り堂々として落ち着いた態度だ。他人に注目されることに慣れていると、こんな風に自信が持てるのだろうか。

窓際の席に視線を移すと、残る一人の掲示係、ミナが背筋を丸めて文庫本を読みふけっている。最近では少しでも空いた時間があるとああして読書する姿があり、クラスの中でもミナは文学少女と見られ始めていた。

（こんなに緊張しているおれが変なのかな？）

気持ちを共有できないのを少しさみしく感じるおれの肩を、サツキが叩く。

「私たちは面白いものを書いたんだから、心配しなくてもみんなに広まっていくって、ユースケ」

最後の名前は小声で言って席に戻っていく。三人での時は呼び捨てのおれたちだけど、クラスの中ではからかわれないよう、これまで通り名字で呼び合っているのだ。いや、ミナはなにも感じないのか呼び捨てにしてくるけど。

とにかく、サツキの予想が正しかったことは、思いのほか早く証明された。

「ユースケ、あの記事ほんとにお前たちが調べたの？　すげえ面白いじゃんか」

昼休み、五時間目の予鈴が鳴って席に着いている時に、クラスの人気者である蓮がそう話しかけてきた。

「読んでくれたんだ」

「おう。怪談と実際の事件がつながるなんて、すげえじゃん。まだ続くんだよな？　早く続きが読みたい」

蓮の発言はネットのトレンド記事みたいなもので、話を聞きつけたクラスメイトたちが「なにそれ、壁新聞？」「後で読んでみよっと」と反応し始めた。その様子を見て、おれはぞくぞくとした興奮を覚える。

すごい。おれの記事が注目されてる！

蓮は続いて少し離れた席に呼びかけた。

「なあ波多野。あれって、本当なの」

〝あれ〟とは、Sトンネルの怪談とマリ姉の殺人との関わりのことだろう。今回の目玉は、マリ姉の身内であるサツキが記事の作成に携わっているからこそ、単なる悪ふざけではないと分かることだ。

果たして、サツキはいつも通りの凛とした態度で答える。

「もちろん。私たちは本気で真相を追っているから」

記事の内容を知っている者からは「おお」と興奮の声が上がり、ますます周囲の関心を高めたようだった。

本鈴とともに担任の先生が教室に入ってきて、「騒がしいな。休み時間は終わりだぞー」と皆をたしなめる。

みんなが前を向く中、サツキが一瞬だけこちらを向き、「ほら、言った通りでしょ」とばかりに得意げな笑みを浮かべてきた。

壁新聞の話題はその日のうちにクラス中に広まり、その週が終わる頃には隣のクラスの生徒から七不思議について尋ねられることも日に二、三度あるほどだった。これまで退屈な係の仕事だと思われていた壁新聞の第一号としては、大成功と言ってもいいだろう。

そしておれ自身についても、学年一の優等生であるサツキと不思議系転校生ミナとともに記事を作っている生徒として注目度が上がっているようだ。これにはサツキが「オカルトの部分は木島君に任せている」と周囲に触れ回っていることが大きな理由だろう。

あいつなりに、おれが掲示係になった目的を支えてくれているつもりなんだろうけど、なんだかむず痒《がゆ》い気分になる。

忘れちゃいけない。サツキとは同じ掲示係であると同時に、事件の真相を追うライバルでもあるんだ。サツキをも納得させられる、オカルトの存在を証明する記事を書いてみせる。

おれはそう気持ちを引き締めた。


土曜日、作間さんに『永遠の命研究所』の廃墟に連れて行ってもらう約束の日。

太陽がだいぶ傾いた夕方、懐中電灯やカメラ代わりのスマホを持って自転車にまたがる。

まだまだ暑さは残っているけれど、夏名物の蚊はいつの間にか見なくなり、虫除けスプレーはしなくなった。

待ち合わせ時間は午後六時。自転車を漕《こ》ぎながら浴びる風が心地いい。

今日の待ち合わせ場所はいつもの公園とは違う。万が一知り合いに見られて、小学生三人が親でもない大人の車に乗せて連れていかれたなんて噂が出回ったら、作間さんが捕まってしまう。

おれとサツキは前に立てた計画通り、ミナの家にお邪魔して、ミナのお父さんの帰宅後に仕事の話を聞かせてもらうと親に説明している。だから今回はミナの家の近くの、古い商店街で集まることにした。

おれたちの学校が町の北側で、この前行った駅前が南西にあるのに対し、ミナの家があるのは町の東側。元々はこの町が鉱山で栄えていた頃に賑やかだった地域らしくて、狭い道に沿ってぎちぎちに古い家が建っている。同級生にもこの辺りに住んでいるやつは少なくて、前に来たのは二、三年前、漫画で見た秘密基地に憧れて、いつでも好きに出入りできる空き家を見つけようと、友達と探検して以来だ。

この町でずっと生活しているのに、よく知らない道、親しみのない建物。途中で一本曲がる角を間違えてしまって、不安になりながら集合場所の古い商店街にどうにか辿り着く。

今日はもう店じまいをしたのか、いつもこうなのか、百メートルほどの小さな商店街は全部シャッターが下りていて、その中ごろに見覚えのある二つの人影を見つける。

「おっす」

「揃ったね」

「ん」

そこから細い路地を少し入ったところにある建物のガレージに自転車を置くようミナに案内される。一階がガレージで、横の錆びた階段から上がった二階が住居らしき木造の家。口には出さないけれど、そのボロさにおれはびっくりした。

どうしてミナはこんなところに引っ越してきたんだろう。

聞いていいのかと迷う間に、商店街に残っていたサツキから「作間さんが来たよ」という声が届いて、おれたちはサツキの元に走った。

「こんにちは。いや、こんばんは、かな」

歩道に薄いブルーの車が横付けされていて、側に作間さんが立っている。Tシャツの上に黒いパーカー、ベージュのズボン姿で、前よりも親しみやすい感じだ。作間さんはおれたちを見るなり、

「三人とも、親御さんにはちゃんと……」

「はい、大丈夫です！」

「よろしくお願いします！」

「私は後ろで」

今さら細かいことは言いっこなしとばかりに会話を切り上げて出発を促すと、作間さんは諦めたように肩を落としてドアロックを解除した。

カーナビには廃墟の位置データがなかったので、最寄りの住所だけ入力して、そこからはサツキがスマホを見ながら案内することになった。ネットで調べた限り、まだ廃墟への道はちゃんと残ってるはずだ。

親には二十時までには帰ると言ってある。なんとかそれまでに廃墟の調査を終えて、マリ姉が残した手がかりを見つけられるといいんだけど。

古い商店街を出た車は、やがて町を東西に貫く大きな道に出る。家族で遠出をする時に使う道だ。普段は遊びから家に帰る時間なのに、見慣れた景色がどんどん後ろに過ぎ去っていくのは変な感じがする。

やがて交差点の青い案内標識に隣の県名が表示されるようになって、外の景色は町から山に変わった。低い位置にあった太陽は木々に隠れて、周りが暗くなる。

その雰囲気に引っぱられたのか、自然と車内の話題は『永遠の命研究所』の怪談のことになる。話を知らない作間さんに、おれが話して聞かせることになった。


〈永遠の命研究所〉

十年ほど前、たかしさん（仮名）が高校卒業を控えていた時の話だ。三月も中旬にさしかかり、たかしさんと仲の良い友人たちは春からの進学や就職先が決まって、卒業を待つばかりとなっていた。

　暇を持て余した仲間の一人が自動車免許の合宿に通い、無事取得したことをきっかけに、たかしさんを含めた友人四人でドライブに行くことになった。

　同じ地元で育った彼らだが、春からはそれぞれの道に進み、集まることも減るだろう。そんな感慨もあり、思い出深い町の中を中古の軽自動車で夜まで走り回った。

　ファミリーレストランで夕食を食べた後駄弁《だべ》っていると、日付が変わる時間になった。そんな時、仲間の一人であるAが、ドライブの締めとして肝試しに行こうと言い出した。

　どこに行くのかと聞くと、隣市との境付近にある廃墟だという。たかしさんは今からそんな山奥に、とも思ったが、皆の勢いに押し切られて話が決まってしまった。

　道中Aが語った話によると、その廃墟は以前ある新興宗教が活動をしていた施設で、彼らは永遠の命の存在を教義にしていたらしい。といっても医学的なアプローチではなく、特殊な慣習や儀式を繰り返すことで魂の格を高め、高次元の存在に至るというような教えだそうだ。だがある時、儀式を行っていた教主が大勢の信者の目の前から消失してしまった、というのがネットで伝わる怪談だという。

　ろくに照明もない夜の山道、初心者の運転ではあったが、四人の車はなんとか廃墟に辿り着いた。蔦に覆われ森と一体化しつつある三階建てのコンクリート造りは、ただの宗教施設とは思えないほど大きい。

　たかしさんたちが携帯電話の小さなライトを頼りに一つ一つの部屋を回ると、机やスチール棚といった家具類だけでなく、マットレスや作務衣《さむえ》のような服など、信者たちの生活を彷彿《ほうふつ》とさせるものも見つかった。

探索を続けるうち、三階の一番奥の部屋に入ったAが興奮した声を上げた。その部屋には家具の類は一切残っていない代わりに、床に赤い塗料で魔方陣のようなものが描かれ、壁にも一面におかしな落書きがあった。

Aによると、ここが教祖の消えた『儀式の間』らしい。何人もの信者の目の前で消えた教祖はその後一切行方が分からず、残された信者たちは競うように組織を抜けたという。

霊感のないたかしさんも他の部屋とは一線を画す不気味な雰囲気を感じ、あちこちをスマホで撮影した。

すると、友人のBがふざけて床の魔方陣の上に横たわり、その様子を撮ってくれと言い始めた。わざと助けを求めるような苦悶の表情を浮かべるBの様子がおかしくて、たかしさんらは笑いながらシャッターボタンを押した。横たわる役を交代して次々と写真を撮り、最後にたかしさんの出番になった時、スマホを構えていたBが不意に呟いた。

「合わん」

「どうした？」

「合わん」

はじめはピントのことかと思ったたかしさんだったが、Bの表情は恐怖とも苦痛ともつかぬものに歪《ゆが》んでいる。

「合わん、合わん、合わん、合わん！」

我を失ったように繰り返すBは、その場に崩れ落ちたかと思うと痙攣《けいれん》し始め、やがて白目を剝いて動かなくなった。慌ててたかしさんが様子を確かめると、Bの心臓は止まっていた。

その後たかしさんたちの通報を受けて駆けつけた警察が調べたが、Bの死因は分からず、事故として処理された。

それから数日後、たかしさんの元に、Aが死んだという連絡が入った。しかもなぜか、Aは一人であの廃墟に行き、死んでいたのが見つかったらしい。

怖くなったたかしさんとCは、知人の伝手《つて》で強い霊能力を持つ人物の元にお祓《はら》いに行った。その霊能者は二人を見て、

「大丈夫。なにも憑《つ》いてはいないよ」

と言ったが、念のためお祓いもしてくれた。

やはりAとBが死んだのは偶然だったのだ、とたかしさんがいつもの生活に戻った矢先、Cから電話がかかってきた。

「もしもし」

「……、……ん」

Cの声がくぐもって聞き取りづらい。やけに苦しそうな息づかいだ。

「え、なに」

「合わん。合わん。合わん」

それを聞いたたかしさんの脳裏に、あの夜の記憶が蘇った。

「お前、まさかあの廃墟にいるのか」

呼びかけが聞こえているのかいないのか、向こう側でCの絶叫が響く。

「こいつも合わん。駄目だ。あああ痛い痛い、合わない。――お前の体を寄こせ！」

たかしさんは反射的にスマホを床に叩きつけ、通話を切った。

その後たかしさんは就職が決まっていた地元の会社に断りを入れ、すぐ他県に引っ越した。知人からはCが亡くなったという話が流れてきたが、絶対にCの実家に連絡はしないと固く決めているという。


「なるほどね。初めて聞く話だ」

作間さんは怖がる風もなく運転を続ける。

怪談では肝試しに行った者たちが立て続けに不幸に遭っているけど、気になるのはその原因と思われる、かつて施設で起きた教主の消失だ。

「ネットを調べてみたんだけど、そんな事件の記事は見つからなかったんだよね」

と助手席のサツキが言う。

「おれたちみたいな小学生ならともかく、大人が一人いなくなったくらいじゃニュースにならないんじゃないか」

宗教団体内での出来事ならなおさら、警察や報道関係者が真剣に向き合ってくれるとは思えない。

「永遠の命研究所、だっけ。僕も気になったからその宗教団体について調べてみたんだけど」

作間さんがバックミラー越しにおれを見る。

「極めて小規模な、物好きな若者が作ったサークルの発展版みたいな団体だったようで、犯罪に関わる情報はなかった。君たちは知らないだろうけど、一九九〇年代にある新興宗教団体がテロ事件を起こしてから、日本でもそういう過激な宗教団体……いわゆるカルトが世間的に注目された時代があったんだよ。信者たちが奇抜な格好をしてヘンテコ科学を主張したり、詐欺事件に関わったりね。永遠の命研究所はどちらかというと、その流行に乗っかってできた団体みたいだ」

「意味ありげな団体名のせいでおかしな噂が生まれて、それが一人歩きした結果、心霊スポットや怪談ができあがったのかもしれませんね」

いつものようにサツキが現実的な意見を言う。

おれとしては、マリ姉の関わりを別にすれば、かつて変な儀式が行われていた廃墟というだけで興味をひかれるし、多少尾ひれの付いた怪談だとしても、記事として取り上げる価値はあると思っている。

ただ、気になることは別にあった。

「この怪談さ、二つの話が混じっているんだよね」

「えっ」

サツキが驚いてこっちを向く。

「永遠の命研究所の廃墟は、心霊スポットとしては有名だけど、肝試しに行った人が幽霊を見たとか、動画に変な声が入ったとか、そういうよくある話ばっかりで、特徴的なエピソードはないはずなんだ。怪談にあった、人に憑依《ひょうい》して『合わん、合わん』って繰り返すのは、『影坊主』っていう化け物なんだよ」

「聞いたことない」

サツキの言葉に、ミナも同意するように頷く。

二人が知らないのも無理はない。図書室にある『奥郷町の伝承・怪談』っていう二十年くらい前の本にも出てくる、ご当地の妖怪みたいな存在なのだ。それが今になって知られるようになったのは、カシマレイコやくねくねみたいに、色んな場所で目撃される都市伝説上の存在がネットで流行《はや》ったのがきっかけだ。

おれが家でじいちゃん相手にそんな話をしていた時、

「そういえば、わしらが子どもの時は影坊主ってのが伝わっていたなあ」

と教えてくれた。その名の通り全身真っ黒で、頭が不自然に大きい人影。人に取り憑いて命を奪うんだけど、すぐに「合わん、合わん」と言って次の体を探す。だから黒い影を見たらすぐに逃げろ、という話だ。

死期が近づいた人が黒い影を見るという話は今でもよく出てくるし、アメリカではシャドーピープルという、まさに黒いガス状の怪物が有名だ。日本にもそれによく似た化け物がいるということで、オカルト界隈に影坊主の存在が知れ渡ったのだ。

おれの説明を聞いた作間さんが言う。

「昔から伝わる怪談か、よく調べたね」

「でもどうして永遠の命研究所の話に影坊主が混じっているのか、分からないんです」

「僧門トンネルの時は、怪談の中のおかしな点が別のトンネルを調べるきっかけになったよね。つまり今回は影坊主がなにかヒントになっているんじゃない？」

サツキの意見に、おれは賛成とも反対ともつかない相槌《あいづち》を打つ。

もう一つ気になるのは、マリ姉が死んだ時に流れた、運動公園での影坊主の目撃情報だ。町の伝承から気まぐれに思い出されたような妖怪が、事件現場周辺と今回の怪談という二つの場面で登場したのは、単なる偶然なんだろうか。

そうこうしているうちに、カーナビに入力していた住所に近づいてきた。

「あの交差点を左です」

前方に目を凝らすと、ただの直進道路に見えていたものが、実は繁《しげ》った木々に隠されて左に向かう道があると気づく。それはゆるいカーブを描きながら、さらに山の上へと続いていた。気づけば空は夕暮れの赤から暗い紫色に変わっていて、周囲の山はほとんど黒い影にしか見えなくなっていた。道路灯はなく、作間さんはヘッドライトを頼りに慎重に運転している。

やがて道の先に大きな門柱が二つ見え、作間さんはその手前で車を停めた。

車から降りると、山中の空気は少し肌寒いくらいに感じる。

横にスライドするタイプの金属製の門は開けっ放しになっていて、おれの膝くらいの高さまで雑草が生《お》い茂った庭の奥に、三階建ての建物が見える。全体的にはちゃんと形を保っているけれど、地面から伸びた蔦《つた》が細い血管みたいにまとわりついている。一階から三階まで横にずらっと並んだガラス窓は全部割れ落ちていて、まるで戦争に巻き込まれたみたいだ。

その迫力に、おれは思わずスマホを向けてシャッターを切る。

「危ないから、建物には触らないように」

作間さんが先頭に立ってアーチ形の入り口に向かう。肝試しに来た人が壊したのか、両開きの扉の左側の扉板が蝶番《ちょうつがい》の部分から外れていて横の壁に立てかけられていた。

入り口の横にかかった木札に、墨で書いたと思われる『永遠の命研究所』の文字。

それぞれ持ってきた懐中電灯を取り出し、先を照らしながら足を踏み入れた。

まず見えたのは少し広めの玄関ホール。そこには受付のような小窓のある部屋があり、左右に廊下が伸びている。ホールの奥に見えるのは、ゆるくカーブした形の階段だった。

「お洒落《しゃれ》なデザインだね」

作間さんは天井に描かれた、放射状の模様に懐中電灯の光を向けながら言う。

他にも階段の手すりや小窓の上の部分にひし形を組み合わせたような模様がついているけれど、おれにはさほどお洒落に思えない。

おれたちはまず、右手の廊下に並ぶ部屋を一つずつ確認していく。

歩くたびにガラスの破片や小石を踏んづけた音が響くので、ついゆっくりしたペースになってしまう。特に後ろをついてくるサツキとミナの物音が気になるので後ろを振り向くと、それに驚いた二人に、

「ちょっと、やめてよ」

と睨まれてしまう。

「やっぱり夜だと怖いのか」

「幽霊が出なくたって、暗いところは危険だって感じるのが人間でしょ」

サツキはそう強がる。おれも作間さんがいるから冷静でいられるのだけれど、それを気取られないようにあちこちに向けてシャッターを切った。

廊下に沿って並ぶ同じ形の引き戸の奥は、だいたい個室みたいな狭い部屋だった。長年雨風が吹

き込んだせいか、どの部屋も至る所にカビが生えていて汚いし、壁紙がめくれているところもある。

建物の奥には集会が開けそうな広い部屋も一つあって、後で誰かが置いたのか、一脚のパイプ椅子がぽつんと真ん中に置かれていた。

今のところ見つかるのは椅子や棚、マットレスや布団などで、犯罪やオカルトに関係がありそうなものはないけれど、ボロボロに朽ちて風が吹き込む建物はあちこちで音が鳴り続けている。

大勢の人がいたはずの場所が、今はこんなにも寂しくなってしまった。

おれはなぜか奥郷町の現状を嘆く父ちゃんの言葉を思い出してしまい、咄嗟《とっさ》に大きく息を吸い込んで不安な気持ちを追い払った。

サツキはというと、建物の光景と怪談の内容に食い違いがないか、印刷した紙を片手に持ってしきりに確認している。ミナは今のところ黙って最後尾をついて来ているだけで、特に変わった様子はない。

一階の後は階段を上がって二階も見て回ったけれど、これといった発見はなかった。

「問題は三階だね」

サツキが硬い声を出す。

怪談の中で恐怖の出来事があったのは三階の奥の部屋なのだ。

「あれ？」

階段を上がってすぐ、これまでの階との違いに気づく。

廊下の右手に小窓があって、中は警備の人が待機するような部屋になっている。そこから先の廊下は扉のついた壁で遮られていて、許可がある人しか通れない作りみたいだ。今はもちろん扉が開いているけれど、いかにも「この先は重要な場所です」という感じだ。

壁には黒いスプレーで『ここから先に入るな！　失踪者続出！』と書き殴ってある。

「誰かの悪戯《いたずら》だな」

作間さんはそう言いつつも、危険がないか探るように扉の向こうを覗いてから、足を踏み入れた。

廊下に並ぶドアの形もまた、これまでの階とは違う。どれも下の階のものより一回り小さくて、引き戸じゃなくてドアのタイプだ。さらにおれの背より少し上くらいの位置に、金属製の格子《こうし》のついた窓がある。

「なんだか牢屋みたい」

「刑務所、ね」

ミナの発言を、弁護士の子どもらしくサツキが訂正する。おれはこの扉をネットの動画で見たことがあったけれど、直接見るとやっぱり気味が悪い。

「まるで中の人を監視してたみたいだな」

作間さんはぼそりと不穏な呟きを残し、部屋の入り口をくぐった。サツキは気が進まないらしく、廊下の先にライトを向けた。廊下はさらに十メートルほど奥に続いているけれど、半分くらいのところで右に曲がる分岐もある。

おれはなんとなく、本当になんとなく、作間さんの代わりに先頭のポジションに立って、部屋を一つずつ覗きながら廊下の奥に足を進める。一つ、二つ、三つ。四つ目の部屋でこの廊下は終わりだ。どれも同じ六畳ほどの広さで、外に面した窓には鉄格子。建築の法律なんて知らないけど、今どきこんな部屋を作るのが許されるのかな。

最後の四つ目の部屋に入り、ガラスを失った窓に近づいて外を見ると、いつの間にか真っ暗になっている。慌てて腕時計を確認すると、午後七時過ぎだった。

なんか変だ。もう夏より秋の方が近い時季だけれど、昨日はこんなに早くに暗くならなかったはずだ。山の中だから？

なんだか心細くなって振り向くと、誰もついてきていないことに気がついた。耳を澄ませても、サツキたちの立てる音が一切なく、建物はしんと静まり返っている。

おかしいな。さっきまでみんな、後ろにいたはずなのに。

窓から流れこむ生ぬるい風が首筋をなでた。どうしたんだ、お前は一人だよ、とでも言われたようで、おれはそそくさと部屋の中を戻り、廊下に顔を出す。

だけど、みんなが使っているはずの懐中電灯の光が見当たらない。どこかの部屋の中にいるなら、絶対に廊下まで漏れているはずなのに。

「……おーい？」

大声を出すのはなんだか怖い気がして、そっと呼びかける。

返事はない。

おれは一つ一つの部屋を確認しながら、廊下の分岐がある地点まで戻った。見つからないということは、みんなは分岐の先に行っているとしか思えない。

分岐の奥に懐中電灯を向けると、

「あっ」

光の輪の中、突き当りの手前にある部屋に、影がすっと引っ込むのが見えた。

やっぱりいるんじゃないか。

声もかけてくれず、こっちの呼びかけにも応えないなんて意地悪だな。きっとサツキあたりが、さっきの仕返しを企《たくら》んだんだろう。

ばかばかしくなって、「もうバレてるぞ!」と声をあげながら小走りで廊下を駆ける。

さっき影が引っ込んだ場所に扉があったので押し開けると、ギイィ、と鳴った。

あれっ、とおれは立ち止まる。

影が引っ込んだ時は、なにも音が鳴らなかった。扉は閉じているのに。

いけないものに触れてしまった、という思いをよそに、扉の間からは室内の様子が懐中電灯の光で浮かび上がっている。

部屋の真ん中。赤い塗料で、六芒星《ろくぼうせい》とその周囲に見たことのない文字がたくさん描かれている。

魔法陣だ。

ということは、ここがかつて儀式で教主が消えた部屋なのか。

けれど、もっと大きな問題があった。

室内に誰の姿もない。確かにここに入っていくのを見たのに。

勇気を出して部屋の中に進み、扉の裏や窓を照らして確認するけど、造りは他の部屋とまったく一緒で隠れる場所なんてない。

(消えた……?)

嘘だ、そんなわけない。

そうだ、もしかしたら一つ手前の部屋と見間違えたのかも。

確認するために儀式の間を出ようとして、おれは足を止めた。

廊下に誰かいる。ここからは見えないけど、気配がある。

おれは慌てて部屋の入り口に懐中電灯を向けた。

絶対にサツキたちじゃない、と直感が告げている。

「誰？」

返事はない。おれは急いで右手でスマホを構える。

指の震えが止まらない。今起きていることが、あの怪談どおりなんだとしたら。

ひょっとしておれ、死んじゃう？

その時だった。

入り口の端から、真っ黒な塊がぬうっと顔を出した。

どちらかと言うと華奢な体と、歪に大きな頭。

とっさに、一つの呼び名が思い浮かぶ。

――影坊主。

やっぱりあの怪談は、影坊主のことを書いていたんだ。

もしかして、マリ姉が死んだのも……。

おれは悲鳴さえ上げられない恐怖の中、祈るような気持ちでスマホのシャッターを切った。


反応しない。

嘘だ！　たまらず悲鳴を上げ、必死に後ずさったおれは、窓のある壁に後頭部をぶつけ、痛みで一瞬目をつむってしまう。

そして目を開けた時にはもう、黒い人型はおれの前から消え失せていた。

自分の荒い息づかいを聞きながら呆然《ぼうぜん》としていると、廊下からバタバタと数人の足音が近づいてきた。

「どうした、大丈夫か」

三人が現れたのを見て、おれは死ぬほど安心する。

作間さんが手を差し伸べてくれて、自分が床にへたり込んでいることに初めて気づいた。

「勝手に先に進んじゃって、なにしてんのよ」

サツキは文句を言いつつも、おれの様子からただ事ではないことを察したのか、心配そうな顔をしている。おれは泣きそうなのを懸命に堪えて言い返した。

「いなくなったのはそっちだろ。おれは置いていかれて、みんなを探してたんだ」

三人は顔を見合わせ、訳が分からないといった表情を浮かべる。

「ユースケは奥の部屋に入ったでしょ。でも出てこないから三人で迎えに行ったら、どこにもいなくて、その時に悲鳴が聞こえたからこっちに来たんだよ」

ミナの声はとても嘘を言ってるようには聞こえない。

どういうことだ。消えたのはおれの方だっていうのか。

「じゃあ、あれも見てないのか」

「あれ？」

「影坊主だよ！　さっき、そこにいたんだ」

入り口付近に立っていたサツキが短く悲鳴を上げて飛び退《の》く。

「ちょっとやめてよ！」

「本当だって」

ああ、写真さえ撮れていたら！

「とにかく、怪我はないね。一旦外に出て……」

作間さんの言葉を、サツキが慌てて遮った。

「待ってください。たぶんこの部屋が、怪談に出てきた儀式の間です」

魔法陣の描かれた床を見回し、

「この部屋になにかヒントがあるかもしれない。もう少し調べさせてください。いいよね？」

最後の疑問はおれに向けられたものだ。もちろん、と頷きを返す。

本当はまた影坊主が現れるんじゃないかと怖くて仕方なかったけど、みんなと一緒なら我慢していられる。おれのせいで心霊スポットの調査を中断させるのはごめんだ。

「仕方ない。だけど帰りの時間を考えたら、そう長くはいられない。あと十五分だけだ」

作間さんからタイムリミットを出されたおれたちは、部屋の中をくまなく見て回る。

サツキが言うには、ここまで怪談の内容との食い違いは見つからなかったそうだ。ここで成果がないと、捜査が行き詰まってしまう。

とはいえ、他の部屋と違っているのは床の魔法陣くらい。壁には『ここから出して』『呪い』という言葉や、血の跡に似せたような落書きがいくつかあるけれど、他の部屋でも見かけたものだ。

それに、おれからすれば注目すべきことははっきりしている。

「影坊主がいたことこそ、手がかりじゃないか。この怪談は、宗教団体じゃなくて影坊主が関係していることを伝えたかったんだ」

「そんなの、ユースケの見間違いでしょ」

「絶対に見た！」

おれとサツキは睨み合う。

するとミナが言った。

「ユースケの言う通りだとしたら、おかしなことにならない？　ここにはたくさんの人が肝試しに来ている。でもここで影坊主を見たなんて話、ユースケも聞いたことないでしょ」

おれは黙って頷く。

「マリ姉が伝えたかったのが影坊主の存在なんだとしたら、百パーセント出てくれないとおかしい。じゃないと、手がかりと言えないでしょ」

影坊主が百パーセント出ないとおかしい、なんて変な理屈だ。

確かにおれの前に影坊主が現れていなかったら、なんの手がかりも得られないまま帰ることになっていた。そんな不確実な手がかりの残し方は、前のSトンネルの怪談の時と明らかに違う。

だけど――

(マリ姉の殺害現場でも、影坊主を見た人がいるんだ)

おれはそう言いたいのを、ぐっと堪える。今言ってしまえば、余計にサツキの機嫌を損ねてしまいそうだ。

「やっぱり他の手がかりがあると思うんだよね」

サツキが腕組みして唸る。

「例えばほら、落書きの数が少ないっていうのはどうかな。怪談では『壁一面』にあるって書いてるのに」

「確かに壁一面というには少ないけど」ミナは首を捻る。「儀式の間は三階の奥の部屋って書いていたし、ここであることは間違いないよね」

サツキが黙りこむ横で、作間さんが腕時計をちらりと見た。もう時間なのか。

おれは時間稼ぎをしようと、作間さんに話を振る。

「作間さんは、なにか気づいたことはありますか？」

「僕？」作間さんは少しだけ宙を見つめた。「そうだなあ。やっぱり、宗教施設の建物にしてはなんだか変わってる気がする」

そういえば、建物に入った時もそんなことを言っていた。

「私もそう思う」ミナが頷き、意外な言葉を続けた。「というか、学校に似てない？」

「学校？」

「玄関を入ってすぐの、吹き抜けの感じとか。天井近くのカーブした模様とか」

どうやら、ぴんときていないのはおれとサツキのようだ。

どうしてミナとおれたちとで感じ方が違うのだろう。

「前の小学校は、今みたいにお洒落な校舎じゃなかったよ」

「そっか、ミナは転校生だから」

サツキが手を打っておれを見た。

「先生たちがよく言うじゃない。うちの校舎は奥郷町出身の有名な建築家が設計したものだって」

「小日向……、小日向志津夫だ！」

奥郷町の住人なら絶対に知っている人物。海外でなにやら受賞したこともあるという、小日向志津夫は奥郷町の住人にとって誇りなのだ。小堂間小学校だけでなく、町に一つだけある美術館や、奥郷町役場もその人の設計で、低学年の社会科見学で必ず行くことになる。

その意味でおれたちにとって小日向志津夫のデザインは身近なものだから、変わっていると思わなかった。だって他の小学校に通ったことなんてないし。

作間さんはまだ難しい顔をしている。

「しかし小日向志津夫の設計となると、この建物はかなり古いものだ。永遠の命研究所が活動していたのはせいぜい一九九〇年代以降のはず」

「そういうことか！」

叫ぶが早いか、サツキがスマホを取り出して操作を始める。ちゃんと回線は通じているらしい。

「なにか思いついたのか」

「この建物は、きっと別の用途で建てられたものなんだよ。何十年か使われた後で宗教団体が買い上げて、その怪しいイメージが強すぎて、元々の用途が忘れられた。Sトンネルの怪談が場所の違いを隠した話だとしたら、この怪談は年代の違いを隠した話だったんだ」

サツキはこの建物の歴史を調べているらしい。

「でもおかしいぞ。小日向志津夫の建築なのに、どうして宗教団体なんかに売ったんだ？　他の建物はあんなに大切に扱われているのに」

スマホを操るサツキの手が止まった。

その目が大きく開かれているのを見て、いったいなにがあったのか不安になる。

サツキは画面をおれたちに見えるように向けた。


――元・板東精神病院。


板東。精神病院。

ここで板東という名前が出てきたのは、きっと偶然なんかじゃない。

板東家は代々医者の家系で、奥郷町の名士だ。おれたちの追う若手医師・板東の父親か祖父、あるいはもっと上の人か分からないけど、とにかく彼らは小日向志津夫に依頼してこの精神病院を建てたんだ。

三階の廊下が扉で隔《へだ》てられているのも、部屋の窓に鉄格子がついているのも、患者さんが勝手に出ていかないようにするためのものだろう。

そしてたぶん、この病院でなにかが起きた。

板東家はそれを隠すため、精神科を総合病院の方に移して、この建物は貴重な価値があるにもかかわらず宗教団体に売ってしまった。

当時いったいなにが起きたのか、詳しいことはまだ分からない。でも少なくとも、マリ姉が怪談を使って伝えようとしたのは、若手医師一人じゃなく、板東家が事件に関わっているということじゃないのか。

「思ってたより、大ごとだ」

心なしかミナの声も途方に暮れている。

ふと、おれの頭にひらめいたことがあった。

さっきサツキは壁の落書きが少ないって言ってた。

それって、今の壁にある落書きが廃墟になってから書かれたものだからか。

「ユースケ、なにするつもり？」

サツキの疑問に答えず、おれは床に落ちていた小さなガラス片を拾い上げると、壁の前に立った。

ところどころ変色して、端の方が剝がれ始めている壁紙。おれはそこにガラスの尖《とが》った角を押し当て、ゆっくりと切れ目を入れる。すると裏の接着剤も効果がなくなっていたのか、ベリベリと簡単に壁紙を剝がせる状態になった。

精神病院の入院患者が描いたであろう本当の落書きは、この下にある！

「待った。物を壊すのはまずい、よ……」

止めようとした作間さんの声が途切れる。

壁紙の下から現れたクリーム色の壁の素地。

そこに描かれていたのは、
おびただしい数の、
真っ黒な、
人型だった。

第三章

胡散臭い推理のために

サツキの記録①

よくできた子。優等生。才女。

親戚がマリ姉について語る時は、必ずと言っていいほどその言葉が出てきた。

初めの頃はただ「すごいマリおねえちゃん」という意味にしか思っていなかったけど、小学生になり、だんだんと勉強の成績に重みを感じるようになって、ようやくマリ姉の偉大さを実感した。

パパもママも、よく私とマリ姉を比べて、「負けないようにな」と言った。

私には理解できないけど、大人には妙な競争意識がある。叔父さん夫婦は二十代前半で結婚してすぐにマリ姉が生まれた。一方うちの両親は結婚したのもパパが三十三の時。そういった点でも、パパたちは弟夫婦に対して遅れをとったという意識があったのかもしれない。

とにかく、気づいた時には私は両親の期待どおりに、優等生になっていた。

自分でも負けず嫌いな性格だと思うし、将来弁護士になるために勉強するのは当然だから、嫌なわけじゃない。

だけど今以上の努力を大人になるまで続けると思うとさすがに自信がなくなって、マリ姉に相談したことがある。マリ姉が死ぬ一年前のことだ。

　お盆に親戚が集まり、二人でおつかいに出た道中だった。うちの親が買い食いを良しとしないのを知っていて、マリ姉が「サツキちゃんにも共犯になってもらうよ」とコンビニでアイスを買ってくれたのを覚えている。頭がいいだけじゃなくて、そういうお茶目なマリ姉が大好きだった。

「マリ姉は、頑張り続けるのが辛くなったことはないの？」

「高校の時、わざと0点を取ってやろうとしたことがあるよ」

　とマリ姉は笑った。トップの成績を取り続けても、当然という周囲の反応に嫌気がさしたのだという。わざと0点を取ったら、彼らはどんな顔をするか。どうせショックを与えるならと、その前のテストでは猛勉強して百点満点を二つもとったというから驚きだ。

「でも、結局やらなかったね。いざ白紙の回答用紙を出そうとして、その楽《らく》さにびっくりしたんだよ。手を抜くのはいつでもできるし、そんなことのためにこれまでの努力をフイにするのもむなしい気がして。どうせ全てをかけるなら、もっと大っきなことをしたいじゃない？」

　そう言って、マリ姉は優しく頭を撫でてくれた。

　その年の私の誕生日、マリ姉は一冊のノートをくれた。普段勉強に使うものとは全然違う、金属のリングでまとまった、表紙が綺麗な深緑色の重みのあるノート。

「いつかやりたいことを見つけたら使ってよ。勉強以上に、サツキちゃんが夢中になれるようなことに」

そのノートの出番がこんなに早く来るとは思わなかったし、まさか「やりたいこと」の内容がマリ姉が死んだ事件の調査になるなんて予想できなかった。

マリ姉の死後、現場や死亡推定時刻の奇妙さから、マリ姉には人に言えない、乱れた人間関係があったのではないか、という声もあがった。

でも私はマリ姉が世間に顔向けできないようなことをする人じゃないと確信している。マリ姉が積み重ねてきたのは、そんなことのために捨てられるほど軽いものではない。

これまでに調査した二つの怪談から、その思いはより強くなった。

『Sトンネルの同乗者』は場所の違いから教授の死を、『永遠の命研究所』は年代の違いから板東精神病院の存在を、読者に伝えるために作られたと考えて間違いない。

マリ姉はきっと、〝大っきなこと〟の秘密を、この七不思議に隠したんだ。

その謎を解くのは、私であるべきだ。


最近になって知ったことだけど、学校行事というのは学校によって行われる時期が違う。おれたちの通う小堂間小学校では、運動会、音楽会という二大イベントがどちらも二学期にあり、六年生になると修学旅行までそこに加わる。

当然学校ではクラスで集まって役割を決めたり準備をしたりすることが増え、おれたちも掲示係の作業だけに集中するのは難しくなった。

さらに、壁新聞はまだ第二号の制作中だというのに、早くもおれたちは壁にぶち当たっていた。

『永遠の命研究所』の廃墟でのできごとについて、記事に採用するかしないかでおれとサツキの意見が割れているのだ。週末の金曜日の放課後、もはやお馴染みになった小校舎の奥で、そのことについておれたちは顔を突き合わせていた。

「だから、サツキは別に認めてくれなくたっていいから」

「それじゃ議論にならないでしょ！」

原因は、廃墟でおれが目撃した影坊主らしき化け物のことだ。おれはそのまま記事にしようとしたのだが、サツキは「私は見ていないから！」と決して譲ってくれない。

「だって、オカルト肯定派のユースケだけが都合よく見るなんておかしいよ。その経験をもとに〝この事件には幽霊や呪いが関係しています〟って言われても、否定のしようがないじゃない」

「実際に見たんだから、記事にしたってておかしくはないだろう。おれの体験をもとに、おれの推理を組み立ててるだけだよ」

「忘れたの？　私たちが勝手に推理するだけじゃなくて、ミナがそれを客観的に分析してこそ記事になるの。ミナが経験してないことを根拠にされたって困るわよ。ねー、ミナ」

自分の陣営に引きずり込むように後ろから抱きかかえられ、ミナは弱り顔をする。

「ユースケの意見の判断も難しいけれど、サツキの記事もまだ全然固まってないよ。だって前の調査では、容疑者と見られていた板東のアリバイを確かめただけなんだもん」

それはその通りだ。『永遠の命研究所』の廃墟が、かつて板東精神病院の病棟として使われていたことは分かったものの、それがマリ姉の事件にどう関係するかは謎のまま。

新たな発見が少なく、このままでは想像に頼ってばかりの記事になってしまう。

「それなら、桜塚トンネルで亡くなっていた男性についていいニュースがあるの」

サツキが明るい声で切り出す。

「ヒロ兄ちゃんに教えてもらった、マリ姉の母校の教授？」

「そう。その人について話を聞く方法を探していたのだけれど、とうとうマリ姉の大学時代の友達と連絡が取れたの」

「どうやって見つけたんだ？」

「以前、マリ姉のお通夜に来てくれたんだよ。参列してくれた人に、名前と住所を書いてもらうじゃない？　その中からマリ姉のスマホに連絡先が登録されている名前を探して、電話してみたんだ。小暮《こぐれ》さんっていうんだけど」

サツキの口調には熱がこもっている。

「小暮さんはマリ姉と一緒に例の教授のゼミにいて、今は大学院生らしいの」

「ゼミって？」

ミナが聞く。おれも同じことを思っていた。

「なんていうか、教授と一緒に研究する少人数のグループのことらしいよ」

ならお互いについて詳しいはずだし、話を聞く相手としてはこの上ない。

でも一つ心配なことがある。

「おれたちが小学生ってことは伝えてあるの？」

「ううん。私がマリ姉の従妹《いとこ》ってことだけ」

やっぱり。おれは前に居酒屋であった対応を思い出した。

「小学生だと分かったら、真面目に相手をしてもらえないんじゃないか。なにか知ってても、子どもに教えることじゃないって思うかも」

けれどサツキは心配ないと言う。

「その人、お通夜で私を見たのを覚えているみたいだから。それに、メールの反応からして向こうも話に興味を持っているみたいだし。ちょうど明日の予定が空いていたらしくて会う約束をしたんだけど、二人も来るでしょ？」

「どこで会うの？　その大学って、隣町にあるんでしょ」とミナ。

確かに自転車で行くのは無茶な距離だ。行くなら電車だけど、降りたこともない駅、しかも初めて大学に行くのはかなり勇気がいる。

「それも大丈夫。向こうが奥郷駅まで来てくれて、午後二時に駅前のカフェで話をすることになってる」

すると、ミナが意外な提案を口にする。

「だったら、その前に魔女の家に行ってみようよ」

子どもたちの間で世代を超えて語り継がれる謎のスポット、魔女の家。

僧門トンネルの調査の後でそこを訪ねたおれたちは、そこで「魔女」に会った。魔女はまたいつでも来ていいと言ってくれたけど、おれはあれ以来行っていない。

「ミナは時々本を借りに行ってるんだっけ？」

「そう。魔女なら、私たちの話を聞いて何かいい考えをくれるかもしれない」

確かに『Sトンネルの同乗者』の時も、不自然なものごとには必ず理由があるという魔女の教えが、怪談の謎を解くのに役立った。

「いいんじゃないか」

おれは賛成した。魔女は大人だけど、ミステリー小説をたくさん読んでいるからか、オカルトを頭から否定する人ではなかった。もしかするとおれ側の意見に賛同してくれるかもしれない。それに、怪談についての議論を魔女の家で行うっていうのは、秘密基地みたいでいい感じだ。

「分かった。じゃあお昼ご飯は家で食べて、先に魔女の家で集まることにしよう。ユースケはそれまでに、記事の内容を詰めておくように」

サツキがそう釘を刺してきた。


翌日の土曜日。魔女の家に向かって自転車を漕いでいると、たまたま前を行く二人を見つけ、合流する形になった。

すでに何度か訪れているミナは勝手知ったる様子で、門柱にあるインターフォンを一つ鳴らすと返事を待たずに門を開け、庭に自転車を停めた。

「車椅子でいちいちインターフォンに出るのは面倒だし、門を開ける音でだいたいの相手は判別できるからいいんだって」

「本当かよ」

おれは半信半疑のままミナの後を追い、庭を通って玄関扉の前に立つ。

門のところにはなかった表札を、扉の上に見つける。

『豊木《とよき》』

それが魔女の苗字らしい。

黒い扉は重そうな見た目とは裏腹に、ミナが手をかけると滑らかに開いた。車椅子でも出入りしやすいようになっているのか。

中は相変わらず、廊下まで本棚で埋め尽くされている。薄暗い家の中で、ぼんやりとした明かりが漏れているのが、前回入ったリビングらしい。

「きたね」

リビングに入ると、前と同じ位置でくつろいでいる魔女の姿があった。

テーブルを見ると、小さなバスケットに入ったお茶菓子と、お盆に載ったティーセット。驚くことに、カップの数は三つ揃っている。ティーポットから湯気が上がっているということは、たった今用意したはず。

「今日はお手伝いさんが来る日じゃないし、門が開く音がしてから閉まるまで時間が長かったからね。ミナだけじゃないんだろうと考えただけさ」

おれの表情を読んだのか、魔女がニヤニヤ笑いながら言う。さっきのミナの言葉は本当のようだ。

「ミナから聞いたが、壁新聞は無事に始まったらしいじゃないか」

「そうなんですけど、事件の捜査はなかなか進まなくて」

おれとミナがティーポットの蓋を開け、中の色を見ながら首を捻っていると、扱いに慣れているサツキが喋りながらそれを手に取り、手際よく分け始めた。

「――そういうわけで、『永遠の命研究所』の怪談は、板東病院がなにかの形で事件に関わっていることを示していると思うんです。だけど板東はマリ姉殺害に関してアリバイがあることが分かって」

前回以降の調査の進み具合を説明すると、魔女は興味深そうに何度も頷いた。

「壁に描かれていた黒い人型の絵ってのは、何なのかね。そこに入院していた患者のメッセージなのか、あるいは単なる妄想を描いただけなのか」

「だから、影坊主だって！」

おれの主張にすぐさまサツキの鋭い視線が飛んでくるけど、怯《ひる》んではいられない。

『『永遠の命研究所』の怪談は本当なんだよ。影坊主はあの建物を訪れた人間に取り憑いて、殺してしまうんだ。影坊主は運動公園でも目撃情報があって、オカルト界隈ではけっこう話題になったんだ。だからマリ姉も、影坊主に殺されてしまった可能性がある」

「ユースケの主張はこればっかりなんです。お化けが人を殺したなんて記事にしたら、自分が恥をかくだけなのに」

「サツキの説だって、板東のアリバイが証明されたんだから、容疑者がいなくなっちゃったじゃないか」

するとおれの言葉を待っていたかのように、サツキが誇らしげな笑みを浮かべる。

「実は思いついちゃったんだ、板東のアリバイを崩す方法」

おれが驚く横で、ミナは興奮気味に鼻を膨《ふく》らませ、車椅子の魔女は愉快そうに顎《あご》を撫でた。

「重要なポイントは、やっぱり板東が二度目に席を立った時だと思うの。店の外で十五分も、なにをしていたのか」

「煙草でも吸っていたんじゃないのか」

うちのじいちゃんも、最近は煙草を吸える場所がめっきり減ったとよく嘆いている。板東が喫煙者だったかどうかは分からないけれど、大人が外に出る理由としてはそれが一番ありえる。板東は席を立ってからというもの、心あらずといった状態だったそうだから、気持ちを落ち着けるために喫煙していてもおかしくない。

ところが、

「それは違う」

ミナが口を挟んだ。

「灰皿スタンドは、店の入り口のすぐそばにあった。雪が降っていたのに、わざわざ離れた街灯の下に行って吸うのはおかしい」

言われて、そうだったっけと記憶を探るけど、ちっとも思い出せない。同じ体験をしているのに、どうしてこうも記憶力や発想に差が出るのだろう。

ミナの援護を得て、サツキの口調はますます滑らかになる。

「私もミナを見習って、ミステリーの基礎知識を調べてみたの。いわゆるアリバイトリックも結構種類があって、単純なのは人に嘘の証言をしてもらうとか、別人が変装をするとかいう方法。だけど板東の顔は何人もの店員さんに見られているから、そんなんじゃ誤魔化《ごまか》せなかったと思う」

おれたちは頷き、続きに耳を傾ける。

「他には、死体を温めたり冷やしたりして死亡推定時刻をずらす方法もある。でもこれは警察の調べを信じるしかないし、今は考えないでいいと思う。あと考えられそうなのは、殺害現場をギソウする方法」

ギソウという漢字をおれが想像していると、サツキが素早く「違う場所をそう思わせるってことね」と説明してくれる。

サツキは目の前の砂糖壺から角砂糖を二つ取り、片方を隣のおれの皿に、残る一つを自分の皿に置く。それぞれの角砂糖がマリ姉と板東の役らしい。

「マリ姉がグラウンドで殺された時間、板東は遠く離れた居酒屋にいた。これじゃ犯行は不可能。でも」

おれの皿の角砂糖を、今度は自分の皿に移動させる。

「マリ姉が本当は居酒屋の近くで殺されたんだとしたら、板東のアリバイは意味がなくなる。例えば最初にマリ姉から電話がかかってきた時、板東は店の前まで来るようにマリ姉に伝える。その後、店の外に出てマリ姉が来るのを待ち構えると、監視カメラから外れた場所でマリ姉を殺し、遺体は近くの路地にでも隠しておくの」

ミナは板東役の角砂糖をマリ姉役にぶつける。

「それで?」

トリックに興味をひかれたのか、ミナは前のめりになっている。

「これでマリ姉が死んだ時間帯、板東はお店の前にいたというアリバイができるよね。あとは閉店の時間まで粘ってから」

二つの角砂糖が一緒に、おれの皿に移された。

「板東はマリ姉の遺体をグラウンドに運べばいい。深夜なら誰にも気づかれない。出血の跡とかをうまくごまかせれば、グラウンドで殺したように偽装できる。――これで板東のアリバイは崩れた」

　マジシャンの決めポーズのように、サツキが両手を広げる。

　正直なところ、「やられた」と思った。

　まさかそんな方法で犯行が可能だなんて。板東が二度も席を立った理由も分かるし、それ以降落ち着きがなかったのも、マリ姉を殺害し死体をすぐ近くに隠していたのだから当然だ。

　おれがなにも言い返せないのを見て、サツキが勝利宣言を――、

「残念だけど、それは無理かな」

　ミナが淡々と言った。

「えっ、なんで！」

「サツキの説は面白かったけど、矛盾がある」

　愕然《がくぜん》とするサツキをよそにミナは続ける。

「今の話だと、マリ姉の遺体がグラウンドに運び込まれたのは板東が店を出た後、つまり閉店時間の午前二時よりも後だということになる。その時にはもう、雪が降り止んでいた」

　雪……？

　あ、とおれたちは声を漏らした。

　遺体のあったグラウンド一帯には、二センチほどの雪が積もっていたんだった。雪が止んだのは死亡推定時刻とほぼ同じ、午前零時。その後で遺体を運んだのでは、雪の上に足跡が残ってしまう。

「だったら」とサツキが粘る。「その時残してしまった足跡を、朝になってからもう一度自分で踏んだんだよ。そのために第一発見者として早朝に現場に行ったの」

グラウンドには板東の足跡だけがあったと聞いた。サツキの言う通り、それが夜と早朝に重ねてつけられた跡だとしたら、警察の目を騙《だま》すことができるかもしれない。しかし、

「反論その二」ミナは容赦ない。「サツキは前に、マリ姉の遺体の下と周囲の地面とでは積雪量に差があったと教えてくれた。だからこそ死亡推定時刻が二十三時から二十三時半の間に絞られたって」

「ああ」

ミナが言わんとすることを察して、サツキの顔が歪む。

「そうか、雪が止んでから遺体を置いたのなら、遺体の下と周囲に積雪量の差はないはずなのか……」

「でも面白い説だった。ぜひ次もチャレンジして」

勇気づけるように拳を握ってみせるミナとは対照的に、

「夜中まで考えて思いついたのにぃ……」

とサツキは糸が切れた人形のようにテーブルに突っ伏した。

一方、おれは興奮して主張する。

「影坊主なら、足跡を残さずにマリ姉に近づけたはずだ！」

「うるさいなあ。そんなこと言い始めたら、なんでもありになるでしょ。だいたい、写真にも撮れていなかったじゃない」

サツキはこちらを見もせず、聞き流そうとする。

胸の中に、重たい感情が渦を巻く。親にオカルトなんてくだらないと叱られた時と違って、苛立

ちとともに泣きたくなるような。

「だったら、おれの説はどうしたら信じてもらえるんだ。サツキやミナが心霊現象を目の当たりにするのを待つのか？」

そもそも、おれと同じものを二人が見ても、心霊現象だと信じてくれないかもしれないじゃないか。「なにかの見間違いだった」とか言われたら、結局水掛け論になる。

ミナは魔女に向かって言った。

「今日来たのは、こんな風にまったく違う意見をどう比べたらいいか困ったからなんだよ」

「なるほどねえ。いかにも頭でっかちな考え方だ」

魔女は大儀そうに首を振る。

「あんたたち、自分のやってる捜査とやらが、いかに胡散臭《うさん》いものかが分かっていないね」

「胡散臭い？」サツキが体を起こす。

「もちろん事件の真相を知りたいから動いているんだろうが、あんたたちがいくら必死に動き回ったところで、警察の代わりになりゃしないんだ。人から聞いた情報を好きなように組み合わせて、事件の構図を想像しているに過ぎないんだから。そういう意味じゃ、サツキの考えだってユースケの考えと五十歩百歩だろ」

「私のはちゃんと現実に沿った可能性ですよ。幽霊や呪いなんて常識外のものをそう簡単に……」

「おやおや」

いかにも魔女らしい、意地悪な笑みを浮かべる。

「そう言うあんただって、証拠らしい証拠は一つも用意してなかったじゃないか。それじゃあ真相が何だって、判断のしようがないだろう」

「でもさ、魔女」ミナが口を出した。「証拠がないと駄目なんだとしたら、私たちはどうやって意見を出し合えばいいの」

ミナの言う通りだ。怪談を調べるうちに気になる情報が集まってきたから色々と想像が膨らんだけど、おれたちが警察すら掴んでいない犯人の証拠を見つけられる可能性はとんでもなく低い。

「目的を思い出してごらん。あんたたちは、マリ姉が七不思議に残した謎を解きたいんだろう。大事なのはそこだ。裁判に勝てるような証拠がなくてもいい。重要なのはあんたたちが納得できる答えを見つけること」

「納得できる？」サツキが聞き返した。

「たとえば、ミナ。ミステリー小説には登場人物たちが大嵐に巻きこまれたり、唯一の橋が落ちたりしてその場所に閉じ込められてしまうパターンがあるだろう」

「クローズド・サークルだね。外から助けが来られない状況で、殺人事件が起きる」

得意なジャンルの話に、ミナが少し早口になる。

「そうだ。当然、その状況では警察の詳しい科学捜査は望むべくもない。裁判官もいないのだから、法的な決着なんてつけようがない。なのに作中では探偵がちゃあんと犯人を断定し、事件を解決する。それはどうしてだと思う？」

おれたちは吸いこまれるように魔女の言葉に耳を傾ける。

「大事なのは、その場にいる人々が納得することだからさ。証拠がなくても、論理の力で皆の支持が得られればいい。そうだね、例えば——犯人を特定する手法の一つに、消去法がある。ミナは分かるね？」

ミナが頷いて説明を加える。

「容疑者が五人いて、そのうち四人が犯行不可能だと分かったら、残る一人が犯人」

「そう。だけど実際の裁判で、こんな手法が通じると思うかい？　その人がやったっていう直接的な証拠はないのに、他の人が犯人じゃないからだって」

弁護士を親に持つサツキが首を横に振る。

「だけどそれで事件を解決してみせるのが、ミステリーにおける、探偵の仕事だ。胡散臭い考えを、それらしく組み立てることでみんなを納得させる。そうすりゃ読者だって文句は言わない。あんたたちがやろうとしてるのも同じことさ」

「だから私は心霊現象を認めないといけないってこと？　見てもいないのに」

サツキがまだ腑に落ちない顔をしているのを見て、魔女は笑いかけた。

「そうじゃない。なんでもありになっては駄目だというサツキの意見はもっともだ。だからまず、三人なりのルールを決めるべきだろうね。探偵が周りを納得させるように、どんな推理であれば正解と認めるのかを決めるんだ」

おれにとって都合のいい展開になるかと思いきや、これは難しい問題だ。

心霊的な存在をまるっきり受け入れるような緩いルールにしてしまうと、逆におれはサツキのどんな推理も「それはありえないだろ」と否定できなくなってしまう。これはお互いにとって好ましくないだろう。

サツキも同じ考えなのか、難しい顔で腕を組み、うなっている。

「だったらさ」

ミナが口を開いた。

「一番大事にすべきなのは、七不思議じゃないかな」

その意味がわからず、おれはサツキと顔を見合わせる。

「サツキが私たちを謎解きに誘ったのは、マリ姉の七不思議の中に事件のヒントがあることを期待したからでしょ。だったら、怪談から得た手がかりをまるっきり無視していたり、マリ姉の性格からかけ離れていたりする推理は駄目だと思うんだ」

「つまり、こういうことかな」

頭の回転が速いサツキはミナの言いたいことが分かったらしい。

「マリ姉が怪談にヒントを残した、という前提なんだから、六つの怪談を調べて見つけた手がかりは、必ず推理に生かさなきゃいけない。自分の都合のいいものだけ選んだんじゃ、どうとでもできるものね。例えば、桜塚トンネルでの事故や板東病院はなんらかの形で事件に関わっている必要がある」

「そう。さらに言うと、マリ姉の行動にはすべて理由がないといけない。たまたま暴漢に襲われたとか、精神的に不安定になって意味のない怪談を残した、とかはなし。サツキの知る、優秀な人物としてマリ姉の行動を考えること」

ミナのおかげで、議論の方針がはっきりした。今の話を元に、サツキが分厚い深緑色のノートを取り出して、おれたち掲示係の推理のルールをまとめた。

○マリ姉の残した怪談に基づいた推理でなければならない。
○事件前後の、マリ姉の行動に合理的な説明がつくこと。

「今後、お互いの推理や仮説について話し合う時は、このルールに合っているかどうかを第一に考えることにしよう。六つの怪談のすべてを調べ終えた時、これを満たす推理が、私たちの求める真実ってわけ」

サツキの言葉におれたちは頷いた、のだが。

「ちなみにこのルールに照らすと、ユースケの影坊主犯人説も否定されるから」

思わぬミナの指摘に、おれは「えっ」と声を上げる。

「なんで？『永遠の命研究所』の話には、影坊主みたいなやつが出てくるじゃん」

「そこはギリギリセーフだとして。マリ姉は刃物で刺されて死んでいたんだよ。影坊主に呪い殺されたっていうなら、刺し傷はおかしいでしょ。怪談にも、幽霊が刃物を使うなんて一言も出てきてない」

「ルールだもんね、仕方ないよね」

サツキがくすくす笑っている。

くそ、怪談を元に推理をするというルールを作るとこういうことになるのか。

オカルトの存在を許されても、そいつの特性を好きに決めていいわけじゃない。

あくまでマリ姉がそのオカルト的存在を知っていて、ヒントを怪談に残してくれていると考えなきゃいけないんだ。

探偵の推理を胡散臭いといった、魔女の言葉を改めて実感する。

おれたちはその胡散臭さをルールでねじ伏せて、相手を納得させる真相を導き出さなきゃいけない。

「ともかく、これで第二号の記事は書けそうだね」

やる気をみなぎらせるミナをよそに、おれとサツキは疲れたため息をついた。

マリ姉の大学の友人との約束の時間が迫り、おれたちは魔女の家を後にして駅前に向かった。

土曜日とはいえ、車での移動が中心のこの町において、電車の利用者はたいして多くない。それでも電車が停まるたびに改札から出てくる人の少なさを見ると、流石《さすが》に寂しく感じる。おれたちにとっては生活のすべてがある町でも、外から見れば中身の分かりきった金魚鉢みたいなものなのか、わざわざやってくる気にはならないらしい。

約束の相手、小暮さんは時間ギリギリの電車で現れた。マリ姉と同級生ということは二十代中頃で、うちの学校でいえば今年から来た保健の伊藤《いとう》先生と同じくらいのはずだけど、金色に近い茶髪とばっちり手入れされた長いまつげが印象的な小暮さんは、大人というよりも年上の姉ちゃんという感じがした。

小暮さんはおれたちの姿に気づくとゆるキャラでも見つけたみたいに笑って小さく手を振ってきた。

「どうも小暮です。あなたがメールをくれたサツキちゃん？　お久しぶり、になるのかな」

「はい、お通夜ではご参列ありがとうございました」

サツキは大人びた態度で今日来てくれたことに礼を言い、おれとミナを紹介した。

「へーえ。今の小学生ってしっかりしてるなあ。私が子どもの頃よりずっとおしゃれだし」

小暮さんはサツキを褒《ほ》めた後、後ろにいるおれたちをじろじろ見る。悪気はないんだろうけど、珍しい動物を観賞するような目つきで、ちょっと居心地が悪い。

おれたちは駅のすぐ近くにあるカフェに入った。若い女の人と小学生三人の組み合わせはやっぱり浮いているけれど、これまでの経験で初対面の大人と話すことに慣れ、落ち着いて小暮さんと向き合うことができた。

「だいたいの内容はすでにメールで伝えた通りなんですけど」

サツキはSトンネルの怪談のプリントアウトと一緒に桜塚トンネルの写真をスマホに表示して小暮さんに見せる。大学の教授が亡くなった場所だ。

ふんふん言いながらそれらに目を通し、小暮さんはおれたちの視線を集めるように顎の下で両手を組み、肘をつく。

「あの時期のことはよく覚えているんだよね。メールでも伝えたと思うけど、私は今大学院にいる。時任《ときとう》先生が亡くなったって情報が伝わってゼミの皆で騒いでいたら、立て続けに真理子が殺されたってんだから」

時任というのが、亡くなった教授の名前らしい。

「小暮さんは、どんな形でそれらのニュースを知ったんですか？」

小暮さんは椅子の背もたれに掛けていたバッグからスケジュール帳を取り出してページをめくった。

「一年前のことを聞かれると思ってちゃんと整理してきたの、偉いでしょ」

大人に「偉いでしょ」と言われてなんと返したものだろうかと困っていると、小暮さんはせっかくのユーモアを無駄にされたという風に真顔に戻り、話し始めた。

「えーと、時任先生のことは亡くなった次の日、つまり金曜日の朝に大学から連絡があったんだよ。夕方にお通夜があるって聞いて、服装とかお香典をどうしようかって同じゼミのメンバーと話し合った」

「卒業生であるマリ姉には、ゼミから連絡してくれたんですか？」

サツキはマリ姉のスマホにはすべて目を通しているはずだから、それを聞くということはそれらしいメールは残っていなかったんだろう。

「関係のある卒業生と言っても個別に連絡するのは大変だから、メッセージアプリでゼミ関係のグループに投稿したの。でも今日のために確認してみたら、真理子はグループを抜けていたんだよね。だからこっちの情報は届いていなかったと思う」

ということは、マリ姉は別のルートで時任教授の死を知ったのか？

「真理子とは卒業したきりだったから、彼女が殺された時も私たちのところに警察が来ることはなかったね」

「時任教授の死について、何か気になることは？」

「そう言われてもね。だって事件性のない突然死だって話でしょ。あまり口数の多い人じゃなかったし、誰かに恨まれるようなこともなかったはず。うちらのやってる文化人類学って、文系だし就職に特別有利になるわけでもないし、予算もゴリゴリ削られているような分野なの。けど時任先生は腐《くさ》らず黙々と仕事をこなすタイプで、怨恨とは一番縁遠い人だよ。気になることと言えば、先生のお通夜に行った時、奥さんは納得がいっていない様子だったな。先生がいったいなんのためにあそこを車で走っていたのか」

時任先生が見つかった場所が通勤の道と全然違っているのは、ヒロ兄ちゃんも話していたことだ。

「小暮さんは、時任先生の行動に心当たりはないんですか」

「うーん……」

小暮さんはまるでもったいぶることを楽しんでいるかのように唇を尖らせ、こちらの反応を探る視線を向けてくる。

「逆にそっちは何か知らないの？　私に連絡をとってきたってことはさ、真理子の死と何か関係があるって思ったわけじゃん」

「それは……」

サツキは少し迷う素振りを見せたが、このまま黙っていても得るものはないと考えたのか、作間さんの時と同じように、マリ姉の残した奥郷町の七不思議の、Sトンネルの怪談について話した。

「へえー！　一見しただけでは分からない形で手がかりが隠れてる、ね」

時任教授の死を示すようなことをマリ姉が残していたと知ると、小暮さんは興味津々といった顔になる。そしてその口から驚くべき内容が告げられた。

「真理子が死んだって聞いた時、私はてっきり後追いかと思ったんだよね」

「時任先生の死がショックで自殺したと？」

サツキの声が険しくなる。それはおれたちがまったく考えもしなかった可能性だった。

「つまり不倫？」

あまりにもストレートなミナの物言いに気まずい空気が漂ったので、おれは慌てた。

言われてみれば、桜塚トンネルは大学から見て奥郷町の方面にある。時任先生がマリ姉に会いに来ていたと考えれば、その行動に説明はつくのかもしれない。

でも奥さんがいる人と付き合うっていうのは、サツキから聞いたマリ姉のイメージとは違う。そんな身勝手なことをする人ではないはずだ。

サツキも強い口調で否定する。

「マリ姉はそんな不誠実な人じゃないです。それに不倫相手が死んだから後追いだなんて、極端すぎます」

「真面目な性格だからこそ、突然死だとしても、自分に会いにきた人が死んじゃったことに罪の意識を感じることはあるんじゃない？」

「マリ姉の遺体のそばには凶器がなかったんだから、自殺なんてことはあり得ないんです」

サツキの必死の訴えも届かないのか、小暮さんは余裕の態度だ。

「子どもには分かんないだろうけど、誰しも秘密はあるもんだからね。それに真理子みたいに地方銀行に就職するのは、地方私大の文系人間からすれば立派な成功者だよ。こんな狭い町の中で、複数の男に狙われてたって驚かない」

「そんな、ことは」

サツキの声が弱気になったのは、マリ姉が死の直前に板東に電話していたことを思い出したからだろう。

板東は病院長の息子だ。小暮さんの言うように、地方では成功者と見られるマリ姉と、恋愛関係になることだって十分あり得る。もしそこに時任教授との不倫なんて関係が絡んできたら、ドラマも真っ青な展開になってしまう。

「聞いてばかりじゃ悪いから、こっちの情報も教えてあげるね」

恩着せがましく言った後、小暮さんはむしろ楽しげに話しだした。

「真理子がまだゼミにいた頃の話なんだけど、真理子に貸していた資料が急遽必要になって、あの子が席を離れている時に、悪いと思いつつも鞄《かばん》を開けたの。そしたら、見慣れない古いスマホが入っていた」

「それが何なんですか」

「当時あの子が使っていたのとは別のスマホだったんだよ。私、iPhone ユーザーで昔からスマホにはうるさいの。鞄の中で見つけたのは当時からしても旧式の iPhone で、真理子が普段使っているのとは、明らかに別物だった。あの子、Android ユーザーだもんね？」

サツキを見ると、どこか悔しげに頷いた。

「その時は大して気にもしなかったんだけど。私は大学院に進んでからも時任教授のゼミにいて、教授が何度かこっそり同じ型の iPhone をいじっているのを見たことがあるの。もちろん、普段はまったく別のスマホを使っているのに。偶然にしちゃできすぎだと思わない？」

二人は秘密の連絡用に、お揃いの古い iPhone を持っていた。小暮さんはそう言いたいようだ。

「二台目の、スマホ……」

これまで一言も発さなかったミナが発した一言を聞いて、ある考えがひらめいた。

居酒屋で二度目に席を立った板東が、店の外でやっていたこと。店員さんが聞いた板東の話し声。もし板東が、二台目のスマホを持っていたのなら、それらに説明がつくんじゃないか。

おれは身を乗り出して尋ねた。

「大学関係以外で、時任教授とマリ姉に共通する知り合いがいたということはないですか」

板東の名前が出てくることを期待したけど、残念ながら小暮さんは心当たりがないと答えた。

「悪いけど、卒業後に真理子と連絡をとっていたわけじゃないから」

「マリ姉……真理子さんがこの七不思議を残したことについてはどう思います？　友達とはそういう話をしていましたか？」

「私は知らないな。オカルトが好きだったという記憶もないし、宗教にはまるタイプとも思えないし。むしろ占いとか開運グッズには無頓着な子だったよ」

これが小暮さんから聞き出せた全部の情報だった。

小暮さんと駅で別れ、おれたちはしばらく自転車を押しながら今日得た内容について話し合う。

「古い iPhone の件、どう思う？　小暮さんの見間違いってことはないかな」

「……私は信用していいと思う」

サツキは渋々といった様子で言う。

「どうして」

「小暮さんって元々、スマホだけじゃなくて人の服装をチェックしたり、噂話を聞いたりするのが好きな人なんだと思う」

そう言えば、最初に会ったときも三人の中で一番お洒落なサツキの服装を見回していた気がする。

サツキがスマホを取り出した時も。それに喋り方からしても、他人がどんな風に成功しているか、あるいは失敗したかを知りたくてしょうがない人に思えた。

だとしたら、古いiPhoneのことも小暮さんにとっては印象深い出来事だったのだろう。

「時任教授とマリ姉がどんな関係だったか知らないけど、同じ古いiPhoneを持っていたのは偶然じゃないでしょ。マリ姉はそれで時任教授と連絡を取っていたんだ」

「板東もそういう関係の一人だったと思う？」

ミナの言葉にサツキは頷く。

「そう考えたら、お店での行動も説明できる。古いiPhoneは秘密の連絡用だから、普段は音が鳴らないようにしてたんじゃないかな。マリ姉は急いで板東に伝えなきゃいけないことができてそっちにかけたけど、友達と食事をしていた板東は気づかなかった。だから仕方なくマリ姉は普段使いのスマホにかけた。それに気づいた板東は店の外に出てすぐ折り返すと伝え、二度目は古いiPhoneでかけ直したんだと思う」

街灯の下での行動は、秘密のiPhoneを使っての通話だった。だから普段使いのスマホには発信履歴がなく、警察も板東の話し相手が分からなかった。

「でも、マリ姉が死んでいた現場や実家からは、古いiPhoneなんて見つからなかったんでしょ」

ミナの疑問に、サツキは深刻な顔で答えた。

「きっと、マリ姉を殺した犯人が持ち去ったんだ」

おれはサツキの考えを想像する。

マリ姉は古いiPhoneを使って、普段から時任教授らと連絡を取り合っていた。

時任教授が死んだのが事故なのか事件なのかは分からないけれど、マリ姉はその死に思うところがあって、板東に電話をかけた。そのすぐ後、運動公園のグラウンドで殺され、iPhone を奪われた。

事件の鍵は、古い iPhone で結ばれた謎の関係にあるように思える。

脳裏に、雪が薄く降り積もったグラウンドの光景が浮かぶ。おれは当時の現場なんて見ていないのに、照明の消えた真っ暗闇の中でぽつんと倒れているマリ姉の姿がなぜか鮮明に映しだされ、突き刺すような寒さまで感じるほどリアルだった。グラウンドに並んだお祭りの屋台が、黒い塊となってマリ姉の小さな体を見下ろしている。まるで世界から忘れられたかのように、周囲は静けさで満たされていた。

可哀想なマリ姉。

その時、ただの暗闇だと思っていたマリ姉の背後に、なにかがいることにおれは気づく。それは墨汁のゼリーみたいにぶよぶよしながら暗闇に紛れていたのだけど、少しずつ面積を広げながら形を固めていく。

おかしい。おれの想像の中で、それは意思を持って動いている。

やがて黒い塊は大きな頭と胴体を持つ人型に見え、おれは思い出したくもない名前を叫んだ。

——影坊主！

その人型は珍しいものを観察するみたいにマリ姉の死体の上方でうごめいていたけれど、不意にその頭部がぐるんとこちらを向いた。

目も鼻も口も見分けがつかない、真っ黒な顔。

だけどその化け物の興味がおれに向いていることははっきり分かる。

真っ黒な顔が、ぐりん、とわずかに傾く。

気づかれたのだ、と直感した。

おれが、廃病院で会った子どもだって。


「ユースケってば！」


肩を襲った衝撃で、おれの意識は引き戻された。両手で自転車を押している。そこはグラウンドでも夜でもなく、駅から家に帰る道の途中。最後の記憶の場所から、十分以上進んでいるはずだった。

おれの左隣には自転車にまたがったサツキがいて、少し前ではミナが不審そうな目でこちらを振り返っている。

「どうしたの。全然反応しないんだもん。むきになって無視してるのかと思っちゃった」

声は少し怒っているっぽいけど、サツキはほっとしたような表情を浮かべていた。

「いや、ちょっと」

なんと説明したものか迷う。

今見た光景はなんだったんだろう。漫画やアニメの別の展開を妄想することはよくあるけど、そういうのとは明らかに違って、生々しかった。

そういえば頬や唇に当たる風がやけに温《ぬる》い気がして、左手で顔を触る。

信じられないことに、まるで冷蔵庫から出てきたかのように肌が冷えきっていた。

「ユースケ、変だったよ。催眠術にかかってるみたいだった」

ミナまで心配そうに言う。

「おれ、なんかヤバいかもしれない」

先ほどの体験を説明すると、さすがに二人は疑わしそうな顔になる。

「任せるって言っておいてなんだけど、ユースケはオカルトのことを考えすぎなんじゃないの。今日聞いた話でも、怪談めいた内容なんてなかったじゃない」

「おれもよく分かんないよ」

胸に手を当てると、まだ心臓がばくばく鳴っていることが分かる。想像の中に影坊主が現れたことよりも、向こうに気づかれた、という感覚がべったりと心に貼りついている。

「しっかりしてよ。今週中には、壁新聞の第二号を仕上げちゃいたいんだから」

分かったよ、と返しながらも、得体の知れないものに見張られている気分は拭えないままだった。


十月を迎えた月曜日。おれたちは今週中の第二号の完成を目指し、昼休みや放課後に時間を見つけて壁新聞の制作を進めた。

前までは男子の集団の後ろをついていく一人でしかなかったけれど、今ではおれはクラスの中で、特殊な活動をしているやつとして見られている。少しくすぐったいけれど、悪くない。

掲示係として活動を始めて約一ヶ月が過ぎ、だんだんペースが摑めてきた感じがある。

マリ姉が残した怪談にどんな謎が隠されているか考え、可能であれば怪談の舞台になっているスポットを訪れ、三人で推理について議論する。その上で記事にまとめようとしたら、だいたい三週間はかかる。ほとんど毎日暇なおれとミナと違い、サツキは家庭教師や習い事が忙しく、三人揃って外に出かけられるのは土曜日だけという都合もある。

それに照らすと、第二号は木曜の放課後に完成し、土曜日にはまた魔女の家に集まり、次の怪談である『三笹峠の首あり地蔵』について話し合うことになりそうだ。

水曜、放課後の作業を終えて家に帰ったおれは、いつものように一旦店先を覗いた。忙しい時は近所への配達やレジを任されることがあるし、声もかけずに部屋に引っこむと母ちゃんの機嫌がとても悪くなるのだ。

幸いというかあいにくというか店は暇そうで、店番の母ちゃんがビールを買いに来た柴田のじいちゃんと喋っている。

「ただいま」

それだけ言って回れ右したおれを、母ちゃんが呼び止めた。

「最近、帰りが遅いじゃない。樋上君と高辻君は結構前に帰っているのを見かけたけど、一緒じゃなかったの？」

「あー、いや」

思わず言葉をにごす。

このところ、掲示係でサツキたちとばかり行動していることは、内緒にしていたのだ。

「ほら本当だったろ、秋《あき》ちゃん。ユースケってば女の子を二人もはべらかして遊び回ってんだから、隅に置けねえやつだって」

柴田のじいちゃんがひひひ、と下品な笑いを漏らす。秋ちゃんというのは母ちゃんの名前。ちくしょう、前に公園で待ち合わせしているところを見られたのがまずかった。

「へえ」

母ちゃんがにやついたのを見て、おれはうんざりする。そういう反応が面倒くさいから言わなかったのに。うちの両親は昔から、おれが女子と少しでも親しそうにしているとすぐにからかってくるんだ。

「掲示係で一緒になって、壁新聞を作ってるだけだよ」

「そんなこと言って。なんだか最近ずいぶんと楽しそうにしてると思ったんだよ。その女の子って誰なの」

「サ――波多野と、畑っていう六年からの転入生だよ」

「波多野って、委員長の？」

大人たちにとっても、サツキは委員長のイメージで固まっているのだ。途端に母ちゃんは「なあんだ」という顔になった。

「そりゃ、あんたには高嶺《たかね》の花ね」

失礼な。いや別にサツキに気があるわけじゃなく、おれたちは対等な関係だ。

「頑張れよ、ユースケ。秋ちゃんだって昔はこのへんのマドンナだったんだ。お前の父ちゃんとくっつくと分かった時にゃ、みんなたまげたもんだ」

「マドンナって、そんな時代ないわ」

母ちゃんが鋭くつっこむ。

「ユースケとその委員長がくっつくまで、おれも長生きしねえといかんな」

と、すきっ歯を見せて笑う柴田のじいちゃんを見ていたおれは、この人が主治医からの小言についてたびたびぼやいていることを思い出した。

「柴田さんて、どこの病院に通ってる?」

「なんだいいきなり。板東病院だよ」

ビンゴだ。

「ひょっとして、院長先生の息子を見たことない?」

急な話題に、母ちゃんが不思議そうに首を捻った。

「それって若いお医者さんの? 跡取りがいるって聞いたことはあるけど」

「うん。でも今は県外の病院に移っちゃったらしくてさ」

「それがあんたたちの取材と関係あるの」

怪談のことを知られるとお説教が始まりそうで言葉を濁していると、柴田のじいちゃんが「ああ」と声を上げた。

「若先生なら、最近亡くなったと聞いたが」

思いもしなかった言葉に、おれはうろたえる。

「それ、本当?」

「前に明光寺《みょうこうじ》さんに行った時に聞いたから、間違いないはずさ」

明光寺というのは、墓地の近くの〝寺院通り〟にあるお寺だ。寺院通りというのは、まだこの町が鉱山で栄えていた時代、多くの信徒を受け入れるために色んな宗派のお寺が建てられた通りで、今でも三つのお寺と一つの神社がある。その近くの墓所にあるうちの家系の墓を管理しているのも、明光寺さんだ。

母ちゃんがお気の毒に、という顔をして、

「ほら、お墓参りに行く時、うちのお墓の右上の方におっきくて立派なお墓があるじゃない。あれが板東さんの代々のお墓」

言われてみれば、他のものよりひときわ目立つお墓があった気がする。ということはお葬式でも明光寺さんがお経を上げたんだろうし、医者の板東が死んだのは確かなことのはずだ。

おれは一刻も早くサツキとミナに報告しなければと思いながら、事件の姿が大きく変わったように感じた。

おれもサツキたちも、板東が他県の病院に移っていったのは、マリ姉の事件に関して隠していることがあり、警察の手から遠ざかるためだと思っていた。

そして小暮さんの話で、時任教授やマリ姉と同じく、板東もまた秘密の iPhone を持っている可能性が出てきたことで、板東が直接手を下したわけじゃないとしても、二人の死について重要な情報を握っていると考えていた。

けど、その板東までもが死んでいたということは。

秘密の iPhone という共通点で繋がっていた三人が死んだ――いや、まるで iPhone を通じて死が感染したみたいじゃないか。

まさしく『永遠の命研究所』の怪談で、電話を受けた人物が次々と死んでいったように。

翌日、おれは登校してからずっとサツキに話しかけるタイミングを見計らっていた。

掲示係になってからも、教室内でサツキと話すのはなかなか緊張することだ。休み時間になるとサツキの周りにはたいてい女子の取り巻きがいて、楽しげに話をしている。そこに男子のおれが割りこんでいくのは——しかも、殺人事件の話を携えて——クラスの大半の女子に後ろ指を差されるくらいの度胸が必要なのだ。

そんな風にサツキの様子を窺っていて、ふと気づいた。サツキの表情がなんだか硬い。いつもは友達の話にも愛想よく反応するのに、今日は口角が重たくなったかのように、なかなか笑わない。

なにかあったのだろうか？

ようやく話す機会が訪れたのは、体育の授業の時だった。今日の授業では全員が百メートル走のタイムを計っている。おれはすでに走り終わり、一緒に走った五人中三位という平凡な結果をかみしめながら、呼吸が落ち着くのを待っている。しかしまあ同じ年齢で手足も同じ数だけついているのに、走るという単純な運動でどうしてこうも差がつくのか。うちで扱っているビール瓶を転がしてこれほどの個体差があったら、絶対に大問題になるのに。

理不尽に思う一方、速いやつの走りを見ると、素直に感心してしまう。男子の中で一番速い蓮は今月末の運動会でもきっとリレーのアンカーを任されるだろう。

女子が走る番になり、目の前のコースをサツキが一番手で駆け抜けた。勉強ができるだけじゃなくて、女子の中で高身長のサツキはおおよその運動もできるのだ。

今ならサツキの周りには人が少ない。おれが話しかけようと側に寄ると、

「ちょっと聞いてよ」

周りに聞こえないような声量で、しかし明らかに不機嫌そうにサツキが口を開いた。

「本当、信じられない。どうして友達に対してあんなことできるんだろ」

「なに、落ち着いて教えてくれ」

「昨日、滝沢《たきざわ》さんっていうマリ姉の大学の友達からメールが来たの」

「つまり、前に会った小暮さんとも知り合い？」

おれは地雷を踏んでしまったらしく、サツキの目が吊り上がった。

「その小暮さんが！　ゼミの中で、マリ姉が時任教授を含めて複数の男の人と付き合ってたって言いふらしたらしいの！」

おれは呆気《あっけ》に取られる。

間違っても、おれたちはそんなこと話していない。

「マリ姉の怪談から、時任教授の事件に繋がったってだけだろ。しかも何人もの男と関係があったっていうのは、小暮さんの想像じゃないか」

「そうだよ！　その滝沢さんっていう人も話がおかしいと感じたらしくて、心配して私にメールをくれたの」

聞くと、以前サツキが取材のお願いをしたけど、滝沢さんからは「話せることがないから」と断られていたらしい。他の大学関係者からも断られる中で、唯一受けてくれたのが小暮さんだったのだとか。

「小暮さんは昔からあることないこと言いふらすことがあるから、気をつけた方がいいって忠告された。友達だけならまだしも、亡くなった人の悪口を言うなんてどんな大人なのよ」

最後にサツキはもう一度、「信じられない」と吐き捨てる。

小暮さんに対する怒りはもちろん、そんな人を取材相手に選んでしまった自分の甘さも悔やんでいるのだろう。

一方でおれは別の意味で落ち込んでいた。大学院生っていうと、おれたち小学生からすればすごく勉強ができる大人ってイメージだけど、そんな年になってまで人の悪口に夢中なことにがっかりしたのだ。

「情報を聞き出すためには仕方ない部分もあるけど、知っていること全部を正直に話せばいいってもんじゃないのかもな」

作間さんの時はこころよく協力してもらえたから、その辺のことをちゃんと考えていなかった。

まだ怒りの冷めやらないサツキの気を紛らわせようと、おれは最初に話すつもりだった情報を打ち明けた。

「板東が、死んでた?」

サツキは驚いた後、そっとコースに視線を戻して声を潜める。

「それ、本当なの?」

柴田のじいちゃんは自信ありげだったけれど、証拠はない。そこでおれは提案した。

「今度、魔女の家の帰りに墓地に寄って確かめてみよう。板東家のお墓の場所はおれが分かるし、墓石には死んだ人の名前が書いてあるだろ?」

「そうだね。でも、本当に板東が死んだとしたら、どういうことになるんだろう。ただの事故? そんなことが……」

サツキが腕組みをして考え始めた時、近くに立っていた別の女子の二人組の会話が聞こえてきた。

「うわっ、なにあれ」

「絶対に手を抜いてるよね」

視線を追った先で、団子状態で四人の女子が走り抜けていく。それからだいぶ離れて最後尾を走るのはミナだ。前を行く四人とは明らかにスピードが違い、どんどん差が広がっていく。

気になるのは、その走り方だった。ミナは歩く時も背中を丸めた猫背だけど、今は地面を蹴るのも面倒がっているような、明らかに力を抜いた足運びだ。無表情なのも相まって、女子たちの目にさぼっているように見えたのも当然だろう。

結局ミナは前と二十メートル近い大差をつけられてゴールした。その顔には悔しさも恥ずかしさもなく、単にノルマをこなしたというような態度で、余計にクラスメイトたちの居心地を悪くしたのが、はっきりと分かった。きっと隣にいるサツキも同じだったろう。

おれは弁解するような気持ちで言う。

「ミナらしいと言えば、そうだけど」

「うん、わざとじゃないと思う。でもちょっとまずいよね」

ミナのマイペースさが悪目立ちし始めたのは、運動会や音楽会といった学校行事が増えたことが主な原因だ。

あと、おれはそう思いたくないのだけれど、掲示係の活動もきっかけの一つのはずだ。これまでは〝クラスにまだなじめていない変わり者〟だったミナが、新聞作り以外では誰とも話さず、暇さえあれば本を読んでいることで、〝孤独が好きな、協調性のないやつ〟と見られている気がする。

気づけば、おれは体操着の胸元をぎゅっと握りしめていた。

ミナはいいやつだ。でもそれをどうにかしてみんなに説明しようと考えると、縛られたように体が動かなくなる。

――お前、あいつのことが好きなんじゃねーの。

誰のものかも思い出せない、けれど記憶に突き刺さったまま消えない声がよみがえる。

去年同じクラスに加藤《かとう》という女子がいた。あんまり流行っていない漫画をお互いに読んでいることをある時知って、喋ることが多くなったのだ。けれど、その作者が過去に出した漫画を加藤が学校に持ってきて、こっそりおれに貸そうとしてくれた時、めざとく気づいた誰かが、あの台詞《せりふ》を吐いた。

教室中のぎらついた視線をあびた加藤の表情は、今でも忘れられない。たぶん、加藤はおれのことを特別に好きでも嫌いでもなかった。でもあの言葉は加藤をすごく傷つけた。もちろんおれも傷ついた。

誰が誰を好きだなんて、ささいな、ガキっぽいからかいだ。でも周囲にはウケるから、みんなお決まりのように口にする。

おれは学校も友達も好きだけど、時々、早くここを卒業してしまいたくなる。誰もがおねしょをしなくなるように、中学校に入ればこんなつまらない悩みは消えてくれるはずだと期待して。でも、さっきの小暮さんの件を思うと……、気分は重たいままだ。

走り終えたミナの元に向かうサツキ。おれもゆっくり後に続いた。

「ミナ、どこか調子悪いの？」

「……別に」

ミナは向けられた視線をすいと避ける。

首を振るタイミングが少しだけ不自然に思えたのは、おれの思い過ごしだろうか。

全員が走り終えて間もなく、授業の終わりを知らせるチャイムが鳴る。みんなぞろぞろと運動場を後にする中、先生から声をかけられた。

「波多野たち、ちょっといいか」

たち、という言葉がひっかかる。

暗い方へかたむいた気持ちが、さらに厄介なものを引き寄せてしまった気がした。


土曜日。

魔女の家に集まったおれたちは、テーブルの上に第二号となる模造紙を広げた。

すでに記事は完成し、いつでも貼り出せる状態だ。

ところが一つ、厄介な問題が生じている。

「なにが『小学生らしい記事を書きなさい』、よ。大人って本当につまらないことを言うよね！」

苛立たしそうにテーブルを叩いたはずみで油性マジックが転がり床に落ち、サツキはそれを憎々しげな顔で拾い上げた。

「壁新聞の目的は生徒が自主的な取材を通して、世の中に対する興味を広げることでしょ。殺人事件だって、我が町で起きたことを調べようとしただけなのに」

とまくしたてる。この間の体育の授業の終わり、おれたちを呼びとめた先生は、壁新聞第一号について労《ねぎら》いの言葉をかけた後、内容についてのお小言を続けたのだ。

先生が言うには、「町で起きた殺人事件のことをテーマにするのは子どもらしくない。もっと明るい話題で、町や学校を好きになってもらえる記事を書きなさい」とのこと。

もっともサツキは、

「それは私たちじゃなくて政治家に言うことです！」

と言い返していたけど、先生にとって重要なのは前半の〝子どもらしい〟の部分なのだと思う。

「先生の思った通りの記事を生徒に書かせる壁新聞なんて、意味ないよな。だったら最初から先生がプリントを作って全員に配ればいいんだ」

おれたち二人が文句を垂れ流す横で、ミナだけは冷静に原因を分析する。

「事故で死んだ人が、仁恵大学の関係者だって書いたのが悪かったのかな。調べようと思えば、時任教授のことだと分かるかも知れない」

おれたちの様子を愉快そうに眺めていた魔女もこれに同調する。

「昔は内輪で楽しむだけで済んだ話も、最近じゃSNSですぐに拡散されるからね。しかもありのままの内容ならともかく、意図的に切り貼りされた状態でね。誤った認識が大勢の人に広まれば、訂正するのも簡単じゃない。教育者としてはその可能性を看過できないんだろうよ」

「もっと分かりやすく言って！」

「あんたらの先生がビビったのさ」

身も蓋もない。

問題は、せっかく完成した第二号をどうするかだった。

「このまま貼り出したら、先生の手で剝がされちゃうかもしれないぞ」

「そんなの、言論封殺じゃない」

ゲンロン、なんだって？　相変わらずサツキは難しい言葉を使う。こいつの家の中では毎日両親の口からそんな言葉が飛び交っているに違いない。

「どうにかして、先生の考えを変えることはできないかな。他のクラスの先生におれたちの味方をしてもらうとか」

子どもの意見で、大人が一度出した方針を変えるのは難しい。だから先生と同じか、より偉い大人を味方につけるのがいいと思うのだけど、記事で殺人事件を扱っていることもあり、おれたちの側についてくれる大人を見つけるのは望み薄な気がする。

すると突然、ミナが「いい考えがある」と言った。

「記事の内容を変える必要もないし、先生の指摘をかいくぐることもできる考えが」

「本当かよ」

そんな魔法みたいな方法があるのかと半信半疑の目でミナを見るが、自信たっぷりの言葉が返ってくる。

「すぐにできる。だから今は、次の『三笹峠の首あり地蔵』の怪談について考えよう」


〈三笹峠の首あり地蔵〉

世の中には、信じられないようなことがある。

三笹峠の首あり地蔵もその一つだ。

奥郷町に住むKさんは、幼少のころから祖母に言い聞かされてきたことがあった。

夕暮れ時、つまりかつて逢魔《おうま》が時と呼ばれた時間になったら、決して三笹峠のお地蔵様を見てはいけない。見るとお地蔵様が後を追ってきて、災難に見舞われることになる、と。

かつて三笹峠から街道へ通じる山道が地域の要路であった時代、通行人の安全を祈願して三笹山の入り口にお地蔵様が建てられた。しかし不信心な旅人が岩くれをぶつけたため、お地蔵様の首がもげてしまった。すると罰が当たったのか、日暮れ前に山を下りようと急いだその旅人は足を踏み外して山道から落ち、首を折って死んでしまった。

それ以降、その峠道を通る者の間で奇妙な噂が立った。夕暮れ時を迎えると、もげたはずの地蔵の首が元に戻っているという。ところがそれを見た者が立て続けに怪我をしたり、身内に不幸が起きたりしたものだから、お地蔵様の前を通る時は誰もが目を伏せ、自分の足下だけを見て歩くようになったのだそうだ。

祖母の話をまるっきり信じたわけではなかったが、特に真偽を確かめることもなくKさんは大人になった。職場の年の離れた上司が同郷だと知り、地元の話に花を咲かせた時、三笹峠の話題になった。Kさんが首あり地蔵のことをこぼしたのを聞いて、その先輩は真面目な顔になった。

「あの話は本当だよ。昔俺の知り合いが地蔵の祠《ほこら》の修繕を請け負ったんだが、それ以来日に日におかしなことを言うようになって、一ヶ月後に自殺してしまった」

今になって地蔵が気になりだしたKさんは、後日夕暮れ時になるのを見計らって三笹山に向かった。本格的な山道に入る手前で、地蔵の入った祠が見えてくる。

緊張しながら中を覗き込んだKさんだが、そこには話に聞いた通り、首がないままの地蔵があった。首がもげてから時間が経過しているからか、断面は丸みをおびている。Kさんは拍子抜けしながらも、手を合わせて山を下りた。

次の日、職場で先輩を呼び止めて言った。

「昨日地蔵を見ましたけど、おかしなところはなく顔を合わせずに済みましたよ」

するとと先輩は驚き顔でこちらを見た。

「なにを言っているんだ、K。地蔵の首は、祠を修繕した際に新しく付け替えられたんだ。今はちゃんと〝首あり〟地蔵のはずだぞ」

それを聞いた彼の背中が大きくはねた。

それから、彼は日に日に痩せていった。寝ている時もひどくうなされるようになり、医者にかかってみたもののストレスが原因だと言われるだけで、処方された薬はすぐに捨ててしまった。

「K。本当に大丈夫か」

心配した同僚が尋ねると、

「ずっと誰かに見られている気がして、落ち着かない」

とこぼした。

ある日、不調を聞きつけた叔父が電話をかけてきた。首あり地蔵のことを話すと、叔父は知り合いの霊能者を紹介してくれた。さっそく連絡を取ると、霊能者が厳しい声で告げた。

「これは私の手には負えそうもない。もっと力を持った知人をあたってみるから、家に誰も入れないように。親や友人を真似て語りかけることもあるから、絶対に気を許してはいけない」

それから彼は仕事を休み、家にこもった。

三日目の晩、寝室で寝ていると、不意に玄関のブザーが大きく鳴り響いた。

「こんばんは。ごめんください」

黙っていると、戸が叩かれる。

「ごめんください」

彼は怯えた様子で布団を頭からかぶった。

外からの呼びかけは続く。

「こんばんは。役場から来ました」

「こんばんは。病院から来ました」

「こんばんは。図書館から来ました」

「こんばんは。なずてから来ました」

戸を叩く音が大きくなる。

布団をはね除け、彼は立ち上がった。言葉にならない叫び声を上げ、玄関に向かって走り出した。

部屋の中から彼の死体が見つかったのは、次の日のことだった。


今回の怪談に登場する三笹山の首あり地蔵は、学校から近い場所にある。

実は今日、ここに集まる前に三人で見てきたのだ。

怪談のように日暮れの時間じゃないから不気味さは感じなかったし、当然ながら祠の中に普通のお地蔵さんがあるだけで、なにも起きなかったけれど。

首あり地蔵の怪談は、これまでに調べた二つの怪談のようにここ数十年内に生まれたネット上の噂ではなく、町の住人の中にも知っている人がちらほら見つかる、地元の古い言い伝えだ。

ちなみに住人に伝わっているのも、首が無いはずの地蔵に、首が戻っているのを見たら災いが起きるというパターンで、マリ姉の残した怪談と共通している。

おれは三年くらい前にこの話を知って、友達と地蔵を見に行ったことがあったけど、その時にはすでに地蔵は修理され首がついていた。

「これまでの怪談のパターンだと、作中に事実とは違う、あるいは矛盾する描写があるはずなんだけど」

「お地蔵さんには、これといって変なところはなかったよね」

Sトンネルと永遠の命研究所の怪談ではすごいひらめきを見せてくれたミナも、今のところは黙ったままだ。

「じゃあ、登場人物のKさんが誰なのかを知らなきゃいけない、とか？」

「どうやって探せばいいの。イニシャルがKっていうだけじゃ分からないよ」

サツキはすでに過去に奥郷町界隈で起きた事件をネットで検索してくれていた。

でも怪談では、Kさんがどのように死んだのかが書かれていない。殺人事件だったのなら大きなニュースになっているはずだから、病死と扱われたのか、それとも自殺だったのか。それが分からないんじゃ、調べる取っかかりがなさすぎた。

「魔女は、このあたりで起きた事件でそれっぽいのを知らない？」

「この家に引きこもっている私が、町の森羅万象を知るはずがないだろう」

おれの問いかけに、魔女は年齢のわりにきれいに残っている歯を見せておかしそうに笑う。

この婆ちゃんが町のすべてを裏から取り仕切っていても、おれは驚かないけど。

「気になる部分が、ないわけじゃない」

ミナがプリント上の、ある文章を指さす。

「家を訪ねてきた何者か……たぶん首あり地蔵なんだろうけど、こいつが色んな身分を名乗る中で、『なずて』というのだけ、なんなのか分からない」

なずて。聞いたこともない名前だ。

〝なずて〟という地名に心当たりはないし、人の名前とも思えない。もしこれがマリ姉殺しの犯人の名前だったら、簡単だったんだけど。

こちらについても、サツキはネットで答えを見つけられなかったみたいだ。

ところが、先ほど「知るはずがない」と言ったばかりの魔女がつぶやいた。

「なずて、かい」

「知ってるんですか」

「神の名前さ」

思いもしなかった答えに、おれたちは顔を見合わせた。

「日本の神様ですか？　それとも外国の神話とか？」

「そんな有名な神様だったら、サツキが調べているはずだろう。この辺りの古い伝説に登場するだけの、マイナーな神様だよ。神といっても、昔の住人たちが崇《あが》めていた土地神だから、妖怪の類《たぐい》に近いかもしれないけどねえ」

ネットの検索で出てこないんだから、魔女の言う通り地元でも知っている人の方が少ない神様なんだろう。父ちゃんや母ちゃん、じいちゃんの口からもそんな地元の歴史は聞いたことがなかった。

「ネットでも駄目なら、どうやって調べたらいいんだろう？」

おれの言葉に、魔女は目を丸くした。

「図書館にでも行きゃあいいじゃないか！　最近の子どもは本を探すってこともしないのかい」

「本に書いてあるんなら、ネットに載ってるはずじゃないか」

「馬鹿をお言い。ネットが大層なものになったのはここ二、三十年のことだよ。それより昔の資料はほとんど紙で残ってるんだ。古いミステリーなら、あんたらがネットで探すよりあたしがうちの本棚から見つける方が早い自信があるね！」

おれたちは思わず家の中を占領している本棚を見回す。一段の棚に単行本が二十冊以上、一つの本棚には少なくとも七段はあるから、約百四十冊。文庫本ならその倍は入っているだろう。まだすべての部屋を確かめたわけじゃないけれど、廊下まで本棚で埋まっているのだから、本の総数は数万冊にのぼるはずだ。いくら魔女でも全部の場所を覚えているわけがないと思うけど、実際ミナに本を貸し出す時、魔女が目当ての本を探すのに苦労したことはなかった。

結局、これといった進展のないまま時間が過ぎてしまいそうだったので、話し合いを切り上げて板東のお墓を見にいくことにした。魔女の家を出るために荷物を持とうとして、サツキが声を上げる。

「ねえミナ。壁新聞についてのいいアイデアって、結局なんなの？」

そう言えば、記事の内容を変えるかどうかについて解決していなかった。

ミナは「そうだった」と気負いのない反応をして、完成した第二号の模造紙に黒マジックで何かを書き込んだ。

「こうしとけば、文句は言われない」

それを読んでおれたちは思わず吹き出してしまう。


『記事の内容はフィクションを含み、実際の事件や団体とは関係ありません』


目的の墓地は、三笹山の南西の麓《ふもと》にある。おれが行くのは八月のお盆以来だ。

明光寺の隣に墓地の入り口があって、山の傾斜を利用して階段状に墓石が並んでいる。うちのお墓は下から三つ目の列にあり、石造りの階段を挟んだ後方に、他と比べて一回り大きくて立派な墓石が見える。そこが板東病院を経営する、板東家のお墓だ。

平日だからか、墓参りをしている人はいない。小学生だけでいたら、悪さをするつもりだと誤解されるだろうか、と心配したけれど、前の道を歩く人の姿もなく、まるで墓地だけが町から切り離されたかのように静かだ。

手を合わせてから、おれたちは墓石の周りを観察する。

「地元の名士だからもっと古いお墓かと思ってたけど、けっこう綺麗だね。作り替えたりしたのかな」

とサツキが言った。

『板東家之墓』と書かれたメインの石の右隣に薄い板状の石があり、中に眠る人の名前が書かれている。

「この人だ。板東景太郎《けいたろう》」

板東のフルネームは、すでにサツキが調べてくれていた。もし書かれているのが死んだ後につけられる戒名だったら困るところだったけれど、生前の名前でよかった。

板東景太郎。享年三十五。没年月日は今年の四月になっている。

「本当に死んでいたんだね」

ミナが呟く。板東が死んだことで、怪談と事件との繋がりはいっそう強まったように思える。時任教授、マリ姉、そして板東。三人の死にはどんな関係があったのか。

「この人――板東景太郎が亡くなったことについてもっと詳しい情報があれば、事件の手がかりになると思うんだけど」

「そうは言ってもなあ。病院の関係者に話を聞きに行くとか？」

言いながら、うまく行かないだろうと思う。板東景太郎が死んだのは県外でのことらしいし、板東病院の人たちが詳しい事情を知っているかどうか。

一番確実なのは、親である院長に話を聞くことだろうけど、見ず知らずの小学生が尋ねたところでろくな結果にならないだろう。

もし学校や親にでも連絡されたら、今度こそ壁新聞を休刊にされてしまうかもしれない。

その時、墓地を見下ろしていたミナが言った。

「お寺の人に聞くのはどうかな」

視線の先には、明光寺の屋根が見える。

「お墓を管理しているんだから、お葬式でお経をあげるのもここの神主がやっているんじゃない？」

「神主じゃなく、和尚さんね」

素早く訂正しながら、サツキが頷く。

「いい考えかも。家と古い付き合いがあるのなら、色んな事情を聞いているだろうし」

お寺が何時に閉まってしまうのか知らなかったけれど、墓地を出るとまだ明光寺の門が開いていたので中に入った。

何年か前、ひいじいちゃんの法事で来た時には右手にある小さな建物から入って、廊下を通って仏像のある本堂に行ったはずだ。けれど今、その建物の引き戸はしまっていた。

引き戸から三メートルほど距離を置いて、おれたちは立ち止まる。

引き戸の横には呼び鈴があって、『御用の方は鳴らしてください』と書いてあるのが見える。

毎度おなじみ、三人の間で微妙な駆け引きが始まった。

呼び鈴を押したが最後、そいつが用件の説明をやらされる気配がひしひしと伝わる。

寺に押しかけ、他人の死の事情を聞き出す。マリ姉の事件についての聞きこみよりも、さらに不謹慎な感じだ。さすがのサツキも気が引けるのか、サッカーのオフサイドラインさながら一歩たりともおれの前に出ようとしない。ミナも同じく後ろで腕を組んで仁王立ちしている。

おれが観念して呼び鈴を鳴らそうとした時、

「どうかしたんかいな？」

背後から声をかけられて振り返ると、ズボンにセーターという普段着ではあるものの、見たことのある坊主頭のおじさんが立っていた。和尚さんだ。

こういう時は黙っているのが一番良くないと、おれは本能的に判断した。

「あの、木島悠介というんですけど」

「ああ！　酒屋さんの」

それだけで合点がいったらしい。ごつごつした岩のような作りの顔が、びっくりするほど柔らかく崩れる。

「何か御用かい」

「聞きたいことがあるんです。うちのお墓の近くにある大きなお墓って、板東病院の先生の家のですよね」

「そうだよ。板東さんは何代も前からうちの檀家さんだから」

「息子のお医者さんがどうして亡くなったか、知りませんか」

緊張をごまかそうと、一気に話しきった。

和尚さんは困惑した様子で、

「なーんで、そんなことを」

とこちらをまじまじと見る。まずい、やっぱり怪しまれたか。心臓がきゅうっと縮んでいくような感覚を覚えた時、

「私のおばあちゃんが、前に板東先生にお世話になってたんです！」

とっさにサツキがでまかせを言う。

「板東先生は優しくて本当に話をよく聞いてくれる先生だったから、おばあちゃんは毎月病院に行くのを楽しみにしてたくらいなんです。なのに急に県外の病院に行っちゃったから、最近は元気が

なくて。その上最近、先生が亡くなったって看護師さんから聞いてしまって……」

おれもミナもびっくりした。サツキのやつ、優等生のくせにすらすらと嘘をつきやがる。

この効果はてきめんで、和尚さんの顔から疑いの色がすっかり消えた。

「そうだったかい。亡くなるには早すぎるお歳だからねえ。本当に残念なことだ」

「どうして亡くなったのか聞きましたか？」

「なんでも急な……、事故とかだったと聞いたけどね」

あれ、変だな。なんだか和尚さんの口調が鈍ったみたいだ。事故〝とか〟ってどういうことだろう。

「和尚さんは、お葬式にも行ったんですか」

「うん、私がお経を上げた。ご実家での、身内だけでの式だったよ」

これも引っかかる。大病院の跡取りが死んだのに、どうして葬式をひっそりと行うんだろう。なにか人に知られちゃいけないことでもあるんだろうか。

なんとか情報を引き出そうと、おれは食らいつく。

「板東先生の死について、なにか気づいたことはありませんか」

「気づいたことと言われてもなあ」

「ご家族がなにか隠してそうだとか」

質問があまりにも直接的になってしまった。

和尚さんの方が、いったいなにを聞きたいのかという表情になる。

「あのう」口を挟んだのはミナだった。「首あり地蔵って知ってますか」

急に変わった話題に、和尚さんもおれたちも目を瞬《また》いた。

「三笹峠にある、首あり地蔵の呪いっていうのが学校で噂になってるんですけど、呪いなんて本当にあるのかと思って」

その疑問がいかにも子どもらしかったのか、和尚さんはミナの視線に合わせて屈《かが》みながら笑いかける。

「お地蔵さまは、元々は仏教の地蔵菩薩というもので、衆生《しゅじょう》——人々の心を救ってくださるんだ。悪い人に罰を与えることはあるかもしれんが、いたずらに人を呪ったりはせんよ」

確かに怪談の首あり地蔵は、はじめに首を壊されたことで人に災いを与えた。だけどその後、首が元に戻った姿を見ただけで災いが降りかかるというのは、いかにもやりすぎだ。

「お地蔵さんを見かけたら、毎回手を合わせるのが難しくても、心の中で挨拶するといいかもしれないね。ご近所さんと同じで、声までかけずともその存在を頭の片隅に留めておくというのが大事だ」

押し付けがましくない和尚さんの言葉は、すんなり胸に落ちる。だから普段なら大人に聞かないことを尋ねてみたくなった。

「和尚さんは、オカルトの存在を信じますか。幽霊とか、呪いとか」

和尚さんは「うーん」と言葉を探すように中空を見上げ、

「うちの父には霊感みたいなものがあったようだが、残念ながら私にはない。だから幽霊を見たことはないんだが、むしろ霊感に欠けているからこそ、重要なのは人の信念だと考えている」

「信念ってつまり、幽霊がいると思うから見えてしまう、ってことですか?」

「少し違うな。見間違いや思い込みだと言いたいのではなく、さっきのお地蔵さまの話にも通じるけど、他者に心を配ることは、自分の認識する世界を広げるということなんだ。例えば君の知り合いであろうとなかろうと、ご近所の住人は存在する。だけど会ったことのないその人たちへの心配りができるかどうかで、必ず君の人生は大きく変わる。他者への心配りは、生きている限りあらゆる場面で必要だが、普段やらないことを急にできるようになりはしないからね。それと同様に、仏様や幽霊といった、目に見えない存在を思いやれる人は、おごることなく時代や運といったものに感謝をすることができるだろう。実在するかどうかは関係なく、認識する世界が広がり、影響を受けるのだ。――分かるかい？」

「……なんとなく」

「それでいい。では逆に、仏様や神様や霊がいるとして、誰もそれを認識しておらず、また認識しようともしなければどうかな？　それは存在していると言えるのか」

そこにいるのに、認識されないもの。認識するために、五感以外の何かが必要なもの。

もし存在しても、おれたちの人生になんの影響も与えなければ、おれたちはそれをなんと呼ぶんだろう。

和尚さんは続ける。

「だから手を合わせたり、祈ったりすることは大事だと思うんだ。信仰に関係なく、そういう行動を取るのは、私たちがその対象を受け入れているということ。目に見えず、感じ取れなくとも、私たちが〝認識する世界〟が広がるんだ。逆の視点に立つと、君の言うオカルトの存在にとっても、認識されることは重要なんじゃないだろうか。怪談や伝説という形で語り継がれることで、存在を認識される」

和尚さんの話は難しいけれど、オカルト系の話で似たようなものはいくつか思い当たる。幽霊に話しかけられても決して返事を返したり、気づいていることを悟られてはいけないという話はよく聞くし、昔は呪いをかけるのに対象の人物の名前が必要だったため、名前を簡単には明かさなかったという話もある。これも和尚さんの言う、〝認識〟の力と言えるんじゃないだろうか。

もっとも、サツキはこの手の話にあまり興味がないらしく、会話が途切れたのを見計らって元の怪談についての話題に戻そうとする。

「和尚さんは、三笹峠のお地蔵さんが人を呪うという噂の原因に心あたりはありますか？」

「そうだなあ、関係ないとは思うが……」

頭と同じく綺麗に剃り上げた顎を撫でて、和尚さんは唸る。

「二年前に亡くなった檀家さんがいるんだが、亡くなる少し前、うちに相談に来たんだよ。木工所で働いていた人なんだけど、えらく顔色が悪くて、『ずっと誰かがついてくる気がする、なんとかしてくれ』って。話を聞いてみると、三笹峠のお地蔵さまを見に行ってからだと言うんだ」

背中をぞっとするものが這い上がる。地蔵に関わった後から何者かがついてくるなんて、怪談の展開そのものじゃないか！

おれは思わず身を乗り出した。

「それで、どうしたんですか」

「さっき言った通り私には霊感もないし、精神的にもひどく参っていたみたいだから、医者にかかることもすすめたんだが、直後に亡くなったことを考えるともう少し親身に話を聞いてやればよかったと思うねえ。金森《かなもり》さんは四十にもなっていなかったから、可哀想だったな」

――金森！

おれたちは顔を見合わせた。首あり地蔵の怪談で死んでしまった視点人物は確か、Ｋさんだった。あの怪談は金森という人に起きた、本当の出来事を書いたものだったのか？

「そ、その人はどうして亡くなったんですか」

サツキも前のめりで質問する。誤解を与えまいとしたのか、和尚さんは顔の前で手を振り、

「特別なことはないよ。何日も姿が見えないのを心配した近所の人が、お巡りさんと一緒に家に入ったら中で倒れていたんだそうだ。一人暮らしだったし、発作かなにかで亡くなったんじゃないかな」

またしても原因不明の死。運転中に死んだ時任教授と一緒だ。

「木工所って、どんなところなんですか」とミナ。

「私らは昔からそう呼んでいるけど、親善《しんぜん》商店という冠婚葬祭に関係する用品を製作販売している会社の、工場があるんだよ。三十人くらいの小さな会社だけどね。棺や仏壇だったり、奥神祭りで使うお神輿や太鼓なんかもそこで作っているんだ。偶然とは思うけど、その木工所はこことところ不幸続きでね。金森さんの前にも一人若い職人さんが亡くなったし、去年の十一月には祭りの前に誰かが工場に忍び込んで、荒らし回されたって話だ。怖がって辞めちゃう人もいて、神社でお祓いをしてもらったらしいよ。それで呪いだなんだって話が広まったのかもね」

「ちょっと待ってください」

サツキが慌てて口を挟む。

「十一月に誰かが忍び込んだって、具体的には何日か分かりますか？」

「日付までは覚えちゃいないが、奥神祭りの直前で忙しい時にやられたって聞いた気がするな」

サツキの顔色が変わる。何を考えているかは明らかだった。

奥神祭りの直前ということは、マリ姉が亡くなった時期とも重なる。

金森さんの死だけではなく、その件もおれたちの追う事件と関係しているのだろうか。

木工所で起きた騒ぎについては、ヒロ兄ちゃんに聞けばなにか分かるかもしれない。後で聞いてみようと記憶に刻みつけた。

まずおれたちが取り掛かるべきなのは、『三笹峠の首あり地蔵』にも登場する、金森さんの家の調査だ。

和尚さんに住所を尋ねると、意外にもすんなりと教えてもらえた。

「親戚はいるはずだけど、遠くにお住まいなのかもなあ。こんな田舎の家を売るのは大変だろうし、放ったらかしなんだよ」

おれたちは和尚さんに礼を言い、金森さんの家に向かうことにした。

その場所は明光寺から五分もかからない、細い路地の脇にあった。赤茶けた屋根の、古い平屋の家だ。郵便受けの横には『金森』という表札がかかったまま。低い塀から乗り出した庭木は、色んな方向にぼうぼうと枝を伸ばしている。和尚さんが言った通り、金森さんの死後から人の手が入っていないらしい。

前の路地は車がすれ違えないくらい狭くて、近くには商店もない。まるでこの町での役目を終えて忘れ去られようとしている、そんな土地に見えた。

あっ、とミナが声を漏らした。

見ると、門が閉まりきってなくて、数センチ開いている。まるでおれたちを誘っているみたいだ。

「そう言えば、あの時もこんな感じだったね。初めて三人で魔女の家に行った時」

サツキの言葉におれは頷く。

つまり、あの日の行動を再現しよう、と三人で通じ合ったわけだ。

周囲に人の目がないことを確認し、素早く門を開く。錆びたような鈍い音が少し響いたけど、侵入はすんなり成功する。敷地に入ってしまえば、伸びた庭木のおかげで外から姿を見られることはなさそうだ。

玄関はアルミの引き戸。はまっているのは縦長の磨《す》りガラスで、中は見えない。

驚くべきことに、引き戸に手をかけると鍵の感触はなく、カラカラと横にスライドした。

「どうして開いているんだろう」

「これまでにも誰かが忍びこんだとか？」

いっそう気味の悪さを感じたけれど、ここまで来てなんの成果もなしに帰るわけにいかない。

中に入ると、埃に混じってむっとした臭いが鼻をついた。誰も立ち入らなくなって数年が経つはずなのに、玄関には金森さんのものらしきスリッパや運動靴が雑然と並んでいるのが、おれたちに先に進むのをためらわせる。

その時、後ろで「ひゃっ」と声が上がり、思わず背筋を伸ばした。

「サツキ、なんだよもう！」

「そこの隅」

戸を入ってすぐの左右の床に、黒っぽいなにかがある。少量の土を盛ったように見えるそれの前に屈んで、ミナが言った。

「これ……塩かも」

「塩？　白くないぞ」

「カビが生えたのかな。でも粒の感じは塩っぽいよ」

「ちょっとミナ、触らない方がいいよ」

手を伸ばしたのを見て、サツキが止める。

おれたちは少し迷い、玄関の様子を写真に収めてから、靴を脱いで家に上がった。

まず玄関から左右に伸びる廊下から眺めてみると、右手に洗面所や風呂場、左手に二つの部屋があると分かった。奥の部屋が庭に面したリビングとキッチンで、手前にあるのは金森さんが寝起きをしていたっぽい和室。和室の壁に吊されたジャンパーや片隅に積まれた雑誌類が、止まってしまった時間を感じさせる。

とはいえ、家の中は荒れているわけではない。事故物件ではよく死んだ人の腐敗した臭いや跡が部屋に残った話を聞くけれど、金森さんは死後そんなに時間が経たないうちに見つかったのか、それらしい痕跡は見つからない。

和尚さんの言う通り、事件性はなかったのか。

サツキは大胆に、和室の押し入れを開けて中を調べ始めた。

廃病院と比べても、ここは住人が亡くなった空き家というだけで、そんなに怖い感じはしない。

和室はサツキに任せて、おれはキッチンとリビングがある奥に向かう。

食卓の上には電源コードの抜けた電気ポットと、湯飲みが置かれたままだが、洗い場にはゴミや食器一つなく綺麗に片づけられていた。金森さんの親戚が最低限の始末はしていったのか。

ビーーーーッ

不意に部屋に大きなブザー音が鳴り響いて、驚いたおれは大げさにのけぞってしまう。その拍子に手がキッチンラックの上の紙袋に当たり、落ちた袋の中から白い粉末が床に散らばった。

どうやら食塩の袋だったようだ。

「ああもう……」

これは掃除しないといけない。おれは腹を立てながら玄関に向かう。

「なんだよ、さっきの音」

家の外を調べていたらしいミナが、玄関から顔を覗かせる。

「壁に呼び鈴があったから押してみた。ちゃんと鳴った？」

怪談でも呼び鈴が鳴る描写があったから気になったのだろう。

「鳴らすなら言ってくれ。びっくりしたじゃないか」

「そんなに大きな音じゃなかったでしょ」

和室にいたサツキも姿を見せた。その手にはスマホが握られている。

「それより、作間さんから着信が入ってた。お寺にいた間に連絡をくれたみたいだけど、気づかなかった」

この前廃病院に連れて行ってくれた作間さんは、独自に怪談について調べているみたいだ。お互いに発見があったら知らせ合うことになっているけど、なにかあったのだろうか。

「メッセージも入れてくれてる。『首あり地蔵の怪談について』だって」

タイムリーな話題に、おれとミナも左右から画面を覗き込もうとする。サツキは鬱陶しそうにそこから離れ、口早に内容を読み上げた。

「えーっと、『首あり地蔵の怪談はこれまでの怪談と違う気がする。内容ではなく怪談の形自体に仕掛けがあるんじゃないだろうか』」

「怪談の形？　どういうこと？」

「黙って聞いて。『僕が読んだところ、これはリドルストーリーではないかと思う。リドルストーリーとは、結末をあえて書かないことで複数の結末を読者に想像させる書き方の物語だ』」

「ミナ、知ってる？」

おれの問いにミナは首を横に振る。今回は作間さんの知識に助けられてラッキーだと思おう。

サツキは今一度、怪談のプリントを読み返した。

「言われてみれば、怪談の最後にこの家を訪れたのは首あり地蔵だとばかり思ってたけど、作中ではっきりと書かれていない。つまりKさん――金森さんを襲ったのは人間だっていう解釈もできるんだ」

「でも、金森さんは和尚さんに相談するくらい怯えてたんだぞ」

「何者かに後をつけられてたのは本当だったとしたら？　金森さんは仕事で首あり地蔵に関わった後だということもあって、それを心霊現象だと勘違いして、すごいストレスで体調を崩してしまった」

さすがにサツキの都合のいい解釈に思えて、おれは頷くことができない。

「じゃあ怪談の最後で、訪問者が色んな立場を名乗っているのはどういうことなんだ？　人間だったら不自然すぎるだろう」

「それこそマリ姉がこの怪談に隠した手がかりなんだと思う。時任教授や金森さんの死を含めた一連の事件には、それだけ多くの人が関わっているんだよ。たとえば病院から来た人というのが板東病院の関係者を指しているんだとしたら、筋が通る」

それを聞いたミナが考えこむように、軽く握った拳を口元に当てる。

「その考えが正しいのなら、他にも役所や図書館の人が事件に関わっていることになるよ。それに、例の〝なずて〟は何を指しているの？」

ミナが言い終わらないうちに、おれは視線を感じて廊下と玄関を振り向いた。引き戸の磨りガラスにはなにも映っていない。

「どうしたの？」

「分からない。誰かいる」

この感覚には覚えがあった。廃病院で遭遇した、黒い影の気配だ。

「ちょっと」

サツキの制止も聞かず、おれは濃い気配に引っ張られるように、先ほど調べた家の奥に引き返した。そしてキッチンの方を見たおれは、思わず悲鳴を上げた。

「うわあっ」

そこには、先ほどぶちまけた塩がそのままの状態で残っている。

問題は塩の色だ。

さっきは間違いなく白だったのに、なぜかどす黒い色に変色している。

まるで、玄関にあった盛り塩と同じ状態だ。いったいなにが起きているんだ？

後を追ってきたミナが鋭く叫んだ。

「あれっ！　誰かいた」

ミナはリビングの、庭に面した掃き出し窓を指さしている。

サツキは勇敢なことに、さっとリビングを横切り、窓を開けて辺りを見回す。

「誰もいないよ」

「サツキは見なかった？」

「うん。見間違いじゃ……」

その時サツキが何かに気づいて言葉を切り、靴下のまま庭に下りた。

「どうしたんだ」

「──うそ。こんなことって」

呆然と呟きながら、サツキはなにかを拾い上げる。その手にあったのは、白いスマートフォン。

下の方に丸いボタンが一つある、旧式のiPhoneだった。


黒く変色した塩、謎の人の気配、旧式のiPhone。

あまりにも突然に、多くのことが起こりすぎた。情報を消化しきれなくなったおれたちは、塩を片付けるのも忘れて、逃げるように金森さんの家を出た。

必死でペダルを漕ぎ、勝手知ったるいつもの公園にたどり着いた頃には、ほとんど日も落ち、夕焼けの色も消えかけていた。

「ミナが見たのは、どんな奴だったんだ」

おれは荒い呼吸を整えながら尋ねる。

「一瞬だったから、よく分かんない。でも動物とかじゃない。人だった」

どうしてあそこにいたのか。どうして逃げたのか。まったく分からないことだらけだ。

——いや、それよりも。

おれはサツキが持つ旧式のiPhoneを見た。

これがもし事件に関わるものだとしたら、ミナが見た人物こそ、おれたちの追う犯人じゃないのか。

そいつにおれたちの姿を見られてしまった。

そこでようやくつけられている可能性を思いつき、慌てて周りを見渡す。

見飽きた公園の光景も、ちっとも安心させてはくれなかった。

「これ、おかしいよ」

iPhoneをいじりながら、サツキが言う。

「画面ロックがかかってなかった」

最初に番号を入力する、あれか。

「設定してなかったんじゃないのか」

「逆だよ。わざわざ設定を変えないと、画面ロックは外れない」

大した秘密がなくても、他人に見られないようにロックをかけるのが普通だろう。それが外されていたのはどうしてなのか。

「見て」

向けられた iPhone の画面は、とてもさびしいものだった。普通ならずらりと並んでいるはずのアプリのアイコンが、電話機能や設定を含めた、ほんの五個ほどしかない。まるで余計な情報を残さないように削除されたみたいだ。

「持ち主が分かるような写真も、メールもないね」

サツキは悔しげに言いながら、画面上の、誰もが知る緑色のメッセージアプリのアイコンを叩いた。

会話画面もあっさりしたもので、表示されているグループも一つしかない。

だが、そのグループ名を見た時、おれたちは言葉を失った。


〝なずての会〟

ああやっぱり、と思う。
おれたちは手がかりを見つけ、
同時に、見つかってしまった。

第四章
なずての会

10 October
SUN MON TUE WED THU FRI SAT
スポーツの日
壁新聞第23号発行!
ゴーブラが自殺ダムの肝試し動画をアップ
小学校最後の運動会
ハロウィン

サツキの記録②

十月の第二週。

学校では壁新聞の第二号が貼り出され、第一号に続いて熱烈な読者ができている。

特に『永遠の命研究所』がかつて精神病院として建てられたものだという事実がみんなの興味をかき立て、ユースケのオカルト的主張に耳を傾ける人も多い。

第一号で注文をつけてきた先生も、記事をフィクションだとする私たちの主張を認めたのか、今回は何も言ってこない。単に壁新聞の注目度を見て、無理やりやめさせるとかえっておかしな噂を招くと思ったのかもしれないけれど。

とはいえ、喜んでばかりもいられない。二学期中に六つの怪談を記事にするには、三週間以内に壁新聞を作り続ける計算になる。怪談の考察と話のモデルとなっている場所の調査、そして記事を書く作業を考えるとスケジュールはキツキツで、すぐにでも第三号に取りかからなければいけない。

第二号に載せた私の推理は、マリ姉の死亡推定時刻にアリバイのあった板東が、犯行現場と思われている運動公園ではなく、実際は居酒屋のすぐそばでマリ姉を殺すというアリバイトリックを用いたのではないかというものだ。だけどこの推理は、当日夜に降り積もった雪の状況から、ミナに否定された。

一方のユースケは事件当時に目撃情報のあった影坊主であれば犯行は可能だったと主張したけれど、マリ姉の死因が大きな刃物による刺殺であったことから、これもミナに認められなかった。影坊主が刃物を使う怪異だという話は存在せず、これもまた立派な矛盾だと考えられるからだ。

どちらの推理も、〈現場の状況〉が根拠となって否定されたことになる。

推理が外れたのは残念だけれど、三人で決めたルールはうまく働いていると思う。

この、魔女が言うところの〃胡散臭い〃推理が、事件の真相にせまる私たちなりの方法だと信じている。

次の三人での話し合いは今週の土曜。

小暮さんから聞いたマリ姉と時任教授の関係（今でも小暮さんには腹が立つ！）、板東の死と『三笹峠の首あり地蔵』の怪談、そして金森家で手に入れた旧型のiPhone。これらの手がかりを元に、話し合いの日までに新たな推理を組み立てなければいけない。

いけない、また後で。

——危なかった。ママが急に様子を見にきた。次の日曜日に塾で全国模試があるから、神経を尖らせているんだろう。私が勉強時間を削ってマリ姉の事件を追っていると知ったら、パパもママもいい顔をしないはずだ。

マリ姉が生きていた頃、二人はずっとマリ姉が都会に出て行かないことを嘆いていた。叔父さんたちに面と向かっては言わないものの、家では「サツキには同じ道を歩ませない」ということを誇らしげに語り合っていたし。

本音を言えば、どうしてマリ姉が地元に残ったのかは私も疑問だった。特別にここでやりたいことがあるとは聞いたことがなかったし、実際就職したのは地元の銀行だし。

でも今、一つ取っかかりができた気がする。入手したiPhoneにあった〝なずての会〟の存在だ。板東一人でマリ姉を殺すことはできないと分かった今、事件には協力者がいたと考えるべきだろう。問題は、彼らがどういう関係だったかだ。


夢から醒める瞬間が好きだ。これが全部だと思っていたおれの視界の外で、見えない空の蓋がガコンと開いて、日が差し込んでくるような感覚。

楽しい夢であれ辛《つら》い夢であれ、この外にもっと広い世界があるんだと分かる一瞬の感動が、おれは好きだ。

だというのに、今朝のおれは重たい気分で布団にくるまっていた。夢の中でずっと誰かに耳元でぼそぼそとささやかれていたような気がする。

目が覚めたのはいいけど、起き上がるのはひどく億劫《おっくう》で、かといってもう一度眠りにつきたいわけでもない。

人間の体ってほとんどが水分でできているっていうけれど、まるでおれという湯船の底になにかが沈んでいて、水から揚《あ》がるのを嫌がっているみたいな、説明しがたいだるさ。

しかもこの不調は、ここ数日続いているのだ。

「いつまで寝てんの。朝ご飯冷めるよ」

下から聞こえる、いつもの母ちゃんの呼びかけすら、まるで悪意の塊のようにおれの気持ちをくじく。

「なあに、どっか悪いの？　今日も午後から掲示係の話し合いに行くんでしょ」

しびれを切らして部屋にやってきた母ちゃんは、おれの顔を見るなり変化を見て取ったのか、額を触ってくる。少しかさついた母ちゃんの手の感触を嫌うように、おれの中にいる〝なにか〟の気配が遠ざかった。

「熱はない、みたいだけど」

起きるよ、と答えておれは布団を脱ぎ捨てた。

立ってみると、やっぱり不調は感じない。

でも今日は少し部屋の中が暗いような、そんな気がする。

食卓につき、もそもそと朝ご飯を食べながら母ちゃんにここ数日の不調を訴えたけど、

「成長期だから、色々と悩むこともあるんじゃない」

と呑気な声が返ってきた。成長のたびにこんな気分になるなら、そりゃあ大人が色んな事件を起こすわけだ。

テレビでやっている天気予報を見る。そこに一週間の予想天気とともに日付が表示された時、ふっと思いついた。

そういえば、この不調は、金森さんの家に行ってから始まった気がする。

魔女の家での話し合いの時間まで店の品出しを手伝っていると、ヒロ兄ちゃんが訪ねてきた。開店には少し早かったけれど、うちはそんなことは気にせず入ってもらうスタイルだ。

出不精のヒロ兄ちゃんが午前中に姿を見せるということは、

「当直明け？」

「そう。帰ったら寝る」

と疲れ顔で答えが返って来た。前と同じように缶酎ハイを二本ショーケースから選び、会計台に置く。

「お前のためにわざわざ来てやったんだよ。前に聞かれた、木工所の話」

明光寺の和尚さんから聞いた、奥神祭りの直前に起きた木工所での騒ぎについて、できる範囲で教えてほしいと頼んでいたのだ。

あれから一週間も経たないうちに、しかも魔女の家に行く前に聞けるだなんて、こちらとしては願ったり叶ったりなのだけど、随分付き合いがいいなと思っていると、ヒロ兄ちゃんは悩ましげな顔で言う。

「実を言うとな、あの木工所での騒ぎ、俺も捜査に嚙んでいたんだよ」

「なんで？　交通課のヒロ兄ちゃんには関係ないんじゃ」

ヒロ兄ちゃんは軽く顎を引いた。

「通報を受けて最初に駆け付けたのは別の署員だった。現場の状況を確認した後、近所の家が設置していた防犯カメラの映像を調べると、犯人が運転していると思われる乗用車が写っていたんだ。

持ち主はすぐに特定できたんだが――」

少し躊躇《ためら》うような間を置いた後、

「それが前に話した、桜塚トンネルで事故を起こした車だったんだよ」

とヒロ兄ちゃんは告げた。おれは思わず大きな声を上げる。

「えっ、それってつまり、時任教授が犯人だったってこと？」

「犯人かどうかは――ってお前、どうやって名前まで調べたんだ？」

前にヒロ兄ちゃんから話を聞いた時、大学の教授としか教えてもらってなかったんだった。おれはもどかしく思いながら先を促す。

「こっちも一生懸命だってこと。それより続きは？」

「ああ。状況からして、時任さんが木工所に侵入し、逃げる途中でトンネルの事故を起こしたと考えるのが自然だった。でも容疑者が死んでいるし、特に盗まれたものもないということで、被害届も取り下げられたんだ」

「なにも盗まれなかった？」

「社員さんたちに確かめてもらったけど、作業場に置いていたいくつかの作品が壊されているだけで、金品も含めてなくなったものはないって話だ。なんのために時任さんが侵入したのかも分からない。ただ」

ヒロ兄ちゃんは躊躇いがちに間を置き、両手で何かを抱える仕草をした。

「俺が車の中を調べた時、後部座席にこのくらいの、空のボストンバッグがあったんだ。どうして空だと分かったのかというと、ジッパーが全部開いていて中が見えたからだ。普通、なにも入れていないとしても、バッグの口は閉めておくもんじゃないか。それが妙に気になったんだ」

「もし何かが入っていたとしても、時任教授が死んでから誰かが持ち去ったなんてこと、あるわけないでしょ？」

するとヒロ兄ちゃんはますます表情を曇らせ、

「それがな……。前にお前たちがうちに来たときは黙っていたんだが、時任さんの車載カメラの映像、時任さんが死ぬ直前でなぜか破損してたんだ」

「破損？　誰かが消したとかじゃなく？」

「途中から映像が真っ黒になってた。調べてもらったけど、原因は分からないものの機械の不具合だろうって。だから時任さんがどんな亡くなり方をしたかとか、その後誰かがボストンバッグを漁《あさ》ったかは分からない」

普通に考えれば、事故後誰にも見られずに画像データに手を加えるなんて無理だ。

でも、そのせいで時任教授の死の前後のできごとが分からないなんて、あまりにもでき過ぎている。

この事実をどう考えたらいいのか分からず二人して黙り込んでいると、家の奥から「ヒロ君じゃない。お疲れさん」と母ちゃんが姿を見せ、台の上に置きっぱなしになっていた缶酎ハイを見てレジを叩いた。

おれはヒロ兄ちゃんを見送りがてら表まで出て、

「あんなに詳しく教えてくれてよかったの？」

と聞くと、「よくない」と苦々しげな言葉が返ってくる。

「でも、波多野の事件の捜査が進まなくなってから、色んな情報を俺らみたいな田舎の警察だけで抱え込んでることに虚しさを感じちゃってさ。前に話をした時は波多野の従妹もいたから言わなかったけど、波多野はやっぱり俺らの代の憧れだったんだよ」

そう話すヒロ兄ちゃんは、どこか弱ったような、初めて見る顔をしていた。

「マリ姉のこと、好きだったの？」

「そんなんじゃなくて。同期の中でこの町を出て大成するんならあいつだろうな、って皆が思ってたってこと。だから彼女が地銀に就職したって聞いた時は意外だったし、勝手だけど、ちょっとがっかりもした」

優等生に対するやっかみの気持ちと、一方的な期待感。

おれたちもサツキに同じ感情を抱かないとは言い切れない。

「それでも、波多野があんな不可解な死に方をするようなやつだったとは思えないんだ。このままだと、自分たちが情けなくて仕方ねえ。こんな狭い町で小中と一緒の学校に通っていて、誰も彼女のことを分かっていなかったなんてな。だからユースケ、まだ間に合うお前が羨ましいよ」

長年近くにいたのに、とうとうなにも理解し合えないまま消えてしまった同級生。掲示係というきっかけがなければ、おれとサツキも同じ関係になっていたかもしれない。

ヒロ兄ちゃんはおれの背中をぽんと叩き、家への道を歩いて行った。


午後、おれたち三人は約束どおりに魔女の家に集まった。

慣れた手つきで紅茶を淹《い》れ終えると、サツキが改まった態度で今回の議題について話し始める。

「まずは壁新聞の第三号の記事のために『三笹峠の首あり地蔵』について考えをまとめよう。それから、次の怪談である『自殺ダムの子ども』を読み解いてみる」

おれたちが囲むテーブルの上には、型の古い一台の iPhone が置かれている。『首あり地蔵』の怪談のモデルと思われる金森さんの家を調べている時、謎の人影が落としていったものだ。あれは一体誰だったのか。

近所の人が、おれたちに気づいて様子を見にきた可能性もあるけど、だったら注意もせずに逃げ去った説明がつかない。やはり、おれたちが調べている事件に関係のある人物だと考えた方がいい。おれなんか、あれ以来誰かが密かにつけてきているのではないか、登下校の時に一人になったら襲われるのではないかとびくびくしながら過ごしたけど、幸いにも三人の身の回りで不審な人物を見かけたという話は出てきていない。

「まずは私がこの iPhone を触ってみて分かったことを報告するね」

サツキがノートを見ながら話を切り出した。

この iPhone がおれたちの考える、マリ姉や時任教授の持つ〝もう一台のスマホ〟であれば事件の重要な手がかりになる可能性があるから、最初は警察に届けることも話し合った。だけど優等生であるサツキですら積極的にそうしようとは言わなかった。

大人に渡すと、おれたちまで情報が伝わらないのが分かっていたからだ。

だから三人の中でもっともスマホの扱いに長《た》けているサツキがこの iPhone を持ち帰り、中の情報を調べていた。

「まず、この iPhone にはＳＩＭカードが入ってなかった。つまり電話としては使えないってこと」

ＳＩＭカードと呼ばれるものに、電話番号が割りふられてることはおれも知っている。おれが休日に持ち歩いているスマホの端末も、父ちゃんのお古のスマホからＳＩＭを抜き取ったもので、電話機としては使えない。

「電話番号はデータに残ってないのか？　ＳＩＭカードを別のスマホに入れ替えて、今も同じ番号を使っているんなら、電話をかけることができるかもしれない」

おれのアイデアに、サツキは首を振った。

「履歴に残っていた番号にかけたけど、繋がらない。たぶんプリペイドだったんだと思う」

おれとミナの頭にクエスチョンマークが浮かんだのを察して、説明を加えてくれる。

「簡単に言えば使い捨てのスマホだよ。一定の料金、あるいは一定期間を過ぎたら使えなくなるの。お父さんから聞いたんだけど、足がつきにくいから犯罪にも使われやすいんだって」

足がつきにくいとか、いかにも専門家っぽい言い方だ。おれはテーブル上のiPhoneを見つめた。

「じゃあ、これを警察に渡して契約者を特定してもらおうと思っても、無理なんだな」

「そう。注目すべきは、メッセージアプリにあった〝なずての会〟というグループ名ね。他にほとんどアプリが入ってなかったことからしても、このiPhoneは〝なずての会〟の連絡用に使われていたんだと思う」

説明しながらサツキはグループの画面を表示させる。

〝なずて〟というのは、『首あり地蔵』の怪談の中で、Ｋさんの家を訪ねた何者かが名乗った名前の一つでもある。まさか複数の人からなる集まりの名前だとは思わなかった。

「その、なずてという名前についてなんだけど」ミナが片手を挙げた。「前に魔女から言われたように、図書館に行って奥郷町に伝わる神話について調べてみた。確かに古い言い伝えに、なずてという神様が登場していた」

ミナが手提《てさ》げからいかにも年季が入ってそうな、日焼けした本を取り出した。

タイトルは『奥郷にまつわる伝承・民話集』。

ミナが開いたページには、比較的読みやすい大きめの字でこんな内容が書いてある。

奥郷の地を守った謎の神　泥子手神

かつて奥郷地方の山間部の多くの神社には、泥子手《なずて》神という全国的にもこの地域でしか見られない神が主神として祀《まつ》られていた。

伝説によると、古来この地に住む人々は祟《たた》り神による飢饉《ききん》や病気に苦しめられており、ある時海を渡ってこの地にやってきた泥子手神が、自身を土地神として丁重に祀ることを条件に祟り神を封じ、人々に平和をもたらしたという。

しかし時代が下るにつれ、泥子手神は全国的に知られる須佐之男命《スサノオノミコト》や日本武尊《ヤマトタケル》と同一視されることが多くなり、その存在を知る者が少なくなっていった。現在、深沢《ふかさわ》村の水沼《みずぬま》神社などで祀られているばかりである。


そのページを読み終えたところで、おれは思わず顔を上げた。サツキも同様に、驚いた表情でおれとミナを見比べている。

その理由は、〝なずて〟の由来と思われる泥子手神だ。

かつて海の向こうからやってきて、この地を救った神様。

実はおれたちはこの泥子手という単語を、すでに見たことがあった。

まだ調査していない、順番的には最後である六つ目の『井戸の家』という怪談。そこに泥子手という言葉が登場するのだ。読み仮名がふられていなかったため、これを〝なずて〟と読むとは全く気づかなかった。

「六つの怪談のうち二つに登場するなんて、〝なずて〟は重要な鍵なのかな」

「要するに泥子手神って古い守り神みたいなものでしょ。それをグループの名前にするなんて、なんだか偉そうよね」

サツキは不満げな顔で言い、再びスマホの画面を見せた。

「ちなみにこのメッセージグループは複数人でトークするための手軽な使い方なんだけど、今はもう使われていなかった」

「こうして表示されているのに？」

「他のグループメンバーは退出しているけど、このスマホの持ち主はまだグループに残っているから、過去のトーク履歴を見るだけならできるんだよ」

画面上には過去にかわされた会話が、吹き出しによって表示されている。

おれも一応アプリに登録しているけれど、無線ＬＡＮのあるところじゃないと繋がらないし、仲のいい高辻たちがスマホを持っていないので、ほとんど使ったことがなかった。

この端末の持ち主は〝blue〟という名でトークに参加していたようだ。

どのアイコンも飾り気のない人型のまま変更されていないから分かりにくいけれど、アカウント名の種類からして少なくとも七人が参加しているように見える。ただやりとりは少なく、この一年内でわずかに四度ほど、それぞれのメンバーから異常がないことを知らせる書き込みがあるだけだ。ただ最後の方に表示されているやりとりだけは様子が違う。

11月24日（木）

blue『あとで』18:03

blue『ほうこくあり』18:03

11月25日（金）

たか『blue どうかしましたか』9:27

777ma『誰かに連絡は？』10:10

jjoker『昨日 blue が死亡』17:30

jjoker『詳細は後で』17:31

字幕『驚きました』17:41

YYが退出しました。23:11

jjoker『YYへ　至急連絡を』23:20

11月27日（日）

2tuOba2ki2『何が起きていますか？』0:17

jjoker『至急。予定外ですが、裏切りの可能性を考慮。端末更新します』0:30

jjokerが退出しました
777maが退出しました
たかが退出しました
2tuOba2ki2が退出しました
字幕が退出しました

と、〝なずての会〟の中で、明らかな変化があったことを示している。

「これ」

サツキの指が画面の一番上をさした。『なずての会』という表示の横にある、カッコに囲まれている〝1〟という数字だ。

「この数字がトークに参加している人数なの。グループを退出した人は、トークの内容が見られなくなる。このiPhoneで内容が見られるってことは、この持ち主が最後の参加者ってわけ。でもおかしいよね。他の人は退出してしまったのに、どうしてこのiPhoneの持ち主だけ残っているのか」

サツキがいったん言葉を切り、こちらの考えを期待するように顔をうかがってくる。おれが戸惑っていると、横からミナが答えを告げた。

「このiPhoneが、持ち主以外の手に渡ったんだ」

「私もそう思う。元々〝なずての会〟では、プリペイドの期限が切れる一年おきに新しいスマホとトークルームを用意して、情報漏洩を防ぐ決まりだったんじゃないかな。だけど予定外のことが起きて、このiPhoneが他人の手に渡ってしまった」

「ああ、おれたちがこれを拾ったことだな。そのままトークを続けていたらどんどん情報が流出してしまうから、仲間に更新をうながしたんだ」

おれは納得したが、この考えはサツキに否定されてしまう。

「最後のトーク履歴は、一年近くも前のことなの。私たちが拾ったこととは関係がない」

「じゃあ、どういうこと？」

話の筋が見えなくなってきた。

「分からない。けど気づいたことがあるの。マリ姉が死んだのは十一月二十五日。その翌々日にほとんどのメンバーが退出してる」

そのことを意識してやりとりを追うと、いくつかの見落としに気づく。

「〝YY〟っていう人だけは、二十五日の深夜十一時十一分に退出してる。これはマリ姉が殺された時間帯じゃないか！」

「その前日に〝blue〟が死んだということは、これは時任教授？」

おれとミナが立て続けに言うと、サツキが頷いた。

「さらにもう一つ。グループトークとは別に、この端末の持ち主である〝blue〟から〝YY〟に、アプリを使って通話をかけた記録が残っている」

11月24日
YY　通話終了　19:10

画面を見せながら、時系列をサツキが整理する。

「これの持ち主である〝blue〟は二十四日の午後六時ごろに『あとで』『ほうこくあり』ってトークルームに書き込み、その約一時間後に〝YY〟とだけ通話し、死んだ。その〝YY〟は翌日、マリ姉が死んだのとほぼ同時刻にルームを退出した」

ミナの言った通り、〝blue〟を時任教授に、〝YY〟をマリ姉に置き換えると、その動きがぴったり合う気がする。

時任教授は死の直前、マリ姉になにかを伝えた。そのマリ姉は死の直前にルームを退出する。おれたちの推理が正しければ、その後でマリ姉は居酒屋にいた板東に連絡をとったことになる。

ここまでくれば、彼らの間で起きたことを推理するのは簡単だ。

「前回はサツキから推理を発表したから、今回はおれからでいいか？」

先にネタを明かされるのが嫌でおれが口火を切ると、二人が頷いた。

「時任教授からマリ姉へ、そしてマリ姉から板東に電話をかけたのは間違いないと考えていいだろう。だったら素直に、その電話こそが三人を死に追いやったと考えればいい。つまり一連の事件は、死が電話によって伝染したことで引き起こされたんだ」

「そういうホラー映画があった気がする」

さっそくサツキから突っ込まれるが、気にせず続ける。

「大まかな流れはそういう映画と同じだ。電話をかけるだけで死が伝染するのか、話の内容に呪いが込められているのかは分からないけど、電話を受けた順に三人が死んでいるのは事実だろ。マリ姉は何かの事情でこの怪異について知り、時任教授の死の後、次は自分が死ぬ運命にあると気づいたんだろう。そこで急いで七不思議を作り、他の人々にその危険を伝えようとした。怪談が六つしかないのは、〝全てを知ったら死んでしまう〟というメッセージだと思うんだ」

「ユースケ。前回ミナに凶器は刃物だと指摘されたのを忘れたの？　呪いだか怨霊だかのせいで死んだんだとしたら、同じ矛盾が残る」

「そこで『三笹峠の首あり地蔵』が参考になるんだよ。Kさんは地蔵を見てからというもの、なにかの気配に怯えるようになり、最後、Ｋさんの家には色々な身元を名乗る者が訪ねてくる内容だった。あの正体はただの人間じゃなく、怪異に操られた人々なんじゃないか」

「超常的な力で死ぬんじゃなくて、怪異に操られた人間が殺しに来るってこと？」

呆れるよりむしろ感心したような口調でミナが言う。

「そう。原因は怪異だけど、手を下すのは人間なんだ。これで凶器の矛盾はクリアできる。それに、トークの最後に『裏切り』っていう言葉が出てきただろ。これはメンバーの誰かがマリ姉たちを殺したことを示しているんじゃないか」

「すごく無理矢理に聞こえるけど」

とサツキが言うけど、またしてもおれはスルーする。

「マリ姉が死に、板東もまた自分に危険が迫っていると知った。だから県外に逃げて生き延びようとしたけど、結局は彼も死んでしまったんだ」

「いくつか疑問がある。今の説明では、マリ姉は死が伝染することを分かっていた。それなのにどうして板東に電話を？」

ミナの疑問に対する答えをおれは用意しておらず、言葉に詰まる。

しかし頭の中に、寒空の下でiPhoneを手に取る板東の姿が浮かんだ。とっさのひらめきに任せて、おれは口を動かす。

「板東は二回電話で話している。一回目の電話はマリ姉からで、死を伝染させないような配慮をして短く済ませたんだ。それなのに板東はマリ姉に対して思い残すことがあったのか、自分から電話をかけ直した。そのせいで死が伝染してしまった」

強引だと思ったのかミナはわずかに眉をしかめたけど、次の質問に移った。

「ユースケは、〝なずての会〟がどんな集まりだと考えているの」

「古い神様の名前を使っているんだから、歴史か宗教に詳しい人の集まりなんじゃないかな。時任教授のゼミも文化人類学が専門だったし」

「もう一つ。マリ姉と板東はいいとして、時任教授には誰から死が伝染してしまったの？」

そこでおれは、先ほどヒロ兄ちゃんから聞いたばかりの情報を明かした。

「この前明光寺の和尚さんが、金森さんが勤めていた木工所に泥棒が入った話をしていただろ。ヒロ兄ちゃんによると、その容疑者として名前が挙がっていたのが、亡くなった時任教授なんだよ。そこから逃げる途中、桜塚トンネルで死んでしまったんじゃないかって」

「時任教授が？」

二人の口から驚きの声が漏れる。

金森さんが亡くなったのは二年前。一年という時間差はあるけれど、木工所で二人の死は繋がる。おそらく金森さんの死後、怪異は木工所の中で留まっていたのだ。

時任教授はなにか理由があって、木工所に侵入した。その前後に『あとで』『ほうこくあり』というメッセージを仲間に残していることから、切羽詰まった状況だったことがうかがえる。なにかの形で、金森さんと同じく死が伝染してしまったんだろう。

おれが推理を語り終えると、いつものように部屋の隅で話を聞いていた魔女がくつくつと笑った。

「前回とは違って、随分と細部に目が行き届いた推理じゃないか。怪異が人間を操って殺人を犯すだなんて発想は特に面白い」

「そこまで理屈を合わせたのは素直に感心するけど」とサツキ。「悪いけど、今回は別の点で見逃せない矛盾がある」

「どんな点だよ」

おれは身構えた。犯行現場の状況による矛盾は、ちゃんと解決したはずだ。マリ姉を殺したのは板東ではない第三者だし、否定される要素はないはず。

「単純なことだよ。今の推理じゃ、マリ姉は死が伝染することを自覚した上で七不思議を残したことになってる。でも本当に電話くらいで次々と伝染するような恐ろしいものなら、そもそも後世に伝えない方がいい。なのにマリ姉が書いた七不思議には、その正体どころか死ぬのを避けるための方法すらまだ登場しない」

それを聞き、ミナもサツキの意見を支持するようだ。

「実際にサツキは、七不思議を見つけたためにこうして首を突っ込んでいる。同じようにして今後も七不思議を知った人が死に巻き込まれるかもしれない」

「そう、誰もが聡明と認めるマリ姉が、その程度のことを予想できないはずがない。マリ姉ならむしろ、自分が犠牲になっても死の伝染を食い止めようとするはず」

サツキが強く頷く。

「つまり、マリ姉が七不思議を残していること自体、ユースケの推理と矛盾している」

予想外の反論に、おれの頭はくらくらと混乱する。

これがホラー映画なら、マリ姉は自分が助かるために他人を犠牲にしようとした、とか、やけっぱちになって世間全体を巻き込もうとした、なんて説明が成り立つのかもしれない。けれど関係者が語るマリ姉の人物像はそれとはほど遠く、根拠もなしにそれを捻《ね》じ曲げるのはおれたちが決めたルールに反してしまう。

なにも言い返せずにいると、それを白旗の証と受けとったのか、

「じゃあ次は私の番ね」

とサツキが機嫌よく話し始めた。

「ユースケは時任教授、マリ姉、板東の連続死を伝染する怪異によるものだと推理したけど、私は三人が誰かにとって不都合な事実を知ってしまったことで口封じされたと思っているの。金森さんが死んだのも同じ理由でしょうね」

「誰かにとってって、誰だよ」

「もちろん〝なずての会〟だよ。私は〝なずての会〟がただ歴史や宗教の識者の集まりだとは思っていない。人に明かせないような秘密、平たく言えば犯罪に関わっている組織だと思うの。そうでなければプリペイドのスマホを頻繁に換えながら連絡を取り合うような真似をするわけない」

「ちょっと待った。マリ姉はトークグループに入っていたんだから、その犯罪組織の一員だったことになるぞ。さっき、マリ姉はそういう人じゃないって話をしたじゃないか」

おれの突っ込みをサツキは涼しい顔で受ける。

「もちろんそうだよ。マリ姉は、潜入調査をしていたんだと思う」

「潜入調査ぁ？」

漫画やドラマでしか聞いたことのない、この地味な町にまるで不似合いな言葉だ。

「それなら、マリ姉が都会で就職せず地元に残ったことも納得できるもの。たぶん大学時代から、

恩師である時任教授とともに〝なずての会〟が関わった犯罪について調べていたのよ。さっきユースケはトークの『裏切り』という言葉が殺人犯を指しているって言ったけど、逆だよ。あれは潜入しているマリ姉たちのことだったんだ」

「〝なずての会〟が具体的にどんなことをしていたかは、予想がついているの？」とミナ。

「『永遠の命研究所』の手がかりからして、板東病院が関わっていることだと思う。医療事故の隠《いん》蔽《ぺい》だとか、患者の虐待とか、業績の改ざんだとか。マリ姉たちは、町のためにそれを明らかにしようとしていた。でもそのことが組織にバレて、時任教授が殺されてしまった。それを知ったマリ姉は自分の身に危険が迫っていることを悟り、七不思議として組織の秘密を残したんだよ。時任教授が心不全で死んだのも、医療に詳しい人が絡んでいたのならどうにかなるはず」

おれとは全く違うサツキの推理。たしかに筋が通っているように思えて、おれは必死に反論の糸口を探す。

「じゃあどうしてマリ姉は死の直前に板東に電話したんだ。あいつはまさに病院側の人間だろ」

「もしかしたら、彼は親である院長がやってきたことに疑問を持って、マリ姉たちに協力していたのかも。だからマリ姉たちの死後この町から逃げ出したけど、結局口を封じられてしまった」

「サツキの考えでは、マリ姉たちを殺したのは〝なずての会〟の誰かなんだね」

ミナが尋ねると、サツキは悔しげな表情を浮かべる。

「そう。だから今の段階では犯人が誰かまでは分からない。グループトークのメンバーの身元が分かればいいんだけど」

「オッケー。サツキの推理は分かったよ」

その気負いのない口調に、ミナがこのままサツキの説を受け入れるのではないかと固唾《かたず》を飲んでいると、

「残念だけど、サツキの推理もユースケの時と同じ理屈で否定できる」

とミナは驚きの言葉を口にした。

「えっ、なんで？　しかもユースケと同じ理屈って」

サツキも理解が追いつかないらしく、目を見開いている。

「伝染する死の場合は、『人を巻き込むような情報をわざわざ残すはずがない』という考えで否定した。今回はその逆だよ。もしマリ姉が命を狙われるほどの秘密を握っていたのなら、どうして〝板東病院がこんな悪いことをしています〟とはっきりと書き残さず、怪談なんて分かりにくい手がかりにしたの？　証拠までは握っていないとしても、疑惑としてマスコミに持ち込むなり、ネットで暴露することはできたはず。サツキの言葉を借りるなら、誰もが聡明と認めるマリ姉がそんなことに気づかないはずがない」

サツキがなんとか言葉を返そうと目を泳がせる様子は、まるでさっきのおれ自身を見ているみたいだ。

今回の議論もまた、勝負なしに終わったのは明らかだった。

「あーーーーー」

ついにサツキは机に突っ伏して音を上げる。あいにくおれも同じ気分だ。

前回の反省を元に、犯行現場の矛盾をなくしたはずのおれたちの推理は、最初から目の前にあった〝マリ姉はなぜ七不思議を残したのか〟という謎によって否定されてしまった。

ミナはノックダウン気味のおれたちを見て申し訳なさそうにしつつ、

「でもよかった。これで記事の内容はまとまったし、急げば来週中に第三号を完成させられるかも」

「今は学校行事で忙しい時期だし、無理しなくても大丈夫だよ」

サツキが心配そうに口を挟む。

「修学旅行の行動班での話し合いとか、音楽会のパート練習とか色々あって、時間を確保するのは難しいんじゃない？」

なぜサツキがこんなことを言うのか、おれには心あたりがあった。

先週、放課後の教室で第二号の仕上げ作業をやっていた時に、帰ろうとしていたクラスメイトから、聞こえよがしに声が上がったのだ。

「いるよな。周りの足を引っ張るくせに、自分のやりたいことだけはやる奴」

「本当うぜー」

スポーツが得意な蓮を中心にした三人組だった。

サツキが一睨みするとそれ以上絡んでくることはなかったが、あの言葉が掲示係にではなく、ミナに向けてかけられたものだということはなんとなく分かっていた。運動会の練習でのミナの無気力さから生じた不満は、収まるどころか日増しに膨れ上がっているのだ。

さらに困ったことに、その不満は蓮たちだけでなく、一部の女子も抱いているらしい。

おれとしては、掲示係の作業だけでなく、せっかくの学校行事なのだから、クラスメイトとの協力も大切にしてほしいと思っている。

けれど当のミナは、

「平気だよ。作業にも慣れたからサツキの下書きがなくてもできるし、私は家に持ち帰っても大丈夫だから」

と気にする様子はない。

サツキはひっそりとため息をつき、

「困り事があったら、いつでもいいから相談してよ」

と言うに留めた。

ともあれ、ミナの言う通り第三号の記事の形は決まった。おれたちはしばしの休憩を挟み、次の怪談である『自殺ダムの子ども』の検討にかかることにした。


〈自殺ダムの子ども〉


農家をやっているFさんは、自分には霊感らしきものは一切ないと言い切っている。今住んでいるのは十年以上も放置されていた築八十年を越える木造家屋で、夜になると周囲は闇に包まれ、それこそ他に誰かが住みついているのではないかと思うくらいに家鳴《やな》りが響くが、怖い思いをしたことなど一度もないという。

ただ高校生の頃に一度だけ、心霊現象としか説明できない経験をしたことがある。

彼女の通う高校は山間にあり、公共交通機関といえば一時間に一本のバスだけだ。だから十六歳になったらすぐに原付の免許を取るのが、高校での通過儀礼だった。

Fさんも誕生日を迎えてすぐに免許を取得すると、前々からテストの成績を条件にねだっていた原付を、親に買ってもらえた。

　Fさんが最初のドライブの目的地に選んだのは、家から十分ほどの距離にあるダムだった。昭和の中頃に造られた、これといった特徴のないダムである。

　ところがクラスの男子が言うには、そこは自殺の名所なのだそうだ。しかも、ダムの水門を見下ろせる展望台のような場所には、なぜか一基の電話ボックスが立っている。

　それはいわゆる〝いのちの電話〟で、展望台から身を投げようとする者たちを思いとどまらせるために作られた。ところがその願いも届かず、身投げする者は後を絶たない。しかもいつからか自殺者たちは身を投げる前、遺書の代わりなのか電話ボックスに自分の電話番号を記すようになった。

　そしてその電話番号にかけると、死者の無念の声が聞こえるのだという。

　幽霊を信じているわけではなかったが、目的がある方がドライブの甲斐《かい》がある。Fさんは夜に一人で原付を走らせた。

　夜中のダムは電灯も少なく全容を見るのも難しかったが、噂の電話ボックスは煌々《こうこう》と光っているためにすぐ見つけることができた。まるで見張りのような存在感を放つそれは、確かに自殺者を思いとどまらせる最後の砦のようにも思える。しかしそんな頼もしい印象は、近づくにつれて薄まっていった。

　外からでも分かるくらい、電話ボックスのガラスいっぱいに電話番号が書かれていたのだ。中にはいたずらで書かれたのであろう、同じ筆跡のものもあったが、とにかく数が多すぎた。いくらなんでもこんなに自殺が起きていれば問題になるだろうと思いつつ、死体が上がらなければ誰にも気づかれないのではないかという気もした。

Fさんはおそるおそる電話ボックスに入り、書かれている電話番号に目を走らせる。

いったいどれにかければいいのだろう。間違って無関係の誰かの電話に繋がり、トラブルになるのはごめんだ。

その時ふと、電話機のボタンの上部に書かれた、一つの電話番号が目にとまった。

916-7062

市外局番がないのが気になったが、気づけばFさんは受話器を持ち上げ、その番号を押していた。

押し終えてからお金を入れてもいないことに気づき、苦笑する。

テンパりすぎだ。

だが、信じられないことが起きた。

受話器の向こうで、コール音が鳴り始めたのだ。

本能が危険を告げていたが、受話器を持った腕が石のように動かない。

またしても唐突にコール音が途切れた。

誰かが、出たのだ。

しかし問いかけは何もない。

「もしもし?」

Fさんは勇気を振り絞って話しかけたが、無言の間が流れるだけ。

故障かと思ったFさんが、よくよく耳を澄ませると、かすかに声が聞こえてきた。

「……よぅ。……してぇ」

子どもが狭い場所で叫んでいるように、反響を繰り返す声が聞こえる。だんだん耳が慣れてくると、言葉の内容がFさんには聞き取れるようになった。

「暗いよぅ。ここからだしてえ」

その声は悲痛なようにも、怒りを押し殺しているようにも聞こえる。そしておそろしいことに、繰り返すごとにだんだんと大きくなっていくのだ。

恐怖に耐えかねたFさんが通話を切ろうとした時だった。

「出せってば」

耳のすぐ真横から声が聞こえ、Fさんは悲鳴を上げて電話ボックスを飛び出した。その後家に帰り着くまでの記憶は、Fさんの頭の中からすっぽりと抜け落ちているという。

二度とあのダムには行くまいと決めたFさんだったが、思い返すと、あの声の内容が気になった。噂ではダムに身を投げた死者の声が聞こえるというが、それらしくないように思えたのだ。

後日Fさんが古くからこの町に住む老人にダムのことを訊ねると、こんなことを教えてくれた。

かつてダムを作るために、谷底にあった小さな集落の住民が立《た》ち退《の》きを余儀なくされたのだと。

当時地域を支えた鉱山事業のためのダム建設であったため計画はあっという間に進められ、話し合いの余地もなかったのではないか、というのが老人の考えだ。

もしかしたら、とFさんは思う。

ダム建設に反対した住人の中には、最後の最後まで集落を離れず、ダムの底へと沈んだ者がいるのではないか。そしてあの番号こそ、水底の秘密に繋がっているのではないか、と。

まずこれまでのパターンから考えを始めると、奥郷町にはダムが一箇所しかないので、怪談に出てくる自殺ダムが刈部湖《かるべ》の刈部ダムだということは間違いない。

本当なら刈部ダムに直接足を運んでから話し合いをしたかったのだけれど、刈部ダムはこれまで一番遠く、当然ながらおれたちだけで訪れるのは難しい。またヒロ兄ちゃんや作間さんの車で連れていってもらえないか話を持ちかけたのだけど、なかなか都合が合わなかった。

今は現場の状況を脇に置いて、怪談から読み取れる矛盾点を探すほかない。

幸いなことに、この怪談の中で明らかに不自然だと思われる点について、おれたち三人の意見は一致していた。

「作中でFさんが霊の声を聞いた電話番号、916-7062だけど。こんなにはっきり書いているのは不自然だよな」

公衆電話機に書かれていた、七桁の番号だ。

×××のような伏字にもしていないのは、あからさまにここにヒントがあるぞ、というマリ姉からのメッセージのように思える。

サツキが調べたところによると、固定電話の電場番号は普通、0に一～四桁の市外局番、次に一～四桁の市内局番、そして四桁加入者番号で表されるという。同じ市内にかける時は市外局番は省略できる。怪談に登場する番号も、市外局番を省略した固定電話である可能性が考えられるそうだ。

「携帯電話番号だと、頭の090や080を除いたとしても桁数が合わないから。私からは以上」

サツキがスマホ内のメモから顔を上げる。

「私、その番号にかけてみたけど、繋がらなかったよ」

ミナの言葉におれは呆れる。

「繋がったらどうするつもりだったんだよ」

「間違えました、でいいんじゃない？」

時々こいつは思い切った行動に出る。サツキもそう考えたのか、

「少し調べれば、実在する電話番号なのかどうかは分かるんだよ。916っていう市内局番は、このあたりじゃ使われてない。全国では使われてる地域があるけど、数が多すぎて市外局番がないと特定できないね。まさか全部にかけて試すわけにもいかないし」

おれも、これまで三つの怪談の謎を見てきた経験から、単に市外局番を突き止めるだけの謎ではないような気がした。

「この数字、電話番号じゃないんじゃないか。郵便番号とか」

郵便番号なら、三桁プラス四ケタで、ちょうど合う。

「私もそれは考えた」サツキが手際よく、スマホに検索結果を表示させる。

「916-7062の郵便番号が使われている地域はない。916から始まる番号は福井県にあるけど、下四桁が違いすぎる」

おれは社会の時間に習った日本地図を頭に思い浮かべた。福井県の位置はおぼろげだけれど、どれくらい距離の遠い地域なのかは分かる。

サツキはシンプルに七桁の数字だけで検索をかけてもみたけれど、よくわからない手帳や部品の製造番号が引っかかっただけだった。

取っかかりがなくなり、おれたちの唸り声が居間を満たした。

さっきの〝なずての会〟のアカウント名といい、答えが出ないことが続くと腹の中に消化不良のものが溜まっていく気持ち悪さを感じる。

「やっぱりどうにかして、刈部ダムに行くしかないのかな」

「それなんだけど」

ミナの呟きに、サツキがばつの悪そうな顔をする。

「これから土曜日も家庭教師が入ることになっちゃってさ。遠出できなくなっちゃったんだよね。この家で集まるくらいならなんとかなるんだけど」

最初にサツキが七不思議を持ってきた手前、引け目を感じるようだ。

ミナが同情的な顔をした。

「サツキ、頭いいのに」

「パパもママも、中学受験は受かって当然って考えなの。中高一貫の学校だから、頭の中はもう大学受験ってわけ」

おれは前もって温めていた考えを明かすことにした。

「刈部ダムのことなんだけど、おれたちで行けないのなら、他の人に調べてもらえばいいんじゃないかな」

「どういうこと？」

おれはサツキのスマホを貸してもらい、ユーチューブを開いてある配信者のページを表示させる。

名前は『ゴースト・ブラザーズ』。ファンからは略してゴーブラと呼ばれ、「はるやん」と「あきと」という兄弟で活動している配信者だ。

「これ、おれがいつも見てる人なんだけど。心霊スポット巡りを主な活動にしていて、市内に住んでいるらしいんだ」

同じ県内でも奥郷町なんかとは比べものにならない、県庁所在地がある都市だけれど、おれたちにとっては一番身近な街だ。ゴーブラの動画にも、わりと近くの県にある心霊スポットがよく取り上げられている。

「ゴースト・ブラザーズだと、その兄弟が幽霊ってことにならない？」

サツキがどうでもいいところに指摘を入れるが、おれは無視して話を続けた。

「この人たち、珍しい心霊スポットを探すために、視聴者から情報を集めているんだよ。視聴者提供のスポット動画が、人気シリーズになってるんだ。コメントに自殺ダムの情報を書き込んだら、確かめに行ってくれるんじゃないかな」

「私たちの代わりに調べてもらおうってこと？　うまくいくかな」

サツキの気がかりをなくすため、おれがなぜこの考えに至ったのかを説明した。

まず、ゴーブラはまだ大人気と呼ぶには早い、登録者三万人ほどの配信者だということ。さらなるファンを得るために日頃から工夫が見て取れるし、視聴者からのコメントにも丁寧に返信をつけていて、交流しやすいはずだ。そして地方で活動しているからこそ、最近はネタが尽きかけているのか、雑談系の動画も増えている。ここで心霊スポットの情報を提供すれば、採用される可能性は高い。

「それに、心霊スポットの動画を見ていると、コメント欄に地元の視聴者から珍しい情報が集まることもあるんだよ。知り合いがこんな目に遭ったことがあるだとか、逆に噂にあるような事件は起きていないだとか。昔そこに住んでいた人を知っているだとか。そういう情報が役に立つかもしれない」

「ユースケがそこまで考えているのなら、まあいいか」

サツキは納得し、ミナからも特に反対はない。

自殺ダムの怪談についてはゴーブラに調査を持ちかけてみて結果を待ちながら、場合によっては次の怪談である『山姥村』の調べを進めると決めたところで、今回の話し合いは終わった。

玄関で靴を履いていると、

「ユースケ」

と車椅子で見送りに来た魔女に呼びかけられる。

「体調はどうだい」

言われて、数日前から感じていた不調が、いつの間にか消えていることに気づいた。むしろ頭がすっきりと冴えているようにすら感じる。

というか、どうして魔女はおれの体調のことを知っているんだろう。二人のどちらかが喋ったんだろうか？

奥郷町の抱える大きな課題の一つに、空き家問題がある。

全国平均では十四パーセント弱の空き家率だが、去年の奥郷町では十七パーセントを超えている。

原因は住民の少子高齢化と、かつての主要産業の衰退による若者の町離れ。

それに伴い地価は下落し、土地の売買が行われないため古い建物があちこち残り、駅前など一部を除いてますます新陳代謝が滞っている。

「以上のことから、新しい建物を建てるんじゃなくて、住む人がいなくなった空き家を、災害の時の避難所として使うとか、生活に困っている人が住めるようにするとか、色々な工夫が必要だと思いました」

読み上げていた新聞記事から顔を上げ教室を見渡すと、俯いていたクラスメイトがようやく終わったかとばかりに顔を上げ、ぱちぱちと心のこもってない拍手が広がった。みんなさっさと帰りたいのだ。

帰りの会で行われているこれは、「学びの時間」といって、出席番号順で一日一人ずつ、好きな新聞記事について考えてきたスピーチを行うことになっている。ニュースの意味を自分で考え、他人の前で意見を言うための学習だとかなんとか。

学期に回ってくるのは一度だけなので、おれは肩の荷が下りた気分で席に着いた。

今回おれが取り上げた記事は空き家の増加問題に関するもの。問題点と解決策がはっきりしていて、スピーチにするのが簡単だったからだ。

先生もまた「はい、ありがとう」とあっさりした口調ですませ、明日の連絡をしてからようやく下校の時刻となった。

あいさつの後、席を立ったクラスメイトたちは駆け足で教室を出ていったり、仲のいい友人の元に集まったりとそれぞれ動きだす。

「木島、あれサイコーじゃん」

一人の女子に話しかけられた。

城戸ありさ。クラスの中で一番小柄で一番笑い声のでかい女子だ。おれが写真のプリントをお願いしに行く、城戸写真店の一人娘でもある。

「あれって。空き家問題？」

「違うわ！」

いつもの豪快な笑いとともに、赤いヘアゴムで留めたポニーテールが揺れる。

「壁新聞の第二号。次がどうなるか楽しみだよ」

ありがたいことに城戸は壁新聞の熱烈な読者らしい。

「第三号も制作中だから。城戸って、怪談好きなの？」

「それもあるけど、記事に波多野ちゃんと木島の性格が出てるのがイイよね。それに畑さんの考察も、すごくしっかりしてるし」

「へえ！　意外」

「あいつ、ミステリー小説をよく読むからさ」

意外にもきちんと読んでくれているらしい。

城戸は目を見開いた。

「畑さん、掲示係ではうまくやってんだね。やっぱ波多野ちゃんと一緒だからかな」

城戸の声はでかい。まだ多くのクラスメイトがいる前でミナの話題は避けたくて、おれはとっさに話を逸らした。

「ところで、なんで算数の教科書なんて持ってんの？」

「……やばあっ」自分の右手を見て、信じられないとばかりに叫ぶ。「借りた教科書、返しにいくところだったんだ！」

つむじ風のように廊下に走り去る城戸を見ながら、おれは呆れた。五つ忘れ物をしたら成績表の評価が一つ下がる決まりの中、彼女は十月中頃の時点ですでにリーチがかかっているのだ。

だいぶ静かになった教室を見回すと、今日は掲示係としての活動も予定にないためか、サツキもミナもすでに姿がないことを確認して、おれはほっとする。

それだけ、このクラスではミナに関する話題は神経をつかうものになっている。特に来週末に運動会を控え、体育で競技種目のリハーサルが始まってからは。

「自分のランドセルも持って行けばよかったー」とでかい独り言を呟きながら教室に戻ってきた城戸をつかまえ、訊いてみる。

「城戸さ、棒引きで畑と同じチームだったよな。やっぱりあいつ、やる気ないかな」

「全力を出してる感じでは、ないよねえ」

さすがの城戸も周りを気にして声をひそめる。

「運動が苦手だとか、学校行事が嫌いとか言うんなら分かるけど、畑さんは表面上は文句も言わないわりに、必死感もないしさ。だからまあ、周りから見ると〝手を抜いてる〟ってことになるのかなあ」

おれはため息をついた。

不思議なもので、今まで面倒くさいと思っていた学校行事でも、最後の一年となるとなんだか特別に思えてくる。運動会も例外ではなく、日が近づくにつれて、活発な男子を中心に「最後はみんなで団結しようぜ」という雰囲気がクラスで高まっている。

そんな中で煙たがられるのは運動音痴ではなく、盛り上がる雰囲気に水を差すタイプなのだ。掲示係以外でクラスになじむ様子がなく、歩み寄らず、それでいて平然としているやつ。ミナはそれらすべての条件を満たすように見えてしまう。

「でも、担当種目の決め方も悪かったと思うよ」

おれはせめてものフォローを試みる。

運動会では全員参加の種目の他に、各種リレー、障害物競走、大玉転がしなど、何名かずつが担当して参加する種目がある。

参加者の決め方は係決めの時と同じく、まずは立候補、余った種目はくじ引き。それでもクラスとして勝ちにいきたいから、野球やサッカーをしていて運動神経のいいやつが走る系の種目にあてがわれることが多い。

けれど女子の中で一番嫌がられている二百メートル走の枠が最後まで埋まらず、くじ引きの結果、運の悪いことにミナが担当することになってしまったのだ。きっとクラスの大部分は二百メートル走は捨てようと思っているだろう。

「だけど、畑さんて嫌な顔一つしなかったでしょ。私も仲良くしたいんだけど、なに考えてるか分からないんだよねえ」

その日の夜、おれは自分のスマホを前に緊張していた。ＳＩＭカードのないスマホは限られた場所でしか電波が繋がらないから、電話としては使えず、単なるデジカメ代わりか動画を見るための端末になっていた。

でも今、スマホには誰もが知るメッセージアプリが入っている。クラスのスマホを持つ者同士ではグループを作っているやつもいるけど、おれには今まで縁がなかった。なぜ今入れたのかというと、少しでも連絡を取りやすくしようというサツキの提案によるものだった。これで家の中ではWi-Fi回線でアプリを通じて通話することができる。

つまり手の中に、サツキとのプライベートの連絡手段ができたのである。そして間もなく午後八時、サツキから電話がかかってくる手はずになっている。

端末をなにも持っていないミナを思うと少し申し訳ない気持ちになるけど、今回に限っては仕方がない。そもそも、ミナのことに関して相談するために、アプリを入れたのだから。

スマホの画面が明るく光り、サツキのアイコンとともに緑色の電話マークが表示される。前もって音が鳴らないよう設定していたから下の両親に聞かれるおそれはなかったけど、おれは慣れない手つきで指をスライドさせた。

「もしもし」

いつもよりちょっと大人びているようなサツキの声に、少しうろたえながら返事をする。

「ええと、木島だけど」

「そうじゃないと困るよ、ユースケ」

おかしさを押し隠した声。おれは誰にもやりとりを聞かれないよう、部屋の窓際へと移動した。

女子と夜に電話をするなんて、スマホを持っているやつでもそうそういないと思う。まして相手はサツキ、緊張しない方がおかしい。

気の利いた雑談も思いつかず、いきなり本題に入った。

「ミナのこと、どうしたらいいと思う？」

我ながら曖昧《あいまい》な聞き方になってしまったけれど、ちゃんと考えを汲《く》んでくれたらしく、サツキは少し黙ってから話し始めた。

「ミナの口数が少ないのは、一学期から変わらないでしょう。問題はやっぱり運動会の練習で、手を抜いているように見えることだと思う」

「でも、わざとじゃ……」

確かにミナは運動が苦手なのかもしれない。でもおれは、掲示係になってから調査に力を貸してくれたあいつの姿を思い出していた。元々は壁新聞やオカルトにだって興味はなかったはず。それでもあいつは、おれを馬鹿にすることもなく、不平一つ言わず一緒に行動してくれた。

「分かるよ。ミナはそんな子じゃない。もしかしたら本当に、壊滅的に、運動ができないだけなのかも」

おれもサツキも、お互いの内心をうかがうような言い方を続けてしまう。確かにミナは、普段歩く時も遅い。姿勢が悪くて背筋も丸まっているし、歩幅が狭くてちょこちょこ歩くイメージだ。だけど、じゃあ体育の時のあいつが必死で取り組んでいるかというと、他よりも親しいおれたちだからこそ、そうじゃないと感じてしまうのだ。なぜかは分からないけれど、ミナは周りから悪く見えることを承知で、本気を出していない。

問題は、その理由をおれたちにも話してくれないこと。

運動会を来週に控えて、男子を中心にしたみんなの不満は高まっている。それでもミナにそれがぶつけられないのは、サツキのおかげだ。女子のトップであるサツキが掲示係でミナの面倒を見ているると思われているから、みんな距離を置いている。

「今度会った時にさ、ユースケから理由を聞いてみてよ」

「えっ、なんでおれなの。同じ女子の方が話しやすいだろ」

「来年からはどうするの」

ぴしゃりとした声が耳を打った。

「私は同じ中学には進まないんだよ。ミナのことは、ユースケが見てあげないと」

来年から先、こんな風にサツキと電話をすることはなくなる。そりゃあメッセージのやりとりをするのは簡単だけど、小学校でこの関係を築くのに五年以上かかったおれが、そんなマメなことを続けられるわけがない。当然、おれとミナだって今の関係から変わってしまうだろう。

「来年、かあ」

「そうだよ。だから私は卒業する前に事件の真相を解き明かそうと、頑張っているんだから」

今さらながら、おれたち三人は三角形の関係じゃないんだって気づく。サツキが真ん中でおれとミナを摑まえてくれるから、空中分解せずに済んでいる。

不安が、情けない言葉を口にさせた。

「別に中学から町を出なくてもいいんじゃない？　サツキも親と同じ弁護士を目指してるんだろ。高校から有名な学校に入っても、将来的には変わらないんじゃ？」

「資格を取るだけならそうかもしんないけど。田舎と都会じゃ、色んな経験で差が出るんだってさ」

どこか投げやりな声。きっとサツキ自身が親に対して抱き続けた疑問なんだろう。

話しながらごろんと寝転びでもしたのか、声の調子が少し変わる。

「実を言うとさ、元々はうちの親も中学受験についてはうるさくなかったんだよね。でも、マリ姉の事件がきっかけで方針が固まっちゃった。今になって分かるんだけど、たぶんマリ姉も進路のことで、地元を出るかどうか問題になったはずなんだよね。何度も何度も」

中学、高校、大学。そして社会人へ。

マリ姉が優秀な人物であればなおさら、選択の機会があるたびに外に出るようすすめる声があったことだろう。

「叔父さんたちはマリ姉の決断を大事に考えてあげたんだと思うけど、うちの親は違う考えだったんじゃないかな。よく〝子どもの可能性を広げてやるのが大人の務め〟とか言ってるし。ひょっとしたら、大人しか分からない競争意識とかもあったのかもね」

「おれも、他のやつの成績と比べられたりするしな」

「そうそう。それでマリ姉がこの町で殺されたもんだから……、結果的に叔父さんたちの判断は間違いで、私に同じ失敗をさせないため、私立の進学校に行かせる考えになったんだと思う」

なんで大人はそう、極端なことばかり言うんだ。それこそ東京なんて、奥郷町なんかでは起きない事件が毎日のように起きているはずだ。

「だからさ、ユースケもミナのことを気にしてやってよ」

教室では耳にしない、穏やかなサツキの声。おれは「うん」とか「まあ」とか、頼りない返事でその場をにごす。

するとサツキの声が心配げな色を帯びた。

「ひょっとしてユースケ、具合悪い？」

「えっ」

「なんか学校で、元気なさそうだから」

ふとした時に頭に響く幻聴や、体にまとわりつくなにか。ここ最近おれを悩ませる不調に、サツキは感づいていたらしい。

「こうして喋ってると気にならないんだけど、一人だと気が重くなるみたいでさ。夢見も悪いし」

その原因らしきものを思い出し、おれは訊いた。

「サツキはこの前金森さんの家に行ってから、おかしなところない？」

「なに、霊に取り憑かれたって？　あいにく私は元気そのもの」

そうですか。やっぱりおれの気にしすぎなのかな。ミナもいつもと変わりなさそうだし。

「そうだ、忘れてた。さっきゴーブラさんからコメントに返事が来てたんだよ」

「ユースケが言ってた、ユーチューバーね」

「うん。ラッキーなことに自殺ダムの怪談に興味を持ってくれたみたいでさ、さっそく行ってくれることになったよ。スムーズにいけば来週には動画になるみたい」

「来週？」

サツキが怪訝な声を出す。

「そういう動画って、編集が大変なんじゃないの。それに、動画のストックがいくらかあるのが普通なんじゃ？　そのゴーバスって人たち、配信者としてやっていけるの？」

「ゴーバスじゃなくてゴーブラ！　サツキに配信の心配をされるいわれはないだろ。心霊系配信者だって色々と大変なんだよ」

サツキもそれ以上は反論せず、「まあすぐに動画を見られるのはこっちとしてもありがたいしね」と受け入れた。

「じゃあそれまでは壁新聞の第三号の作業に集中して、次の土曜に魔女の家で集まろうか」

「オッケー」

その時、下から母ちゃんの風呂に入れという声が聞こえた。気づけばそろそろ一時間が経とうとしてる。

「じゃあ、そろそろ」と切り出すと、

「ミナのこと、忘れないでよ」

と最後に釘を刺され、通話を終える。

長電話で熱くなった端末を眺めながら、ため息をつく。

仲良くなるって、楽しいことばかりじゃないんだな。家とか生活の話を聞くと、相手の悩みが見えてくるから。そういうの、友達ならなおさら見て見ぬふりはできないし。

ミナのこともそう。今あいつの事情を知ったとして、サツキのいなくなった来年以降も友達として寄り添うことができるのか、おれには自信がない。サツキはもう委員長じゃないのに、こんな形でまだ甘えてしまっている。

——運動会さえ無事に終わってくれれば、ミナの問題も収まるんじゃないか。

そんなことを考えながら、おれは部屋を出て風呂に向かう。

楽観的な考えは、思ったよりもあっさりと崩れることになった。

翌日、午後最初の授業の体育は、運動会に向けて六年生合同での授業の予定だった。ところが昼休みの終わりが近づき、おれたちが体操着に着替えて階段を下りると、玄関の靴箱の前でなにやら数人の女子が騒いでいた。中心にいるのは元気印の城戸のようだ。

輪の外にサツキと野呂《のろ》という女子がいるのを見つけたので、事情を訊く。

「なにかあった？」

「城戸さんの靴がないんだって」

靴箱は一人に一個ずつあてがわれている。体育のために外履きに履き替えようとして、空っぽなことに気づいたらしい。

「家に忘れてきたんじゃないのか」

城戸は忘れ物チャンピオンなのでそんな言葉が口をついて出たが、

「おい木島！　いくら私でも靴下で登校しないってのー！」

と輪の中で赤いヘアゴムのポニーテールが跳ねるのが見えた。落ち込んではなさそうだ。

「誰かが間違えて履いていったんだとしたら、その子の内履きが残っているはずだし」

サツキが冷静に分析する。

一人の女子が「先生に知らせてくる」といって職員室に向かってからも、後からやってきた生徒が話を聞きつけて足を止め、騒ぎが大きくなっていく。

「人の靴なんて、盗んでどうするんだ」

「城戸ちゃんの靴、『翔足』なんだよ」

野呂が本人よりも取り乱した様子で言う。

翔足というのは、履くだけで足が速くなるという宣伝で人気の運動靴で、この時期になると町のスーパーにある靴屋で売り切れになる。

人気商品ゆえに盗まれたのではないかと野呂は考えているらしい。

「たかが運動靴だぞ。近所で手に入らないだけでネットでは買えるし、盗むようなもんか？」

納得できないけど、実際にみんなで手分けして他の靴箱を探しても城戸の靴は見つからない。何者かに持ち去られたのは間違いないらしい。

城戸はなにかと騒がしいやつだけど、特定の誰かと仲が悪いってことはないし、いじめを受けているなんて話も聞かない。

そのうち、集まった中の誰かが言った。

「履くために盗んだなら、足のサイズが同じやつが犯人なんじゃねえの」

みんながはっとして、城戸を見た。

城戸はクラスで一番背が低いのだ。同じサイズの足の持ち主なんて、そうそういない。

「次に背が低いのは……」

「畑さんじゃない？」

思わず周りを見回した時、サツキと目が合ったのは偶然じゃないだろう。

運動神経のいい男子が、目ざとくミナの靴箱を見つけ、勝手に開けた。みんなが緊張したが、そこにあったのは探し求める『翔足』ではなく、使い込まれて色落ちした、ミナ自身の運動靴だ。し

かし、

「やっぱり城戸と同じサイズだ」

その男子が、みんなに聞こえるように言った。

「なにしてるの？」

背後からミナの声がかかり、おれは思わず背筋を伸ばした。振り返ると体操着姿のミナが事情を分かっていない様子でこちらを見上げており、タイミングよく授業の始まりを告げるチャイムが鳴った。

「ほら、全員グラウンドで整列しろ」

さっきの女子から知らせを受けた先生も姿を見せ、おれたちを追い立てる。だけど、グラウンドに向かうみんなの視線は、最後まで運動靴を履くミナの動きを追っていた。

結局この体育の間、城戸は見学していた。

競技前の整列、行進など退屈な練習が続く間、周りのクラスメイトからは靴の盗難に関する勘ぐりが漏れ聞こえてくる。

――やっぱり同じサイズの靴は畑しかいないんだってさ。

――『翔足』なら速く走れると思ったのかな。練習で足を引っぱってたし。

――おれ、休みに畑を見かけたことあるんだよ。東通り商店街のあたりで。

――あのボロい商店街？

――あいつん家、貧乏なのか。

ささやき声が鋭く突き刺さってくる。

聞いているだけで不愉快だし、黙ってる自分にも嫌気がさす。ミナが離れた場所にいて、この話が聞こえていないことだけが救いだった。

結局その日の帰りの会で、城戸の靴が小校舎の裏庭に捨てられているのが見つかった、と先生が教えてくれた。

「たとえ悪戯だろうが、仲間の大切な靴をぞんざいに扱うなんて、残念でならない。まして六年生にもなってこんな問題が起きるなんて、悲しいぞ」

先生の口調には怒りがにじんでいた。まるでこの中に犯人がいるのは分かっている、と言わんばかりだ。たぶん生徒の親がうるさい人だと、弁償とかいじめの説明とかややこしい問題になる場合があるのだろう。

普通に考えたら、別のクラスあるいは学年の違う生徒が犯人の可能性だって十分にある。だけど、帰りの会をまるまる使った先生からの理不尽な説教に対する苛立ちもあってか、クラスメイトたちの疑いの矛先は、やはりミナに向いていると肌で感じた。

ミナは窓際の席で、いつもの通り感情の読めない表情で前を向いている。ことあるごとに鋭いひらめきを見せるあいつが、この空気を察知できないはずがない。

どうしてなにも言わないんだ、ミナ。

見えない壁を張り巡らせたかのように黙りこくるミナは、どう見ても教室で孤立していた。その光景に、胸が締め付けられるような苦しさを感じる。

それで気づいた。おれは今、同じことを自分自身に訴えているんだ。

——どうしてなにも言ってやらないんだ、おれ。

放課後の作業は、サツキが急遽《きゅうきょ》家の用事があるのを忘れていた、と言い出したため中止にして帰ることになった。思うに、多分サツキは靴の盗難騒ぎから、放課後にミナが学校に残ることは避けるべきだと考えて嘘をついたのだろう。

そんなわけでおれは久しぶりに高辻、樋上の二人と一緒に下校している。

おれたちが交わす話題は流行っている「少年ジャンプ」の漫画、最近見つけた面白そうな動画チャンネル、中学生になったら親にスマホを買ってもらうための計画。何年も前から変わらず続く、正直どうでもよくて、なんの身にもならない話。

そこには死体も秘密が隠された怪談も登場しないのに、おれはぼうっとぬるま湯に浸かっているみたいに、心の底からくつろげている気がした。

二学期に入ってから、サツキやミナと一緒に行動する時の自分は、どこか気を張り詰めていたのだろう。気心の知れた二人との時間は、どこか懐かしくすら感じる。

途中の大きな三叉路《さんさろ》で、先に帰っていた三人のクラスメイトに追いつく形になった。

蓮を中心にしたグループだ。三叉路で一人と別れるから、そこでしばらく駄弁っていたようだ。

軽く言葉を交わして通り過ぎようとしたのだが、蓮の方からおれに声がかけられる。

「木島、よくあんなやつといられるよな」

ミナのことを言っているのだ。今日の盗難事件以前から、運動好きの蓮はミナの練習態度に不満を感じている。

「あれだけあからさまに手を抜くやつと一緒に作業するの、苦痛じゃない？」

「別に、掲示係の時は普通のやつなんだけど」

無意識のうちに言い訳めいた口調になってしまう。壁新聞のおかげでおれのクラス内での評判は上がったけど、皮肉なことに今はミナと紐づけられてしまっている。ここで蓮の気を損ねず、またミナを悪者にしない理屈を出せないものかとおれは必死で頭を捻る。

「なんかこう、ストレスで体を壊すくらい、走るのが嫌いだとか？」

「俺は足が遅いのを責めたいんじゃないんだぜ。競争なんだから負けるやつは絶対にいるんだし。でも最後の運動会を盛り上げようって団結してるのに、その空気を壊すのは間違っているだろ。正直に相談してくれたらフォローのしようもあるのに、畑のやつはそれもない。おかしいだろ」

日頃から人気者の蓮は、周囲を味方につける話し方をごく自然と身につけているのだろう。その意見はもっともで、おれも頷きを返すことしかできない。

それを賛同ととったのか、蓮はこちらにニヤリと笑いかけた。

「木島もさ、新聞づくりをボイコットしたら？　そしたらあいつにもこっちの気持ちが分かるんじゃないか」

「無理無理。そんなことしたらサツ——波多野にぶっ飛ばされちゃうって」

そりゃそうか、と蓮たちは笑う。

一方でおれは愕然としていた。

——おれ今、サツキを言い訳に使った。

壁新聞は好きでやってることだから——と言えばよかったじゃないか。

ミナをはっきりと守らないばかりか、人気者に目をつけられないよう、サツキの名前を出した。

そこにおれ自身の声がない。それが欲しくて掲示係になったはずなのに。

掲示係になってから重ね上げてきた挑戦や自信が、音を立てて崩れていくような気がした。

そんなおれの葛藤には気づかず、蓮たちは笑い混じりに言葉を続ける。

「このままだと、畑以外全員の靴がなくなるんじゃないか。それなら畑でも勝つ可能性が出てくるもんな。いや、そうでもないか。あいつの靴、もうすぐ穴が開くんじゃないかってくらい――」

言葉が唐突に止み、代わりにベチン、というような鈍い音が響いた。

蓮が尻餅《しりもち》をつき、おれたちはそれを驚きの目で見つめる。

高辻が、蓮を殴ったのだ。

叩くというより拳を押し付けたような、不格好な一撃だった。

「なにすんだよっ」

我に返った蓮が高辻に摑みかかり、あっという間に二人は一かたまりになって地面を転がる。そこでようやくおれたちは「やめろやめろ!」「二人とも離れろ」と二人を止めに入った。

初めて見る怒りの高辻は、息を荒くして蓮のシャツの襟首《えりくび》を摑み、なかなか離そうとしなかった。

四人がかりでようやく引き剝がしたものの、その口からは殴った理由も謝罪の言葉も出てこない。

「おい、なんとか言えよ!」

蓮は二人に押さえられながら高辻を睨みつけていたが、通りがかった他クラスの女子が興味津々な様子でこちらを見ているのに気づき、「覚えとけよ」という台詞を残して背を向けた。

おれたち三人は、蓮たちと違う道を通るよう、あえて遠回りをして帰ることにした。

一体何がどうしてこうなったのか、おれには訳がわからない。

他の生徒の目がなくなると、相変わらず黙ったままの高辻に代わり、樋上が教えてくれた。

「こいつ、畑さんのことが好きなんだよ」

それは高辻が蓮を殴った時と同じくらいの衝撃をおれに与えた。

「そうなのか」

高辻は否定せず、さっき振り上げた右手を見た。たまたま拾った珍しい石を見るような、不思議そうな目をしている。

全然気づかなかった。ミナが転入してくるずっと前からつるんでいて、高辻はおれにとって代わり映えのしない日常の象徴のようなやつだったのに。

「いつから？」

「わからない」

本当に知らなそうに、高辻は首を振る。

「これが好きってことなのかな。さっきはカッとなって体が動いたんだよな」

頭に血が上って殴りつけるなんて、ろくなことじゃない。

相手がひどいことを言ったのなら、口で反論すればいい。

そう分かっていても、おれは高辻に敗北感を抱かずにはいられなかった。おれに出来ないことをこいつはやった。間違った方法かもしれないけれど、ミナが知ったところで喜びもしないかもしれないけど、あの瞬間、おれが確かに救われた。

退屈で、ありきたりで、知り尽くしたはずの日常。

おれがマリ姉の事件を解き明かすことで突き破ろうとしていたものが、高辻によって簡単に覆《くつがえ》された。

殴りもせず、殴られもしなかったのに、おれはひどく惨《みじ》めだった。

高辻の件があり、ひょっとしたら先生に呼び出されたり、クラスでの高辻の立場が悪くなったりするのでは、と心配をしていたけど、結果的に思い過ごしに終わった。

教室での様子を窺っていると、蓮は仲のいいグループの男子にはあの件を打ち明けている様子だったが、個人的に高辻を無視する以外、仕返しを企んでいるようなふしはない。

「一応次の日、蓮に謝ったんだ」

と高辻が言っていた。謝罪が通じたのもあるだろうけど、蓮がクラスのリーダー的な〝陽キャ〟なのも大きかったのだろう。そもそも蓮にはスポーツや遊びの場で十分に活躍の機会と確たる地位がある。クラスメイトに手回しまでして、高辻をいじめるメリットがないのだ。

それに蓮はバカじゃない。ことを大きくすれば、殴られた理由も明らかにしないといけない。あの時のミナに関する発言がうかつだったという自覚が、ちゃんとあるんだろう。

こうして高辻の暴力沙汰は、ミナの知らないうちに、ただしおれの胸には鈍いしこりを残して終息した。


土曜日、魔女の家での話し合いの日。おれは一つの収穫を得て話し合いに臨んだ。

昨日の夜に、予想よりも早くゴーブラさんが自殺ダムに肝試しに行った動画がアップされたのだ。

三人が集まり、いつものようにテーブルに紅茶が並ぶと、今日の本題である『山姥村』に入る前におれが口火を切った。

「例の動画が出たんだ。ひとまず、これを見たら自殺ダムの雰囲気が分かると思う」

動画はサツキのスマホで見ることができる。お菓子の入ったバスケットにスマホを立てかけ、おれたちは肩を並べて画面に注目した。

動画のタイトルは『自殺者が呼ぶ！　心霊ダム恐怖の公衆電話！』。カメラ目線でおそれおののくゴーブラさん二人の姿がサムネになっている。

正直に言うと、この時点でおれは、あんまり撮れ高のある動画にはならなかったのだと察しがついていた。日常的に心霊系動画を見ていると、タイトルやサムネに使われている言葉の種類で動画の衝撃度が分かる。本当に霊の姿らしきものをカメラで捉えたり、説明不能な現象が起きたりしたのなら、『はっきり映った！』とか『正真正銘の衝撃映像！』とか、断定的な言葉になることが多い。逆に言うとそれがない場合、視聴者の興味を引くために『〇〇逃亡』だとか『ここはヤバすぎる』とか過激な表現を使うのだ。

とはいえ、二人の前で水を差すことはない。おれは黙って動画を見守る。

『はいどうも！　心霊潜入ブラザーズことゴーブラですっ！』

まずは二人組のゴーブラさんがお決まりの敬礼ポーズの後、視聴者に対して自殺ダムの怪談――おれが提供したものだ――を説明し、ダム周辺を歩きながらその景色をカメラに映した。怪談にあったように、ダムの周りは灯りが少なく、取水口や周りをめぐる道路の位置関係は分かりにくい。

それでも川に沿って近づいて行くと、暗闇の中に一台の公衆電話ボックスが煌々と浮かんでいる光景が映し出される。

『あれか！』『うおお、怖《こ》えー！』

声を上げつつ、二人は電話ボックスに近づいて観察を始めた。

マリ姉の怪談で描かれていたほどおどろおどろしい雰囲気ではなかったが、四方のガラス壁には、肝試しに来た人たちの記念としての習わしにでもなっているのか、大きさも筆跡も違うおびただしい数の電話番号が書かれている。

『えー、寄せられた情報では、この中に自殺者の声が聞ける電話番号があるということですね』

ゴーブラさんたちは検証するため、怪談に登場した電話番号を探す。しかし電話機の上部にあるはずの916-7062という番号は見つからず、結局他から適当に選んだ番号に電話をかけた。

しかし一つ目の電話番号では現在使われていないという自動メッセージが流れ、二つ目、三つ目は以前このダムに肝試しに来て番号を書き残したという若者に繋がり、ゴーブラさんたちは笑いながら相手と短い会話を交わした。

その後は恒例の一人心霊検証のコーナーが始まり、弟の方が電話ボックスに残って一時間ほど過ごすことになった。山の方から動物の鳴き声らしきものが聞こえたり、誰かの視線を感じると言い出したりしたけれど、最初の予想通りこれといった見どころはないまま心霊検証は終わった。

『いやー、やっぱり何かの気配はビンビンに感じたね』

改めてカメラの前に立った二人は頷き合うものの、やはり撮れ高という点では物足りない。

その時だった。

『あれ、車じゃない？』

弟が山道の方から、ヘッドライトらしき光が近づいてくるのに気づいた。

暗闇でよく見えないが、ダムの手前で停車したらしく、光が消えてドアを開け閉めする音がかすかに聞こえた。

『あの人も肝試しかな』

『声をかけてみようか』

二人が言って、車からこちらに歩いてくる人物にカメラを向けた時だった。画面に、

《この時、撮影機器に不可解な現象が！》

という煽《あお》り文句が表示されたかと思うと、映像全体に赤と黒の縦縞が走り、映っているものが判別できなくなる。故障だろうか。

しかし音声はかろうじて記録できているようで、途切れ途切れながら、

『こん――は。――もこのダム――すか』

『ええ――です。もしか――、――てるんですか』

『僕ら――ブラ――て、視聴――を調べて――』

〈……〉

と雑音混じりに会話の一部が聞き取れた。だがそれも十秒ほどで終わり、画面は編集部屋らしき背景に、並び立つゴーブラの二人を映すものに切り替わった。

兄はこの時の様子を重々しい口調で説明する。

『この時一人で肝試しに来た若い男性と少し喋って記念撮影までしたんですけど、後で確認したらこの通り、途中からデータが破損しちゃってたんですよ』

『データが丸々、っていうなら分かるけど、途中から壊れるなんておかしくない？』

『そうそう。後から考えると、この男性って一人で肝試しに来たのもおかしいし、大きいリュックを背負ってたのはなんでかなって。――しかもですね』

『最後に入った雑音、最初は単にノイズかと思ってたんですけど、音声ブーストをかけて確認したところ、こんな声が入っていたんです』

そうして画面は再び暗転。途切れながらのやり取りが再生される。

その最後、『僕ら――ブラ――て、視聴――を調べて――』に重なるように、掠《かす》れた音が入る。

それはこんな呟きに聞こえた。

〈ミエ、テルゥ？〉

「あんなの、字幕をつけて強調すればどうとでも聞こえるでしょ」

動画が終わると、サツキが先手を打つように言った。

言い返したいのは山々だけれど、同じような処理をして「霊の声が入っていた」と主張する映像は投稿サイトに溢れかえっていて、おれもうんざりすることがある。

「でも動画内で言っていたように、映像の一部だけが破損するのはおかしい」

とせめてもの主張をしてみたが、

「じゃあなんで電話ボックスやダムじゃなく、人を撮影してる時なのよ」

というサツキの一言で黙らされてしまう。

「ダムや公衆電話ボックス自体には、おかしなところはないね」

とミナ。

「怪談の内容と矛盾するとしたら、916-7062という電話番号がなかったことかな」

念のためもう一度、動画を一時停止しながらチェックしたけれど、やはり電話器にはそれらしき番号は見当たらない。明らかな怪談との違いなのだから、やはり注目すべき手がかりなんだろう。

しかしその先、番号がなにを示しているのかが分からない。

住所、ダムの面積や深さを示す数字、完成した年月日……。

思いつく限りの情報を調べて照らし合わせてみたけど、番号と一致するものは見つからなかった。

動画再生数の伸びはこのチャンネルの中では普通くらい、公開から半日の時点で二万再生を少し回った程度だ。熱心なファンからはすでにコメントが寄せられている。

何気なくコメントに目を通したおれは、そのうちの一つに釘付けになった。


『ゴーブラさんが言ってる奥郷町の七不思議って、こっちの動画で紹介されてるのと同じですか？』


コメントの後には一つのリンクが張られていて、そちらに飛ぶとある動画が流れ始めた。タイトルはただ『怪談』となっている。

それは黒い画面の中を、ただ下から上へ文章が流れていくという今どき珍しいくらいシンプルなもので、根気のない視聴者ならすぐに飽きてしまいそうだった。しかし、

「ちょっと、二人とも！」

おれは動揺を隠せずに叫ぶ。なんと、十二分にわたって流れる六つの怪談の内容は、一言一句マ

リ姉が残したものと同じだったのだ。

「なに、これ」

サツキたちも画面を覗きこんで眉根を寄せた。

動画の公開日時は、去年の十一月二十五日。確かめなくても分かる、マリ姉の死んだ日だ。

マリ姉が日付の変わる直前に死んだことを考えると、

「これは、マリ姉が死ぬ直前に上げた動画ってこと？」

サツキが困惑気味に言う。

この程度の動画なら、パソコンに残っていたテキストファイルを使えば簡単に作れるだろう。動画タイトルが『怪談』というありふれたものだったので、これまで奥郷町の七不思議とネットで検索してもヒットしなかったのだ。

ややあって、ミナが口を開いた。

「やっぱりマリ姉は、サツキみたいな身内だけじゃなく、世間の人に読ませようと思って七不思議を作った、ということだよね」

ただ、タイトルや動画の作りの安っぽさからして、いわゆるバズりのような規模の拡散を目指しているようには見えない。それとも、手をかける時間がなかっただけだろうか。

三人で動画を最初から最後まで見たものの、結局それ以上の発見は得られなかった。

しだいにおれたちの間の会話は減り、部屋の中をうろついたり中身のなくなったカップを持ち上げたりと意味のない行動が増え始めた。頼りのミナも動画を繰り返し見ながら、テーブルの下で足を貧乏ゆすりしている。

ここまで怪談の謎解きに苦戦するのは初めてのことだ。

いや、むしろこれまでが順調に進みすぎていたのかもしれない。おれたちはしょせん、田舎町に住む小学六年生なのだ。

おれは救いを求める気分で魔女の方に目を向けたけど、魔女は眠っているのかお腹の前で手を組んで穏やかに目を閉じ、こちらの議論に口を挟む様子はない。

やがてサツキが、

「こういう日だってあるよ。マリ姉の怪談はまだ残ってる。前回打ち合わせたように、自殺ダムの話はひとまずおいといて、次の山姥村の怪談について話し合ってみようよ。何かきっかけが掴めるかもしれない」

と励ましの声をかける。

テストで解けない問題を後回しにするような、座りが悪い気持ちではあったけど、このまま足踏みしていても仕方がない。

おれたちはサツキの提案に頷き、次の怪談に目を通した。


〈山姥村〉


今はもう亡くなった祖母が、幼かった頃、私に教えてくれた話がある。

三つか四つのころ、祖父の兄が亡くなり、葬儀に参列した時のことだ。物珍しくてきょろきょろと周りを見回していると、祖母が私の手を取って手洗い場の前まで連れていき、言った。

「○○ちゃん（私のことだ）、こういう場所ではできるだけ前か下を向いて、周りの人の顔を見ちゃいけない」

どうして、と訊ねた私にしてくれたのが、山姥村の話である。

その昔、ある村に大変仲の悪い嫁と姑《しゅうとめ》がいた。その家は多くの土地を持つ地主で暮らしぶりは裕福だったが、歳とともに気難しくなった姑は子や勤め人に厳しく当たり、家の中で疎《うと》まれるようになった。

そしてある冬の夜、嫁は姑が夕餉《ゆうげ》を済ませると、珍しい酒が手に入ったと言って姑にすすめた。

「こんな上等な酒、どうしたんだ」

「お隣さんがくださったんです。今日はひどく冷えますので、燗《かん》で体を温められるのがよろしいかと」

「あんたにしちゃ小口《こぐち》を利くじゃないか。まあいいさ」

そうして姑が泥酔するまで酒を飲ませ、深い眠りについたのを確かめると、嫁は雇った山男たちに姑を担がせ、山の奥に置き去りにした。

三日後、凍え死んだ姑が見つかった時、平穏な村は青天の霹靂《へきれき》とばかりに騒ぎになったが、事故として説明され、葬儀も滞りなく済まされた。

「ああ、これで家は安泰だ。誰にも虐《しいた》げられることなく生きていける」

ほっと息をつく嫁に、その息子が言った。

「ところで母さん、葬式に見慣れぬ子どもが来ていたけれど、あれは誰ですか。部屋の隅に立って、棺をじっと睨んでいた子どもです。他の者にも訊いてみたのですが、誰も気づかなかったようで」

嫁は首をかしげた。葬儀には村中の者が袖を連《つら》ね、そのすべてに応対したはずだが、そんな子どもには覚えがなかった。

「どんな顔だったの」

「それが、よく思い出せないのです。男だったか女だったのかすらも」

結局、参列者の親戚が紛れ込んでいたのだろう、ということで話が終わった。

しかしそれから一週間後、その話をした息子が原因不明の高熱で倒れ、そのまま帰らぬ人になった。

さらに一週間後には嫁が風呂で溺《おぼ》れ、次の週には別の親類が首を吊った。

地主の家では毎週葬式が執り行われ、村人の黒い行列ができた。

そんな中、一つの噂が村人の間に広まった。葬式に見覚えのない人間が混じっているらしい、というのだ。そして恐ろしいことに、亡くなった者は皆その謎の人物を目撃していた。

その何者かは証言ごとに姿形が違い、ある時は女性であったり男性であったり、老人であったり子どもであったりした。

じきに姑の死に関わった者たちの口から事情が漏れ出し、あれは姑の怨霊だ、いや死神だと村人は噂し合い、他の村からは怖れを込めて山姥村と呼ばれるようになった。その後も目撃者の死は続き、新たな葬式が挙げられるたびに、村人は自分の身に不幸が降りかかることを恐れ、参列者の数は減り続けた。

そして最初の姑の葬式から一年が経とうとした時、とうとう葬式が行われなくなった。

最後の犠牲者が、式を取り仕切っていた寺の和尚だったからだ。

祖母から話を聞き終えた私は、葬式の場ではよそ見をしないと約束した。

祖母に手を引かれて葬儀場に戻ると、先ほどよりも多くの人が集っており騒がしかった。

すると私たちを見つけた祖父が寄ってきて、祖母に訊いた。

「なあ、あそこに一人で立っている子どもはどこの子だ？　次はあんただね、だなんて話しかけられたんだが、なんのことだか」

それを聞いた祖母の手が私の視界を塞《ふさ》いだ。

その手はぶるぶると震えていた。

喉元過ぎれば熱さを忘れるというか、葬式が終わって日常の生活に戻ると、祖母もその出来事について話をむし返そうとはせず、私はその話をきれいに忘れてしまった。

思い出したのは、祖父が軽トラックごと崖から落ちて死んだ、十日後のことだった。


この『山姥村』では、これまでの怪談と比べて厄介な点があった。

話の舞台となったのがどこなのか、いつの出来事なのかが分からないことだ。

「〝その昔〟、〝ある村〟としか書かれていないもんね。これじゃあ、現地を訪ねて調べることができない」

サツキが悩ましげに言う。

自殺ダムの怪談といい、怪談に秘められた謎のレベルが上がった気がする。

「心霊スポットにまつわる怪談っていうより、昔話みたいな書き方だもんな」

おれが漏らした言葉を聞いて、ミナが顔を上げた。

「これ、ほんとに昔話なんじゃない？」

「どういう意味」

「正式な話は、なにかの本に載ってるんじゃないかってこと」

その意見に一理あると思ったのか、サツキも顎に手を当てて考え込む。

「これまでは怪談の舞台になった場所に行って矛盾点を探したけど、今回は正式な内容との食い違いを見つけようってことね」

すぐにできる方法として、サツキにネットで『山姥村』と検索してもらったけど、『山姥オブ・ザ・デッド』というホラー映画が一件ヒットしただけだった。

「まさかこれじゃないよね？」

あらすじを読むと、おれたちの追う怪談とはまったく違い、ある日町中の老婆が狂暴化して主人公たちを襲うという、B級感丸出しの内容だった。評価は五点満点中二・三点。

「違うだろ」

と断言する。

そこでミナは部屋の奥の椅子でくつろいでいる魔女に話を振る。

「魔女はこういう話、聞いたことない？」

「さあて。私はミステリー専門だから、怪談は知らなくてね」

「そっか。私、また図書館で調べてくるよ」

ミナの言葉を聞いて、魔女は薄い笑みを口元に浮かべる。図書館がミナの行動範囲に入ったことを喜んでいるみたいだ。

「それにしたってもどかしいよな。『自殺ダムの子ども』に続いて、『山姥村』もなかなか進まない。怪談の方で行き詰まっている分、現実の事件――〝なずての会〟の方でなにか進歩があればいいけど」

するとそれを聞いていたサツキが「ちょっといい？」と手を挙げた。

「〝なずての会〟のトークグループのことなんだけど、やっぱりあのメンバーの身元を突き止めたくて、いい方法がないか考えてたんだよね。それで、このメンバーに目をつけたんだけど」

サツキが指さしたのは、〝なずての会〟のグループの中で、一番長い『2tu0ba2ki2』という名前だった。他のメンバーは『jjoker』とか『字幕』とか適当な単語が使われているのに、この人物の名前だけやけに長いのが目立っている。

「このアカウント名がどうした？」

「これ、正確にはアカウント名じゃなくて、プロフィール名って言うの。アプリにアカウント登録した後でも、編集画面で自由に変えられる名前」

このあたりは、アプリ初心者のおれやスマホ自体持っていないミナでは分からない。

「ようするに、ただの呼び名なのね。なのにどうしてこんなややこしい文字列にしてるんだろうと思って」

「人目につくのを避けるために、あえてややこしい文字列にしたんだろ。例えばおれが『ユースケ』なんて名前で使ってたら、偶然クラスの誰かにアカウントが見つかるかもしれない。秘密の相談をするために『なずての会』のルームが作られたとしたら、目立つことは避けたいじゃないか」

ところがサツキはこれに首を振る。

「このメッセージアプリは、プロフィール名でアカウントを検索することはできないの。検索に使えるのは登録した電話番号か、ＩＤ。それか直接、相手のＱＲコードを読み取るしかない」

「ＩＤってどれ？」

「編集画面で設定しないと、ない。ユースケは作ってないでしょ」

おれがサツキを登録した時も、まだ使い方がよく分かっていなくて、メールでおれの電話番号を先に登録してもらい、やり方を教えてもらった。ＩＤなんて触ってもいない。

「アプリはスマホの電話帳と連携してるから、電話番号から他の人にアカウントがばれることはある。でもこれは仲間とだけ連絡を取るプリペイド端末なんだから、心配ないよね。じゃあなおさら意味のないプロフィール名にした理由はなにか。――たぶん、この人はＳＮＳのことがよく分かっていないんだ。私は親が弁護士だから、個人情報の流出とか詐欺メールについて知識があるけど、こういうＩＤとかアカウント、パスワードの理解がごっちゃになってる人がいてもおかしくない」

うん、おれみたいにな。

「で、それが捜査のなんの役に立つんだ？」

「もしこの人が他にもＳＮＳをやっていたら、どこかでこの特徴的な文字列を使っているんじゃないかと思って」

おお、とおれとミナの口から感嘆の声がもれた。ＳＮＳを使いこなしているサツキだからこそのアイデアだ。

さっそくサツキはスマホを駆使して、日本で利用者数の多いＳＮＳに、『2tu0ba2ki2』というアカウントが使われていないか調べていく。

「……駄目か」

しばらくして、サツキは肩を落としてそう言った。三つのＳＮＳを調べたけど、探しているアカウント名はヒットしなかったのだ。

全然別のアカウント名で利用しているのか、そもそもＳＮＳを使っていないのか。

「まあ、そううまくはいかないよな」

アイデアを出してくれたサツキを励ますおれの横で、ミナが呟いた。

「２、０、２……２」

「なに？」

「この『2tu0ba2ki2』、一つの数字と二つのアルファベットが交互に並んでる」

身を乗り出してテーブル上のメモを覗きこむと、サツキからペンを受け取ったミナがそこにいくつかの字を書き足した。

「数字とアルファベットをそれぞれをつなげると、『2022』と『tubaki』になる」

「本当だ。『2022』は、そのまま西暦のことかな。『tubaki』は、花の名前？」とサツキ。

パスワードとかを作る際に、別の種類の文字を混ぜると、より強固になると聞いたことがある。この人は、覚えやすいように二つの言葉を組み合わせていたのか。

ミナの考えにサツキが賛同する。

「プリペイド式の iPhone の使用期限から考えても、一年ごとくらいで買い換えていたはず。マリ姉が殺されたのが二〇二二年だし、使用年を組みこんでいたのかも」

「じゃあ別の年に、他のＳＮＳを使い始めたとしたら……」

「この部分を『2019』とか『2021』に入れ替えた文字列を使っているかも！　私たちって頭いい！」

興奮したサツキがハイタッチを求め、ミナは少し面食らった様子ながらもそれに応える。再びサツキによる、数字を入れ替えたしらみつぶしの検索が始まった。

『2010』から『2022』までで見つからないと分かると、次は『tubaki』の方の入れ替えを試してみる。これが花の椿を指しているのだとしたら、同じ三文字の桜やつつじでもあり得る。

サツキが試したものは、見落としがないようおれとミナがすべてメモ帳に記録した。

一時間が過ぎ、メモ帳の文字列が百を超えたあたりで、サツキの手が止まった。

「これも違う」

誰ともなく、失望のため息が漏れる。

「ごめん、可能性はあると思ったんだけど」

「おれもいい考えだと思ったよ」

アカウント名が二つの単語の組み合わせだというところまでは、間違っていないと思う。

ひょっとしたらそれは〝なずての会〟のルームに限ったことで、プライベートのSNSではまったく別の単語を使っているのかもしれず、手当たり次第に探すにはあまりにもきりがなかった。

「ねえ魔女。この小説家の本で別のを借りたいんだけど、ある？」

サツキの門限が近づき、議論を打ち切るとミナが立ち上がり、奥の座椅子に深く腰掛けていた魔女を振り返った。ちなみに座椅子は一人用のソファみたいな感じの、ふかふかの触り心地の椅子で、魔女がくつろぐ時はいつも横づけした車椅子から器用に移っている。

魔女はミナが手にしている本を見やる。

「あるけど、昔読んだ本だから二階の本棚だね。今は数ヶ月に一度、お手伝いさんに掃除してもらうだけだから、汚いよ」

「大丈夫」

いつになく早口で答えるミナに苦笑しながら、魔女は目当ての本がどの部屋のどの棚の、何段目にあるのかをすらすらと口にする。魔女が車椅子に乗るようになってから二階には行っていないはずなのに、まるでつい最近見てきたみたいだ。

「たぶんミナの背じゃ届かないから、サツキも行ってあげな」

サツキは頷き、「行こ、ミナ」と二人で部屋を出て行った。

おれもこの家の二階は見たことがないから、行きたかったなと考えていると、魔女が言った。

「あんたもサツキも、様子が変だね」

「ええ、変？」

「いつもよりちょっとだけ、ミナに遠慮しているみたいじゃないか」

さすがに鋭い。ミナに対して変なことを言った覚えはないのに、魔女の目はごまかせなかったみたいだ。

「実は、学校でさ――」

おれは二人の足音に気を配りながら、学校でミナが浮いていることや、最近起きた靴の盗難騒動のこと、おれとサツキがミナにどう接したらいいものか困っていることを話した。

「解決しようにも、ミナ自身が問題を認識していないのか、相談もされないということかい」

「うん……。ミナが怒っているのか触れられたくないのか、考えていることがよくわからなくてさ」

普通の大人たちとも違う魔女ならなにか解決策をさずけてくれるかと思ったけど、魔女は心配する素振りも見せず、いっそう深く腰を沈める。

「なんだ。てっきりあんたとサツキが付き合い始めでもして、気まずくなったのかと思ったよ」

「そ、そんなんじゃないって！」

おれの慌てっぷりを見て、魔女はいたずらっぽく笑う。

「他人の考えなんて、全部は分からなくて当然だろうさ。それにひょっとしたらあんたらに難しく見えているだけで、いくつもの不可解な出来事も、根っこは一つかもよ」

根っこは一つ。どういうことだろう。

言葉の意味を考えているうちに、足音が二階から下りてくるのが聞こえた。

現れた二人を見て、あれ、と思う。

無事に古い本を見つけて意気揚々といった雰囲気のミナに対し、サツキがなんだか思い詰めているような、難しい顔をしている。

「どうかした？」

「ん……いや」

歯切れが悪い返事も、サツキらしくない。

「二人とも、帰る前に足の裏を拭いておゆき」

魔女の言葉に二人が片足立ちになると、貼りついたほこりで靴下がねずみ色になっているのが見えた。

今日の話し合いで思うような進展がなかったからか、帰り道での口数は少なかった。

おれはなんとか話題を探すが、学校での話をすると一週間を切った運動会の話題に触れてしまう。ミナの前でそれは避けたかった。サツキもおれと同じ考えなのだろう。先ほどから「寒くなってきた」「暗くなるの、早いね」と独り言めいたことをこぼす以外、なかなか会話の切り口を見つけられないでいる。

おれとサツキがそんな調子なので、とうとうミナは歩きながら、借りたばかりの小説をぱらぱらとめくり始めた。

サツキがおれの上着の肩口を引っ張った。ミナから距離を取るように歩くペースを落とし、小声で囁《ささや》いてくる。

「さっき、ミナに靴の盗難事件のことを聞いたんだけど、ほとんど何も聞き出せなかったよ。自分はやってないし、クラスで嫌な思いもしていないから大丈夫だって」

最後に二人で二階に行った時のことだろう。

クラスで一番ミナと関わりがあるのは間違いなくおれたちだ。さらに同じ女子であるサツキにすら何事も相談しないのであれば、ミナの本心を知るすべはないように思える。

だからといって、おれはこのままでいいんだろうか。

近いようで遠いミナの心に、無理矢理にでも踏み込むべきなのか悩む。

その時、道の左側にあるスーパーマーケットから、白い袋を提げたおじさんが出てきた。なぜかおれたちが前を通り過ぎるのをじっと見つめているので、ちょっと警戒心を抱きかけた時、

「ミナ?」

おじさんがそう呼びかけ、ミナがぱっと顔を上げた。

「お父さん」

不思議だけど、おれたちが初めて聞く、〝娘〟としての色がついているミナの声に思えた。

「今から仕事に行くの？」

「そう。ちゃんと戸締まりして、遅くならないうちに寝るんだぞ」

おじさんは痩せ型で無精ひげが生えているけど、よく見ると優しげな目をしている。白いビニールの中に、ペットボトルのお茶とおにぎりらしきものが透けて見えた。

「もしかして掲示係のお友達かな。最近、よくミナと一緒にいる」

ここでもサツキが「波多野沙月です」と先に自己紹介し、おれが続くと、おじさんは「よかった」と頬を緩ませた。

「最近、うちの子がよく係の活動のことを聞かせてくれてね。一学期はほとんど学校のことを話さなかったから、心配してたんだ。これからもよろしくね」

おじさんは停めていた自転車にまたがり、こちらに手を振って走り去って行く。

今から夜にかけての勤務。短い時間でお腹を満たすためのお茶とご飯。ミナが戸締まりしなければならないこと。

それらの情報をつなぎ合わせたら、ミナがお父さんとの二人暮らしで、おれやサツキでは分からない苦労があると想像できた。

思わぬ形で、おれとサツキからは踏み込めなかったミナのプライベートを知った形だ。するとミナも使わない手札を捨てるような調子で、「うち、離婚がきっかけで引っ越してきたんだよね」と打ち明けた。

「元から両親の仲がいいとは言えなかったけど、前にお父さんがいた会社が倒産して、じゃあ家族も一旦リセットしようってなって」

おれは頭をフル回転させたけど、「そうだったのか」以外の言葉が浮かんでこない。

どんなねぎらいや同情の言葉も、望んでいないし、必要もない——ミナの声がそう告げている気がした。

「お父さんは〝心配しい〟だからいつも謝ってくるけど、私はこの町に来てからの暮らし、けっこう好きなんだけどな」

おれの父ちゃんが「未来がない」と嘆く町を、来年にはサツキが出ていく町を、ミナはけっこう好きだと言う。それを聞いて、嬉しさよりも泣きたいような感情がこみ上げてきた。

一つ分かったのは、ミナはきっと、おじさんにも運動会の練習や、靴の盗難事件のことを話していないということだ。でないと、おじさんがあんなにも安心しきった顔でおれたちに接するはずがない。

どうしたら、おれやサツキの心を占める不安をミナに伝えることができるんだろう。


週明け、天気は雨。空はどんよりと薄暗いけれど、ここ最近の不調が嘘のようになくなり、おれは軽い足取りで学校に向かう。十月も残すところ一週間と少し。できれば今週中に壁新聞の第三号を完成させたい。

昼休み、ミナが一冊の本を手に、おれとサツキを呼んだ。本のタイトルは『我が町　奥郷の伝承・怪談』。

この間の話し合いで、先に『山姥村』の怪談について調べることに決まったので、ミナがこの地方の古い怪談についてまとめた本を図書館から借りてきてくれたのだ。かなり古い本らしく、ページは日焼けして、図書室などで嗅《か》ぐ紙のにおいが濃く漂ってきた。

「『山姥村』の怪談、あったよ。でもあんまり参考にならないかも」

ミナの言葉の意味はすぐに分かった。

目的の怪談は、この本では『山姥になったお姑』というタイトルだった。

マリ姉の残した『山姥村』というか、正確にはその視点人物が祖母から聞いた話とほぼ同じ、山で見殺しにされた姑の呪いで一族の者が連続して亡くなり、いつまでも葬式が続くという話だ。ところがその場所や時期については、『昔、ある村で』と書かれているだけ。

「これじゃあ、またしても現地調査はできないな」

「でも、ちょっとした発見もあるよ」

肩を落とすおれにサツキが言う。

「マリ姉の『山姥村』では、葬式で正体不明の人物を目撃したら死んでしまうことになっていたけど、『山姥になったお姑』ではその人物が出てこない。次々に人が死んじゃうだけなんだよ」

マリ姉がオリジナルの要素を付け足した理由は分からない。この怪談にもいくつかのパターンがあって、別の話を下敷きにしたのだろうか。

その時、賑やかな教室でも一際大きな声が背中越しにかけられる。

「ねえねえ、掲示係の三人さん！」

城戸と、いつも一緒にいる野呂の二人だ。

先日の靴の盗難騒ぎが頭をよぎる。城戸の足下を見ると、綺麗になった〝翔足〟があった。

「次の新聞の会議中？　だったらぜひ聞いてほしい話があるんだけどさっ！」

ミナはあの一件で盗みの疑いをかけられ、いまだクラス内でその空気が払拭《ふっしょく》されたとは言いがたい。なのに城戸本人がこうして話しかけてくるのは意外だ。

サツキも同じ考えのはずだけど、そんなことはおくびにも出さず、にこやかな態度で答えた。

「どんなこと？」

「第一号で、七不思議の――実際には六つだけど、怪談のタイトルが載ってたよね。その中の、『山姥村』って話について耳寄りな情報があるんだよ。ただし私じゃなくて、野呂ちゃんからだけどね！」

そう言って城戸は自分より一回り体格の大きい野呂を前に押し出す。大人しい野呂はいかにも話しにくそうに、体の前で両手を揉《も》みながらおれたちの真ん中にある机に視線を合わせて言う。

「えっと、私の話っていうか、親戚の話なんだけど、五年くらい前に変な出来事があったの。怪談に関係あるかは分かんないけど、いいかな」

「もちろん。聞いてみたい」

サツキの返事に野呂はほっと息をついた。

「もともと奥郷町にはうちの親戚がたくさん住んでたんだけど、五年前におばあちゃんの姉が亡くなって、お葬式があったのね。私にとっては初めてのお葬式だったから、みんな黒い服なのが珍しくて、お焼香の時にはしゃいで怒られたのを覚えてて」

教室が騒がしいのに、野呂の静かな語り口はなぜかはっきりと耳に届く。

「だから、それから一週間くらい後に、もう一度お葬式があるって聞いて、〝今度はちゃんとやらなきゃ〟としか思わなかった。でもパパとママがなんだか深刻な顔をしていたから、これは大変なことなんだと理解したの」

「それは誰が亡くなったの？」とサツキ。

「ごめん、覚えてない。たぶん遠い親戚だったんじゃないかな。だけど、さらに数日後には私も知ってる、パパの兄である伯父《おじ》さんのお葬式の連絡がきて、ママが夜の間ずっと色んな親戚と電話をしてたんだよ。数日後にはおばあちゃんの家に親戚が集まって、話し合いをしてた。私を含めて子どもたちは外に出されてて内容は分かんないけど、他にも伯父さんと同時期に亡くなった親戚がいたみたい」

つまり、一族の中で同時に二つの葬式を出さなければならない事態になっていたのか。

「その話し合いの結果なのか、多くの親戚が奥郷町から急に引っ越したんだ。それでいつの間にかお葬式の連絡が来ることはなくなって」

「一応、残りの人は助かったのか」

「うん、でも……」

野呂はまるで責められるのを恐れるように、おれたちの顔色を確かめた。

「うちの家、昔からよくお寺にお参りに行くの。お盆とかお正月に限らず、しかも家族総出で。私はずっと、呪いとか祟りとかから身を守るためだと思っていたんだけど、前におじいちゃんがこっそり教えてくれたの」

――最後に死神に連れていかれたのは、あそこの住職だったんや。

「私は訊いたの。〝死神ってなに？〟って。そしたら――」

――何人もが見たんや。毎度葬式に、知らん人間が紛れこんどることに。けど気づいたら死ぬ。あれは死神や。最後の最後に、住職がやられた。申し訳ないことや。


ミナがもの言いたげにこちらを見た。

葬式に現れた〝死神〟。まるでマリ姉が残した〝山姥村〟の怪談にそっくりだ。

おれにはもう一つ引っかかることがあった。

「なあ、亡くなった住職って、どこの人か分かる？」

「もちろん、お寺にお参りする時は私も一緒だから。寺院通りにある明光寺だよ」

嫌な予感が当たった。この前おれたちが会った和尚さんは、先代が亡くなって代替わりしたと言っていた。まさか、こんな形でおれたちの調査に繋がってくるなんて。

「当時のことは、うちではずっと触れちゃいけない話題だったんだけど、前に城戸さんに話したことがあったの」

「そうそう！」

お手柄だろう、と言わんばかりに城戸が胸を張る。よくトラブルを招くこいつの物怖《ものお》じしない性格も、今回ばかりはありがたい。

　ここで、真っ先に考えを述べると思われたサツキが、じっと黙りこんでいることに気づいた。

「どうかしたのか」

「今の話を聞いて思い出した。どうして忘れていたんだろう」

　呆然とした口調で言う。

「お通夜の時、芳名帳《ほうめいちょう》に書いてある人に香典返しっていうお礼を送るんだけど、マリ姉のお葬式の時、一人だけデタラメを書いている人がいたの」

「デタラメ？　書き間違えじゃなく？」

「そう思って調べたけど、存在しない住所だったって。名前も、叔父さんや叔母《おば》さんはもちろん、マリ姉の友人にあたっても知らなくて、念のため私のところにも確認がきたの」

「ええっ、気持ち悪！」

　野呂の話を提供するつもりが思わぬ方へ話が広がり、城戸が顔を引きつらせる。

「もしかして、本当に死神が……」

　おれが言いかけると、サツキがすぐさま首を振った。

「私の方では、他に親戚が亡くなることはなかった。それに私……その人の顔、見たし」

「ええっ、大丈夫だったのか」

「この通りね。しかもその人、若い女性だった。全然死神っぽくはなかった」

「よく覚えてるな」

　一年も前の記憶におれが感心してみせると、

「実は、参列者の中にマリ姉を殺した犯人がいるんじゃないかと思って、受付の近くに立って顔と名前を確かめたり、怪しい行動がないか見張ったりしてたんだよね。その人、最初はマリ姉の友達かと思ったんだけど、誰とも喋らないし、前の席がまだまだ空いているのに一番後ろに陣取って、式場の様子を見張ってるみたいで変だなと思っていたの」

そこまで行動を覚えているのなら、人違いの可能性は考えなくてもいいだろう。

ミナが聞いた。

「ただの野次馬とか、マスコミの関係者が取材のために忍びこんだ可能性は？」

「畑さん、それ、いい考えかも知れない！」

城戸が歓声を上げ、ミナをびしっと指さす。

ミナにとっても慣れない反応だったのか、困り顔でおれを見てくるのが少し可笑《おか》しい。

「お香典はきちっと用意されてたから、ただの野次馬にしては手が込みすぎてる。叔父さんたち、取材の対応もきちんとしていたし……」

その女性がマリ姉の葬式に忍びこんだ目的ははっきりしない。

そうこうするうちに昼休みのチャイムが鳴る。

「じゃあ、私たちの特ダネが壁新聞の記事になるのを楽しみにしてるね！」

城戸と野呂が離れていこうとしたのを、サツキが呼び止める。

「ねえ、野呂さん！　かなり昔のことなんだけど、うちに野呂さんのお母さんが選挙ポスターみたいなのを持ってきたことがあったんだけど、なんだったか分かる？」

野呂はすぐに「ああ」と頷いた。

「さっきの話で最初に亡くなった親戚、町の議員さんだったんだって。町長選にも出たことがあって、負けちゃったけど、女性や子どものための活動をしてて人気があったみたいだよ」

うちの酒屋は夜の九時まで営業していて、晩ご飯を家族全員で食べることは難しい。たいていおれは母ちゃんかじいちゃんと一緒に食べ、父ちゃんは店の仕事が終わってから。

「子どもを一人で食卓につかせない」

というのは母ちゃんの昔からの方針らしい。

大人と一緒だと、野菜をもっと食べろだとか、箸の持ち方が汚いとかすぐに注意されるから、おれとしてはうっとうしいなとしか思わない。——思っていなかった。

けど、この前ミナのお父さんと話してから、今ミナはどんな晩ご飯を食べているのかと想像したら、我が家の方針はただ食事どきのことだけを指しているわけじゃないのかも、と思う。

「ユースケ、なにボーッとしてるの。お箸を持ったまま考え事しないの」

ほら、さっそくきた。

今日のメインはおれの好きな肉団子の甘酢あんかけだ。ピーマンとか玉ねぎとか野菜もたくさん入ってるけど、甘酢のたれがおいしいから気にせず食べられる。

「そういえば、来月のお祭りの子ども神輿の案内、来てたよ」

母ちゃんはもの置き場と化したキッチンカウンターの上から、町の公民館の情報誌を持ってきた。

お祭りというのは言うまでもなくマリ姉が殺された運動公園で開かれる奥神祭りだ。大人たちが上半身裸で担ぐ大神輿が知られているけれど、一部のコースを子どもたちが回る子ども神輿というものもあり、小学生ならそちらに参加できる。去年は参加の申し込みをしていて、マリ姉の事件によって中止になってしまった。参加できるのは今年までだけど……。

「おれは、いいかな」

きっとサツキは気にしないと言うだろうけど、マリ姉の命日の直後に神輿を担ぐのは気が引ける。

「せっかく思い出になるのに」と少し惜しそうにしている母ちゃんを横目に、おれは箸を置いて情報誌をめくってみた。

中には公民館で行われる講座のスケジュールや、地域での様々なクラブ、サークルの活動報告、イベント予定が書かれていて、最後の方のページには地元のお店や会社の広告欄がある。

その中に地元の高校の卒業生だという県の議員の写真付き広告を見つけ、母ちゃんに訊ねてみた。

「クラスメイトに野呂って子がいるんだけど、その親戚が町の議員をやってたことがあるんだって、知ってた?」

自分の食器を洗い場に運んでいた母ちゃんは足を止め、視線を上に向ける。

「ああ、野呂さん?　けっこう長いこと議員やってらしたよね」

母ちゃんは地元民だから、選挙のたびに名前を聞いていたという。

「人気のある議員さんだったたって聞いたけど」

「そうね。今の町長さんは五期目になるのかな、かなり長く務めてるけど、昔から産業や経済が中心の政策を進める人ね。だけど町の経済の冷え込みはなかなか止められなくて、子育てや教育の充実、若者の支援に力を入れようとする野呂さんが出てきたんだよ」

「それでも、今の町長には勝てなかったんだ」

そう言えば、なんて名前の人だっけ。ずっとこの町で暮らしているのに、こんな基本的なことを覚えていない。

情報誌の最初のページに戻ると、町長のひと言というコーナーを見つけた。名前は尾埜上《おのうえ》樹一《じゅいち》と書いてある。

「そりゃ尾埜上町長は父親も議員をやってたから、町の偉い人たちと昔から盟友だもん」

「偉い人って?」

「地元の企業の社長さんとか、地主さんとか。あと板東病院の院長もそう」

「えっ」

思わぬ名前が出てきて、つい声が大きくなる。

「なんで病院が関係あるの」

「この町にずっと昔からある病院だからね。地域医療のためになくちゃならない存在だし、お年寄りがどんどん増えるこの町じゃ、一番大きな影響力を持つといっても過言じゃないでしょ」

板東の名前が、まさかここで出てくるとは。

「どうしたの。ユースケが町の政治に興味を持つなんて」

「別に、たまたまだよ」

さりげない態度をとろうとしたけど、むしろ母ちゃんには逆効果だったらしく、皿洗いの手を止めて、おれの顔を覗きこんでくる。

こういう時、親って子どもの心を読む裏技を持っていて、おれたちの知らない決まりによって秘密にしているんじゃないかと本気で思う。

おれは目を逸らすため、町長のひと言のコーナーを読み始めた。

『世界規模で温暖化がすすんでいるせいか、このところ特に春や秋といった季節が楽しむ間もなく過ぎ去っていく気がいたします。今朝などは町の花である椿が、自分の出番を待ちきれないというように、その蕾《つぼみ》を開こうとしているのを見かけました』

その中の、一つの言葉に目がとまる。

「母ちゃん、町の花ってなに」

「どこの市や町も、シンボルとなる花があるんだよ」

「名産ってわけじゃないのに？」

「産業とは別なんだよ。景観とか、花の姿から連想する縁起が大事なんじゃない。他にも町の木とか、町の鳥とか色々あるよ」

それを聞いて、一つのひらめきが降ってきた。

夕食を終えたおれは自分の部屋に上がり、充電していた端末を取り上げる。

前にサツキたちと話し合った、〝なずての会〟の『2tu0ba2ki2』というプロフィール名。

『2022』と『tubaki』という二つの単語からできていると気づいたけど、他の花の名前や数字と組み合わせても、他のSNSのアカウントは見つからなかった。

でももし、『2022』がアカウントを作った年、そして『tubaki』が町の花の名前からとっているのだとしたら。他のアカウント名には、花以外の町のシンボルを使っているんじゃないか。

おれはこの思いつきと、母ちゃんから聞いた町の議員の話をメッセージに書き、都合のいい時に連絡がほしいと添えてサツキに送る。

タイミングが良かったのか、すぐにサツキから電話がかかってきた。

「すごいじゃんユースケ。よく思いついたね」

おれは内心照れながら、

「うまいこと思いついてさ。それより今、習い事は大丈夫？」

「今日はピアノの日で、さっき帰ってきたところだから。で、ユースケの推理だと、町のシンボルが肝なんだよね」

「調べたら、奥郷町のシンボルにはあと木と鳥がある。木はケヤキ、鳥はうぐいす」

後は、前と同じように二人で手分けして可能性のある組み合わせを試していくだけだ。

やがて、スピーカーの向こうからサツキの「やった！」という声が聞こえた。

「『2019』と『keyaki』で、『2ke0ya1ki9』だ！」

サツキが見つけたのは、Twitterのアカウント名だった。

公開の制限はしていないけれど、プロフィール画像は焚き火の写真の切り抜きで、誕生日も出身地も登録していない。投稿もそう頻繁ではなく、何日もしないこともある。

9月30日
もう半袖は着ないかな。毎年衣替えの時期が分からない。

10月2日
久しぶりに高校の友人と会った。

最近できたスコーン屋さんもおいしかった。

10月4日
毎週録画しているドラマ『白銀の月の上』。
ネットの感想が目に入り、どきどきしながら見る。

10月5日
お気に入りのマグカップが割れた。
失うだけでなく、お茶は中断、掃除をしなければならない。悲劇だ。

こんな感じで、具体的に年齢や職業に触れる内容はないけれど、女性のような印象を受ける。フォロワーは124人、書き込みについている「いいね」は、おおよそ一桁だ。交流用というより、個人的な日記のような使い方なんだろう。

少なくとも、〝なずての会〟なんて怪しげな言葉はどこにも登場しない。

「せっかく見つけたけど、手がかりはないな」

気持ちの萎《な》えかけたおれが画面の前で肩を落とすと、まるで見えているかのようにサツキに叱り飛ばされた。

「ちょっと、頭の電池が切れるの早すぎでしょ。まだやるべきことはある」

そこから弁護士の娘としての知識をフル活用した講義が始まる。

――この人のプロフィール画面を開いて。『返信』っていうタブがあるでしょ。そこを押したら、他の利用者がどんな返事をしたかを見ることができるの。

――十月二日のツイート、一人だけリツイートしてる人がいる。たぶん一緒にスコーン屋さんにいった高校時代の友達だ。次はこの友達のアカウントを調べよう。

――ほら、この友達はかなりヘビーなSNS利用者だ。投稿の内容もオープンで、出先の写真もバンバン上げてる。この人からなら情報をゲットできるかも。

――次は右上にある検索窓を使って、この人のツイートから、『@2ke0ya1ki9』を探す。……口での説明は面倒だから、こっちでやるね。

早口のあまり、サツキがなにをやっているのか半分も理解できない。

ただ投稿された写真を見る限り、明るく染めた髪をゆるく波打たせた〝友達〟さんはばっちり化粧をしていて、ヒロ兄ちゃんよりは年上、母ちゃんよりは若そうだ。三十前後といったところだろうか。

「サツキ、すごいな。ストーカーになれるぞ」

「そんなもの、なりたくてなるんじゃない！」

それから奮闘の気配だけがスマホ越しに届いていたが、予想よりも早く「あっ」という喜び混じりの声が聞こえた。

「あった！　この二人、去年も一緒に出かけてる。こっちには二人での写真も……って」

サツキの声が、尻すぼみになる。

「おい、どうした」

「この人、学校で話したマリ姉のお通夜に来た人だ！」

背中を冷たいものが這い上がる。

〝なずての会〟のメンバーが、マリ姉の通夜に来ていた。しかも身元を偽って。サツキはそうと気づかず、〝なずての会〟と顔を合わせていたのだ。

ポン、という音がして、サツキから画像付きのメッセージが届く。〝友達〟さんの投稿を画面ごと保存したものだった。

それは一年前に二人で出かけた際のものらしく、ゆるふわ髪の〝友達〟さんと、黒髪を肩のあたりで揃えた、一重まぶたのりりしい顔つきの女性が並んでいる。

その画像の上の文章はこうだ。


『親友と二人で買い物☆　今日は散財するぞ！！　ちな親友は役場で働く公務員…（涙）　ケーキおごってもらおうっと！』


「役場で働く、公務員」

棒読みのおれに対し、サツキの声は興奮気味だ。

「〝なずての会〟は、町役場にも食い込んでいるんだ。野呂さんの親戚の議員さんが死んだのも、選挙のライバルを消すためだったのかもしれない。マリ姉が殺されたのも、奥郷町そのものに関わる、大きなトラブルに巻きこまれたからってこと？」

目の前で、中の見えない黒い巨大な穴が口を開けていて、気づかないうちに首を突っ込んでいたような気分だ。たった一人の殺人犯を探すことからスタートしたのに、この町で一番力を持っている人を敵に回すことになるかもしれないなんて。

「ユースケ、『三笹峠の首あり地蔵』の中で、Kさんの家を訪ねてきたやつらの名乗りを覚えてる？」

言われて記憶をたどる。確か——


『こんばんは。役場から来ました』

『こんばんは。病院から来ました』

『こんばんは。図書館から来ました』

『こんばんは。なずてから来ました』


だったはず。

サツキの言おうとすることは明らかだった。

「あれは〝なずての会〟の勢力がどこまで伸びているかを示す言葉なのかも」

「もしそうだとしたら、〝なずての会〟はマリ姉の事件だけじゃなくて、これまでにも多くの犯罪に関わってきたことになるぞ。いくら町の有力者が味方にいたって、そんなことをバレずに続けられるのか？　もしかしたら、警察にも〝なずての会〟の力が及んでいるんじゃ」

マリ姉を殺した犯人が捕まらないのも、そう考えれば納得がいく。

サツキもそう考えたのかしばらく沈黙の時間が続き、やがて慎重な声で返事があった。

「可能性はあると思う。でもそうだとしたら、この文章の中に警察を入れると思うんだよね。この怪談の内容からしても、警察がKさんの家を訪ねた方が自然だし、そうしていないのはおかしい」

魔女の教えの、『不自然なことには理由がある』というわけだ。

警察まで〝なずての会〟の手が伸びているかどうかはひとまず保留でいいだろう。

むしろ気になるのは、この中に図書館が加わっていることだ。

「図書館は本や新聞を読むところだから……、町民への情報を操作している、とか？」

サツキも言いながら迷っているようだ。今どき、図書館をそこまで重要視する人はいないのではないか。テレビどころか、ネットの時代になっているんだし。

図書館の特徴といえば、本を買わずに借りられるところだ。それに悪者が目をつけたら、なにができるか。頭に浮かんだのは、母ちゃんによくされるお説教だった。

「図書館が本を貸さなくなったら、本を読む機会が減る。そうしたらみんなの頭が悪くなる、とか」

「本を読まないイコール頭が悪いというのは、強引な考えの気がするけれど」

とサツキ。おれも母ちゃんに説教されるたび、そう思う。

だけど最近、それを実感する出来事があった気がする。なんだっけ。

「そうだ、『山姥村』の怪談を読んだ時、よく分からない言葉が多かったんだ。これまではそんなことなかったのに」

「どの言葉？」

おれはランドセルの中に入れていた『山姥村』のプリント用紙を取り出し、ざっと目を通しながら気になる言葉を拾い集める。

「この『袖を連ねる』っていうの」

「慣用句だね。大勢の人が列になる様子だよ。単語の雰囲気で分かるでしょ」

「あと『青天の霹靂』とか、『小口を利く』とか。サッキは知ってた？」

「中学受験の勉強で出たことあるし。でも『小口を利く』っていうのは初めて見たかな。言われてみると、この怪談だけ慣用句がたくさん使われているかも……ちょっと待って」

なにか取りに行ったのかサツキがスマホから離れる気配がしたものの、すぐに通話が再開する。

「ミナが図書館で借りた昔話の本、今私の手元にあるんだけど、『山姥になったお姑』の話の方には、さっき出た慣用句はどれも使われていない。そもそも慣用句なんて、怪談が伝わる間にそぎ落とされていく気がする。ということは――」

「マリ姉はなにか目的があって、あえてその慣用句を使った？」

その時、急にサツキの「あっ、ごめん」という声とともに通話が切れた。どうしたのかと思っていると一分ほど後に、

『勉強してるか、親が見に来た。今日はここまでにするね』

とメッセージが届く。

サツキは厳しい勉強の合間をぬいながら活動している。現実的な目標を持つサツキと興味だけでオカルトを追いかける自分を比べると、同じ小学六年生なのに、人生という道を走るスピードに大きな差がある気がしてならない。せめて、この調査ではもっともっと役に立たないと。

気合いを入れ直し、さっきの話し合いの要点に戻る。マリ姉は意図をもって『山姥村』の怪談に

いくつもの慣用句を入れた。

これらの言葉には、なにか共通点があるのだろうか。おれはさっき話に出た慣用句をノートに書き出し、しばしにらめっこをする。

駄目だ。そもそも書き出したのは、おれが意味を知らなかった慣用句だけ。マリ姉の意図がこめられたのが、これだけとは限らない。

どうもこの謎を解くためには、よほどいいひらめきか、または特殊な知識が必要なんじゃないか。

そう考えた時、頭にふと、クイズを趣味にしている友達がいたことを思い出した。


授業前の教室で、おれの汚い字でノートに書かれたいくつかの慣用句を前に、樋上は少しの間鼻をこすっていたが、やがてぱっと表情を輝かせた。

「分かった！　これ、本の部分の名称が使われてるんだ」

どういうことか訊ねると、樋上は周りを見回した。

「なにか本はないかな。教科書よりも分厚いやつがいい」

そこにちょうどサツキの姿が見えたので、ミナから又貸しされた『我が町　奥郷の伝承・怪談』を持ってきてもらう。せっかくだからと教室を見回したが、ミナの姿は見えない。

「本って、実は細かく各部の名称が決まっているんだよ。紙の切り口ののり付けされていない三辺のことを小口というんだけど、特に上の部分が天、下が地、残りを前小口と呼ぶことがあるんだ。で、カバーの本に巻き付いている部分が袖」

小口、天、袖。『小口を利く』、『青天の霹靂』、『袖を連ねる』というおれが挙げた慣用句には、これらの名称が含まれているというわけだ。

「こんなの、よく覚えようと思ったな」

「僕も、初めてこの知識が役に立った！　クイズって、こういう風にちょっとしたきっかけで覚えたことが運命を分けることがあるから面白いんだよ！」

樋上の顔が、興奮で上気している。本に関する問題なんてほんの一部分だろうから、樋上が日頃から積み重ねている知識はこの何百倍にもなるはずだ。素直に、この友達のことを尊敬した。

放課後までにサツキが調べたところによると、『山姥村』の怪談には、おれたちが気づいた箇所以外にも、本の部位を示す言葉を使った慣用句があった。

「『喉元過ぎれば熱さを忘れる』の喉は、ページがのりづけされてる余白部分を指すんだって。これはさすがに、本好きなミナも知らなかっただろうね」

そういってサツキは、今日一日無人だったミナの席を見る。ミナは風邪を引いて欠席だったのだ。どこかで無理していたのかもしれない。それに昨夜からミナのいないところで色々な発見が続いていて、知ったらミナは悔しがるだろうなと思う。

「この考えが正しいとすると、マリ姉は『山姥村』の怪談を通して、本に着目させたかったのかな。そのわりには、なんの本を指すのか具体的な情報が見当たらないけど」

ここまできて、二人とも考えに行き詰まってしまう。

「どうしよう。この謎も置いといて、次の怪談に進む？」

「でも、前の『自殺ダムの子ども』の怪談も解決してないんだぞ」

これ以上、課題が積み重なったまま後回しにするのは気分がいいものじゃない。

おれは怪談のプリント用紙をめくり、もう一度『自殺ダムの子ども』の中に登場した謎の電話番号を眺める。

916-7062

これが福井県の鯖江市や丹生《にゅう》郡という地域の郵便番号に近いということは分かっている。だけどその地域がマリ姉の事件や〝なずての会〟に関係があるとは、全く思えないのだ。

この間、サツキと一緒に〝なずての会〟のアカウントの持ち主を突き止めた時のことを思い出す。あの時と同じように、謎を解くきっかけとなる言葉がどこかに隠されていないか、もう一度怪談全体を見直して見るけれど、糸口は摑めなかった。

——まあ、〝2tu0ba2ki2〟と〝916-7062〟じゃ全然違うしな。

そう自分を納得させようとした時、胸の中でなにかがざわめいた。登校の途中で突然忘れ物に気づく時のような胸騒ぎ。

「わあっ！」

その正体が分かった時、思わず声を上げていた。

「びっくりした。なによ」

迷惑顔のサツキに、おれはプリントを突きつけた。

「これ、ゼロじゃないんだ！　アルファベットのOだよ！」

一瞬なんのことかと眉をひそめたサツキだったが、すぐにおれと同じく「ひゃあ」と変な声を発した。

「え、ウソ、気づかなかったあ……」

「電話番号って書いてるから、すっかり騙されたんだ。これは916-7のあとに0があって、62と続いている」

問題は、このヘンテコな文字列がなにを示すのかだ。

「これ、似たような数字を見たことある……ような」

「ほんとか、どこで」

「ここ。教室で」

おれは反射的に首をぐるりと回し、黒板や壁にその文字列を探す。ところが、表情を輝かせたサツキが示した答えは、思わぬところにあった。

「そう、これだ！」

ランドセルの中から取り出したのは、樋上の時に見た『我が町　奥郷の伝承・怪談』。

その背表紙には、図書館の所蔵であることを示すシールが貼られ、『388.1 H 1』と印刷されていた。数字とアルファベットのバランスといい、おれたちを悩ませている文字列ととても似ている。

おれたちはこのまま家に帰るのももどかしく、放課後に開放されているコンピューター室に駆け込んだ。

インターネットで調べてみると、これは分類記号というもので、本を管理したり探したりをしやすくするためのものらしい。日本の分け方では、最初の数字——この場合は『388.1』の部分がなにに関する本かを示す分類番号、次のアルファベットが著者の名前を示す図書記号、最後の数字が何巻目かを示す巻冊記号、とのこと。

この本は伝説・民話に分類され、本田さんという著者が書いた第一巻だ。

では、おれたちが追う文字列はなんの分類か。

サツキが表示された内容を、固い声で読み上げる。

「916は、記録・手記・ルポルタージュ。つまり誰かの実体験が書かれた本、ということかな」

「その後の7は？」

「より細かく分類するための数字だと思う。その後が0だから、〝お〟から始まる名前の人が書いた本なんだろうけど」

やっと、やっと『自殺ダムの子ども』と『山姥村』の答えに迫った気がする。

これらの怪談は、二つで一冊の本を示す手がかりになっていたんだ。

『自殺ダムの子ども』で謎の文字列を登場させ、『山姥村』で本に関する単語を含む慣用句をいくつも使うことで、それが分類番号だと気づかせる。この手の込みようには、感心するしかない。

「分類番号が分かったのはいいけど、この本があるのは奥郷町の図書館でいいのかな。学校の図書室とか、別の地域の図書館ってことはない？」

おれの疑問に、サツキは自信ありげに答える。

「これまで奥郷町の中だけで話を進めたのに、今さら外ってことはないでしょう。それにマリ姉からしてみれば、私たち以外の人が謎を解く可能性もあった。限られた人間しか入れない、学校の図書室に手がかりは残さないはず」

なにはともあれ、町の図書館に行ってみるしかない。

あいにく、今はミナがいないんだけど。

「ここのところ、ミナ抜きで謎を解くことが多いし、体調が良くなるまで待った方がいいかな」

「ううん。むしろ好都合だと思う。私たちだけで行こう」

あまりにも冷たいサツキの発言に驚く。

「誤解しないでよ。ミナが邪魔っていうんじゃなくて、図書館には〝なずての会〟の息がかかっている可能性が高いって分かったばかりじゃない」

「あっ」

それがあったか。

「ミナはつい最近、この本を借りるために図書館に行ってる。もしかしたら、顔を覚えられているかもしれない」

前に廃墟で見かけた人影は男性っぽかったから、マリ姉のお葬式に来た役場の女性ではない。だからサツキを含め、おれたちの素性《すじょう》はまだ知られていないはずだ。なら、最近図書館で利用者の登録をしたミナは一緒にいない方がいい。

最後にサツキは小さく呟く。

「……それに、ミナに分かってもらうにはこれが一番いいと思う」

その意味を訊ねたけど、そのうち分かるからとはぐらかされた。

奥郷町図書館は、小学校から南へしばらく歩き、ミナが住んでいる古い商店街も過ぎて、町を東西に貫く大きな道路を渡ったところにある。道路に面しているのは小学校でも多くの生徒が通っているスイミングスクールで、古いけれど巨大な箱型の建物だ。その背中に貼りつくように建っている図書館は対照的に、頑丈なレンガ造りだけれど少し肩身が狭そうなたたずまいをしている。

おれが最後に訪れたのは、四年生の時に自由研究の本を探しに来た時だっけ。

入り口の自動ドアを通った途端、目に飛び込んできたのは、ロビーの椅子で新聞を読みふける何人もの老人だった。図書コーナーをうろついているのも、ほとんどがおじいちゃん、おばあちゃんと呼んでいいくらいの年齢で、親に連れられてきたらしい幼児の姿をたまに見かけるだけ。奥郷町を煮詰めたような光景だ。

「ユースケ、こっち」

目についた本棚に歩き出そうとしたおれを摑まえ、サツキは案内板に歩み寄る。どうやら一階は小説や雑誌、絵本が置いてあり、学問に使うような難しい本や町の資料は二階にあるようだ。

階段を上がると、一階に比べてやや小ぶりな空間に本棚が並んでいて、窓際の壁に沿って一人用の机が置かれている。ほとんどの席が埋まっていて、どの人も調べ物をしていた。

一階に比べて静けさが重たく感じたのと、鼻をつく図書館特有の匂いでおれは顔をしかめた。

「この匂い、苦手だ」

「本の匂いでしょ。勉強しろって言われてるみたいだから？」

おれはちょっと考え、イメージそのままを口にする。

「ずっと放っておかれたみたいだから」

「……うん、なんか」

分かる、という言葉は飲み込み、サツキは静かに笑う。

本棚には例の分類番号が貼られているので、おれたちはさっそく探している916の棚のところに行く。

〝記録・手記・ルポルタージュ〟と書かれたその場所は、本が乱れなくきっちりと収まっていて、手をつける利用者があまりいない印象を受けた。

「……あれ」

すぐにサツキが声を上げる。本は背表紙に貼っているラベル通りに並んでいて、探している本を見つけるのは簡単に思われた……のに、棚のどこにも見つからない。

「ひょっとして、ここには並んでないとか」

あるいは前に読んだ利用者が違うところに戻してしまった可能性もある。

入り口で、『本棚にない本は気軽にカウンターにお問い合わせください』という札を見たので、

「カウンターで訊いてみる？」

と提案すると、サツキは悩ましげな顔になる。

「〝なずての会〟のことがあるから、できるだけ職員とは顔を合わせたくない。だから目的の本を見つけても、こっそり読んだりコピーを取ったりするだけで退散しようと思っていたのに」

本棚の陰からカウンターを窺うと、三十歳くらいの、後ろで髪を一つにまとめた女性が一冊の本のカバーをこしこしと拭いている。

大きな権力を持つ謎の組織の構成員っぽい雰囲気は感じられない……と思う。分からないけど。

なんにせよ、このまま収穫もなしに帰るわけにはいかない。おれは深呼吸をした。

「おれが訊いてくる」

「だったら二人で行こうよ」

「サツキは来年受験だろ。なにかあったらどうするんだ」

相手の力がどこまで及んでいるか知らないが、こっちの素性がバレたら変な噂を流されたり、受験の妨害があるかもしれない。

「だったら余計に私が行くべきでしょ。親が弁護士だから相手も躊躇するかもしれない」

「うちも酒屋だ」

これは綺麗に無視され、結局二人でカウンターに向かうことになった。

おれたちが近づくと、カバーを磨いていた職員が顔を上げ、こちらの緊張を和らげるような笑みを浮かべた。

「あの、この分類番号の本を探しているんですけど、ありますか」

例の番号が書かれたメモを差し出すと、職員は軽く眉をしかめた。

「分類は916-7までで、0は作者の名前を示すんですけど、その後の62は分類番号じゃないですね」

「じゃあ、916-70の本でいいです」

「『鉱山とともに、五十年』という、大平丹治《おおひらたんじ》さんが作者の本ね。データ上では開架《かいか》にあるはずなんですけど、見つからなかった？」

そう言って職員さんもさっきの本棚まで行って探してみたけど、やはりない。

登録のミスもあり得るということで、職員さんは書庫に確認の電話を入れてくれた。

すると間もなくして、ほっとした顔がこちらに向く。

「やっぱりデータ上のミスだったらしくて、書庫にあったって。届きしだい呼ぶから、このフロアーで待っててくれる？」

三という数字が書かれたプラスチックの札を渡され待っていると、チン、と音がして、カウンターの後ろの方にある一メートル四方くらいの緑色の扉が開いた。そこから数冊の本を取り出すと、職員さんは別の札を持っていた利用客を呼び出して渡す。どうやら本を送るためのエレベーターで、倉庫と繋がっているらしい。

おれたちがカウンターの近くの本棚を見て時間を潰していると、階段の方から職員らしきおばちゃんが歩いてきて、おれたちの相手をした女性に声をかけた。その手には一冊の本を抱えている。あれがおれたちの探していた本だ、という直感があった。

「三番でお待ちの方」

カウンターに行くと、おばちゃんの方の職員が本を手にしたまま話しかけてきた。エプロンのような前掛けの胸には『占部《うらべ》』という名札がある。

「この本、あなたたちが読むの？」

「はい」

「誰かに頼まれたのではなく？」

図書館を滅多に使わないおれにも、この占部という職員の質問が普通ではないことは分かった。

おれたちが黙ると、占部は質問を変えた。

「この本があることをどうして知ったの？」

「そんなこと、どうして言わなきゃ駄目なんですか。少し読ませてほしいだけなんです」

とうとうサツキが反論した。最初に相手をしてくれた女性職員は、目の前のやりとりの意味が分からず、おどおどした様子でなりゆきを見守っている。

もはや、占部というおばちゃんがおれたちを妨害しようとしているのは間違いがない。

どこにでもいる、走るだけならおれでも十分に勝てそうな見た目のおばちゃんの、こちらを見る目だけが鋭く冷めているのが不気味でしょうがない。

「悪いけれど、子どもだけならこれは見せられないの。親御さんと一緒に来るか、貸し出しカードを作ってちょうだい」

明らかにおれたちが何者か知ろうとしている口ぶりだ。

しかし、思わぬところから救いの手が差し伸べられた。

「子どもに見せることもできないなんて、そんなルールは聞いたことないな。図書館はいつからそんなご大層な施設になったんだい」

うちの酒屋の常連客、柴田のじいちゃんだった。意外な場所での出会いにおれが驚いている間にも、柴田のじいちゃんは厳しい顔でカウンター越しに占部を睨みつける。

「……これは自費出版の手記でして、換えのきかない資料なんです。取り扱いには注意をしていただかないと」

「じゃあ、わしが借りるよ。貸し出しカードも作ってある。それならルール的にも問題はないだろう」

店では奥さんの機嫌を気にしながら一升瓶を買う姿しか見せないのに、柴田のじいちゃんがすごく格好いい。

ここまで言われては、渋っていた占部という職員も従わざるをえない。

貸し出し手続きを終えて一緒に一階に下りると、

「ほら、ユースケ。これ」

と柴田のじいちゃんは本をおれたちに差し出した。

「返す時は返却ボックスに入れればいいから、持っていけ。今どき、あんな不親切な職員もいるんだなあ。子どもがせっかく本を借りようってのに」

〝なずての会〟の存在を知らない柴田のじいちゃんには、かなりおかしなやりとりに見えただろう。

「ありがとうございました」

サツキが丁寧に頭を下げると、柴田のじいちゃんもにかっと笑う。

「ユースケを図書館で見かけるなんてなあ。二人でデートか」

「そんなんじゃないよ！　ちょっと町のことで調べもの」

それを聞いて、じいちゃんは感慨深げに本を眺める。

「鉱山か。しかも大平さんが書いた本とは、懐かしいな」

「柴田さん、この作者のこと知ってんの？」

「もう亡くなったけどな。わしも大平さんも鉱山時代に働き口を求めて、よその県からやってきたんだ。同じ境遇だからか、よく面倒を見てもらってな」

「あのさ、その頃からなにか怪談ってあった？」

すると柴田のじいちゃんは思案顔になり、

「生きてりゃ色々あるもんだ。いいことも悪いことも、正面から向き合いたくないことも。ちゃんと思い出したら、また話してやるよ」

としわしわの手でおれの頭をぽんと撫でた。

他の話も聞きたい気がしたけれど、今は少しでも早く図書館から離れたほうがよさそうだ。

一階に下りると、おれたちは柴田のじいちゃんと別れて建物を出た。

まとわりついていた本の匂いが消え、爽やかな空気を胸いっぱいに吸いこむ。

目的は達成することができた。これで六つある怪談のうち、五つ目の怪談に隠された謎を解いたことになる。その結果、おれたちは一冊の本にたどり着いた。

この町が一番栄えた、鉱山時代の人の手記。

マリ姉の死から始まったおれたちの調査は、いったいどれだけ深く、複雑な秘密に繋がるのだろう。

背後の図書館を振り返る。すると、二階の窓に誰かが立っているのが見えた。顔は見えない。顔の前でなにかを構えているからだ。

おれはとっさに顔を背けたけど、それはむしろ逆効果で、サツキは何事かという反応で二階を見上げてしまう。

「——まずい、サツキ！」

おれが視線を戻した時には、もう人影はなかった。あれはたぶん、貸し出しをしぶった占部という職員だった。彼女はスマホでおれたちの姿を写真に撮っていたんだ。

おれはサツキの手を握り、その場を離れようと全力で走り出した。

おれたちはいつも魔女の家からの帰り道で解散する交差点まで来ると、近くの公園に入った。小さくてかくれんぼもできない、存在は知っていたけど初めて入る公園。手に入れたばかりの『鉱山とともに、五十年』をとにかく早く読んでみたい衝動にかられたのだ。

とはいえ本はなかなかに分厚く、すぐに読み切れる量ではない。

まずは目次のページを流し読みしていると、横から覗き込んでいたサツキが声を上げた。

「見て、第三章のところ！」


二つ目の見出しにある『終わらない葬式』という言葉を見て、真っ先に思い浮かべたのは『山姥村』の怪談だ。そして下に表記されたページの数字は、62。

おれたちが追っていた文字列は916-7062。916-70までがこの本を指すのなら、62は重要な情報が書かれているページを指しているのではないか。

「読んでみよう」

頷き合い、そのページに目を走らせる。

著者である大平さんが鉱夫をしていた時に起きた、ある事故について書いてあった。大平さんが掘っていたのとは別の坑道で火災が起き、二十五人もの死傷者が出る大事故になったというのだが……。

『当時は会社の手前、大きな声では言えなかったが、あの事故に関しては誰もが首を傾げていた。火事だというのに、事故直後に消火活動の様子がまったくなかったし、煙を目にすることもなかったからだ。ただ坑道からは続々と怪我人が運び出されてきたし、実際に多くが亡くなった。あれではまるで、別のなにかを隠すために火事が起きたことにしたようにも思える。出回った噂の中には、その採掘自体、計画を無視したものだったというものもあった』

『もう一つ、気味の悪さで言えば、こちらの方が記憶に強く残っている。事故の犠牲者たちの葬儀が終わって間もなく、鉱山村の中で奇妙な死が続いたのだ。亡くなった者の多くは、事故現場の作業に関わっていたものの、特に怪我もなく健康そうにしていた男たちだった。死まで至らずとも、精神に異常をきたし、病院に運び込まれてそれきり音沙汰をきかない者もいた。鉱山村では祟りを怖れる者が多く、会社に請願し、正式に祈禱をあげてもらった。ただ私のように疑い深い者は、それらの死の裏で会社がなにごとか動いているのではないかと考えていた』

ミナが学校に復帰したのは、結局さらに一日休んだ後の金曜日だった。

放課後、他の生徒がいなくなった教室で、壁新聞の第三号の制作を急ピッチで進めながら、ミナ不在の間に進めた推理と図書館での冒険を話した。

それを聞くミナの目にはやっぱり、不服そうな色が浮かんでいる。

「私が治るまで待ってくれたらよかったのに」

「だって、ミナは図書館の人に顔がバレてるかもしれなかったじゃないか」

結局は最後におれたちの写真を撮られてしまったかもしれないけれど、ミナのリスクを減らすことはできたはずだ。

それでも納得できないのか、ミナは自分の心を表す言葉を探すようにゆっくり視線を右、左と動かし、

「……でも、勝手に心配されて、問題から遠ざけられるのは面白くないよ」

と静かに本音をぶつけてきた。

「それは……」

「せめて、もっといい方法を探せるように、私を頼って打ち明けてほしかった」

まっすぐな言葉に、おれは黙ってしまう。

「でもそれはミナも同じだよ」

サツキの返しに、おれもミナもそちらを向く。

「どういうこと？」

「他の人に心配かけられないからって、靴の盗難騒ぎのことを相談しなかったでしょ」

「私はやってないから」

「そして、体育の時に本気で走れないことも」

それを聞いて、ミナの目がまん丸に見開かれる。

「ミナさ、ずいぶん前から靴が足のサイズに合ってないんでしょ。小さい靴に無理矢理足を突っ込んでるから、全力疾走できない」

おれは思わずミナの足元に目をやった。

古びた靴は、確かにつま先部分の布が、内側からの押し上げに耐えきれなくなったように膨らんで破れている。

「魔女の家で、二階の本を探しに行った時に気づいたんだよ。埃の上についたミナの足跡は、私と変わらない大きさだったから」

だからあの時、サツキは思い詰めるような表情をしていたのか。

「でもそんなの、新しい靴を買えば……」

言いかけたおれの頭に、ミナの古い家が浮かぶ。スーパーで買ったお茶とおにぎりを手に、深夜の仕事に向かうお父さんの姿も。

「ミナは頑張ってお仕事をしてるお父さんに、新しい靴が欲しいって言えなかった。だから他の子に手を抜いてるって文句を言われても、靴を盗んだ疑いをかけられても、靴のサイズが違うことを口にしなかったんだ」

「だって、新しい靴をお願いしたら」

ミナがため息のような声を出す。

「他も買い換えなくちゃいけないって気づかれちゃう。シャツも、靴下も。私はまだ我慢できるのに」

ミナはスマホも持っていない。おれやサツキがいじっているところを見ても羨ましがったことはない。流行に興味を持たない性格なのは本当だろう。ミナの望みは、奥郷町にやってきてやっと手に入れた平穏な生活を続けることなんだ。そこに新しい靴は必要ないと考え、自分なりの行動をしていた。

そして——サツキはそれに気づいたから、あえてミナを図書館行きのメンバーから外した。

「さっきミナは言ったでしょ。勝手に心配されて、頼りにされないのは辛いんだよ。ミナのお父さん、新しい靴をねだられたって困らないと思う。それよりもミナに頼ってもらいたいはずだよ」

「おれもそう思う」

勇気を出して頷いた。こんな風に、真面目な顔で家族のあり方を話すなんて小っ恥ずかしい。でももう高辻が殴りかかるのをただ眺めていた時のように、自分にがっかりするのはもっと嫌だ。

「仕事って大変だと思う。でもおれ、ミナのお父さんは辛いばかりじゃないように見えたんだ。それはきっと、ミナがいるからだよ。ちょっとくらいわがまま言っても大丈夫だ」

「んん……」ミナはまだ吹っ切れない感じだ。

「ほら、ミナって周りに流されないだろ。いつも平気そうに見えるから、自分がミナのこと分かってるのかどうか心配になるんだ。言いたいことを言ってくれた方が、おれたちもミナを頼りやすい」

ミナは目を閉じ、「……そっか」と呟いた。

そしてぺこりと頭を下げ、

「二人とも、ありがとう」

と言った。〝ありがとう〟なんて聞いたの、もしかして初めてじゃないか。

よほど驚きが顔に表れたのか、ミナはおれを見て、はにかむような笑みを浮かべる。

「これからもちゃんと見ててね、私のこと」

日曜日。降水確率五十パーセントという不穏な予報が嘘だったかのように空は晴れ渡り、おれたちにとって小学校最後の運動会が行われた。

赤白両組は序盤から接戦を繰り広げ、一進一退の展開のまま昼休みに入った。

少し早く昼ご飯を食べ終え、サツキと二人になったところで、おれは気になっていたことを訊いてみた。

「そういえば、結局城戸の靴を盗んだのは誰だったんだろう。単なる嫌がらせだったのかな」

「ああ、あれ」

とっくに答えが出ていたとでも言うように、サツキは澄ました顔をする。

「城戸さんがやったんでしょ」

「城戸？　自分の靴を自分で隠したのか？　なんで」

いわゆる自作自演、ということか。

ネットの投稿動画でもバズりを目的にそういう手段をとる人がいるけど、城戸はそこまでして注目を浴びたがるようには思えない。

ミナに対する嫌がらせとも考えたけれど、あれ以来の城戸はどちらかというと積極的にミナに話しかけていたし、悪意はないように思える。

「証拠があるわけじゃないけど、城戸さんは単に騒ぎが起きればよかったんだよ。人に迷惑をかけたくないから、自分の靴を隠した」

「なんのため？」

「帰りの会の〝学びの時間〟をつぶすため。思い出して。本来なら、あの日みんなの前でスピーチをするのは、城戸さんの順番だった」

……そうか、そうだ！

前日にスピーチをしたのはおれだった。出席番号なら、木島の次は城戸。そのスピーチをつぶしたがったということは、

「城戸、用意するのを忘れてたのか」

「だろうね。スピーチのためには新聞とかニュースとかを調べなくちゃいけないから、とっさのアドリブじゃどうにもならない。それに、〝忘れ物〟にカウントされる」

城戸は忘れ物の常習者だ。あと一つ忘れ物をしたら、成績表にペナルティがつくところだった。だからなんとかしてあの日の〝学びの時間〟自体を先生の盗難についての長話でつぶし、自分の番を持ち越したかったのか。

ところが、靴を盗んだ犯人としてミナが疑われ始めたものだから、城戸も驚いたはずだ。

「ミナは靴のサイズが合わないことを明かせば疑いが晴れるのに、お父さんへの思いがあってそうしなかった。ミナが孤立ぎみになったのを見て、城戸は罪悪感を抱いたからおれたちに話しかけたのか」

そのおかげで、おれたちは野呂の親戚に起きたお葬式の話を聞くことができたのだから、ものごとの善し悪しは分からないものだ。

「私にも一つ、分かってないことがあるんだけど」

少し改まった様子でサツキが言う。

「前にさ、ミナが言ったでしょ。『これからも見てて』って。あの意味ってどう思う？」

「意味もなにも、未熟な部分は注意してくれってことだ」

「それにしては迂遠だと思うな」

「うえん？」

「回りくどいってこと。それにミナは私が同じ中学校に進まないことも分かってる」

「だからどうだって言うんだ」

おれが特に考えず訊き返すと、サツキの口調が苛立たしげなものになった。

「あの言葉はユースケに向けてなんじゃないか、って言ってんの」

それはつまり、告白のような意味でということだ。イメージしてみたが、ミナがそんな感情を抱いているのかピンと来ないし、正直なところ動揺もしない。ただ言えるのは、

「変に意識してミナと喋りにくくなるのは嫌だな。そんなわけで、今後三人の時にその話はなし」

「……別に私はいいけどね」

午後の部の最初の競技、五年生の大綱引きで白組は敗れ、おれたちは紅組にリードを許す展開になった。少しでも早く追いつきたいところだが、次は最も過酷な競技とも言われる、六年生の二百メートル走。事前に大差での敗北が予想され、捨て競技だとまで言われていたこともあり、クラスの観覧席には諦めムードが漂っていた。

いったい誰が予期しただろう。

これが運動会最大の見せ場になることを。

ピストルと同時に横一線から抜け出したのは、一際小柄な体——なんと我がクラス代表のミナだ

った。

ミナはその小さな体からは想像できないほど大きなストライドで速度を上げると、まるで風に背中を押されているかのように後続との差をぐんぐん広げる。

その光景に、思わずクラスメイトからは応援ではなく「あれ、誰だ?」という戸惑いの声が上がる。

最初のコーナーを曲がって、約五十メートルのストレート。ミナがおれたちの前を疾駆《しっく》していく。みんなの声援が後押しどころか、ミナの背中に引き離されていくようにすら思える。

地獄の競技のように忌み嫌われた二百メートル走であることを忘れそうになるくらい、ミナの勢いは一向に衰えない。その足でおろしたてのシューズが輝きを放っていることを、どれだけの生徒が気づいただろう。

そしてゴール前最後のコーナー、写真を撮るのに一番いいポジションにミナのお父さんが陣取っていることをおれは知っていた。娘の勇姿に向けられたデジタルカメラまでも、この日のために新調したものだということは、後でミナが恥ずかしそうに教えてくれた。

渦巻くような歓声の中、小さな体がフィニッシュテープを切る。背中にたなびく白いテープが、まるでミナに生えた羽根のように見えた。

周りでハイタッチの嵐が起きる。後続はまだ来ない。たった一人フィニッシュゾーンに立つミナは、初めて陸に上がった人魚のように、呆気にとられた表情で歓声に揺られていた。

その夜、部屋でなんとなしにTwitterを見ていると、思わぬニュースが目に飛び込んできた。前に自殺ダムの撮影をしてくれた、ユーチューバーのゴーブラのアカウントだ。


日頃から皆様にはお世話になっております。

このたび、動画配信者ゴーブラの「はるやん」「あきと」こと、大谷春彦《おおたにはるひこ》と大谷彰人《あきと》が逝去しましたことをご報告いたします。葬儀は近親者のみで執り行わせていただきますので、ご理解お願い致します。


その投稿のツリーには、公開中の動画やチャンネル自体の今後の扱いについては検討中であることが記されていたが二人の詳しい死因などには触れておらず、ファンからの戸惑い、悲しみの声が溢れていた。

自殺ダムの動画が公開されてから、まだ十日ほどしか経っていない。

おれは呆然としながら、指は自然とゴーブラのチャンネルを表示させていた。

すでに二人の死の情報は広まっているのだろう、コメント欄はここ数時間で書き込まれた驚きの声が多い。スクロールしながら読んでいると、二日前に書き込まれた、あるコメントが目に留まった。


この動画を見て自殺ダムに行ったんですが、そこで会った男性に、一緒に写真を撮ろうと言われました。後で確認するとその画像だけ歪みまくってて、かろうじて人の形が分かる程度でした。原因は分かりません。あの男性は動画でお二人が出会った人物なのでしょうか。なんだかすごく怖いです。

嫌な予感がしてさらに探してみると、同様のコメントがもう一つ。こちらは二時間前に書かれたばかりのものだ。

俺も昨日、こいつに会った。一緒に写真を撮ろうと言われて、断ったけどかなりしつこかったから仕方なく撮った。俺はちゃんと写ってるんだけど、赤や黄色の火の玉みたいなのがめちゃめちゃ飛び交ってる。しかもその男だけ顔が黒く潰れてた。ゴーブラの二人が死んだのは、きっとあいつのせいだ。


ゴーブラの動画に現れ、撮影直後にデータを破損させた男。

その男の目撃者が、少なくとも二人現れた。

一体どうなっているのか頭を悩ませていると、サツキから画像付きのメッセージがきた。

『今、こんなのが届いた』

添付画像はおれたちが手に入れた古い iPhone の画面をスクショしたものだ。その〝なずての会〟のメッセージアプリ画面には、初めて見る謎のアカウントから送ってこられた、

『波多野真理子の二の舞になるぞ』

というメッセージが記されていた。

第五章

でぃすぺる

11
November
SUN MON TUE WED THU FRI SAT
29 30 31 1 2 3 4
文化の日
5 6 7 8 9 10 11
12 13 14 15 16 17 18
七五三
19 20 21 22 23 24 25
奥神祭り
勤労感謝の日
26 27 28 29 30 1 2
芸術祭 Amakusa

サツキの記録③

夏休み、マリ姉のパソコンから七不思議のデータを見つけた時、まさかここまで事件の暗部に迫れるなんて想像していなかった。今思えば、事件の捜査に進展がないまま日々を過ごさなきゃいけないことが悔しくて、せめて自分なりに犯人を捕まえようとしているというポーズを取りたかったのかもしれない。自分はできるだけのことをやった、だから仕方がないんだ、という言い訳が欲しくて。

でも私たち掲示係は、警察をはじめ大人たちが気づくことのなかった事件の真相に手を伸ばしかけている。

ユースケとミナの二人とこんなに仲良くなったのも意外だった。

これまでずっと優等生として、弁護士の家の子としての振る舞いを求められ、それに応えてきた私の、そうじゃない部分を知る二人。

思い出せば魔女の家に忍び込んだり、親に嘘をついて廃墟に連れて行ってもらったり、色々と馬鹿なこともやった。まるで死んだマリ姉が、「人生をもっと楽しめ」と導いてくれたかのように。

来年、私はもうこの町にいない。

それが今になって寂しく感じる。

ユースケとサツキはどんな中学生活、高校生活を送るんだろう。その頃の二人の思い出に私はいないし、二人の記憶の中で私は小学生の姿のまま、この先の一生を終える。

この寂しさはどうやっても埋まらない。

でもマリ姉の事件の真相を私たち三人で突き止めることができたなら、私はそのことを生涯忘れないだろう。

マリ姉の死という辛い記憶と、大切な友情の記憶。

私が中学生になるには、その二つがどうしても必要だ。


十一月は行事が盛りだくさんだ。運動会が終わったと思ったら、息をつく暇もなく音楽会の練習が始まり、それが終わると同時に教室での話題は修学旅行に移り始めた。

当然ながらそれらの行事は六年生、いや小学校での思い出に大きく関わることなので、一つ一つ終えるごとに〝卒業〟という文字が頭の中で実感を持つようになる。

ともかくクラスでまとまって何かをする機会が増えた分、十月終わりから十一月頭にかけては掲示係の三人が集まる余裕が少なくなり、第三号を掲示した後から壁新聞の制作が予定より遅れ始めた。もっとも今回に限っては、記事にすべき内容が多いことも原因だ。四つ目の自殺ダムの話と、五つ目の山姥村の話が二つ合わせることで一冊の本にたどり着く謎でもあったため、単純に考えても内容は倍になってしまう。

「急いでいい加減な出来になるのは嫌だし、もう少し時間をかけて内容を詰めようよ」

そうサツキが提案してくれたこともあり、予定していた刊行時期を遅らせ、その代わり記事の分量を倍にした特別号を出すことに決めた。サツキまでもが慎重に進めようとしているのは、ここまで追ってきた七不思議の秘密が、いよいよ終わりに近づいていると思うからだろう。

残った怪談はあと一つ。

七不思議と呼ばれているのに怪談が六つしかない理由は、それぞれの謎を解くことで大きな一つの真相が見えてくる、というマリ姉の意図が込められているからで間違いないだろう。

そして前回の魔女の家での会議で挙がった、「なぜマリ姉は怪談という形でヒントを残したのか」という疑問にも、答えが見えた気がする。

前にサツキが推理したように、マリ姉が抱えていた秘密が、板東病院が関わる不祥事であるのなら、警察に駆け込むなりネットで暴露なりすればよかった。逆におれが推理したように、人から人へ感染していく呪いが存在するなら、マリ姉はそれに関する情報を片っ端から消し去ろうとするはずで、いたずらに興味を引くような形で残すはずがない。マリ姉はこの秘密を打ち明けたいのか、隠したいのかが分からなかった。

そこで、おれはこう考えた。

なずての会がこれまで町で起きた数々の事件に関わっていて、その影響力が板東病院のみならず、役場や図書館にまで及んでいるのだとしたら。

奥郷町の住人にとってその秘密は、生活が壊れかねないほどに重大なものなのだ。だからマリ姉は六つの怪談に分けて少しずつ手がかりを出すことで、なずての会、あるいは町の秘密に近づく覚悟が読者──今回の場合はおれたちだ──にあるのかを試したんじゃないか。興味だけでなずての会に近づくのは本当に危険だって、マリ姉は分かっていたはずだから。

と──ここまでは、サツキもたどりつくであろう内容だ。

だけどおれは、これで納得するわけにはいかない。マリ姉が死んだ現場で目撃された影坊主、廃病院でおれの前に現れた黒い化け物。それ以後身の回りにまとわりつくようになった気持ち悪い感覚……。こじつけだとか気のせいなどという言葉では説明できない現象を、この身で体験してきたからだ。

おれは掲示係のオカルト担当として、怪異がどんな形で事件に関わっているのかを明らかにしなきゃいけない。

おれは月曜日に学校が終わると、古い商店街の立ち並ぶ通り──ミナの住む家にやってきた。建物の横にある赤く錆びた階段をカンカン鳴らしながら上がり、ミナが住む二階に向かうと、音を聞きつけたのか玄関からミナが姿を見せた。肩からは大きめの本が入るくらいの掛け鞄が提げられている。

今日は一緒に『鉱山とともに、五十年』を図書館に返しに行くことになっていた。

自殺ダムの怪談の暗号で示されていた箇所以外のページも三人で回し読みし終わっていたのだけど、先週に返却期限を迎えても図書館で待ち伏せされているような気がして、なかなか足が向かなかったのだ。月曜日は休館日だから、入り口に設けられている返却ボックスに本を入れておけばいい。最後に読んだミナが一人で返しに行くと言ったんだけど、おれがついていくことにした。借りた時の対応からしてあの図書館員はなずての会と通じている可能性があるし、用心するにこしたことはない。

自転車を漕ぎながら、前を走るミナの背中がなんだか見慣れないものに感じる。ちょっと前まではサツキと二人で行動する機会が多かったのに、今はそこにミナがいる。

ちょっと大きくなった？　なんて、親みたいな感想が浮かんだ。クラスメイトからも似たような声を聞いたことがある。あんなにスラッとしてたっけ、とか、少し目が潤《うる》んでるよね、とかいくらかの戸惑いの混じった声。よく分からないけど、小さな靴をやめたことで急な成長が促されるなんてこともあるんだろうか。

色んなことが目まぐるしい。

このところ掲示係の活動が停滞気味なのは、学校行事が忙しくなったこともあるけれど、おれたちの都合が噛み合わなくなったことも原因だった。これまで休日などに暇を見つけていたサツキが、家庭教師の予定が増えて顔を出せなくなったし、これはいいことでもあるんだけれど、運動会で鮮烈な活躍をしたミナにおれたち以外の友達付き合いが増えた。掲示係の活動を始めて二ヶ月とちょっとしか経っていないのに、おれたちを結んでできる形は尖ったり広がったり、絶えず変化しているように思う。

無言で自転車を走らせるうちに図書館についた。

休館日ということもあり、入り口の前に人の姿はなく、隣に建つプール教室のホイッスルの音だけが寂しく響いている。建物の窓や周囲の木陰に視線を巡らせても、おれたちを待ち構えているような人影は見当たらない。

「大丈夫、行ってこい」

おれが警戒する中、ミナは返却ポストに本を入れると、足早に戻ってきた。

「ユースケたちが会ったっていう図書館員の人、私たちのこと探してないのかな」

「どうだろう。まだそれらしいやつらは現れてないけど、iPhoneに届いたメッセージのこともあるし」

〝波多野真理子の二の舞になるぞ〟

あれはあからさまな脅迫だ。向こうがおれたちを敵だと認識しているのは間違いない。

「貸し出しカードはユースケの知り合いのおじいちゃんのを使ったんでしょ。他に私たちの身元を示す情報なんてないと思うけど」

身元がバレてないかどうかは、おれも何度も考えた。おれとサツキはかなり気を遣った言動をしたはずだけど、一つ気がかりがあるとすれば、

「柴田のじいちゃん、何度かおれの名前を呼んだんだよな。館内でも呼ばれたと思うから、もしそれを聞かれていたら」

大体の年齢とユースケという名前で探せば、一致する子どもは限られているだろう。なずての会には役場の人間もいる可能性が高いし、おれが見つかるのは時間の問題かもしれない。

「いざっていう時に使える乗り物がこんな自転車だけじゃ、やばいよな」

子どもの力じゃ狭い町から逃げ出すことさえ簡単じゃない。

「うちに逃げてくれれば？」

「かくれんぼじゃないんだ。すぐばれるよ」

「じゃあサツキの家か」

確かに弁護士の家なら、向こうも手を出しづらいかもしれない。もちろんそんなことせずに済むよう、全ての真相を明らかにしてしまうのが一番いい。

「ミナはさ、オカルト的な存在が黒幕だという推理で、サツキを納得させられると思う？」

横に並んでペダルを漕ぎながら尋ねると、ミナがこちらを見やる。

「どうして」

「前の話し合いでは、おれとサツキ、どちらの推理についてもマリ姉が怪談を残したことに矛盾が残るから、引き分けに終わった。でもなずての会がおれたちが想像したよりもはるかに影響力を持つことが分かってきて、その矛盾も説明できそうだ」

「……マリ姉は、なずての会の力の大きさが分かっていたからこそ、怪談というぼかした形で手がかりを残した」

やっぱりミナも同じ考えに行き着いていたらしい。

「それに関してはおれも同意見なんだ。おれはなずての会が、悪霊とか邪悪な神様みたいな存在を崇めている集団だと思っている。マリ姉は生半可な覚悟でその秘密に触れないようにしたかった」

そこまではオーケー、というふうにミナが頷く。

「でもよく考えると、おれの推理でも事件の実行犯はなずての会の人間だということになっちゃうんだよ。サツキ側との違いは、やつらの悪事が大人の政治的な目的なのか、オカルト的な理由かという点だけ。仮に人間が悪霊に取り憑かれて意のままに操られているとしても、それをどうやって証明したらいいのか分からない」

結局はオカルトの存在をサツキに信じさせなければならないという、最初の問題に戻ってしまう。せっかく『マリ姉の残した怪談に基づいた推理でなければならない』というルールができて対等に勝負することができると思っていたのに。

「もしかすると、六つ目の怪談には霊が存在するっていう事実が隠されているかもしれない」

ミナが慰めとも皮肉ともつかない口調で言う。

確かにそんなことがあれば、逆転ホームランでおれが優位に立てる。けど、

「どうかな。読んだ感じじゃ、霊の存在を証明するなんて小難しい内容には思えないけれど」

諦め気味に笑いながら、おれは最後に残された怪談、『井戸の家』の内容を思い出した。


〈井戸の家〉


駅前の道をまっすぐ進むと、幾重にも重なった山々が見えてくる。そこは一昔前に鉱山として栄えた土地だが、さらにその奥、一際険しい山並を越えた谷間にはかつて深沢《ふかざわ》村という小さな村があった。

私が役場で働き始めてまだ三年目の時期に、仕事でわずかな間深沢村に滞在したことがある。村の歴史は古く、泥子手神の妖退治の伝説発祥の地とも聞くが、その頃すでに村は戦後の経済成長から取り残され、廃れつつあった。

私が役場から遣わされたのは、深沢村からのある陳情《ちんじょう》によるものだった。

早くから実家を離れ東京の大学で勉学に励んだものの、卒業後まもなく父が早逝したために実家

に戻った私は、親戚の伝手もあり役場に勤めていた。地元民が多くを占める役場としても、都会で学問を積んだ若者は頼りになると踏んだのだろう、私は早くから経済や化学的知識を必要とする仕事を多く任されていた。

そんな私にとって、深沢村からの陳情はとても奇妙なものに映った。

山々に囲まれた土地で、五十人ほどの住人が炭焼きと小規模な農業を営む深沢村では、二年ほど前からおかしな病が流行り始めたのだという。最初は譫言《うわごと》や不眠から始まり、日常的な情緒不安定が進むと、自傷や奇行に走るようになり、やがて心神喪失に至るのだという。失踪し、しばらく後に遺体で発見された者もいるという。

初めこそ住人は症状の現れた者を町医者に連れて行きもしたが、病人の数が増えるにつれ村の悪評が立つのを恐れ、家の中で監置《かんち》するしかなくなった。悩み苦しんだ住人はついに専門家による調査を役場に求めたのである。

遣わされた専門家は私一人のみ。このことからも、役場が時代に遅れた僻地《へきち》の村からの陳情を煩《わずら》わしく思っていることは伝わった。

訪れた私の案内を買って出たのは吾郎《ごろう》という村の代表の息子で、二十三歳の若者だった。

吾郎によると、これまでに症状を確認したのは十二人。そのうち五人はすでに亡くなり、七人が療養中だという。五十人弱の村にとっては脅威の数字と言える。心なしか屈強な体つきをした吾郎の顔色も冴えない。

「私の叔父も、初期に発症した一人でした」

と彼は言った。叔父は農夫で、俳句を愛する物静かな男だったが、ある時から頭の中で何者かの声が聞こえると言い出し、果てには意識を失った状態で徘徊《はいかい》するようになったという。狐にでも取り憑かれたかのようだった、と吾郎は回顧した。

「まるで横溝正史《よこみぞせいし》の小説のようだな」

「はあ」

吾郎の生返事に、私はどきりとした。横溝正史の著名な作品は、探偵が辺鄙《へんぴ》な、あるいは独自の風習を持つ土地で事件に遭遇することが多い。気を悪くさせてしまっただろうか。

私はまずこの病の症状を確かめるため、病人のいる家々を回った。症状の重さには程度があり、ずっと中空を見つめたままぶつぶつと何かを呟く者もいれば、監置小屋の中から必死の形相《ぎょうそう》で叫ぶ者もいる。聞き取れた内容をまとめると、

「縛《いまし》めを解け」「時が来る」「暗い、冷たい」「ほら、今も呼ばれている」

といった、妄想めいた言葉が多い。なにか創作物から強い影響を受けたのかと考えたが、山奥の村にはテレビがないばかりか、ラジオの電波もろくに入らない。それにもしこれほど多くの人に影響があるのなら、他の住人の耳目に触れぬはずがない。

村人たちの期待を受けながら調査はなかなか進展せず、歯がゆい日々を送っていると、ツネという娘から声をかけられた。

「先生、お気をつけください。きっと目に映るよりずっと、病は広まっています」

どういうことかと尋ねると、ツネは声を潜めた。

「症状のない住人も、以前とはまるで別人のような振る舞いをするのです。まるで心ごと何かに塗り潰されてしまったかのように。私の兄も、もはや見知らぬ他人のような空気をまとっています」

他の村人が通りがかり、ツネは顔を背けるようにして去ってしまった。村人はその背中を、心なしか冷たい表情で見やっている。

彼女の言うことが真《まこと》なら、私の想像以上に病は広まり、村はもはや手遅れということだろうか。

村の地理を完全に把握するほど調査が極まった時、私はあることに気づいた。村には沢から水道を引いた家が多いが、同じくらい井戸を利用している家もある。そして症状の重い病人の家には、必ず井戸があった。

一度町に戻り、過去の資料を調べると、深沢村一帯の井戸はかつて近隣の鉱山開発の折、取水量が減少したという情報があった。井戸の水は鉱山から影響を受けるということである。私は井戸水を調べるための器具を手に、再び深沢村に戻った。

しかし、なぜか吾郎の姿が見当たらない。村人に聞いたが、数日前から姿を見ていないと言う。嫌な予感がした。

吾郎は変わり果てた姿で見つかった。家の裏の、とうの昔に使われなくなった古井戸に頭から落ち、息絶えていたのだ。

私はすぐに死体を引き上げようと、井戸の中を覗き込み――。

〝それ〟を見た。

意識を取り戻した時、私は板東病院のベッドの上だった。

しばらく混乱した私だが、気を失う直前の出来事の記憶が蘇るなり、医師の制止を振り切って役場に駆け込み、面食らう上司らに深沢村に関して強く提言をした。

そうして、五年後。

深沢村は新たに建設されるダム湖の底に沈むことが決定し、住人たちは麓の町に移住することになった。私は生涯、井戸で知ったことを他の誰にも話すことはない。

あの村での体験は、決して推理小説などではなかった。十のうちたった一つの約束事を、私は守れていないのだから。


「明らかに他の怪談とは違うよな」

ミナの家に着いたおれは、鉄階段に腰を下ろして言った。ミナは部屋に上がればいいと言ってくれたのだが、そろそろお父さんが仕事に出る時間だろうし、女子と二人でいるのは緊張するからここでいい。

「あんまり怪談ぽくないっていうか、結局村で何が起きていたのかよく分からない」

内容をまとめると、深沢村では二年という短期間に多くの住人が精神的な不調を訴える奇病が発生。〝私〟は調査の末にその原因が井戸にあると考え、重要な事実を知る。そして〝私〟が提言を行った結果、深沢村はダム湖に沈む結末を迎えた、ということなのだけど。

怪談の舞台となっている深沢村については、すでにサツキが実在した村であることを調べていてくれた。ダム湖に沈んだのも本当のことで、これは前に自殺ダムの怪談で登場した、あの刈部ダムだ。今回も現地に行くことは難しい。

おれの三段ほど上に腰掛けたミナが指摘する。

「今までの怪談とは形式が違うね」

「形式って?」

「これまでは他人が経験した話を披露する書き方だった。だけどこの『井戸の家』は体験した本人が書いてる。それが謎に関係するのかどうかは分からないけど」

言われてみればそうだ。

「じゃあ今回の謎は、この語り手が誰かを突き止めることなのかな」

これにはミナは微妙な顔をする。

「関係者の素性なんて、これまでの怪談も分からないものばかりだったし、違うと思う。それよりも明らかに不自然な言葉があるのが、私は気になる」

「ああ……」

おれは怪談がプリントされた紙の、最後のページを手に取った。その一番最後の文章。

〝十のうちたった一つの約束事〟。

これが今回の謎を解く鍵になるのだろうか。

怪談の始めの方で泥子手――なずての名前が出てくることも気になる。深沢村がなずての神話の発祥の地なんて知らなかった。〝私〟が役場に勤めていること、気絶した時に板東病院に運び込まれたことも、なずての会を連想させる……けど。

「やっぱりこの怪談の内容が、オカルトの存在を証明するものだとは思えないな。それにさ、事件が人間の手によって引き起こされているってことは、『首あり地蔵』の怪談で断定されたことじゃないか」

リドルストーリーの形をとったあの怪談。作中でKさんの家を訪ねてきたのが人間か怪異かという謎は、明らかになずての会の存在を示すために用意されたものだった。

三人で決めたルールで、『マリ姉の残した怪談に基づく推理』とある以上、事件の黒幕はなずての会と考えなければいけない。そうでなきゃ、結局霊がいる、いないの水掛け論になってしまう。

「そのことなんだけど」

ミナが迷ったような声をこぼす。

「『首あり地蔵』については、いまいち納得できてないんだよね」

「どういうことだ？」

首ごと視線を上に向けると、曲げた膝越しにミナが唇を尖らせているのが見える。

「私、マリ姉の七不思議好きなんだよ。小説家のミステリーとはちょっと違うけど、謎がちゃんと考えられてると思うし、解けた時は頭の中で雲が散らされるみたいにスッとした気分になる。それぞれの怪談で違ったアイデアを使っているのも面白いし。でも、『首あり地蔵』だけは消化不良な感じ」

「おれにはよく分からないけど」

ミステリーを読み込んでるミナならではの勘だろうか。

「もちろん、面白さなんて読む人の感性によるけど。Kさんの家を訪ねてきた者の正体は何か、という問いかけの答えが、なずての会は実在するから〝人間〟が正解です、じゃあ出来が悪いと思うんだ。マリ姉の腕を信用するなら、違う答えがあるのかも」

声には出さないものの、それはそれで困ったものだと思った。

オチが気に食わないという理由で、人間犯人説を否定するわけにはいかない。それになずての会が人間じゃないなら、おれたちが追っかけてる人たちは何者なんだ。

考えが混乱してきて、おれは思わず空を仰ぐ。

やっぱりオカルト的な存在を証明する方法なんてないんじゃないか。


土曜日恒例の、魔女の家での掲示係会議。

まずは例によって、特別号の記事にするための、おれとサツキの推理を発表することから始まった。今回は特に、『自殺ダムの子ども』と『山姥村』の怪談に秘められた暗号と、そこから導き出した一冊の本の内容から推理を立てることになる。

今回、先に口火を切ったのはサツキだった。

マリ姉の残した怪談もいよいよ大詰め、ここまで来たら疑いの余地はないだろうとばかりに堂々とした態度で口を開く。

「なずての会の影響力が、板東病院や奥郷町の役場にまで広がってることについては、もういいね。ここからは『鉱山とともに、五十年』のこと」

こちらを見るサツキに頷きを返す。おれの推理でも前提となる部分だ。

「著者の大平さんは鉱山で起きた不可解な出来事について記している。火元が確認できない火災事故で多くの犠牲者が出たこと、その事故に関わった人たちが、次々と精神に異常をきたして病院に運ばれ、そのまま音信不通になったこと。私はこれを、鉱山を経営していた会社が何かを隠すために行ったんじゃないかと考えてる」

サツキの話では、鉱山の事業では火災事故がよく起こるものらしい。それよりも隠蔽すべき何かとなると、明らかに会社に過失がある、下手をすれば犯罪にまで繋がることなのではないか、とサツキは言う。

「鉱山を経営していた後島《ごしま》工業は、当時はもちろん閉山した後も化学工場をやっている、奥郷町の経済の主役なの。後島工業が潰れたら町にとっても大打撃になる」

「だからその隠蔽に町も力を貸した、と」

ミナもその仮説に納得した様子だ。

「考えてみて。これまで私たちの調査で挙がった板東病院と町役場と後島工業に、町の医療と行政と経済の大部分を握られていることになる。もしこの三つがずっと以前から手を組んで、都合の悪いことを隠蔽してきたとしたら」

住人はそんなことを知る方法がないまま生きていくしかない。

前に家で選挙の話題が出た時、色んな業界との繋がりがないと選挙には勝てないって父ちゃんが言ってた。

「町役場——町長は選挙で有利になるよう板東病院と後島工業に支援してもらう代わり、両者に困ったことが起きた時は色々と便宜を図る」

「ベンギって？」

「好都合なことをしてあげるってこと。特別な予算を組んであげたり、それぞれにとって不都合な事実を知る人がいたら、世間から隔離するよう細工したり」

おれは『永遠の命研究所』の調査で行った、旧板東精神病院の廃墟を思い出した。牢獄のように隔てられた病室や、無念を訴えるかのように壁に描き殴られた無数の黒い人影。もしかすると、鉱山で起きた事故の真相を知る人たちがあそこに放り込まれ、口を封じられていたのかもしれない。

「この〝三者連合〟とも呼ぶべき関係を軸に、図書館や大学という教育機関をも組み込んだのが、なずての会だと思うの。彼らは徹底して人目を避けるため、使い捨ての iPhone のメッセージアプリを連絡手段にした。大昔にこの地域を支配した泥子手神の名前を使ったのも、自分たちの力を誇ってのことだと思う」

サツキは一度言葉を切り、背筋を伸ばした。

「前回私の推理では、なぜマリ姉がもっと分かりやすい形で情報を残さなかったかが課題になったけど、ここまでの説明でその答えは明白だと思う。なずての会の力は大きすぎて、情報を信じた人にまで被害が及ぶのをマリ姉は危惧した」

やはり、前におれが予想した通りの説をサツキは展開する。

「マリ姉は何かの形でなずての会を知り、その所業を明らかにしないといけないと考えた。これは推測だけど、大学で知り合った時任教授がなずての会のメンバーで、彼もまた組織に否定的な意見な持ち主だったんじゃないかな。そこで時任教授の紹介でなずての会に加わり、その所業を告発するために証拠を手に入れようと動いていた。――だけど、それが会にバレてしまった」

「先に時任教授が殺されて、マリ姉は自分の身も危ないと思った？」

ミナが訊ねると、サツキは頷いた。

「こうなった時に備えて、いくつかの怪談は前から作っていたのかもしれない。そこに時任教授の死について触れた『Sトンネルの同乗者』を加えた。残念だけどマリ姉たちはなずての会の罪を証明できるほどの証拠は手に入れられなかったんだろうね。その志《こころざし》を継いでもらうために手がかりを残そうとしたけど、それを見る人になずての会を敵に回す覚悟があるとは限らない。なんてったたって、なずての会は奥郷町そのものと言えるんだから」

だから、手がかりを一つずつ追いながら、覚悟がない者はすぐ引き返せるようにと怪談の形をとった。最期の時まで、マリ姉は他人のことを案じていた——。

「私の推理は以上」

サツキは肩の力を抜き、「ふう」と息をついた。

ミナがこちらを見る。意見を言うより先におれの推理を披露しろということだ。

サツキが手放した気負いを受け止めるように、おれは腹に力を入れる。

「おれの推理も、サツキの言った〝三者連合〟のあたりまでは大体一緒だ。役場も板東病院も後島工業も手を組んで悪事を隠してきた。ただ、その目的はサツキとちょっと違う。なずての会は、その名前の通り、泥子手神を崇める集団なんだ」

「崇める?」とミナ。

「泥子手神は大昔にこの土地を支配した神だ。この町が平穏でいられるのは、泥子手神のおかげという考えがあっても不思議じゃない。だけど鉱山の閉山からこっち、町はどんどん衰えてきた。だからなずての会は神の力と恩恵を取り戻そうと必死になっているんじゃないか」

サツキは「そんな漫画か映画みたいな」という顔をしているけれど、口を出さずに聞いてくれる。

「これはおれが心霊体験をしたからという理由だけで言っているんじゃない。前にも言ったけど、マリ姉の怪談にはいくつか似たような題材が登場する。『Sトンネルの同乗者』でドライブレコーダーに映った黒い小さな影。『永遠の命研究所』で調べた廃病院の壁には黒い人型が描いてあったし、『三笹峠の首あり地蔵』でも黒い人影が追いかけてくる。『自殺ダムの子ども』では電話から子ども声、『山姥村』は葬式に黒い服の子どもがいる。細かい部分に差はあるけれど、どの話にも小さな人影をイメージさせるものが出てくる。これは事件の裏に人間以外の存在……神や怪異といったものが潜んでいると言いたいんじゃないか」

ここまで話し、おれはミナの反応を窺った。

推理がルールに則《のっと》ったものかどうか、判断するのはミナの役割だ。

「……うん、あくまでもマリ姉の怪談の特徴に目をつけているから、フェアな推理と言えると思う」

おれは安心して続ける。

「神から恩恵を受けるには、二つの方法があると思う。一つは神を偉くすること。簡単に言えば信者の数を増やすとか、形だけでも存在感を高めるとか」

「ちょっと待って。形だけって、どういうこと？」

珍しく、サツキがおれに質問をする。

「心から信じてなくても、形だけ従えば存在を認めることにはなる。日本人はほとんどが無宗教と言われるけど、神頼みとか罰当たりっていう考え方は普通に持ってるだろ。信者じゃなくても、目に見えない力をいくらかは受け入れている」

「そういうことか。続けて」

サツキは先を促す。

「恩恵を受けるもう一つの方法は、もっと直接的なものだ。供物を捧げる。当然供物は価値があるものほどいい。当然人にとって一番価値があるのは、命だ」

「なずての会が数々の事件で暗躍しているのは、神に人の命を捧げるためだっていうの？」

「鉱山や野呂の親戚の葬式で起きたような連続死は、人が起こせるものじゃない。どうやってかは知らないけど、人の命を奪う方法があるんだと思う。もちろんなずての会が絡んだ事件の中には、不祥事の隠蔽だってあるだろうけどね」

おれが言葉を切ると、ミナは顎に手を当ててここまでの内容を吟味するように黙り込んだ。しばらくして顔を上げ、おれに向かって言う。

「ユースケの言うように泥子手神が実在するとしても、結局は以前サツキが挙げた疑問に答える必要があるね。つまり——どうして神ともあろう存在が、刃物でマリ姉を殺したか」

「おれはあくまでもなずての会の目的を言いたかっただけで、マリ姉が泥子手神に殺されたとは思ってない。やったのはもちろんなずての会のメンバーだ。マリ姉が裏切り者だということに気づいて、時任教授に続いて殺したんだ」

マリ姉が、なずての会の本質をどこまで知っていて潜入したのかは分からない。サツキの推理のように、あくまで奥郷町の実権を握る組織だと考えていて、潜入後に怪異の存在を知った可能性もある。

「前回の謎、なぜマリ姉が怪談という形で手がかりを残したかについては？」

「それもサツキの推理と同じだ。なずての会の影響力は大きくて、うかつに近づけば命が危険に晒《さら》される。だから一度に全ての情報を明かすんじゃなく、調べる途中で身を引けるようにした」

「つまり……怪異の存在以外の点は、ほぼ私と同じ推理だということ？」

サツキはどう反応したものか困った様子だ。

おれもサツキも、マリ姉はなずての会のメンバーによって殺されたと考えている。板東がどういう立ち位置だったのかは分からないけれど、彼も死んでいることからすると、マリ姉に協力的だったのかもしれない。

捕まえるべき犯人が同じという点では、おれたちは対立する必要がない。泥子手神の存在については意見が異なるが、フェアな発想だということはミナのお墨付きを得ている。

これで次の壁新聞の特別号に載せる推理は揃ったか、と思った時。

ミナが口を開いた。

「残念だけれど、二人の意見には同じ難点がある」

おれもサツキも、思わず驚きの声をあげる。

「どうして。マリ姉が怪談を残した理由はちゃんと説明したのに！」

ミナは少し申し訳なさそうに、だけどテストの解答欄を一つ書き間違えた生徒に呆れるように、おれたち二人の顔を見る。

「その説明のせいで、すでに解決していた疑問が復活したとも言える。二人はなずての会の影響力の大きさから、情報を追う人の身を案じて怪談の形にしたと推理したけど、だったらマリ姉自身はどうして逃げなかったの？」

おれとサツキがともに言葉を失ったのを見て、ミナが追いうちをかける。

「時任教授が死んだのを知って、マリ姉は身の危険を感じたはず。だからこそ『Sトンネルの同乗者』を追加したんだろうし、板東にも電話で何かを伝えた。なのに自分はこの町から逃げることも誰かに助けを求めることもせず、深夜に人気のない運動公園に留まっていた。これは聡明なマリ姉の行動と矛盾している」

おれたちは〝マリ姉が分かりやすい形で手がかりを残さなかった〟ことに説明をつけるためになずての会の恐ろしさを持ち出したけれど、それが裏目に出た。

おれはとりあえず思いついたことを言ってみる。

「マリ姉は板東と逃げるつもりだったんじゃないか。だから彼に電話をして、居場所を伝えた。だけど板東はマリ姉を組織に売ったんだ」

これを聞いてサツキも乗っかってくる。

「板東は電話を受けた後、落ち着かない様子だったというし、マリ姉を裏切ったんなら辻褄《つじつま》が合うと思う」

対抗関係であることも忘れて協調し合うおれたちに、ミナは呆れ顔だ。

「無理があるよ。iPhone のトーク履歴を思い出して。マリ姉は板東に連絡を入れる前に、なずての会のグループを抜けている。あんな目立つ行動をしておきながら、殺されるまで板東を待っていたなんて、なんていうか……おめでたすぎる」

おめでたすぎるとは強烈な表現だけど、言いたいことは分かる。

「私たちはマリ姉がしっかり者の、理性的な人だという前提で話し合いを進めてきたんだよ。そんな迂闊《うかつ》な行動をするような人だとしたら、怪談についても信用できなくなっちゃう」

「……はい」

おれたちは素直に推理の不足を認めた。事件現場の状況、怪談という形式ときて、今度はマリ姉の行動に矛盾を指摘されるとは、思ってもみなかった。

ともあれ、二人の推理が出そろったことで、特別号の記事のネタはできた。

あとは残り一つの怪談の謎を解く間に、すべての疑問を解消する答えにたどり着けたらいいんだけど。


六つ目の怪談、『井戸の家』については少し話し合ったものの、新しい発見や意見は出なかった。

進まない話し合いに時間を割《さ》いても仕方がないので、ひとまず特別号の作製を進めるべく、テーブルに模造紙を広げる。鉛筆で罫線《けいせん》を引き、どの範囲にどれくらいの内容を書くのか、見当をつけていく。

この作業にもだいぶ慣れてきた、と思うのと同時に、この壁新聞づくりも残り少ないことに気づく。もう十一月、二学期は残り一ヶ月ちょっと。おれたちの捜査がどんな終わりを迎えるのかは分からないけれど、来月に掲示係は解散となる。

三学期になっても、三人ともがもう一度掲示係になるなんてことがあるだろうか？

連続して同じ係をするのは、他に希望者がいない場合だけ許されている。

黒板のぽっかり空いた〝掲示係〟の欄を前に、他の二人の顔を窺いながら、そろそろと手を挙げる――そんな想像をしていると、隣のサツキの声が聞こえた。

「もう少し、深沢村について調べるしかないのかな」

作業をしながらミナと『井戸の家』についての話を続けていたようだ。

すでにネットで情報を探していたけど、深沢村について詳しいことは分からなかったらしい。

ネットが発達するよりも前にダムに沈んでしまった村だし、この場合はやはり書籍を頼りたいところだけど、また図書館に探しに行くのはさすがに危険だ。

ミナは、いつものように部屋の奥でおれたちの議論を聞いていた魔女を振り返った。

「この地域の歴史とかについて書かれた本は、どこかに置いてないの？」

魔女は大義そうに首を回し、

「さあて、どうだったかね。ここ十年や二十年のうちに買った覚えはないから、あるとしたら前の家から引っ越す際に持ってきたものくらいだろうが」

その答えに引っ掛かりを覚えたのは、他の二人も同じらしかった。

魔女はこの家にある本の全てを覚えているはずなのに、どうして歯切れの悪い答え方をするんだろう。


陽が落ちるのが早くなったからか、いつもよりも早めにサツキが帰ると言い出し、おれたちは魔女の家を出た。特別号は半分くらいまで進んだ。後は放課後に作業すれば今週中に出来上がるだろう。

帰り道の途中、親から電話がかかってきたらしく、サツキがスマホに出た。「もうすぐ帰るから」「分かってる。ちゃんと覚えてるよ」と少し苛立ちを含んだやりとりをして通話を切る。

大方、早く帰って勉強しろとでも言われたんだろう。本人からも聞いていたけど、このところ中学受験に向けてのプレッシャーが強まっているみたいだ。

それに比べて公立中に進むおれの呑気さと言ったら。ここまで時間の過ごし方が違うと、気楽を通り越して罪悪感すら湧いてくる。

「ねえ、来週の日曜日、予定空いてる？」

こちらを振り返り、サツキが聞いてきた。おれはなんの話題か察する。

「奥神祭りのこと？」

頷きが返ってくる。一年前の祭りの前日、マリ姉は会場となるはずだった運動公園のグラウンドで殺された。サツキにとってはどうしたって辛い記憶と結びつくイベントのはず。

「一緒に行かない？　マリ姉の一周忌の法事は前の日に終わるからさ」

高辻や樋上を誘おうと思っていたのだけど、おれは「そうだな、せっかくだし」と賛成した。

「奥神祭りって、泥子手神と関係あるのかな」

ミナの問いに、おれたちは顔を見合わせる。

「古い土地神のための祭りとしか聞いたことなかったけど……」

泥子手神が推理の中で強い存在感を示すようになった今、どうしても紐づけて考えてしまう。すぐに立ち止まってスマホを操作したサツキが言う。

「分類としては新嘗祭《にいなめさい》といって、秋の収穫に合わせて豊穣《ほうじょう》を感謝するお祭りみたいね。ただ、各地域で廃れつつあった小規模なお祭りをまとめることで地域起こしをする、みたいな目的もあったみたいだから、色んな神様に対する意味合いがあるのかも」

神様への信仰より、地域の活性化の意味合いが強いのか。

そうこう話をするうちにミナと別れ、おれの家に向かう道の分岐に差し掛かろうとした時、

「サツキ！」

前の方から甲高《かんだか》い声が響いた。女の人が立っている。その服装はウチなら授業参観の時しか着な

いようなちゃんとしたもので、いかにもサツキの母親って感じだ、と思った。わざわざ迎えに来たのだろうか。

一方のサツキはややうんざりした顔で、

「もう帰るって言ったじゃない」

と文句を垂れる。なるほど優等生のサツキも、親にはこんな顔をするのか。

じゃあまた、と背を向けた時、サツキママから声をかけられた。

「あなたも掲示係の子？」

「あ、はい」

「いつもありがとう。でもサツキはそろそろ受験に本腰を入れる時期になってきたから、よろしくね」

何がよろしく、なのか分からないが、あんまり好意的じゃない響きが伝わってくる。

もしかしたらサツキは掲示係に男子がいることを伝えていなくて、サツキママの目には休みごとに遊びふける、良からぬ関係にでも見えたのかもしれない。

こっちとしちゃ並べて見られるのも申し訳ないくらいなのにと、笑いたくなる。頭が良くて立派な経歴の人間だからこそ、しょうもないことに気を揉んでしまうのだろうか。

当のサツキは弁解をするよりも、一刻も早く親を遠ざけた方がいいと悟ったのか、おれに小さく手を振ると早足で帰り道を歩いていった。

夕陽が沈む中、家までの道を一人で辿る。見慣れた家並み、見慣れた空。何千回と見てきた景色なのに、裏からちょっと蹴飛ばせば崩れてしまいそうな脆《もろ》さを感じる。

仕方ないだろう。

最初は小学生による片田舎の心霊スポットの調査でしかなかったのに、いつの間にか町の歴史を揺るがすくらい大きな秘密が立ちはだかっていることが分かってきた。にもかかわらず、おれたちがそれに向き合えるのは放課後の一、二時間と休日の午後くらいのもので、それ以外の時間は親や進路に頭を悩まされている。いったいどっちが重大な問題なんだ？

現実ってなんだ。世間ってなんだ。大人っていうのは本当に子どもよりも強い生き物なのか。それともこんなことに頭を悩ませること自体、現実から逃げていることになるのか。

誰ならこの疑問に答えてくれるだろう。親？　先生？　政治家とか？

そこでふと頭に浮かぶ人がいた。

そうか、もしかしたらサツキにとって、それがマリ姉だったのかも。

だから事件の解決なしに、あいつは先に進みたくないのかもしれない。


玄関を開けると、何やら家の中が騒がしかった。

夕方の五時に差しかかる時間帯だから客足が増えてもおかしくないけど、騒がしいのは店じゃなくて家の部分だ。

と、居間から母ちゃんが慌ただしく出てきた。手には得意客の連絡先を書いたノートを抱えている。

「ユースケ、帰ってきたの！」

「どうしたの」

「柴田さんが亡くなったんだって！」

おれはその知らせを受け止められず、靴を脱ぐ途中で固まった。

「柴田のじいちゃんが？」

「私も今聞いて、びっくりしてるところだよ。自宅で倒れて、救急車を呼んだけど遅かったたって」

それだけを言い置いて、母ちゃんはばたばたと電話の方に駆けていく。近所に訃報《ふほう》を知らせる役割を請け負ったのかもしれない。

柴田のじいちゃんがもうこの世にいないなんて、実感が湧かなかった。

目の前で、図書館員に立ち向かってくれた時の姿が蘇る。

店でおれとサツキの関係をからかってきた皺《しわ》だらけの笑顔も。

おれにとって、柴田のじいちゃんの死は町を揺るがしたマリ姉の事件よりもずっと強い衝撃だった。


柴田のじいちゃんが亡くなり、吹き飛ぶような早さで一週間が過ぎていき、気づけば約束した奥神祭りの日がやってきた。

大きな祭りではあるけれど、もう冬に差しかかる時期だし、会場となる運動公園では浴衣《ゆかた》姿なんて見かけない。それでも二年ぶりの開催とあって、午後三時ごろにおれたちが集まった時にはもう、屋台の並びに沿って人波のうねりができていた。

二人にはすでに学校で柴田のじいちゃんのことを伝えていた。

サツキはおれを気遣って祭りはやめようかとも言ってくれたけど、おれは参加を決めた。サツキだってマリ姉が亡くなった場所での祭りなのに来るわけだし、おれも一人でいるよりも何かをして気を紛らせたかったのだ。

グラウンドの脇に設けられたマリ姉への供花台は、町民からの花で溢れていた。おれたちも途中で買ってきた花束を供えて手を合わせる。

三人で露店を回りながら、おれは二人にあることを報告すべきかどうか迷っていた。

地域の活動にも積極的に顔を出し、交友関係も広かった柴田のじいちゃんの訃報は多くの人を驚かせ、葬儀には多くの人が顔を見せた。母ちゃんが言うには最近は葬祭用のホールで葬儀を行うことが多いらしいけど、柴田のじいちゃんの家で、遠くに住んでいる子どもたちも駆けつけて執り行われた。

多くの人が元気そのものだったじいちゃんの死を不思議がり、おれも普段可愛がってもらった礼をご家族に伝えるついでに、倒れる前後の様子について聞いた。

「お医者さんも突然死だと言っていたんだけど、本当にもう、苦しむ様子もなかったんだよ。倒れる音が聞こえて、振り向いたらもう意識がなかったんだから……」

悲しみよりも疲れの色が濃く見えるばあちゃんは、

「苦しむ間もなかったんなら、よかったと思うべきなのかもしれないけど」

と自分に言い聞かせるようにこぼす。

原因不明の突然死。おれはどうしても時任教授の死を連想してしまい、ばあちゃんに尋ねた。

「心臓に負担がかかっていたわけでもないんですね。ドキドキしてたとか、ひどく落ち込んでいたとか」

頷きを返したばあちゃんは、そこでなにかを思い出した様子で、

「そう言えばあの人、ユースケくんに話したいことがあったみたいなんだよ」

と口にした。

「おれに？」

「何日か前の夕飯の時、奥神祭りのことが話題に出たんだよ。あの人、櫓の上で叩く和太鼓の指導もしてたでしょう。今年は無事に教え子さんが演奏できそうだと話していたら、『そういえば去年の太鼓はおかしかった』と言い出すんだよ」

「去年？　去年の祭りは中止になりましたよね」

ばあちゃんは頷き、

「私もそう指摘したら、祭りの数日前、木工所で本番に使う和太鼓を試した時の話らしいんだ。どうしてだか、そのことをユースケくんに伝えなきゃと言ってってね」

木工所。その言葉が出てきたことにどきりとする。

そう言えば祭りに使う色んな祭具も、木工所で作っているんだ。

図書館での別れ際、柴田のじいちゃんはこの町の怪談についてなにかを知っている風だった。ここで人生のほとんどを過ごしたじいちゃんは自然と奥郷町が抱える闇を察していて、和太鼓のこともその一つだったのかもしれない。

少しでも拾い集められる情報はないかと、おれは質問を重ねる。

「あの、他になにかおかしなことはなかったですか？」

「おかしなこと、ねえ」

ばあちゃんはしばらく考えたあと、何かに引っかかった顔をした。

「そういえば、午前中にあの人宛に贈り物があったのよ。覚えがなくて首を捻っていたんだけど、なんだったのかしら」

「贈り物？」

「そう、このくらいの大きさの木箱で」とばあちゃんは赤ん坊を抱える仕草をする。「開けるところは見ていないんだけど、『なんだこれは！』ってあの人の怒鳴り声が聞こえて、様子を見に行ったら、蓋を閉めて『ただの悪戯だ』って見せてくれなかったのよ。確か、軒先に出しておいたんだけど」

ばあちゃんと一緒に見に行くと、軒先には何もなかった。手伝いに来てくれていた息子夫婦に声をかけ、どこかにやったかと聞いても誰も知らない。

これからばあちゃん一人での暮らしになることを心配してか、

「誰かに盗まれたんなら、お巡りさんに相談してみるか？」

と息子さんが提案したけど、ばあちゃんは「でも、葬儀の最中だしねぇ」と遠慮した。

柴田のじいちゃんが受け取り、間もなく姿を消した〝何か〟。

そして「これくらいの大きさ」とばあちゃんがとった仕草が、おれの中でデジャヴのように記憶を刺激した。

そう、ヒロ兄ちゃんが時任教授の死について教えてくれた時だ。時任教授の車の後部座席には、ジッパーが開いた空のボストンバッグが置いてあったという。そのボストンバッグの大きさを語る時、ヒロ兄ちゃんもまた赤ん坊を抱えるような仕草をした……。

「ほら見て」

サツキの声で我に帰る。

蜘蛛《くも》の巣のように張り巡らされた提灯《ちょうちん》に照らされた、グラウンドの真ん中に建つ櫓の梯子《はしご》を登っていく、法被《はっぴ》姿の男の人を指さしている。

間もなく法被姿の男性がバチを振るうと、櫓の上の和太鼓が花火の音のように大きく重く響き始め、雰囲気がいっそうお祭りらしくなった。

「ユースケ、どうかした？」

ミナに話しかけられ、まだ考えがまとまらないおれは、とっさに口を動かした。

「地域の子ども会が和太鼓を教えてでさ。おれも死んだ柴田のじいちゃんに教えてもらったことがあったなって」

「小学生もあそこで叩くの？」

「いや、もっと小さい楽車《だんじり》の中で叩くようなやつ。おれはすぐ稽古に飽きちゃったけど、じいちゃんは今年も誘ってきたよ」

話しながら、不思議なひらめきが起きるのを感じた。さっきまで考えていたことと、頭の片隅にこびりつく情報が、細く光を放つ糸で繋がる。

——死んだ金森さんが勤めていた木工所。そこにあった和太鼓がおかしいと、柴田のじいちゃんは感じていた。

どぉん。どん、どん。

和太鼓の音が、もっと考えろと囃《はや》し立てているみたいだ。

——その後木工所には誰かが侵入して、いくつもの製品を壊した。その中に和太鼓があったかもしれない。

どん、どん、どぉん、どぉん。

——ヒロ兄ちゃんが言ったように、それをやったのが時任教授だったとしたら、どうなる？

気づけばグラウンドを一周して、露店の端っこに着いていた。

いつ買ったのか、ミナの手には綿あめ、サツキの手にはたこ焼きがある。全然気づかなかった。

「なんだよ、お前たちだけ」

「ユースケ、先に歩くから」

ミナは悪気のない顔でそう言った後、綿あめの端っこを千切ってこちらの口元に差し出してくる。

「おい」

「あげる」

仕方なく、ふわふわ揺れる切れ端にかぶりつく。勢い余ってミナの指先が唇に触れる。

こんなの、クラスメイトに見られたらなんてからかわれるか。

ふと視線をずらすと、そのクラスメイトであるサツキと目が合った。

何してんの、と言いたげな顔をするのでこっちも意地で無言を貫いていると、どういう心理が働いたのか、

「ミナ、ほら」

とたこ焼きの一つをミナの顔面に突きつけた。そうなるとミナは口を開けて受け入れる他なく、

「ありふぁほう」としまらない礼を言う。

おれも何か買おうと考え周りを見渡すと、近くにいた二人連れのおじいさんが、こちらを見ていることに気づいた。

「おお、やっぱりそうだ」

目が合うと、片方のおじいさんが嬉しそうに顔をほころばせて手を振ってくる。

誰だか思い出せずに戸惑っていると、横からミナが、

「前にこの近くの喫茶店で会った人」

と教えてくれる。そうか、マリ姉の事件の情報を求めて立ち寄った喫茶店！

店名は確か、『ドナウ』だっけ。言われてみると、そのおじいさんには見覚えがあるような気がしてくる。むしろ向こうがおれたちの顔を覚えていたことに驚くけど、

「お前さんたち、いつも三人でつるんでいるんだな」

と笑っているのを見て、女子二人に男子一人は、確かに特徴があるかと思い直す。

『ドナウ』はここからすぐ近くにある。常連客なんだから、この人も近所の住人なんだろう。

「あの時はありがとうございました」

サツキが礼儀よく頭を下げると、おじいさんがばつの悪そうな顔をした。

「こんなこともあるんだなあ。ちょうどさっき、お前さんたちのことを思い出してよ。あん時ゃ、適当なことを教えちまったかなあって」

「適当なこと？」

顔を見合わせるおれたちに、おじいさんが告げる。

「板東病院の跡取りの先生が、よそに行ったって話だよ」

「ああ、それなら」

ずっと前に確かめている。板東は県外の病院に移った後、すでに亡くなっている。

――しかし、

「いや、さっき見かけたみたいなんだよ、その先生。なあ田中さん」

と、隣にいた友人らしき男性に話を振る。田中と呼ばれたその友人は、

「間違いないと思うよ。板東景太郎先生。あの人、俺の主治医だったんだもん」

と真面目な顔で頷いた。遠まきに気づいたので声をかけたら、避けるように離れていってしまったのだそう。

どういうことだ。おれたちは間違いなく板東景太郎の墓があるのを確かめたし、明光寺の和尚さんからも話を聞いた。

二人に礼を言って別れた後、おれたちは人目を避けてお祭り会場の外に出た。

「さっきの話。幽霊を見た、ってわけじゃないよな」

「その方がましだよ。本当に板東が生きていたなら、分からないことが多すぎる。どうして死んだふりをしていたのか。そしてなぜ今戻ってきたのか」

「双子じゃないよね？」

「そんな家族がいるなら、容疑者として話に挙がるはずだよ」

おれはサツキに言った。

「前にサツキが持ってるiPhoneにメッセージを送ってきたの、板東じゃないか？」

『波多野真理子の二の舞になるぞ』という脅迫の言葉だ。もしそうだとしたら、今になって奥郷町、しかもこの祭りの会場に姿を現したのは、おれたちを狙ってのことだと思えてならない。つまり、おれたちが小学生であることや行動範囲もバレているということ。

すでに祭りを満喫する気分は吹き飛んでいた。おれたちは早々に帰ることを決め、互いに身の回りを警戒し始める。

「もし何かあった時のために、大人に連絡をとっておいた方がいいかもしれない」

サツキは親にメールを入れたついでに、作間さんにも連絡をし、板東のことを伝えた。

「少し時間はかかるけど、家まで送りに行こうか」と作間さんが言ってくれたけれど、少しでも早くここを離れることを優先して、三人で帰ることにした。

遠回りになるけど、ミナ、サツキと順番に送っていくルートをとる。

祭りのせいか、いつもより人気が少なく感じる薄闇の町を自転車で駆け抜ける。

「もう、来週の魔女の家会議を待ってる暇はないかもしれない」

後ろを走るサツキが言った。

「なずての会の包囲網がここまで迫ってるなんて。早く最後の怪談の謎を解かないと」

「解いてどうにかなればいいけどな」

怪談にどんな秘密が隠されているにせよ、マリ姉が知っていたことでしかない。

それでなずての会を告発できるのなら、マリ姉がとっくにやっているだろう。

「決めつけるのは早い」ミナが言った。「マリ姉は命を狙われて、行動を起こす時間がなかっただけかも。私たちは三人。いくらなずての会でも、同時に手をかけて大事件にはしないはず」

死んだはずの板東が人前に出てきたことからしても、万事がなずての会の想定通りに進んでいるわけじゃないと思う。結局は、『井戸の家』に秘められた謎が頼みの綱になるのか。

ミナをアパートまで送り届け、さらにサツキの家の前で別れる時。

「ちゃんと家に着いたら、教えてよ」

「分かった」

おれは片手を上げて了解を示し、家に向かって漕ぎ始めた。

大丈夫。大丈夫。

足の踏み込みに合わせて、胸の中で唱える。

勝手知ったる道なのに、今日に限って誰とも会わない。立ち並ぶ家々も、窓から光が漏れているのに、ひっそりと静まり返ってまるで巨大なセットみたいだ。

家まであと一息。公園の横を通り過ぎようとした時、入り口付近の街灯の下に人影が立っているのに気がついた。

後になって考えると勢いそのままに突っ切るべきだったのだけど、おれは誘《いざな》われるように自転車を止め、地面に足をつけていた。

「君が、ユースケだな」

人影が街灯の下から出てくる。若い男だ。おれは直感的に正体を悟る。

「板、東」

「話が早いな」

ちくしょう。二人を送るために遠回りしたのが裏目に出たんだ。

恐怖と緊張で心臓がばくばく鳴る。

「用件は単純だ。事件から手を引け。子どもの遊びじゃ済まない」

冷たい声が向けられる。

十メートルほど先には一台の乗用車が停まっていた。誘拐の二文字が頭に浮かび、おれはなんとか隙をついて逃げなければと心を固める。

「柴田のじいちゃんが死んだのも、お前たちの仕業だろ」

「なに？」

「木箱の贈り物だよ。あれを受け取ってすぐにじいちゃんは死んだ」

すると板東の声に、はっきりと警戒の色が出た。

「お前も見たのか？　御神体を」

おれがその言葉を反芻《はんすう》するより先に、板東は自らそれを否定する。

「違うな。であれば今こうして無事な訳がない」

その時、おれの背後から煌々とした光が放たれた。

全身を照らし出された板東は反射的に顔を覆う。振り返ると、見覚えのある車がそこにいた。

作間さんの車だ！

作間さんが威嚇《いかく》するようにクラクションを鳴らすと、板東は悔しげにおれを睨み、すぐさま停めてあった乗用車に乗り込んで走り去ってしまった。

「ユースケ君、大丈夫か」

思った通り、運転席から顔を覗かせたのは作間さんだった。

「どうしてここに？」

「サツキちゃんから心配するメールが届いたから、だいたいの住所を聞いて来てみたんだよ。今逃げて行ったのは誰だ？」

あの男こそ板東らしいことを話すと、作間さんは「本当だったのか」と驚いて、乗用車が走り去った道を見やる。

作間さんは警察に通報することも考えたようだけど、板東はまだおれに何をしたわけでもない。せいぜい不審な言動をされたと訴えることしかできないし、今はとにかく早く家に帰るべきだという考えでまとまり、おれが家に着くまで見届けてくれた。

サツキにこの出来事をメッセージで送ると、案の定ひどく心配された。

「向こうは、姿を隠すつもりもないってことね」

「板東は重要なことを口走った。御神体だって」

「御神体？　神社とかに奉納されている、あれ？」

会話の流れからすると、柴田のじいちゃん宛に送りつけられたものこそ『御神体』で、それを見たせいで死んだという意味にとれる。

「本当に御神体って言ったの？　聞き間違いじゃ？」

サツキは半信半疑のようだ。実際に聞いたのはおれだけだし、証明のしようがない。心霊現象といい板東といい、どうしておれが一人の時に現れるのか。

「ユースケ、明日は早めに学校に来られる？　壁新聞の特別号、授業の前に仕上げちゃおう。これまでの情報を少しでも早く皆に見られる形で出せば、『山姥村』の時みたいに読者から『井戸の家』の謎を解く手がかりが入るかもしれない」

おれもその提案に賛成だ。なずての会の包囲網が狭《せば》まる中、もはやおれたちに残された武器は壁新聞という表現しかない。

ミナには、家のパソコンで使っているメールアドレス宛に連絡し、翌日中の特別号完成を目指すことになった。


翌日の朝、おれはいつもより三十分早く家を出た。父ちゃんたちはすでに配達の準備やらで動き出しているし、表にも出勤の大人や家の前を掃除する老人の姿があちこちに見られ、昨夜のことで外を警戒していたおれも、なずての会に襲われることはないだろうと安心して登校できた。

校門をくぐったところで、校舎に向かうサツキとミナの背中を見つける。二人とも、無事に会えた安堵《あんど》よりも、切羽詰まったような緊張感を顔に浮かべている。多分おれも同じだろう。もはや学校だけが、大人に手出しされないおれたちの安全地帯に思えた。

ひんやりと冷たい空気が満ちた教室で、書きかけの模造紙を広げる。すでに記事の内容が決まっていることもあり、字を埋めることだけに集中するとクラスメイトが登校してくるまでに八割方の作業を終えることができた。

「これで、放課後には廊下に貼り出せるはず」

サツキの顔には達成感に満ちた笑みが浮かんでいた。

だけど、そんな期待は昼休みに打ち砕かれることになった。

給食後の、各班に分かれての掃除を終え、昼休みに再び顔を揃えたおれたちは、完成を間近にして詰めの作業に取りかかっていた。

途中、クラスの元気印の城戸が「学校に高級車が来たあ！」と廊下から飛び込んできた。教室で暇そうにしていた女子がそちらを見て眉をひそめる。

「ちょっと、手ぇ濡れっぱなしじゃん。洗ったなら拭きなって」

「ごめんごめん」

城戸は慌ただしく、取り出したハンカチで手を拭く。

「で、高級車ってなに？」

「トイレから出た時、校門の前に停まったのが窓から見えたんだよ」

「ベンツとか？」

「分からないけど、黒い車！」

なんだそりゃ、と皆が苦笑する。ボディが黒い車なんて珍しくもない。しかし、

「ちゃんと運転手がいたんだよ！　それで後ろから降りた人を、教頭先生が案内していった。どっかで見たような気がするんだけどなあ」

という新証言に、腑《ふ》に落ちない顔になる。どこかの社長や金持ちなら運転手くらいいるかもしれないが、小学校に用があるとは想像しづらい。

するとややあって、先生が入り口に顔を見せた。まだ昼休みの終わりには早い。先生は教室をぐるりを見渡すと、

「波多野たち、ちょっと来てくれるか」

と呼んだ。

〝波多野たち〟。それがおれとミナを含めた指名だということは明らかだった。

顔を見合わせながら、おれたちは廊下に出た。またしても不可解なことに、先生はその場では用件を切り出さず、「ちょっと来て」とだけ囁いて教室を離れ、階段を下りる。連れて行かれたのは、校長室の横にある面談室というプレートがかかった、この六年間で入ったこともない部屋だった。

明らかに生徒用ではないソファに並んで座らされると、先生が向かいに腰を下ろす。

「休み時間に悪かったな。実はお前たちに話があるんだ」

一息入れ、

「先生、お前たちが掲示係に決まってから、三人なりに頑張って来たのは知ってる。学期中にあの分量の壁新聞を三号も出すなんて、なかなかできないことだ。でもな、前にも言ったけど書いちゃいけないことはある」

「あれはフィクションって書いてます。一般の新聞の連載小説と一緒です」

「それでも内容に傷つく人がいるかもしれない」

サツキがあからさまに呆れた顔をした。

「小学校の掲示物でですか？　私たち以外、学校関係者は登場もしてないのに？」

でも、先生ははなから議論をするつもりはないらしい。

「最近はＳＮＳの流行があって、一昔前からは常識も変わってるから、子どもに判断が難しいこともある。そしてそれを正すのが先生たちの仕事なんだ」

先生は短く息を吸い、

「今掲示しているものを含め、しばらくの間壁新聞の掲示を禁止にする」

と言い渡してきた。これに黙っていられるわけがない。

「そんなの無茶苦茶だ！」

「ちゃんと説明してくださいよ！」

おれとサツキが食ってかかるが、先生はてんで聞く耳を持たない。

「話はこれで終わりだ。お前たちが何を言っても変わらない。教室に戻りなさい」

「教師のくせに、自分の判断理由も説明できないんですか」

「波多野。お前は受験を控えているだろう。あまり聞き分けのないことを言うと、家に電話することになるぞ」

あまりにも露骨なもの言いに、怒りを通り越して震えるような嫌悪が湧き上がる。先生は三人の主力であるサツキを折れさせるために、受験という泣き所を持ち出した。それは説得なんかじゃなく、単なる屈服を求めてのことにしか思えない。

おれは以前、ミナがクラスで孤立した時に助けられなかったことを思い出す。今度こそ怖がっている場合じゃない。

「この卑怯者《ひきょうもの》！」

大人に対して初めて吐いた言葉。先生がこちらを睨む。

その顔を見て、なにかがおかしいと気づいた。怒りというより、怯えるような色が目に宿っているのだ。

隣を見ると、ミナが壁の向こうをじっと見ている。その意味に考えをめぐらそうとした時、時間切れを知らせるチャイムが鳴った。

「……さあ、教室に戻るんだ」

おれたち以上に消耗したような顔で先生が言い、おれたちは面談室を出た。

廊下を歩き、十分な距離が空いてからミナが言った。

「あの部屋でのやりとりは、隣の校長室に丸聞こえなんだと思う」

先生は校長先生からの指示を受けて、おれたちの壁新聞を禁止にしたのか。

教室に戻ると、ミナは真っ先に城戸の席に向かう。

「さっきの高級車のことだけど、降りてきた人って町長じゃない？」

果たして、城戸は晴れやかな顔でミナを指差した。

「それだ！　選挙のニュースで見たことある顔だったんだ」

それなら黒塗りの公用車に乗ってきたのも、運転手がいたのも頷ける。

本当の命令は、町長から校長、そして先生に伝わっていたのか。

町長がわざわざこの学校に出向いてまで壁新聞の制作を封じにきた目的は、明らかだ。なずての会の力は、役場の長である町長にまで及んでいる。おれたちの身元が完全にばれているのは疑いようがなかった。

午後の授業はまったく頭に入らないまま過ぎ、放課後になった。

もはや次の魔女の家での会議を待っている場合じゃないと悟ったおれたちは、先生の目を避け、最初の頃に話し合いの場として使っていた、小校舎の奥に集まった。

今日貼り出す予定だった壁新聞の特別号は、折り畳んだままおれのロッカーの中で眠っている。三人で知恵を出し合い、危ない思いをして調べまわった成果が、土壇場《どたんば》で大人の一声で握りつぶされてしまうのがあまりにも悔しくて、先生の目を盗んで今日だけでも貼り出してやろうかとも話し合った。

でも面談室での先生の様子からは、もはや理屈が通じない感じがした。これ以上睨まれるようなことになれば、親への連絡、さらには自宅での謹慎など、こちらの想像を超える仕打ちを科せられるかもしれない。今おれたち三人がバラバラになってしまうのだけは絶対に避けなければ。

「私、『井戸の家』について考えていたんだけど。あれはなずての会ができるきっかけになった出来事について書いていると思うの」

サツキがそう切り出す。

「きっかけ？　村がダムに沈むことが？」

「その原因を隠蔽したことが、よ」

確かにあの話では、語り手である役場の職員が、深沢村の井戸で何を見たのか読者には明かされないまま、村がダムに沈められることが決定する。井戸の中身について職員から報告を受けた町の行政が、それを隠蔽するために村を沈めた可能性はある。

「作間さんにもこの話の舞台となった時代について教えてもらったの。ちょうど経済成長期、鉱山の発展とともに奥郷町の景気も今では想像できないくらい良かったんだって。それなのに、もし鉱山の事業にとってマイナスな発見があったとしたらどう？」

工業について回るマイナスのイメージと言ったら、小学生のおれたちでも授業で習ったことがある。ミナが呟いた。

「公害だね」

公害――環境破壊によって起きる社会的災害が問題化した詳しい年代は覚えていないけれど、サツキのことだからダム建設がその時期に被っていることは調べているんだろう。四大公害病の一つとして習ったイタイイタイ病も、確か鉱山の事業で起きた公害だったはずだ。

「怪談の中で、村では過去に鉱山の開発が原因と思われる、井戸水の減少があったって書かれていた。鉱山と井戸水の関係がある上、病人は沢から引いた水道じゃなくて、井戸水を使っていたときてる。公害の条件にぴったり当てはまっていると思う」

鉱山の事業経営を左右する、不都合な発見。もしそれを鉱山を経営していた後島工業だけでなく、鉱山に支えられていた奥郷町、そして病人を受け入れる病院が手を組んで隠蔽したのだとしたら。

「調べて分かったことなんだけど、鉱毒の中にも硫化物とか自然由来のものがあるんだって。温泉だって有毒ガスが噴き出したら入れないし、当たり前と言えば当たり前だね。だから怪談の中で見つかった原因が、後島工業に責任のあるものかは分からない。でもとにかく鉱山の事業を止めないために、不都合な発見を深沢村ごとダムの底に沈めることにした。その際にも、住人の声を無視するような強引な手法をとったのかもしれない」

サツキの考えは、やっぱり現実的で、聞き手を納得させる説得力があった。

それに対してどう自分の解釈を展開しようか、おれは頭を悩ませる。

先にミナが口を開いた。

「サツキの考えはわかったけど、あくまで『井戸の家』をそう読めるっていうだけだよね。これまでの怪談にはミステリー的な構造の謎が隠されていて、それを解いて分かったことを推理に使ってきた。今の話には、それがない」

痛いところを突かれたらしく、サツキは「そうなんだよね……」とトーンダウンする。

「怪しいのは、やっぱり最後の『十のうちたった一つの約束事』の部分なんだよね。でも十という数字が何を指しているのかが分かんない。七不思議のことでもないし」

と、おれはミナの顔を見て、違和感を覚えた。

たまに、ひくっと鼻が動くのだ。花粉のむず痒さを堪えているようにも見えるけど、これは。

「おい、ミナ。もしかしてもう予想がついているんじゃないか？」

「えっ嘘！」

「なんか隠してる顔だぞこれ」

おれたちの視線を受けると、ミナは顔をしかめるように下唇を曲げたが、今や明らかにその目が笑っている。

「ミナ、いつの間にそんな意地悪になったの」

「ごめん。ずっと家で考えて出した答えだから、すぐは話したくなくて」

珍しくはにかむミナを見て、その気持ちも少し分かる気がした。ミステリーに染まって以来、ミナの発想力が優れているから謎解きを任せてしまいがちだけど、多少苦労の時間を共有したってバチは当たらない。

「それじゃミナ探偵、改めて」

「了解した。サツキが言った部分について、私はどこかで見たことある気がしてたんだよね。で、これまでの怪談を振り返った時、ミステリーになぞらえた仕掛けだったのを思い出した」

場所の食い違い、時代の食い違い、リドルストーリー、特定の物を示す暗号。

『井戸の家』も当然、ミステリーから発想できる仕掛けのはず。そう考えたら、まさに有名な十の約束事があることを思い出した。それが〝ノックスの十戒《じっかい》〟

「ノックスの……」

「十戒？」

珍しいことに、サツキと二人合わせて首を捻る。

「簡単に言うと、昔ノックスっていう人が作った、ミステリーでの決まり事だよ」

言ってから、ミナはすぐに言葉を変えた。

「決まり事っていうのも違うか。ミステリー小説はこれをやっちゃいけない、っていう個人的なルールかな。同じようなので〝ヴァン・ダインの二十則〟っていうのもあるから、公式なものとは思わなくていい」

つまりミステリーにうるさい人が考えた基準か。

ミナはランドセルの中からノートを取り出して、肩を折り曲げていたページを開ける。おれたちに説明するつもりだったのか、書き写しらしき手書きの文章が並んでいる。

① 犯人は物語の序盤に登場していなければならない。

② 探偵方法に超自然能力を用いてはならない。

③ 犯行現場に、秘密の抜け穴・通路が二つ以上あってはならない。

④ 未発見の毒薬、難解な科学的説明を要する機械を犯行に用いてはならない。

⑤ 主要人物として「中国人」を登場させてはならない。

⑥　探偵は、偶然や第六感によって事件を解決してはならない。
⑦　変装して登場人物を騙す場合を除き、探偵自身が犯人であってはならない。
⑧　探偵は、読者に提示していない手がかりによって解決してはならない。
⑨　助手役は、自分の判断を全て読者に知らせねばならない。また、その知能は、一般読者よりもごく僅《わず》かに低くなければならない。
⑩　双子・一人二役は、あらかじめ読者に知らされなければならない。

正直、ミステリー小説を読まないおれにとっては首を傾げてしまう内容も多い。

「なんで中国人を登場させちゃ駄目なんだ？」

「かなり昔に作られたものだから、変な内容もあるんだって。当時ヨーロッパではアジア人自体があまり知られてなくて、なんとなくミステリアスな存在だったんだろうって言われてる」

ミナいわく、この文章も江戸《えど》川乱歩《がわらんぽ》という小説家が翻訳したものを参考にしているので、原文とは少し意味合いが違うところもあるのだという。

「魔女に聞いたんだけど、②も探偵方法に限らず、オカルト的な存在の登場自体を禁止する内容とも取れるんだって」

サツキは文面を真剣な顔で読み進めていたが、

「『十のうちたった一つの約束事を、私は守れていない』ってことは、九つは守っていると解釈すべきなの？　見たところ、当てはまらないものが多い気がするけど」

とこぼす。それに対しミナは、

「そもそもこの怪談に登場しない条件は、除外していいんだよ。例えば秘密の抜け穴は一つも登場しないから、③は考えなくていい。⑤の中国人もそう」

と説明しながら、当てはまらない番号にバツ印をつけていく。

「もし鉱毒が原因だとしても未発見の毒薬ではないから、④もいらない。⑨の助手役はいわゆるワトソンのように探偵役の活躍を説明する立場だから、これもいない。双子や一人二役と思えるような登場人物もいないから、⑩も違う」

こうして残ったのは五つ。

① 犯人は物語の序盤に登場していなければならない。
② 探偵方法に超自然能力を用いてはならない。
⑥ 探偵は、偶然や第六感によって事件を解決してはならない。
⑦ 変装して登場人物を騙す場合を除き、探偵自身が犯人であってはならない。
⑧ 探偵は、読者に提示していない手がかりによって解決してはならない。

おかげでかなり分かりやすくなった。この中の一つを守れていないと、〝私〟は言っているわけだ。

サツキはこれを見て声を弾ませる。

「さっきの私の推理に照らし合わせると、超自然能力は登場しないから②はクリアしてる。井戸に原因があると考えたのは偶然じゃなくて自力だから、⑥もクリア。鉱山や井戸水の情報など、推理に必要な手がかりがちゃんと作中に書かれているから⑧もクリア」

残るは①と⑦だ。

「深沢村をダム湖に沈めた人物を犯人と呼ぶのなら、それはなずての会――つまり役場や後島工業、あるいはこの語り手になるよね。いずれも怪談の序盤に登場してるから、①もちゃんと守られてる」

残ったのは⑦、『探偵自身が犯人であってはならない』だ。

これが守られていないということは、つまり犯人は探偵自身――語り手。

井戸で何かを発見した語り手が、それを隠蔽するよう上に報告したことがきっかけで、深沢村はダム湖に沈むことになったということになる。

それはサツキの推理を完全に裏付ける内容に思えた。

サツキが興奮を落ち着けるように大きく息をつく一方で、ミナがおれを促すような目線をよこす。

「対抗できる推理がないとまずいぞ」と言いたいのだろう。

ノックスの十戒のことはたった今知ったばかりなのに。

それでもおれはサツキが展開した論理を利用しつつ、頭をフル回転させてオカルト犯人説に沿う推理を練った。

「待ってくれサツキ。『井戸の家』がノックスの十戒を使ってことの真相を示しているのなら、肯定されるのはお前の推理だけじゃない」

「聞きましょう」

サツキは余裕の態度だ。

「まず、サツキは語り手が井戸の中で発見したものを、鉱山由来の公害の毒物だと解釈したけれど、おれは怪談内で表現されている通り、オカルト的な存在による働きかけだったと思う。重い症状の人が、何かに呼びかけられたとも書かれているし、井戸から呼び声が聞こえていたのかもな」

「呪いの声ってこと？　でも被害を受けた人たちは、別々の井戸を使っていたんだよ」

「声の源は井戸じゃなくて水なんだ。井戸は地下水脈を通じて、泥子手神の伝承が残る山々と繋がっているんだろう。井戸を覗き込んだ村人は泥子手神による影響を受けて体調を崩し、弱い人は死んでしまった。語り手は井戸を覗き込んだ時、実際にその声を聞き、役場に報告した」

話しているうちに、頭の中でバラバラに散らばっていたパーツが磁石のように引き寄せ合い、一つの形を描いていくような感覚になる。

そうだ、この考え方なら辻褄が合う。

「興味深い考えだけど、これまでの話と矛盾してるね」

サツキが冷静に指摘する。

「なずての会は泥子手神を崇める集団だというのが、ユースケの主張だったはず。前にも、神からの恩恵を得るために人の命を供物として差し出しているって言ってたでしょ。それなら深沢村でも泥子手神の影響を広めるはずなのに、結果的にダム湖に沈める形で深沢村を消滅させている。これはなずての会の行動としておかしいんじゃない？」

「泥子手神には、供物を得るよりももっと重要な目的があったんだ。井戸を通じた呼びかけは、なずての会にその目的を伝えたことで役目を終えた。だからなずての会は、それ以上噂が広まることを防ぐために、用無しとなった村をダム湖に沈めた」

「焦《じ》らさないでよ。もっと重要な目的って何？」

　おれは力を込めて言う。

「御神体の捜索だ」

　二人はその意味が飲み込めないのか、ぽかんとした表情を浮かべる。

「昨日、板東が言ったことは伝えたろ？　御神体ってのは、見たら死んでしまう呪物《じゅぶつ》みたいなもので、両手で抱えられる大きさのはずだ。当然、御神体がちゃんとした扱いを受けてこそ神格は高まる」

　マリ姉が残した怪談のあちこちで小柄で黒い人型が登場したのも、御神体の存在を印象付けるためだったのなら、納得だ。

「いきなり話が飛躍しすぎじゃない？」

「そんなことないさ。『鉱山とともに、五十年』に書かれていた鉱山事故のことを思い出してくれ。坑道火災にしては不自然で、計画を無視した採掘という噂まであったそうじゃないか。あれが単なる事故でなかったとしたらどうだ。山の奥深くにある、何かを取り出すために坑道を掘っていたことが原因なら」

「……御神体は山に埋まっていたってこと？　深沢村で地下水脈を通じてそのメッセージを受けたなずての会は、後島工業と協力してそれを掘り出した？　いや、ひょっとしたら鉱山の事業自体、最初からそれを目的に……」

　ミナが深刻な顔で考え込む。

「後島工業がどこからなずての会と絡み始めたのかは分からない。でも御神体に近づいたせいでその場にいた鉱夫たちが次々と倒れたのなら、鉱山事故にも説明がつく。被害者たちを収容したのは、もちろん板東精神病院だ」

怪我でもなく、普通の精神病にも見えない人間を閉じ込めておくには、病院の協力が必要不可欠だったろう。廃病院の壁にあった絵は、坑道の奥で御神体を発見した時の、強い恐怖体験を描いたものだったんだ。

「『井戸の家』はなずての会の始まりを書いたという点では、サツキの意見と一緒なんだ。御神体のありかを知ったなずての会は泥子手神を崇めるようになり、彼らの権力を利用して泥子手神は多くの人の命を取り込んできた。ノックスの十戒についても、この推理に沿った解釈ができる」

おれは今一度、①、②、⑥、⑦、⑧の五つの条件を二人に確認させる。

① 犯人は物語の序盤に登場していなければならない。
② 探偵方法に超自然能力を用いてはならない。
⑥ 探偵は、偶然や第六感によって事件を解決してはならない。
⑦ 変装して登場人物を騙す場合を除き、探偵自身が犯人であってはならない。
⑧ 探偵は、読者に提示していない手がかりによって解決してはならない。

「サツキは語り手が村をダム湖に沈めた犯人だと考え、⑦の条件を守れていないと解釈した。でもおれの考えでは、深沢村の住人に被害を与え、ダム湖に沈む原因を作ったのは泥子手神だ。よって⑦はクリアしているし、語り手は自力で調査して井戸にたどり着いたので⑥もクリア。そしてよく読むと泥子手神の名前は冒頭で登場している上、病人のうわごとで解放を望む泥子手神の代弁をさせ、ちゃんと手がかりを提示している。だから①、⑧もクリアだ」

残る②に関して、ミナはさっきこう言った。

――魔女に聞いたんだけど、②も探偵方法に限らず、オカルト的な存在の登場自体を禁止する内容とも取れるんだって。

オカルト的な存在の登場自体の禁止。

これこそ、『井戸の家』で語り手が守らなかったただ一つの条件じゃないか。

いい、い、い、い、い、泥子手神は、実在するのだ。

壁新聞の掲示禁止が決定されてから、学校での時間はまるで映画のセットの中で動き回っているような、とても空虚なものに感じるようになった。

授業は普通に受けるるし、友達もいる。サツキやミナともいつでも話せる。なのにたった一つの作業に向き合えなくなったせいで、心の芯を抜き取られたかのような喪失感がある。

前の『井戸の家』についての話し合いで、おれとサツキはノックスの十戒を用いた解釈を披露した。けれど、結局ミナはどちらに軍配を上げることもなかった。

「前に言った、なぜマリ姉が逃げなかったのかという疑問に答えが出ていないから」

というのが理由だ。

サツキもおれも、マリ姉はなずての会の強大な影響力を知ったからこそ、奥郷町の七不思議を残したと考えている。なら時任教授が死んだ時点でマリ姉は町を逃げ出す、せめて逃げようとする素振りを見せなきゃおかしい。なのにマリ姉が無警戒にも深夜の運動公園にいた理由を、おれたちはまだ説明できずにいた。

「ユースケ、大丈夫か？」

休み時間、高辻がおれを心配して声をかけてくれる。こんなことが、今週だけでもう四回もあった。

「そんなにおかしいように見える？」

「体調は平気そうだけどさ。気づいたらボーッとしてるし。それに畑さんもなんだか前の状態に戻ったように見えて、気になるよ」

その言葉の通り、ミナは運動会の後せっかく友達が増えたのに、また近づきがたい空気を放つようになった。サツキは流石にクラスの中心人物に変わりはないけど、一人になるとよくため息をついている。

壁新聞の制作が禁じられたことは、高辻や樋上、それに城戸や野呂さんには伝えてある。同情とともに先生の言い分に憤慨《ふんがい》もしてくれたけど、「よくある大人の謎ルール」としか思ってないはずだ。

「なあユースケ。その、奥神祭りにも三人で行ったんだよな？　その時、何かあったのか」

「あったのはあったけど、高辻が心配しているようなことじゃないよ」

おれは安心させるように言った。

考えてみると、おれがショックなのは、壁新聞の話題がなくなった途端、教室内で二人に話しかける話題がさっぱり見当たらなくなってしまったことかもしれない。二人とは大きな秘密を共有し、協力し合って何度も壁を乗り越えてきた仲間だと思っていたのに、普通の会話の糸口にすら苦労するなんて。

だから、ある日の休み時間にサツキがそっとおれを廊下に連れ出した時は、正直に嬉しかった。でもサツキの口から出てきたのは、

「ごめん、親の監視が厳しくなっちゃって。もう土曜に魔女の家に行くのは無理かもしれない」

という謝罪だった。

「まじかよ」

「掲示係の外出が多くなってから文句は言われてたんだ。でも成績も落ちてないのに、急に外出禁止だって言い出して。しかも、気になることも言ってたの」

「なんて?」

「『悪評のせいで、受験ができなくなったらどうするんだ』って」

衝撃のあまり、目の前が暗くなった。

「まさか、学校から親に圧力がかかったのか?」

親まで使って邪魔をしてくるなんて、卑怯すぎる。直接的な危害を加えるのではなく、徹底的に捜査の妨害をしようというわけか。

情けないことに、その効果はてきめんだ。壁新聞が禁じられただけでも、おれたちは状況の変化

に戸惑っているし、この上魔女の家での話し合いの場まで奪われてしまったら。

「大丈夫だ。休日に集まらなくても、話し合いはできる。下校の時に、サツキの家まで寄り道するとかさ」

おれは自分に言い聞かせるように、サツキを励ました。

「それに壁新聞づくりに時間を割かなくていいようになったんだ。もし何か調べにいく必要があるなら、おれとミナが動けばいい」

「そう、だね」

サツキは頷いたが、まだ気がかりなことがあるのか浮かない顔をしている。

「なずての会は、私たちをどうしたいのかな」

「どうって」

「マリ姉みたいに口封じをしたいなら、こんな嫌がらせで私たちに警戒させる必要ないと思う」

「三人まとめて殺すのは手間がかかるし騒ぎになるから、妨害をしてくるんじゃないのか」

「妨害をすれば、私たちがいつかは諦めるって？　小学校を卒業してバラバラになったら、もうなずての会を追わない？　そんな考え方、楽観的すぎる」

それはそうだ。特にサツキのようにマリ姉と関係が深いと、この先大人になってますます厄介な存在になるはず。

「じゃあなんのために」

「分からないけど……。なんていうか、時間を稼いでいるような感じがする」

なずての会の存在がきわ立つほど、分からないことが増えていく。

頭の中を、嫌な想像がよぎった。

おれたちが必死の思いで推理を重ねて、人生をかけた決断の末に一つの真実を摑んだ時、周りの大人たちは怒りに顔を歪めるでもなく、後悔の念でひざまずくでもなく、優しい笑みを浮かべておれたちを祝福するのだ。

よく頑張った、これで君たちも子どもを卒業だ、と。

それがとてつもなく怖い。この町の外にはすごく広い世界が続いているって、当然のことだと思ってた。でも今は大人という存在が、おれたちの知らない世界が、さほど大したことのないものであってほしいと願っている。


その日の帰りの会の時、教卓に立った先生が皆を前に告げた。

「昨日、この付近で変質者が出たという通報があったそうだ。しばらくは寄り道せず、まっすぐ家に帰るように」

「変質者って、ズボン脱いだりするやつ？」

人気者の蓮が茶々を入れたけど、先生は固い表情のままだ。

「子どもだけを狙った通り魔の可能性もあるんだ。ふざけていると大変な目に遭うぞ。しばらくは放課後に残るのも禁止。なるべく近所の友達と一緒に帰りなさい」

前の方の席に座っているサツキが、肩越しに振り向いて視線を飛ばしてくる。窓際のミナも何か言いたげにこちらを見ていた。

この前、おれは確かに公園で板東と遭遇したけど、そのことを通報してはいない。

もしかして彼はまだこの辺りをうろついていて、住人が通報したんだろうか。

でもそんなことがあったのなら、学校より先に近所で噂が回っているはずだ。まるでおれたちが集まる時間をなくすよう、図ったみたいなタイミングじゃないか。

こちらが悩んでいるうちに、どんどん周りの状況が変えられていく。

言いしれない焦りにかられたおれは、とにかくサツキと話をしようと、下校の途中でサツキの家に向かうことにした。

本来の下校ルートを横切っていく形になるからか、他の小学生の姿を見かけることもなかった。けどサツキの家まで半分も行かないタイミングで、思わぬ声に呼び止められた。

「おいユースケ、どこ行くんだ」

ヒロ兄ちゃんだ。交通課のヒロ兄ちゃんが、昼間から車の交通量も多くないこんなところにいるのは初めて見る。

「家はこっちじゃないだろ」

「ヒロ兄ちゃんこそ、何やってるんだよ」

「学校で言われなかったか？　昨日変質者が出たから、見回りに駆り出されてるんだよ」

おれはヒロ兄ちゃんに疑いをぶつけた。

「不審者ってホントなの。もしかして、車に乗ったやつ？」

「そんなことは聞いてないけど。ユースケは見たのか？」

逆に問い返され、おれは曖昧に言葉を濁す。板東が生きていることを信じてもらうのは難しい。

「よく分かんないけど、署長命令で奥郷署の非番も総出で見回りに駆り出されてるんだよ」

「署長さんが、急に言い出したことなの？」

「そうなんだよ。おれも初めての経験だ。次の日曜、文化ホールで芸術祭があるだろ。アイドルやユーチューバーがやってきて、演劇かなんかやるやつさ。外からも大勢の人が来るだろうし、懸念《けねん》は少しでもなくしておきたいんじゃないか」

ヒロ兄ちゃんはそう言うけど、壁新聞に続いておれたちを封じるような動きが続くのは、あまりにもタイミングが揃い過ぎている。もはや警察署にまでなずての会の影響が及んでいるとしか考えられなかった。

「お願いだよヒロ兄ちゃん。今は見逃してよ」

おれは懇願《こんがん》したけれど、ヒロ兄ちゃんは働く大人の顔で首を横に振った。

「ダメだ。仕事中はお前の身勝手に付き合うわけにいかない。お前も来年は中学生になるんだから、ちゃんと弁《わきま》えろ」

そう言って家の方へおれの背中を押し返す手は、ロボットみたいに素っ気なく、知らない人のように感じた。

おれは家に帰り、自室に上がるとすぐに今しがたの出来事をサツキに送った。

やはり親の監視が厳しいのか、すぐには返事が来なかったが、夕食後に見ると通話を求めるメッセージが届いていた。急いで掛けると、サツキはすぐに出て話題に触れる。

「まさかとは思ってたけど、警察まで取り込まれてるなんて」

受話口の向こうで重い息をつくのが聞こえた。

「どうする。このままじゃ捜査を続けられないよ」

「大丈夫。もう外に出かける必要はないから」

予想外の言葉に、おれはポカンとする。

「分かったよ、マリ姉の事件の真相が。これで全てのことに説明がつく」

あまりにも唐突な宣言だった。

前回からちっとも手がかりが増えていないこの状況で、サツキは真相を掴んだと言う。

「マリ姉がどうして町から逃げなかったのか、分かったって？」

「ある意味ユースケのおかげだよ。警察までなずての会の影響下にあることを考えれば、マリ姉の行動の意味が分かる。恩師だった時任教授が殺されたと知って、マリ姉は自分の身に危険が迫っていることを悟った。すぐに町を出ればマリ姉は助かったかもしれない。でもマリ姉は、この町を見捨てられなかったんだ」

「町を、見捨てる？」

不思議な新鮮さをもった言葉だ。町の未来を悲観する大人は多いけど、そんな大胆な言い方をするのを聞いたことがない。

「なずての会の勢力は強大で、町と切り離せないくらい深い部分と絡んでいる。マリ姉たちは頑張ってきたけど、残念ながら彼らの犯罪を立証できるほどの証拠を揃えられなかったんだと思う。そのままマリ姉が町を離れたら、なずての会に立ち向かう意志すら途切れてしまう。だからマリ姉は命をかけた、ある作戦を実行した」

サツキの熱意が伝わったかのように、耳に当てたスマホの端末がひどく熱い。

「マリ姉はあえてこの町で殺されることで、住人たちの記憶に残ることにしたんだ。警察がなずての会に取り込まれている以上、マリ姉を殺した犯人はきっと捕まらない。そのことすら利用して、マリ姉は自ら未解決事件の被害者になった。それが不可解な事件であるほど、真相を調べようとする人が出てくると信じて」

サツキや作間さんがそうであったように。

殺害される前に板東に電話をかけたのも、彼にアリバイができるのを承知の上で、人の興味をそそるための事件づくりに利用したのか。

「じゃあまさか、あのグラウンドが現場になったのも」

「もちろん、次の日に奥神祭りがあることを計算してたんだよ。会場で当日に死体が見つかれば、当然祭りは中止になる。一番大きな祭りなんだから、町中の住人が事件の情報に触れて、興味を持ってくれる。マリ姉はそうやって、疑念の種をばら撒《ま》いたんだ」

その壮絶な覚悟を想像して、震えた。

あらゆる事件をもみ消す力を持つ組織に対して、犯人が捕まらないことを逆手に取った反撃。自分の死という一生に一度の大ごとを前にして、そんな冷静な計算をできる人間が、どれだけいるだろう。怖いはずだ。どうして自分が、と恨み言を言いたかったはずだ。

中学でも高校でも真面目に勉強して、立派な大人になって。それなのに。

そんなに奥郷町のことが好きだったのか？　そんなに後を生きていくおれたちのことが、気がかりだったのか。

それが、マリ姉という人間だったのか。

怪談を通して追い続けた女性の姿を、ようやく目の前にした気がした。

「ごめん、ユースケ」

「えっ？」

唐突な謝罪に意識を引き戻される。

「本当は、ちゃんと壁新聞の紙面上で二人の推理を対決させなきゃいけなかった。そのためにユースケはオカルト側の推理を続けてきてくれたわけだし。でも、これで真相は分かっちゃった」

「なんでそう言えるんだ？」

「これまで私たちの推理は、なずての会の目的が違うだけで、マリ姉の行動理由についてはほとんど同じだった」

権力による町の支配か、怪異への服従か。いずれも大きな力を持つ者が裏で動いているという理屈だ。だからこそ、ミナに指摘される説の矛盾点もまた、二人で共通することが多かった。

「だけど今話した、マリ姉がグラウンドに残った理由は、〝人に殺されることが予想できた〟からこそ成り立つの。マリ姉は自分が狙われることが分かっていた。そしておそらく、板東に電話で自分の居場所を教えることで、グラウンドが犯行現場になるようコントロールできた。これはユースケの説では成立しない。いつ、どんな呪いで、どんな風に死ぬのか予想できないから」

おれは何も言い返せなかった。

前に鉱山事故での鉱員たちや、柴田のじいちゃんが死んだのは御神体を見たせいだと推理したけれど、亡くなるまでの時間やそれぞれの症状には、はっきりとした法則がない。マリ姉もまた、刺殺ではなく御神体の力で殺される可能性があったのだ。それじゃあ、マリ姉が自分の死を利用できない。

「ひょっとしたら、マリ姉はおれたちの知らない呪いのルールを知っていたんじゃ」

苦し紛れの反論をしたが、すぐにサツキに言い返される。

「だったら、そのことこそ怪談に織り交ぜて教えようとするはずじゃない」

その通りだ。マリ姉は真相を探そうとする人の覚悟を試す仕掛けを怪談に施していたんだから。認めたくはない。けれどSトンネルの怪談から続いてきたおれとサツキの推理対決は、明らかにサツキに軍配が上がった。

おれは落胆する気持ちを抑えながら言う。

「サツキの推理が正しいとして、これからどうするつもりなんだ」

魔女の家で決めたように、おれたちの推理対決の目的は、サツキが納得できる形で事件の真相を解き明かすことだった。その望みは叶ったかもしれないが、マリ姉を殺した犯人が具体的にどこの誰なのかは分からないままだし、なずての会の存在を世間に晒す方法が分からない。

「今思いつくのは、新聞社や出版社宛てにメールを出すか、インターネットで暴露するかだね」

「さっき自分が言ったことを忘れたのか。それでどうにかなるなら、マリ姉がやってる」

「それはそうだけど」

「世間に対して証明するってことは、おれたちが決めた推理のルールではどうにもならないことだ。証拠を摑めるまで待つしかない」

けどサツキは不満そうだ。

「ぐずぐずしてたら、また向こうに先手を取られるかもしれない」

「でも今下手に動いたら、サツキの中学受験に影響が出るかもしれないぞ。いや、それこそが奴らの狙いかもしれない」

頭の中で、ふざけたネットニュースの見出しが浮かぶ。

『受験失敗の優等生、陰謀論を展開』『精神的ストレスによる妄言か』『同級生〝以前から学内新聞で兆候あった〟』

この程度の情報操作、なずての会なら簡単なはず。

「でも、もうすぐ私はこの町からいなくなる」

分かっていても、それを聞くと胸が軋《きし》む。

「おれとミナがまだいるだろ」

「だからだよ！　二人の時間はここで続いていくから、そんな呑気なことを言うんだ。私はちゃんとマリ姉の仇《かたき》を取ってから、次の人生に進みたい」

それは久しぶりにぶつけられる、サツキの剝き出しの激情だった。

「今なら分かる。奥郷町はずっと前から少しずつ、でも確実に廃れ始めてた。それに文句を言いながら、でもここにしがみつく人たちが、不都合な事実に目をつぶった。それがなずての会という化け物を生んだ！　このままだと、ユースケとミナもその一部になる！」

おれたちが、町の一部になる？

馬鹿な、という気持ちと同時に、今までおぼろげだった泥子手神の影が、脳裏でむくりと身を起こすのを感じた。

泥子手神にとって住人は力の源、生贄《いけにえ》だ。いくら歯向かう姿勢を見せたって、おれのようにこの町を出る覚悟がない子どもなんて、神にとっては保存食程度の価値しかない。

だから、町の外に出て敵にまわろうとするサツキを狙い撃ちにするのか？

思考を巡らせる間に、受話口の向こうから最後の言葉が届く。

「今までありがとう。あとは私がやるから」

その響きがどこか悲しげに聞こえたのは、おれの願望がそうさせたのかもしれない。


その週、サツキは学校を休み続けた。

先生はその理由を風邪と説明するだけで、クラスメイトたちもそれを信じた。

別の理由でサツキを心配しているのは、おれとミナだけ。あの夜のやりとりは、すでにミナに伝えてある。サツキの推理の完成形を知った時ミナは、

「殺人事件にすることで、町の人の興味を引くかあ。さすがサツキ、頭いいなあ」

と感心していた。

おれはというと、次の日サツキが欠席したので様子を探ろうとメッセージを送ったけれど、「大丈夫」という素っ気ない返信を見て、通話をする勇気をくじかれた。

ちなみに、例の変質者に対する警戒はまだ続いている。相変わらず、どこでどんな奴が出没したのかは不明で、「公園で下級生が声をかけられたらしい」とか「近所の認知症気味の老人が徘徊していた」とか、誰が発信したのか分からない情報だけが飛び交っていた。

なずての会からの接触もなく、張り詰めていた空気が抜けるような時間が続き、まるで自分だけが取り残されたような気分になっていた時、ミナから提案があった。

「土曜日、魔女の家に集まらない？」

さすがに休日も一日中警察がパトロールをしているとは思えないから、魔女の家に出かけるくらいわけないだろう。でもどうして今さら？

「もう壁新聞は作れないんだぞ」

「どうして」

「どうしてって、先生に禁止だって言われただろう」

「体制に逆らってこそ報道だぜ」

だぜってなんだよ。さすがのおれも、ミナが慣れない励まし方をしてくれているのは分かった。

「私からサツキにメール出しとくよ。もしかしたら、親の隙を見つけて来てくれるかもしれない」

そうだろうか。そう信じたい。事件の真相が分かっても、サツキはおれたちの力を必要としてくれているって。掲示係の仕事はまだ終わっていないって。

「それに、私はまだサツキの推理に勝利のジャッジをしたわけじゃない」

「なんだって？」

今さら何を言うんだ。サツキの推理はおれたちが決めたルールを全て満たしていた。

「歪なルールだもん、ひっくり返るかもしれないよ」ミナがにっと歯を見せて笑った。「それに、自慢の推理を否定してやれば負けず嫌いのサツキは絶対に戻ってきてくれるでしょ？」

そして迎えた土曜日。

おれは家を出るのを咎められないかと、緊張感を抑えながら一階に下りる。こういう場合、母ちゃんよりも父ちゃんの方が話が通りやすいだろうと思い、店の方に顔を出す。

「父ちゃん」

台所に聞こえないように呼ぶと、会計台に立つ父ちゃんが訝《いぶか》しむ目を向けてくる。

「出かけて来ようと思うんだけど」

「なんだよ、はっきりしない物言いだな」

「だって最近、警察が家の外をうろついているじゃないか」

「何日もそうして誰も捕まえられねえんだ。町民が外を歩くのを咎められる謂《いわ》れはねえだろ」

このあたり、サツキの家より図太くて助かる。おれは無事に家を出て、魔女の家に向かって自転車を走らせた。

魔女の家に着くと、玄関に鍵がかかっていた。おれたちが集まるようになってからはずっと鍵を開けていてくれたのに、忘れているのだろうか。

仕方なく初めて来た日以来の裏口に回ると、あの時と同じくそちらの鍵は開いていた。中に入ると、すでにミナの姿がある。残念ながらサツキの姿はやはりない。

「魔女がどこにもいないんだよ」

すでに館の中を探し回ったらしく、ミナが困惑した様子で言った。

どこかに出かけているのだろうか？　こんなこと、今までなかったのに。

気にはなるが、何かができるわけでもない。

「裏口を開けてたってことは、入ってもいいってことだろ。早く話し合いを始めよう。ミナが誘ったんだぞ」

オーケー、と言ってミナが席についた。

いつも魔女が淹れてくれる紅茶がないのが、いやに殺風景に感じる。

「改めて言うと、前に聞いたサツキの推理は、筋が通ってると思う。マリ姉の怪談から得た全ての手がかりを使って組み立てられているし、殺害される前のマリ姉の行動にもちゃんとした説明がつく。なのに私は物足りなさを感じて、それが何かずっと考えていた」

テーブルの上にコピー用紙を置く。三人が初めて一緒に行動をした日から、もう何度も何度も読み返して皺がたくさんついた、〝奥郷町の七不思議〟だ。

「全部の謎の解き方が分かってから読み返すと、やっぱり『三笹峠の首あり地蔵』の話が引っかかるんだよ。私たちはこれをリドルストーリーだと解釈して、Kさんの家を訪ねてきた存在の正体について考えた」

「その中には〝なずて〟を名乗る者がいたし、病院や図書館にもなずての会の手が伸びている。そのことはもう、動かしようがないだろう」

おれはそのなずての会が、泥子手神という怪異を崇める集団だと捉えることでオカルト犯人説を展開したけど、結局サツキの推理に勝つことはできなかった。

「でも最後の『井戸の家』を思い出してほしい。いくつかの条件から正しい結末を考えるという形式は、『三笹峠の首あり地蔵』と似通っている。しかもノックスの十戒を打ち出しているあたり、明らかに『井戸の家』の方がミステリーとして手が込んでいる。マリ姉がそんなことをするかな？」

「でも、首あり地蔵の怪談からなずての会の要素は無視できないだろう」

ミナはそれには答えず、

「K——金森さんの家に忍び込んだ時の写真は持ってきてる？」

と訊いてきたので、持って来ていたスマホの端末を差し出す。

「画面小さいから見にくいかもしれないぞ」

プリントアウトしてくればよかったのだけど、撮った枚数が多いのでお金がめちゃくちゃかかってしまう。

しばらく写真を流し見ていたミナが、画面をこちらに向ける。そこにはキッチンに散らばった、黒ずんだ粉末が写っていた。

「これって塩だっけ？」

「そう。元々は白かったのに、ミナが外に人影を見た直後、そんな色に変わっていたんだ」

「あの時もユースケ、そんなことを言ってたね。私とサツキは色が変わる前の塩を見てなかったから」

これもまた、おれしか確認していない怪奇現象だ。廃病院での黒い影といい原因不明の体調不良といい、おれの周りではけっこう怪奇現象が起きてるのに、分かってもらえないことばかりだ。

「玄関にあった盛り塩も同じような色だったよね」

「そうだっけ？　多分玄関の写真も撮ったはずだけど」

おれが言うと、ミナはほどなくしてその写真を見つけ出した。スリッパや運動靴が雑然と並ぶ、薄暗い玄関。むっと鼻をつく臭いまで蘇ってくる気がする。問題の盛り塩は、運良く画角の隅に写り込んでいた。

勝ち誇るかと思いきや、ミナは視線を落としたまま動きを止める。

「どうした？」

「……あの時、二人はどこにいたっけ」

急な質問に面食らう。

「あの時？」

「私が玄関のブザーを鳴らした時」

おれは記憶を辿る。確かおれは一人でキッチンにいて、ブザーの大きな音に驚いて食塩の袋を床に落としてしまったんだ。

「おれはキッチンにいた。サツキは確か、玄関を入ってすぐの和室だ」

ミナは慌てたように、コピー用紙に目を戻して怪談を読み始める。何がそんなに引っかかっているのか、おれにはさっぱりだ。やがてミナは手を止めて言った。

「あの時、私にはブザーの音がよく聞こえなかった」

「は？」おれは耳を疑う。「自分で鳴らしたのに？」

「玄関の外で呼び鈴のボタンを押したけど分からなかったから、中に入って『ちゃんと鳴った？』って聞いたはず」

言われてみれば、そうだった気もする。

「ユースケが音に驚いたと言う一方で、玄関に近い部屋にいたサツキは『そんなに大きな音じゃなかった』と言った。つまりブザー音の発信源は、家の奥のキッチンにあったんだと思う」

それは盲点だったけど、そうおかしなことでもない。家の奥にいても訪問者に気づくようにしているだけだ。しかしミナは続ける。

「ここ見て。怪談の終盤、何者かがKさんの家を訪ねて来た時、『玄関のブザーが大きく鳴り響いた』って書いてる。つまりキッチンの方で音を聞いたってこと」

「何かおかしいか？」

「この時、Kさんは寝室で寝ていたはず。ブザーを聞いた後も、『布団を頭からかぶった』ってはっきり書いてる。Kさんがいたのはキッチンやリビングじゃない」

ミナの言う内容を、おれは鈍い頭でなんとか整理しようとする。

Kさんはいるのに、ブザー音を聞いたのはKさんじゃない？

「それを踏まえて読むと、この怪談には気になるところがたくさんある。例えば前半では、語り手が〝Kさん〟という呼び方をしているのに、首のない地蔵を見た後、一行の空白をおいてからの文章ではそれが一切なくて、〝彼〟としか表現していない。他の登場人物からは〝K〟と呼ばれているけどね」

「確かに怪談の前半と後半では書き方が変わっているようにも見えるけど、だとしたらなんなんだ？」

「たぶん……前半と後半で、語り手が変わっている」

ミナはそう言って先ほど見た玄関の写真を表示させた。

「盛り塩って、普通は外から悪いものが入ってこないように、玄関の外に置かない？　なのにこれは玄関内にある」

「本当だ、置き方を間違えている」

おれは似たような怪談を聞いたことがあるのを思い出した。そして矛盾に気づく。

「あれ、ちょっと待てよ。それなのに盛り塩の色が変わっているってことは」

「すでに盛り塩が何かの影響を受けているということ。つまり〝悪いもの〟は、すでに中に入り込んでいた」

ミナの言葉は強烈な寒気を引き起こした。

「Kさんは地蔵を見た後、なにかの気配に怯え体調を崩した。ブザー音を聞いたのは、すでに家の中に入り込んでいる〝悪いもの〟だった。物語の後半は、〝悪いもの〟がKさんをすぐ側で見て語っている内容だから、名前ではなく〝彼〟と呼んでいる。つまりKさんの命を奪ったのは、家を訪ねてきたなずての会ではなく、家の中にいた〝悪いもの〟。――この怪談はリドルストーリーじゃなくて、読者の思い込みを誘う叙述トリックだったんだよ」


叙述トリック。

ミナが言うには、一部の描写をわざと伏せたり曖昧にすることで読者を欺《あざむ》くトリックのことなんだとか。単純なものだとアキラという男性に多い名前の人物を出しておいて、実は女性だとか、若者っぽい言動をする人物が実は老人だとか、文字ならではの読者を騙す方法らしい。

言われてみれば、一行の空白を挟む前と後で、不自然なほど〝Kさん〟という言葉が使われなくなっていることに気づく。後半の文章が全てKさんを間近で観察する〝悪いもの〟の視点だと考えると、一気に不気味に映る。

いや、問題なのはそこじゃない。

「今ミナが言った通りだとすると、家を訪問してきた奴らはKさんの死に関与してないことになる！　じゃあなずての会ってのは——」

その時だった。

ブブッ、ブブッ。

どこかから、虫の羽音のような音が聞こえる。

二人して口をつぐみ耳を澄ませると、すぐ同じ音が繰り返された。

バイブレーションだ。

「携帯電話なんて、魔女は使ってたっけ？」

おれはリビングの隅にある、背の低い棚に置かれた固定電話に目をやった。これすら実際に使っているところを見たことがないのに。

すでにバイブレーションの音は止んでいたが、ミナは音源を探して部屋を横切り、ある大きな本棚の中段に並んだ引き出しの一つを開けた。

なぜか魔女が不在なのに悪いという考えも働かず、おれはその様子を見守る。

一つ目は当てが外れたらしく、その隣の引き出しを開けたミナが、動きを止めた。

気になっておれは席を立ち、側に寄る。

「なにがあったんだ？」

引き出しの中を覗き、息を呑む。

そこにはどこかで見たような、古い iPhone が入っていた。

「——どうして」

かろうじてそれだけを呟く。

たまたま魔女は古い型のスマホを使っているのかもしれない、と自分に言い聞かせる。

でもすぐにサツキの声で反論が浮かぶ。

――そんなわけないでしょ。普段使いのスマホを棚の引き出しに入れておくなんて。

じゃあどう考えたらいいんだ。教えてくれ。

ミナが恐る恐るiPhoneを手にとる。

「駄目。ロックがかかっていて中は見れない」

悔しがるような、ほっとしたような口調。

もし魔女までもがなずての会のメンバーなのだとしたら――。

おれたちの捜査は、最初からなずての会に筒抜けだったことになる。真相に近づいた今、妨害するような行動が続いたのも当然だ。

ふと、iPhoneがあった場所の下に、藤色の冊子があるのを見つけた。売っている本ではなさそうな、前に図書館で借りた『鉱山とともに、五十年』という自費出版の本に似た、シンプルな見た目だ。おれはその冊子に手を伸ばす。

本のタイトルは『私たちは、ここにいました』。目次を見ると、章ごとに違った村や集落の名前が載っている。横からミナが覗き込んで言う。

「昔はあったけど、もう人が住んでいない村の記録を集めた本みたいだね」

「本当だ」

ページを捲《めく》ると、古い白黒写真や、当時の生活について元住人に聞き取りをした内容が載っているようだ。

と、おれは目に飛び込んできた文字に思わず手を止めた。

『深沢村——ダム湖に沈んだ悲運の村』


間違いない。『井戸の家』の舞台になった村だ。

さらにページをめくろうとした時、玄関の方からガチャガチャと音が聞こえた。鍵を開けているのだ。

おれとミナは顔を見合わせる。

魔女が本当になずての会のメンバーだとしたら、会うのは危険じゃないか。気づいたことを隠し通せたらいいけど、あの魔女の前で嘘を貫き通す自信はまるでない。

「逃げよう！」

おれたちは弾かれたように踵《きびす》を返した。ミナはiPhoneを元の場所に戻し、テーブル上の荷物をカバンにかき入れる。テーブル上を元の状態に戻したいけど、よく覚えてない。

玄関がゆっくり開き、細いタイヤが回る音が聞こえる！

もう時間がない。行くぞ、とミナに手振りで伝えリビングを出る。

音を立てないように裏口を開け、外へ。

扉を閉めるのと車椅子がリビングに入るの、どちらが早かっただろう。

おれたちは裏に停めていた自転車に飛び乗ると、必死でその場を離れた。

すぐにでも誰かが追ってくるんじゃないかと思えて、魔女の家が住宅の陰に隠れて見えなくなってもペダルを漕ぎ続けた。

気づけばいつもミナと別れる交差点に辿り着いていた。

流石に今日はここで解散というわけにもいかず、おれの家に誘う。

店に出ていた母ちゃんに「友達が来たから」とだけ告げ、二階に上がった。

話し合いをするだけのつもりが思わぬ展開を迎えて、おれたちはぐったりと疲れた気分で畳に腰を下ろす。

カバンを開けたおれは、中に藤色の冊子を見つけて「あっ」と声を上げた。

逃げ出すのに必死で、引き出しに戻すのを忘れて持ってきてしまったんだ。

魔女は帰宅後にiPhoneを確認するだろうから、当然この『私たちは、ここにいました』がないことに気づくだろう。

「これじゃ、おれたちが来たこともバレちゃうな。ごめん」

「仕方ないよ。それにちゃんと内容を読みたかったし」

ミナは冊子に手を伸ばし、おれと同じ方を向くよう座り直す。

魔女の家で見た深沢村の章を開くと、村の祭事か何かで撮ったと思われる、二十人くらいの集合写真が目に入った。写真は一九六〇年代のものらしく、全員が着物みたいな服を着ているのを見るとかなり昔という感じがする。写真の下には写っている人の名前が、立ち位置とともに書かれている。

「あれ……」

ミナがそのうちの一つの名前を指さす。

『豊木ツネ』

ツネ？

つい最近その名前を見たことに気づき、おれは思わず叫んだ。

「ツネ！　『井戸の家』に出てきた、村人の名前だ！」

すぐさまコピー用紙を読み直すと、やっぱりそうだ。語り手の人物に、村人の多くに病が広まっていることを忠告した女性だ。まさか、実在の人物だったなんて！

ミナの反応がないので顔を上げると、少し呆れたような表情を浮かべている。

「それもそうだけどさ」

「なに？」

「豊木って、魔女の名字だよ」

言われて、おれは再び写真に目を落とす。写っているのはまだ大人とも言えなそうな、十代くらいの女性だ。だけど高い鼻筋や、気の強そうな目つきは今の魔女とよく似ている。

「待て待て、魔女はなずての会だけじゃなくて、深沢村の住人でもあったのか？」

深沢村の住人だったのに、村を沈めたなずての会に協力している。そう考えると、鉱山の事業を守るために村を犠牲にしたというサツキの推理よりも、泥子手神を崇めているというおれの推理の方が理屈が合うんじゃないか？

考えを巡らせる横で、ミナが「ひっ」と息をのむ気配がした。

そちらに目を移すと、まださっきの集合写真を見つめている。

「ユースケ、この、この人……」

ミナの指す人物を見たおれは、目を疑った。

「……嘘だろ」

まったく訳が分からない。二人して言葉を失ったまま、その写真の意味する事実を思い描こうとする。

そのまま数十秒が経過した時、階下から母ちゃんが呼ぶ声がした。

「ユースケ、ちょっと」

それはいつもと違って、張り詰めた声に聞こえる。おれはまだ混乱の収まらないまま、入り口から顔を出した。

「なんか用？」

「今来てるの、もしかして波多野さん？」

前に、サツキとよく出かけるという話をしたから誤解しているのか。

「違うよ」

「本当に？」

おかしい。どうしてそんなに疑うのか。

やりとりを訝って、ミナも立ち上がってこちらに来る。

「なんか今、波多野さんのお母さんから電話がかかってきてるんだけど。娘が家からいなくなったから、お宅の息子さんと一緒にいるんじゃないかって」

「サツキがいなくなったぁ？」

おれは思わず叫んでしまう。母ちゃんは階段を上がってきて、一緒にいるのが見慣れない子——

ミナであることを確認して、困った顔をする。

「電話、代わる？　けっこう気が立ってる様子だから、私が対応しちゃってもいいけど」

面倒くさがってる場合じゃない。詳しい事情を聞くため、おれは一階に向かった。母ちゃんと一緒にミナもついてくる。

受話器をとり、もしもし、と話しかけるなりきつい声が耳を叩く。

「あなた、うちの子をまた連れ出したでしょ！　早く帰してちょうだい」

「待ってください。今日はサツキと一緒じゃないんです」

「隠してるんじゃないの？　新聞係になってからあの子はおかしくなったんだから！」

新聞係じゃなくて掲示係なんだけど、そんな場合じゃない。

「いついなくなったんですか？」

「ついさっきよ。お昼ご飯を食べて、部屋に戻ったのが最後」

集合時間よりだいぶ後だから、おれたちに会うため魔女の家に向かったわけじゃないはず。念の為スマホ端末を見たけど、サツキからの連絡はない。

「自転車は？」

「ないわ。だからあなたたちと一緒だと思ったの！」

サツキママの叫びは続く。

「子どもが揃って真理子ちゃんの事件を嗅ぎ回ってるみたいだけど、遊びでやっていいことじゃないのよ！　そういうのは大人の仕事、あの子は将来のために受験に集中しなきゃいけない時期なの。だからあの子を見つけたら、必ず知らせてちょうだい」

言うだけ言って、電話は切れた。

横で聞いていた母ちゃんは肩をすくめて見せる。

「弁護士の家だし、娘さんも優等生で立派だと思ってたけど、家出するような問題があったのかねえ。親に言えない受験の悩みがあったとか」

「他のクラスメイトにも聞いて回る気かな」

「今時連絡網もないし、難しいでしょ。ウチは店をやってるから電話できただけで。うちでも心当たりのある人に聞いた方がいいのかな。いやでも騒ぎを大きくするのもなあ……」

二階の部屋に戻り、サツキの行動についてミナと話す。

サツキはどうにかしてなずての会の存在を世間に知らしめるって言っていたけど、まさかこんなに早く動くだなんて思わなかった。一体どんな考えがあるんだか。

「ネットで暴露するつもりなら、自転車で外に出る必要ないよな」

土曜日だから学校も開いていないし、まさかなずての会の一員と思われる図書館職員のおばさんを、直接捕まえに行ったわけでもないだろう。

「もし事件に関係することじゃなくて、単に家にいたくなくなったとしたら、どうだろう」

「家出ってことか」

「そう。それなら誰にも見つからないところに行くはず」

今のミナのように、クラスメイトの家に上がっていると、遠からずその家の親から連絡がいってしまう。

……いや、その心配がない家があった。

「もしかして、ミナの家に行ってるんじゃないか。今年引っ越してきたばかりのミナの家の連絡先は学校以外に知られてないし、おじさんが仕事に出たら隠れ放題だ」

ミナも同じ考えらしく、大きく頷いた。

クラスメイトにも大人にも知られていない場所となると、そこ以外思いつかない。

おれたちは再び自転車にまたがり、ミナの家を目指した。

追い立てられるような気持ちをよそに、視界を流れていく土曜日の町の光景はどこまでものどかだった。公園で子どもと遊ぶ親。生い茂った庭の木の枝を切る、高枝バサミの音。いつもの風、いつもの匂い。

陰謀を企む組織も、それに一人立ち向かう少女の影もありそうにない。

大きな交差点で信号に引っかかり、乱れた息を整えるおれたちを、通行人のお婆さんが微笑ましい顔で見やって「元気ねえ」と呟く。

このお婆さんだけじゃない。きっと周りからすれば、おれたちの姿は幼稚で、町の日常の一部で、すぐに忘れてしまうもの。おれもきっと、そうやっていろんなものを見過ごしてきたんだ。

それでも行く先に非日常に挑もうとしている仲間がいると信じて、ペダルを踏む。

ミナの家が見えてきたが、その周囲にサツキの自転車は見当たらない。

今日はまだミナのお父さんが家にいるらしく、ミナが聞きに行ったけれど、やっぱりサツキは訪ねてきていないらしい。

当てが外れ、おれたちは肩を落とした。

あのサツキが、やみくもに逃げ回っているとは考えられない。きっと何か目的があって行動しているはず。

ミナの家の電話を借りて母ちゃんに確認したけど、まだサツキを見たという人は見つかっていないらしい。酒屋といってもクラスメイトの家を全て知っているわけじゃないから、電話で調べるのも限界があるだろう。

それからおれたちはサツキの通学路を辿り、校門の閉まっている学校の周りを探し、よく集合場所に使った公園に戻ってきた。けれど成果はゼロ。

時間は午後四時を回った。これから外はどんどん暗くなり、捜索はこれまで以上に難しくなるだろう。いよいよ探し方を変えなければと、一旦おれの家への退却を決める。

家に上がり、Wi-Fiが繋がったので端末を見る。するとサツキからの連絡がない代わりに、ホーム画面のある表示に気がつく。友だち申請の通知だ。

確か、相手がおれに対して友だち登録を希望した時に通知されるもののはず。仲のいい男子とはすでに友だち登録してるはずだし、最近新たに電話番号を知った知り合いもいない。じゃあこれは誰だろう?

〝ありんこ〟というプロフィール名と赤い輪っかのアイコンのどちらにも覚えがなく、頭を悩ませていると、隣からミナが言った。

「このアイコン、城戸さんじゃない?」

よく見ると、赤い輪っかはヘアゴムだった。すぐ城戸がポニーテールにしている光景が浮かぶ。

「そうか、名前がたしか〝ありさ〟だったな」

名前をもじっているんだろうが、背が低くて〝ありんこ〟を名乗るあたり、あいつのポジティブさには感心させられる。

　以前おれがサツキのアカウントを登録したことで、すでにおれの電話番号を知っていた城戸のところにも通知がいったんだろう。おれは城戸を友だち登録し、念のためサツキのことを尋ねた方がいいだろうかとメッセージの文面を考え始める。

　するとなんと、画面が城戸からの通話着信に切り替わった。

　面くらいながらもおれは通話の表示をタップする。

「やほー、木島。登録ありがとー！」

　相変わらずの声量だ。

「木島ってスマホ持ってたんだ？　でも学校ではそんな話してないよね。木島のアイコンなにこれ、宇宙人のイラスト？　こういうのって人のイラストを勝手に使ったら駄目らしいけど大丈夫？」

　機関銃のように喋りまくる城戸に付き合っていてはキリがない。

　申し訳なく思いながらもおれは言葉を遮った。

「ちょっと聞きたいんだけどさ、今日サツキに会ったり、連絡をもらったりはしてない？」

「したよ」

　あっさりとした返答に面食らっていると、面白がるように同じ言葉が繰り返される。

「したよ。午後一時過ぎ頃かな。用事があってうちに立ち寄ったんだ」

「用事って、どんな」

「数日前からカメラについて相談を受けてたんだよね。うち、写真店じゃん。カメラのレンタルもやってるから、どんなカメラを借りたらいいか相談に乗ったの」

カメラ？

サツキの行動に繋がりそうな情報に、おれはミナにも聞こえるよう急いでスピーカーモードに切り替える。

「サツキは写真を撮ろうとしてたのか？」

「ううん。動画撮影に向いたやつ。それも暗い場所でもはっきり撮れるやつを希望してたね。バッテリーがどれくらい持つかも気にしてた。あとカメラを固定する器具も」

おれは玄関のガラスの向こう、夕日から夜の暗さに変わりつつある空の色を見た。サツキは今から、何かを録画しようとしている。

「そうそう、これはうちのお父さんに説明してもらったんだけど、スマホの回線を使って動画をネットにあげる設定を知りたがってたね。いわゆるライブ配信ができるような？」

ガーンと頭を殴られるような衝撃だった。

ライブ配信！

その単語と、マリ姉が実行したことを組み合わせれば、サツキがやろうとしていることが見えてくる。

なずての会がいくら奥郷町で大きな影響力を持っていて、事件や噂をもみ消すことができるとしても、犯行の様子をネットでライブ配信されてしまえばどうしようもない。

ネットで繋がった全世界がその姿を目撃し、ある意味警察よりもはるかに厄介な視聴者が騒ぎ出すだろう。

そこまで考えて、ふと疑問に思った。

城戸はおれの質問に答えたというより、まるでサツキとのやりとりを一切の漏れなく伝えようとしたように思えたのだ。

「城戸。サツキは、お前に口止めはしなかったのか？」

「したよ。少なくとも明日まで誰にも言わないでって言ってた」

駄目じゃん、と思ったけど、悪戯っぽい声で城戸が続ける。

「でも私は波多野ちゃんや木島ほど優しくないから、秘密にはできなかったんだよね」

それを聞いて納得した。

城戸は、おれたちが靴の盗難事件の真相を知りながら、黙っていることに気づいている。サツキとおれ、どちらにも恩がある形だけれど、今回はおれたち三人のことを思って、サツキとの約束を破ってくれたんだ。

いい奴だな、城戸。

「ところで木島。いつから波多野ちゃんのこと、サツキ呼びするようになったの？」

「ごめん、今急いでるから！」

おれは慌てて通話を切り、恥ずかしさをごまかすようにミナに言った。

「サツキはなずての会のメンバーを誘い出して、その様子をライブ配信しようとしている。場所はどこだろう」

「暗い場所での撮影に備えていたってことは、昼間は撮影できない、つまり人がいるってこと。そしてなずての会のメンバーが警戒しすぎず、確実に現れる場所。その上で、私たちがまだ探していない所。——サツキなら、きっとあそこを選ぶよ」

事件の決着に相応《ふさわ》しい場所。

マリ姉が命をかけた場所。

運動公園のグラウンドだ。


辺りはすっかり暗くなった。

利用者のいなくなったグラウンドは明かりがなく、また周囲の散歩道からグラウンドの中心までは距離があるために、足元もよく見えないくらいの闇に包まれている。

グラウンドの隅にあるベンチの下に仕掛けたビデオカメラは黒い布で囲んでいるから、きっと気づかれることはないだろう。城戸さんのお父さんの説明によると連続使用時間は八時間。使い切るまでには決着がついているだろう。すでにライブ配信は始まっている。ビデオカメラや回線の調子はもう何度も確認したから万全と言える。

まさか本当にこの時が来るなんて、という感慨とともに、この終わりをどこか寂しく思う自分がいる。もちろん掲示係の活動についてだ。

単純に、ユースケとミナと三人で調査に赴《おもむ》いたり、推理を巡らせるのが楽しかったというのが一つ。もう一つは、できるのなら決着の瞬間は三人一緒に迎えてハイタッチ、のような形がよかったこと。

でもそうしなかったのは私だ。これまで協力してくれた二人の手を、私が振り解《ほど》いた。

いいんだ。元から、来年にはこの町から出ていく予定だった。私に何があっても、いなくなるのが少し早まるだけのこと。

六つの怪談を通しての推理で、マリ姉の死の真相と、その動機は明らかにすることができた。なずての会の存在と町の歴史に隠された犯罪も筋は通っている。掲示係の当初の目的は果たした形だけれど、マリ姉の仇をとるという意味では、足りないものがある。

それは犯人を告発するための証拠だ。

〝あの人には動機がある〟とか〝あの人が犯人だと考えたら辻褄が合う〟とか〝生前被害者はあの人を危険視していた〟とかだけでは、罪に問うことができない。

だけど、ミナを見習ってミステリーをかじってみると、ある有効な手段を見つけることができた。犯人を罠に嵌めるのだ。

犯人が証拠を隠そうとする行動を先読みしたり、犯人だけが知る情報について失言を引き出したりして、犯人の心を折る。

これはそのための、最後の作戦だ。

なずての会は必ず来る。

三十分前、私が持つ、時任教授のものだったiPhoneから、以前メッセージを送ってきたアカウント——おそらく板東だろう——宛に脅迫文を出しておいた。

内容は、マリ姉が密かに遺した、なずての会の会員リストが見つかったというもの。午後六時にマリ姉が死んだグラウンドに全員で来なければ、リストにある名前を一人ずつネットでばら撒くと伝えた。

これはなずての会を捕まえる方法に悩んでいた時に、作間さんから引き出したアイデアだった。なずての会の犯行の証拠がなくても、そのメンバーの情報が漏れることを何より嫌がるだろうというのだ。

もちろん向こうも嘘を疑うだろう。

でも私たちは実際、なずての会のメンバーと思しき人物を四人は見つけている。死亡を装って生きていた板東。図書館職員の、占部という女性。ＳＮＳのアカウントを突き止めた、役場の職員の女性。そして学校にまで現れた尾埜上町長。

一定時間ごとに一人ずつ公開していけば、さすがに向こうも黙っていられないはず。

マリ姉、待たせてごめん。やっと片をつけられる。

あと十分で指定の午後六時になろうかという時、私の想像よりも早く動きがあった。遊歩道の向こうから数人の大人が、土曜の夜とは思えない慌ただしさでやってくる。しかも性別や年齢に統一感がなく、傍目《はため》にもおかしな集団であることに私は拍子抜けした。もっと慎重にことを運ぶと思っていたのに。

「いたぞ！」

集団の中の、高齢の男性がこちらを指差して叫んだ。

その顔には見覚えがあった。奥郷町のトップ、尾埜上町長だ。

広報誌やポスターで見る朗らかな笑顔とは全く違う、鬼気迫る表情でグラウンドに駆け込んでくる。隣にいるのは、図書館にいた占部という職員のおばさん。

心臓が大きく跳ねるのを感じながら、私は叫んだ。

「止まって！　今すぐリストをばら撒くぞ！」

みっともなく声が裏返る。

ともあれ、尾埜上町長は目を見張って足を止めた。

「馬鹿な真似はやめるんだ。おい板東君、早く確保しろ！　見つかるぞ！」

そう後ろの男性に指示を出す。

板東！　この男が！

怒りを込めて睨みつけたけど、板東は足を止めることなく駆け寄ってくると、スマホを持つ私の手を摑み上げた。

「やめてよ！」

躊躇なく力ずくの行動に出たことに驚く。

まずい！

配信できた時間が短すぎる。彼らの顔がちゃんと映ったか微妙だ。

四人分の名前が書かれたコメントを配信画面に投稿しようとしたけど、親指が画面を滑り、スマホを取り落としてしまう。せめて騒ぎを起こそうと息を吸い込むも、悲鳴をあげる直前で口を塞がれ、乱暴に首に紐のようなものを巻きつけられる。

怖い！

マリ姉は一人でこんな敵に立ち向かっていたのか。

さっきまでの威勢はどこかへ吹き飛び、目から涙が溢れる。

「早く車に！」

「急げ！」

その場で私を殺すことはせず、大人たちは私を抱き上げてグラウンドを出ようとする。

これまでの冒険の光景が、頭の中を走馬灯のようによぎった。

あれだけの謎を解いて、大人にも立ち向かえる力を手に入れたと思ったのに。

本当の私は、やっぱり非力な子どもでしかない。

その時、背後から声が聞こえた。

「サツキーーーッ！」

間違えるはずがない。ユースケの声だ。

私を抱えたまま、板東が後ろを振り返った。

自転車のランプが二つ、まっすぐこちらに近づいてくる。

さっきとは意味の違う、温かな涙が頬を伝う。

板東の脚を狙うようにユースケが急ブレーキをかけ、板東が怯んだ隙に私は転げ落ちるように脱出し、ミナに助け起こされた。

「また子どもか」

尾埜上町長が、気落ちするように呟く。

向こうは三人、こっちも三人。

対峙《たいじ》する形になり、争うべきか逃げるべきか逡巡《しゅんじゅん》する。

その時、相手の後方から近づく人影があった。

「こんばんは」

場にそぐわない、穏やかな挨拶。

作間さんだ！　味方の大人の登場に、私は安堵する。

「ようやく会えましたね」

「貴様……！」

気色《けしき》ばむ三人とは裏腹に、黒いボストンバッグを担いだ作間さんは笑みを浮かべている。

きっと彼らを捕まえる策があるんだろう。形勢逆転だ。

私がそう確信した時だった。

「いやあああああ！」

突然、図書館職員の占部が絶叫した。

そして――胸を掻きむしったかと思うと、地面に転がってのたうち始める。

「死にたくない！　死にたくないいい！」

まるでばね仕掛けのおもちゃのような激しいバウンドに、私たちは呆気に取られた。

「いかん！」

尾埜上町長が、私たちを庇《かば》うように両手を広げる。

「板東君、逃げろ！」

「しかし！」

言い合いをしている間に、地面の占部は動かなくなっていた。白目を剝き、口から泡を吹いた表情は、死んだと判断するのに十分だった。

なに。なにが起きているの？

「サツキ、作間さんは味方じゃない」

右からユースケが言うと、左側からミナも続けた。

「あの人は、何十年も昔からあの姿のままなんだよ。彼は——人ですらない」

間に合った！

運動公園まで自転車を飛ばし、サツキと合流できたはいいものの、おれは目の前の事態を理解できずにいた。

目の前にはこれまでおれたちの邪魔をしてきた、なずての会の大人たち。

彼らはどう見てもサツキを連れて行こうとしていた。だけど作間さんが現れると同時に、占部という図書館で会ったおばさんが泡を吹いて倒れ、目の前で動かなくなった。

誰が敵で、誰が味方なのか。

サツキに深沢村の写真の件を教えるおれたちを前に、作間さんは、持っていたボストンバッグのファスナーを開け、中から何かを取り出した。

やばい、とおれは直感する。

それは真っ黒な——

「見るな！」

板東が視界を奪うようにおれたちの頭を押さえつけ、ポケットから取り出した何かを首にかけてきた。じゃら、と音がする。サツキの首に巻かれているのと同じ、大ぶりな数珠《じゅず》だ。

その背後からは尾埜上町長の雄叫びが聞こえてきた。作間さんに飛びかかったらしい。

「尾埜上さん！」

「子どもたちを逃がすんや。ここは私が……」

尾埜上町長の体からバツン、バツン、と音が響き、小さな粒のようなものがあたりに飛び散る。数珠の珠《たま》だった。町長が身につけていたものが、見えない力に耐えかねて次々と弾け飛んでいる。

両膝をつき、びくびくと体を震わせながら、それでも町長は絶叫する。

「この町を、邪《よこしま》な神にくれてやるつもりはない。おおお、まだ――まだこれから生きる子どもたちの――ああああ」

ついにその体が崩れ落ち、作間さんがこちらを見る。

その目は、眼球が真っ黒に染まっていた。いや、毛穴のいたるところから黒いドロドロした液体が吹き出し、その体を染めていく。まるで影の化け物のように。

その直視を受け、おれたちを庇っていた板東もまた苦悶し始める。

「ひっ」

サツキが短く悲鳴を上げる。

おれたちの首に掛けられた数珠が、まるで虫が羽音を立てるように一斉に騒ぎ始めたのだ。

「待て！」

突然響いた声に、数珠の振動が小さくなる。

振り向くと、車椅子に乗った老婆がいた。

魔女だ。

そして車椅子を押しているのは、おれたちがＳＮＳのアカウントを特定した役場の女性。

車椅子ごとじりじりと作間との距離を詰めながら、魔女は呪文のような、祝詞《のりと》のような言葉を呟き、数本の数珠を手の中で揉み合わせた。

すると苦痛が和らいだのか、板東が顔を上げ、弱々しい力ながらもおれたちを魔女の後ろへと押しやる。

だけど効果はそこまでだった。

半身を影に飲み込まれた作間は、ぼぼぼ、ぼぼぼ、と不気味に反響する声で笑う。

途端に目に見えない圧力が押し寄せ、魔女の苦しげな呻きと同時に、おれたちの数珠が再びちぎれそうなほど暴れ始めた。

その瞬間、魔女は「かぁっ」と気迫の声とともに懐《ふところ》に手を入れ、作間めがけて何かを投げつける。

白い砂のようなものが辺りに舞った。

「――！」

作間は初めて顔をしかめ、腕に抱えた黒い物体を庇う。そして一歩、二歩と後ずさったかと思うと、地面を滑るようにしてすごい速さで走り去った。

魔女が力尽きたのか、車椅子から転げ落ちそうになり、役場の女性が「豊木先生！」と慌てて支える。板東は倒れた二人の元に歩み寄り、悔しげな顔で首を横に振った。

おれたちはその様子を、凍りついたように見つめることしかできない。

特にサツキは、呆然としたまま口を開いた。

「何が……何が起きたの」

「これが真相だったんだよ」

ミナが大きく息を吐いて言った。

「『三笹峠の首あり地蔵』の話は、リドルストーリーじゃなかった。私たちを誤った方向に導くために、作間がそう吹き込んだだけ。あれはKさんの家に怪異が入り込んでいたことを示す叙述トリックだった。私たちはずっと勘違いをしていた。——なずての会は、怪異と敵対する組織だったんだよ」

「そんな、じゃあ犯人は」

「サツキは、なずての会を罠《わな》にかけることで犯人であることを立証しようとした。でもそこにかかったのは、怪異だった。なら真相は明らかだよ」

ミナの視線がおれを捉える。

「おめでとう、ユースケ。犯人は怪異だとする君の推理は、ここに成立した」


あの後、役場の女性——水無瀬《みなせ》さんの運転で、おれたちは魔女の家に送られた。

亡くなった尾埜上町長と占部についても、水無瀬さんがすでに警察や役場に連絡をとり、対処してくれた。板東はというと、魔女曰《いわ》く先ほどの争いで大きな〝穢《けが》れ〟を負ったとのことで、処置ができる知り合いに任せたという。そう言う魔女もまた消耗が激しく、家のベッドの上に横たわった状態でおれたちと話をしている。

「この程度ですんだのはもうけもんだよ。この足も、昔〝あれ〟相手に無茶をやってやられちまったからね。この水無瀬さんは、週に二回、私の面倒を見にきてくれている人なんだ」

あんなにも必死に正体を探っていた人が、そんな身近にいたなんて。水無瀬さんはすでにおれたちの家と学校にも、心配をしないよう連絡を回していて、魔女にも頼りにされていることが分かる。

おれたちが見たもの、そして作間の正体については、魔女が話してくれた。

「あんたたちが作間と呼ぶ男の本当の名は豊木輝彦《てるひこ》。私の兄だった男だ」

魔女こと、豊木ツネの兄については、『井戸の家』の中でも言及されていた。

〝もはや見知らぬ他人のような空気をまとっています〟と。

「神職の後継だった兄は、人ならざるものの影響を強く受ける体質だったんだろう。井戸から響く声に支配され、村がダム湖に沈む前に姿を消した。今の奴はあの通り、もはや人間ではなくなり、怪異の指示のままに動く傀儡《くぐつ》だ」

怪異の力に抗《あらが》って見せたのは、神職の家の出である魔女ならではの能力だったのだろう。おれたちを守ってくれた数珠もその加護が込められていたに違いない。おれは怪異との遭遇後に体調を崩した時、この家に来て回復したことを思い出す。知らない間に魔女に助けられていたんだ。

「作間のやつ、おれたちに協力するふりをして、ずっとなずての会のことを探っていたのか」

おれたちはなずての会のメンバーを見つけるためにあえて泳がされていたというわけだ。金森さんの家に現れた人影も、作間がおれたちにiPhoneを渡す目的で来たんだろう。サツキになずての会をおびき出す策をアドバイスしたのも、彼らを効率よく始末するためだ。

そもそも、作間が運動公園のグラウンドに献花に訪れていたのは、なずての会の関係者と遭遇することを期待して続けていた行動なのだろう。そう考えると、マリ姉の事件前後に運動公園で影坊主の噂が立ったのもうなずける。

サツキは不満げに言った。

「魔女は私たちが調べていることを知っていて、どうして本当のことを教えてくれなかったの？」

「それを答える前に、ちゃんと答え合わせをしようじゃないか」

魔女はニヤリと笑っておれを見る。

「さっきミナは、ユースケの推理が成立したと言ったが、本当にお前たちが決めたルールを満たしたのかい」

「もちろん」

まずおれは『三笹峠の首あり地蔵』の読み違いによって見逃していた、なずての会の本質から説明を始める。

「おれはなずての会が怪異を崇める集団だと考えていたけど、本当は全くの逆だった。なずての会は、怪異の行いを食い止めることはもちろん、怪異が起こす事件やその被害者を、大っぴらなニュースにならないよう処理するための集まりだったんだ。となると、倒すべき敵の名前を組織に使ってるのはおかしい。怪異の正体は泥子手神じゃないんじゃないか」

「その通り」魔女が頷いた。「怪異の正体は、太古の時代に泥子手神がこの地に封印した旧《ふる》い邪神だ。その名前も現代には伝わっていない。名前を持つと、力が生まれるからね。その邪神の御神体が封印されていたのが、鉱業によって開発された山だった」

その説明でようやく納得がいく。なずての会は、かつて泥子手神がこの地を守った行いにならって組織の名前をつけたんだ。

「邪神はあの手この手で人間を支配し、また人の命や信仰心を利用して力を増していった。地下水脈を伝って深沢村の住人を取り込んだり、鉱夫を操って山に封印されていた御神体を掘り出させたりね。それこそがマリ姉が残した六つの怪談で描かれた事件だったんだ。マリ姉は邪神の恐ろしさを伝え、覚悟がある者はなずての会の存在にまで辿り着けるよう、あの怪談を作った」

「ちょっと待って」

サツキが待ちきれない様子で声を上げる。

「ユースケの怪談の解釈が成り立つのは、前の話し合いで分かったよ。だけど、なずての会が敵でないのなら、マリ姉はどうして殺されたの？　それに時任教授も」

「なずての会は、邪神の御神体の行方を探していた。死の直前、教授はある木工所に忍び込んだ疑いがある。明光寺の和尚さんが木工所は不幸続きだと話していたことからも、すでに木工所が邪神の支配下にあった可能性は高い。御神体はおそらくそこに隠されていたんだ。教授は御神体を持ち出すことには成功したけれど、車で運ぶ途中にその影響を受けて死んでしまった。ボストンバッグに入れていた御神体を取り戻したのは、もちろん作間の仕業だ」

おれたちの目の前で死んでいった尾埜上町長たちの様子を思い出す。御神体は、間近で見たり触れたりするだけで命に関わる力があって、それを〝穢れ〟と呼ぶんだろう。柴田のじいちゃんも、御神体による〝穢れ〟で命を落とした。

「時任教授の次にマリ姉が狙われたっていうこと？　それこそ前の疑問に戻ることになる。マリ姉はどうして逃げなかったの。板東に電話をかけてから殺されるまで、あのグラウンドで何をやっていたの？」

サツキの言葉に、魔女と水無瀬さんが辛そうに目を伏せたのが分かった。

「殺されたんじゃないんだ、マリ姉は」

おれはサツキをまっすぐ見る。

これはおれの推理だから、おれが言わなくちゃ。

「マリ姉は自分で命を絶ったんだ。だけど、絶望や苦痛から逃げるためじゃなく、邪神の企みから町の人々を守るためだった」

サツキは目を見開いたけど、何も言わずおれの続きを待っている。

「野呂さんから聞いた、連続するお葬式の話を思い出してほしい。鉱山の事故後にも同じようにお葬式が続いたという話があった。そして、首あり地蔵もそれを見ると何かが後をつけてくるという話だった。それでおれは気づいたんだ。どちらも〝お参り〟という行動を取ることを」

お地蔵さんに挨拶する時も、死者に礼をする時も、日本人は手を合わせたり頭を垂れたりする。これは生活に染みついた仕草ではあるけれど、信仰の対象にも全く同じ行動を取る。

つまりこの行動を受ければ、信仰の表れとみなすこともできるんじゃないか。

「おそらく邪神は、力を得るために御神体を人がお参りをする場所に隠して置かせたんだ。例の木工所は、首あり地蔵の祠の修理や、葬儀に使う木棺の製作もしていた。そこに紛れることで、邪神は町の住人たちから見せかけの信仰を集め、その命を糧《かて》にして力をつけてきた。さらには奥神祭りを利用して、それまでとは比べ物にならないくらい多くの人を犠牲にしようとした」

木工所は、祭りで使う巨大な和太鼓も作っていた。もしその中に御神体が隠されていたら？　祭り会場の中心に位置する櫓上に、邪神が君臨することになる。祭りの参加者たちは邪神を囲み、歌い踊るだろう。それは邪神を奉《たてまつ》る行為そのものじゃないか。

柴田のじいちゃんは木工所で和太鼓を叩いた時に、音で中に何かが入っていることに気づいたに違いない。

「時任教授が御神体の確保に失敗し、邪神の企みを止める手段はなくなってしまったかに思えた。

そこでマリ姉は全く別の方法を考え出した。それが、祭りの会場で自分が死ぬことだった」

これに気づいたのは、城戸の電話があったからだ。

城戸はスピーチの用意を忘れたことを誤魔化すため、靴の盗難事件をでっち上げて、帰りの会のスピーチの時間自体を潰した。ならマリ姉の死も、翌日の祭りを中止にさせるのが目的だったんじゃないかって。

ここまで黙って聞いていたミナが、魔女に訊く。

「奥郷町の七不思議は、だいたいの部分が前から用意されていたの？」

「それに関しちゃあんたたちが考えていた通りさ。どうやってなずての会の協力者を募るかは、以前から課題だったんだ。おいそれと巻き込むべきじゃあないからね。怪談を通して己の力で町の秘密を解き明かさせるというのは真理子のアイデアで、前々から準備を進めてくれていたんだよ。『Sトンネルの同乗者』だけは死の直前に急遽作ったものだけどね」

「じゃあマリ姉は怪談の効果を高めるため、自分の死をただの自殺じゃなくて、殺人事件に見せかけたんだね」

その協力者として選んだのが、板東だった。

雪密室ができたのは偶然かもしれないが、天気予報であの日初雪が降ることは分かっていた。賢いマリ姉のことだから、ひょっとするとそれすらも計算の内だったかもしれない。

おれは説明を再開する。

「マリ姉は板東だけに電話をして、あの夜の計画を伝えた。板東が居酒屋で落ち着きがなかったのも当然だ。そうしている間に、マリ姉が死んでしまうことを知っていたんだから。板東が任されたのは、翌朝他の誰よりも早くマリ姉の遺体を発見し、自殺に使った凶器を処分する役目だった」

だから板東は自分のアリバイを作るため、居酒屋に居座っていたのだ。朝まで待ったのは怪異との遭遇を警戒してといったところだろう。

「板東さん以外のメンバーには、真理子さんの計画は伝えられなかったの」

サツキに尋ねられ、水無瀬さんが悲しそうな表情で語る。

「時任さんが死んだ時点で、仲間の中に邪神の手先となった者がいるんじゃないかと真理子さんは疑っていたようね。だから仲の良かった板東さんにだけ連絡し、力を借りた」

「私らに話せば、止められると思ったのかもしれないね」

魔女がため息をついた。

なずての会は邪神を追うと同時に、邪神から狙われる危険も抱えていた。だからマリ姉に手を貸した板東は、県外で死んだことにして邪神や作間の追跡から逃れたんだ。

ただ一人の協力者として選ばれた板東は、マリ姉とどんな関係だったのだろう。

いや、おれの想像するようなものじゃなかったと思いたい。だって自殺することを知りながら、止めることも許されないなんて。おれだったら、サツキやミナが同じことをするのに黙ってなんていられない。あと何年経ったって、きっと無理だ。

その決断ができるのが大人だとしても。

「これが、おれの推理の全部だよ。マリ姉の行動の説明もしたし、怪談から得た手がかりは全部入っている」

最後に、推理合戦の議長役を務めたミナがまとめる。

「これまで何度も、オカルトの存在をどう認めるかが争点になっていたけど、ユースケの推理の決め手は、サツキが怪異の存在を目の当たりにしたことじゃない。仮にこの先幽霊の存在が証明されたとしても、幽霊が犯罪に関わった証明にはならないから。重要なのは、サツキが犯人を嵌《は》めるために仕掛けた罠に怪異がかかったこと」

「自分が決めたことは、他人にも認めないといけない。――私たちが守ってきた決まりだものね」

サツキの憑き物が落ちたかのような表情に、魔女は目を細めて言う。

「あんたたちに事実を黙っていたのは、正直心苦しかった。真理子の従妹ってんだから尚更ね。でもこれも私たちが決めた試練だと思ったんだ。人に頼らず真相に辿り着いた者であればこそ、危険を承知で力を借りられる。そうでなけりゃ、町の暗い部分なんざ知らず平穏に日々を過ごした方がいい。ましてや小学生だってんだから」

何を思い出したのか、その顔がほころぶ。

「だけどあんたたちは三人で力を出し合い、ここまで来た。子どもの命を危険に晒すわけにはいかないから、最後には妨害したがね。町長なんか必死にあちこちに手を回して、あんなに参ってるのは初めて見たよ」

最期までおれたちを守ってくれた尾埜上町長の姿が頭をよぎる。あまりに現実離れした出来事の連続で、おれはまだ町長が死んだことを受け止めきれていない。

難しい立場に立たされながら、あの人は真剣におれたちの相手をしてくれていたんだ。

「こうなったら大人が意地を張っても仕方ない。真理子も許してくれるだろうさ」

魔女はおれたちを仲間と認めてくれた上で続けた。

「ここまでたどり着いたお前たちは立派だ。だけど大人として最後の忠告をさせておくれ。お前たちを死なせたくない。今すぐ家にお帰り」

おれたちは顔を見合わせた。

それだけで、お互いの考えていることが分かった。サツキが代表して口を開く。

「いやです。マリ姉の仇をとって、そして最後まで見届けさせてください。掲示係として」

こうなることが分かっていたのか、魔女は諦めの笑みを浮かべ、

「死ぬんじゃないよ」

とだけ言った。水無瀬さんも反対することなく、具体的な話に移る。

「問題は、作間がどこに逃げたかということです。このまま逃せば、またどこかで犠牲者が出ることになります」

「そうだね。しかも奴め、やけに引き際が良かった。近いうちに何かやらかす算段があるのかもしれない」

おれはミナと頷き合った。それならすでに思いついていることがある。

「こっちこそ、なずての会の知恵を貸してください。おれたちの町を守るために」

おれたちはある建物を囲う観葉樹の陰に、じっと息を潜めている。

すでに日付が変わり、午前一時を回ろうかという時刻、目の前の県道を走る車の数もまばらだ。

この短時間で準備を整えられたのは、水無瀬さんの手際の良さはもちろん、なずての会が数十年をかけて築き上げた奥郷町内での繋がりがあったからだ。

『正面の県道、西側から自動車一台』

道路を見張っているヒロ兄ちゃんから、水無瀬さんの持つトランシーバーに連絡が入る。緊張に身を引き締め、おれはその自動車に向かってスマホのシャッターボタンを押す。何事もなく自動車が通り過ぎると、隣のサツキがほうっと息を吐いた。

今回の作戦は絶対に邪神に悟られるわけにいかないから、本当に信用できる人にしか協力を頼んでいない。ヒロ兄ちゃんを推薦したのはおれだ。

邪神などの事情は教えてもらってないのに、

「よく分かんねえけど、ガキの頃に戻ったみたいだな」

とヒロ兄ちゃんは詳しいことも聞かず話を受けてくれた。

魔女は参加したがっていたけど、体調が回復せずここには来られなかった。いざという時には、魔女から預かったありったけの数珠が守ってくれることを祈るしかない。

道路灯の明かりに、建物の壁にかかった垂れ幕の字が浮かび上がる。

『文化財の中の芸術祭　～Ａｍａｋｕｓａ～』

今日この文化ホールで行われる芸術祭。アイドルや人気ユーチューバーが出演する演劇が注目を集めているイベントだ。おれたちは、邪神が次に狙うのはこの演劇だと予想していた。

理由はいくつかある。

今まで敵は神格を高めるため、地蔵や葬儀に紛れ、まるで人々が御神体を崇めているかのような見かけにこだわっていた。

魔女はこれを〝擬似的な信仰〟と呼んでいた。心がこもっている訳じゃないけど、形だけでも信仰の効果は表れるのだそうだ。そもそも形から信仰に入るスタイルは、無宗教な人が多く、かつ様々な文化を取り入れる日本人の気質と合っているんだって。

だから邪神は、また〝擬似的な信仰〟を利用するだろうと思ったのだ。

かと言ってマリ姉が阻止した奥神祭りよりも大規模なイベントは、この町では存在しない。

ただこの芸術祭には、奥神祭りにはない特徴があった。

「本当にあんなことが可能なのかな。邪神が、ライブ配信を利用するだなんて」

冬の接近を思わせる白い息を吐きながら、サツキが囁いた。

そう、この芸術祭は若者に人気のインフルエンサーが出演することもあって、オンラインでの有料ライブ配信があるのだ。実際に足を運ばなくても、参加者の数は奥神祭りのそれを大きく上回るはず。

「ゴーブラの二人が死んだ時、気になっていたんだ。自殺ダムに現れて一緒に写真を撮りたがる男──おそらく作間だろうけど、そいつがたびたび目撃されたのはなんでだろうって。動画のコメントを読むと、少しずつ違っている部分があった。ゴーブラさんの動画では、男を映そうとした時に映像が真っ暗になって、写真も男を撮ったものだけデータが破損していたらしい」

一方、コメントにあった二つの情報は、時系列順にこうだ。

『後で確認するとその画像だけ歪みまくってて、かろうじて人の形が分かる程度でした』

『俺はちゃんと写ってるんだけど、赤や黄色の火の玉みたいなのがめちゃめちゃ飛び交ってる。しかもその男だけ顔が黒く潰れてた』

「だんだん、ちゃんと写真に写るようになっていたんだよ。思い返せば、おれが『永遠の命研究所』で黒い人影を撮影しようとした時は、シャッターさえ反応しなかった。だから作間は、カメラが怪異に向いてもちゃんと作動するよう、調整を重ねているように思えたんだ」

――ミエ、テルゥ？

なぜそこまでして、撮られたがっていたのか。存在の拡散に利用するつもりだからとしか思えない。ダムに現れた作間は大きなリュックを背負っていたという。当然、中には御神体が入っていたんだろう。

オカルトでは写真や動画を通じて広まる呪いというのは、むしろメジャーだ。直視するだけで人を死なせてしまうほど強い力を持つ御神体なら、配信を通じて何万人もの視聴者の意識に働きかけることができても不思議じゃない。

「これまで奥郷町の中だけでもあれだけの力を得てきた邪神が、ネット回線に乗って世界中に影響を広めたら……。そんなこと、させちゃいけない」

「でも、すでに御神体が舞台に運び込まれている可能性は？」

水無瀬さんの心配を、ミナはやんわり否定した。

「それはないと思います。たぶん作間は御神体を大道具か何かの飾りに紛らせて舞台に配置するつもりだろうけど、今日の公演に備えて、役者さんたちは夜まで舞台でリハーサルをしていたそうです。人目は避けるだろうし、御神体は力が強すぎる。リハーサルの途中で役者さんが倒れでもしたら、芸術祭そのものが中止になるかもしれない」

「だから、本番の前——夜の間に忍び込んで、御神体を設置するというわけね」

水無瀬さんは納得したように頷く。

またヒロ兄ちゃんから連絡が入り、車が通過する。

午前二時を回った。

「大丈夫？」

水無瀬さんが保温ボトルに入れてきたお茶を一人ずつに配ってくれる。いつもなら熟睡しているであろう時間だけど、精神がたかぶって眠気は来ない。

その時、

『また西から一台。——待て、あのナンバーはレンタカーだな』

その一言で、現場の緊張感が高まる。

やってきた乗用車はだんだん減速し、文化ホールの前で路肩に停車した。

車から黒い人影が降り、文化ホールに近づいたところで、おれたちは隠れていた茂みから飛び出した。

「お前たち……、なぜここに？」

黒い人影——作間は驚きの表情を浮かべる。

その肩には、御神体が入っているであろうボストンバッグ。

運動公園での恐ろしい記憶に押しつぶされないよう、おれは声を張り上げた。

「これまでと同じさ。推理しただけだ」

「それは感心だ。だが神を相手になにができる？　それも、お前たちのような子どもに」

ゆっくりとした動作で、作間は肩からボストンバッグを下ろし、ファスナーに手をかける。

その途端、おれたちが全身に巻き付けた大小様々な数珠がジャラジャラと震え、悲鳴のような軋みを上げ始めた。

このままじゃ、尾埜上町長たちの二の舞になる。

けど、この瞬間を待っていた。

「今だ！」

おれが夜空に向けて声を上げると同時に、文化ホールの屋上でばさりと大きな布状のものが翻《ひるがえ》る。

直後、おれたちの頭上に何かが降り注いだ。

大事な御神体を扱っていた作間は、とっさに避けることもできない。

この世のものとは思えない作間の絶叫が上がる。

続いてバチバチと火花が散るような、あるいは枝木が裂けるようなラップ音が辺りに響き渡った。

頭上から降り注いだものは、砂だった。

運動公園で魔女が投げつけた白い粉の正体だ。

けどただの砂ではない。泥子手神が邪神を封じていた鉱山の、まさにかつて御神体があった場所の岩を細かく砕いたものだ。

祭壇もそれらしい封印もない山の中に長きに亘《わた》って邪神が封じられていたのは、その岩自体に霊的な力があったのではないか。そうなずての会は考え、この砂を切り札として準備していたらしい。

「うまく行ったか？」

屋上から声がかけられる。

大きな布を用いて砂を散布した、なずての会のメンバーだ。

普段は身元を知られないよう極秘に活動している彼らだけど、今夜ばかりはおれたちのような子どもにだけ頼っていられるかと奮起し、集まっていた。

砂の威力はてきめんだった。作間はもはや人の姿を失い、ゴムが焦げるような嫌な匂いを撒き散らしながら御神体だけは守ろうと、黒い塊になってもがいている。

「いけるよ！」

サツキとミナも、持っていた砂袋を投げつけて後に続く。

だけど黒い煙を噴き上げながら、作間だったモノが最後の力を振り絞って地を駆け、レンタカーに飛び込む。行く手を阻《はば》もうとヒロ兄ちゃんが立ち塞がったけど、まっすぐ突っ込んできたレンタカーを間一髪で避ける。

しまった、逃げられた！

慌てて道路に飛び出すおれたちの視線の先で、ぐんぐんスピードを上げて疾走するレンタカーはそのまま交差点に突っ込み——、
横から来た大型トラックと衝突し、まるで玩具のように宙を回転した後、地面に叩きつけられた。

直後爆発音とともに車体は炎上した。

黒い炎が町を照らすのを、おれたちはしばらく消防に電話することも忘れ、ただただ眺めていた。

終業式が終わり、気の重い通知表が配られて二学期が終わる。

冬休みを前にいつもより念入りに掃除したのと、後ろのロッカーから全ての荷物が取り出されたせいで、教室はいつもよりがらんとしている。

それからもう一つ。教室の掲示物も綺麗に剝がされ、まるでこの一学期間のセーブデータが消えてしまったような気分になった。

そう、掲示係の役目も今日で終わったのだ。

教室を見回すと、サツキは多くの女子に囲まれ、通知表を見せろとねだられていてこちらの視線には気づかない。一方ミナは、最近ますます仲良くなった城戸、野呂の二人と一緒に教室を出るところだった。

一ヶ月前の出来事以来、おれたち三人で行動することはほとんどない。

「ユースケ、帰ろうぜ」

「おう」

高辻、樋上と一緒の、いつもの下校。話題は明後日《あさって》のクリスマス、年末から正月の予定に移り、やがてあと残すところ三ヶ月となった小学校のことになる。

「早かったなあ、二学期。始まった時はまだ一年の半分が残ってると思ってたのに」

「でも楽しかったよ。修学旅行とか、色んなイベントがあったし」

「俺、実はユースケの壁新聞が楽しみだった」

樋上が嬉しいことを言ってくれる。結局廊下に貼り出す壁新聞は復活しなかったけれど、おれたち三人は活動のきっかけとなった奥郷町の七不思議の謎についての記事を載せたコピー用紙を準備し、号外と称して仲のいいクラスメイトに配り回った。さすがに邪神に関すること全てを書くわけにはいかなかったけど、読者の評判は上々だった。

尾埜上町長は病死と発表され、長期間町を引っ張り続けた名士の死に多くの町民が驚きと悲しみにくれていた。

あの夜、大破炎上した車の中からは原形を留めていない一つの遺体が見つかった。ボストンバッグは綺麗に灰となり、現場に近づいた人で不調を訴えたのは一人もいなかったという。もちろん芸術祭は無事に開催され、演劇のライブ配信も上々の成果をあげたらしい。

作戦は成功したと言っていい。

一方で、魔女の口からは別の懸念も語られた。

伝説では、泥子手神は〝邪神を真っ二つに引き裂き、山に封印した〟となっているんだそうだ。ならば、御神体もまた引き裂かれた半身がどこかに残っているのではないか——魔女はそう言った。おれたちはなずての会の正式なメンバーではないけれど、魔女を通してこれからも協力を続けていくことになった。

ほとんどの人の目には、町は何も変わっていないように見えるだろう。

近々新しい町長選があるらしく、大人たちが忙《せわ》しなく動き始めている。でも芸術祭の前夜、なにがあったのかを知る人はほとんどいない。

今に限ったことじゃない。この数十年町で起きたことを知らないまま、おれたちは平凡で退屈な、それでいて特別な毎日を過ごしていた。

おれは相変わらず酒屋の息子だし、スペシャルな力に目覚めたわけでもない。ランドセルに入っている通知表も、どうやって母ちゃんに見せようかと悩む有様だ。

だけど——

「それにしてもさ、びっくりしたよな。波多野が、中学受験をやめるなんてさ」

前を歩く高辻が興奮気味に言う。

その話題が教室を駆け巡ったのはほんの数日前。興奮したクラスメイトによって、サツキの周りにはまるでワイドショーの特ダネように幾重もの人垣ができていた。

「波多野ならどこでも合格できるだろうに」

「ひょっとしたら、壁新聞の影響で記者にでもなろうと考えてるのかもよ」

二人はそう言ってはしゃいでいるけれど、サツキの本心は誰も知らない。

ただ、皆がそれを知る数日前、サツキは通話で、

「パパとママは、ちゃんと説得した。私にとってそれは受験よりもずっと難しいことだから。死ぬ気でやったよ」

と報告してきた。さすがの両親もサツキの決断には面食らったらしく、両手の指を超える回数の話し合いの末に、先生まで説得に加わってきたらしい。

結局、中学受験は見送るかわりに、中学の間はトップの成績を取り続けること、高校では予定よりもさらに難関を受験することで決着したんだとか。

事件がサツキの心境にどんな変化をもたらしたのかは分からない。ともかく、サツキは自分の力で道を切り拓いた。それはマリ姉から受け継いだ強さなのかもしれない。

変化といえば、ミナにも一つあった。

なんと、小説を書き始めたらしい。ジャンルは言わずもがな、ミステリーだ。

あんなに自分を表現することに無頓着だったのに、とさすがのサツキも驚いていたけど、この冬休みの間に執筆に集中して、最初の作品を書き上げるつもりなのだという。

そんなの、読んでみたいのはおれたちだけじゃないだろう。

熱烈な読者候補の一人、高辻が尋ねてくる。

「ユースケは冬休みの間、どうするんだ」

「そうだな……、年末ギリギリまでは図書館に通おうと思う」

「最近よく行ってるよな。お前も読書？」

「それもあるけど、調べ物とか」

このところ、おれは図書館の、奥郷町に関するコーナーの本を読み漁っている。

掲示係の活動を通して、おれは飽きるほどに知っていると思っていたこの町に、まだまだ知らないことがたくさんあると気づいたから。

それは邪神に関する悲劇のことだけじゃない。行ったことのない場所、そこに住む人々。つまらない、ありふれた町にだって、積み重ねてきた歴史や物語がある。発展を望む人も、衰退を嘆く人も、故郷を捨てる人も、戻ってくる人もいる。柴田のじいちゃんが見てきた町を、少しでも知りたいというのもある。

いいことも悪いことも、誰かから吹き込まれる情報だけじゃなくて、自分の力で探してみたいんだ。

自分の部屋にランドセルを放り込むと、おれはもう一度家を出た。
相棒である自転車にまたがり、ペダルを踏む。
待ち合わせの公園に着いたのは、おれが最初だ。
滑り台の上に腰掛けて、あとの二人が来るのを待つのが好きだった。
しばらくして、途中で行き会ったのか、二人が一緒に姿を見せた。
「ほら、やっぱりもういた」
「待った？」
おれは「いや」と答えて、滑り台から飛び降りる。
明後日のクリスマスは忙しいから、今日魔女の家で集まるのだ。
何かが終わる一方で、新たに始まり、続くものもある。それもまた、いつかは終わる。
この感情の正体を、いずれ推理してみようか。
おれたちはもうすぐ、中学生になる。

初出
第一章は「オール讀物」二〇二二年十一月号掲載
第二章以降は書き下ろし

今村昌弘（いまむら・まさひろ）
1985年長崎県生まれ。岡山大学卒。2017年『屍人荘の殺人』で第27回鮎川哲也賞を受賞しデビュー。同作は「このミステリーがすごい！」、週刊文春ミステリーベスト10、「本格ミステリ・ベスト10」で第1位を獲得し、第18回本格ミステリ大賞［小説部門］を受賞して国内ミステリーランキング4冠を達成、第15回本屋大賞第3位となり、2019年に映画化。同作を始めとする〈剣崎比留子〉シリーズに『魔眼の匣の殺人』『兇人邸の殺人』がある。2021年、テレビドラマ『ネメシス』に脚本協力として参加。

でぃすぺる

二〇二三年九月三〇日　第一刷発行

著　者　今村昌弘《いまむらまさひろ》
発行者　花田朋子
発行所　株式会社　文藝春秋
〒一〇二-八〇〇八
東京都千代田区紀尾井町三番二十三号
電話　〇三-三二六五-一二一一

印刷所　大日本印刷
製本所　加藤製本
ＤＴＰ　言語社

ISBN978-4-16-391749-8

一

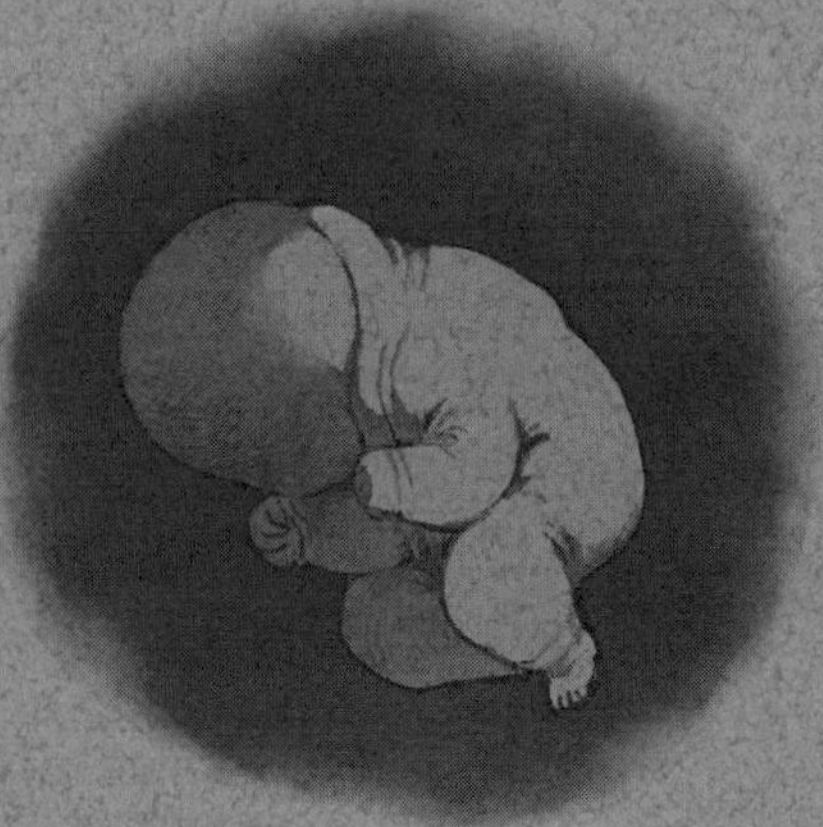

二

三